KB046183

백범일지

백범일지 책 읽어드립니다, 독립운동과 대한민국임시정부

초판 1쇄 발행 2020년 8월 31일
초판 5쇄 발행 2022년 3월 30일

지은이 김구
펴낸이 김상철
발행처 스타북스
등록번호 제300-2006-00104호
주소 서울시 종로구 종로 19 르메이에르종로타운 B동 920호
전화 02) 735-1312
팩스 02) 735-5501
이메일 starbooks22@naver.com
ISBN 979-11-5795-540-4 03810

백범일지 白凡逸志

오직 한없이
가지고 싶은 것은
높은 문화의 힘이다

스타북스

차례

백범의 출간사

이 글은 내가 중국 상해와 중경에 있을 때 써놓은 〈백범일지〉를 한글 철자법에 준하여 국문으로 번역한 것이다. 끝부분에는 조국에 돌아온 뒤의 일들을 추가하여 써넣었다.

내가 이 글을 쓸 생각을 한 것은, 중국 상해에서 대한민국 임시정부의 주석이 된 후, 나에게 죽음이 언제 닥칠지 모르는 위험한 일을 시작할 때이다. 당시 본국에 들어가 있던 어린 두 아들인 인과 신에게 아비가 겪은 일들을 알리고자 하는 뜻에서였다. 이렇게 유서를 대신하여 쓴 것이 이 책의 상권이다.

그리고 하권은 윤봉길 의사의 사건 이후 중일 전쟁의 결과로 인하여 우리 독립 운동의 기지와 기회를 잃고 목숨을 던지지 못해 살아남아 다음 기회를 기다리게 되었으나, 그 때는 내 나이 벌써 칠십을 바라보게 되어 앞날이 얼마 남지 않았으므로 주로 미주와 하와이에 있는 동포를 염두에 두고 조국의 독립 운동에 대한 나의 이력과 포부를 밝히려고 쓴 것이다. 하권 역시 유서나 다름없다.

나는 내가 살아서 고국에 돌아와서 이 책을 출판하게 되리라고는 꿈에도 생각지 않았다. 나는 우리나라가 완전한 독립 국가가 된 뒤에 나의 일들이 지나간 이야기로 동포들의 눈에 비치기를 원할 뿐이었다.

그런데 다행이랄까 불행이랄까, 아직 독립은 이루지 못하고 죽지 못한 생명만이 남아서 고국에 돌아와 사랑하는 동포들 앞에 이 책을 내놓게 되니, 실로 감개무량하다.

나는 주위의 사랑하는 몇몇 친구들이 이 책을 출판하는 것이 동포들에게 조금이라도 이익이 될 것이라고 권하기에 나도 허락하였다.

이 책을 출판하기 위해 국사원 안에 출판사를 두고 김지림 군과 삼종질 홍두가 한글 철자법 교정으로, 혹은 비용과 용지의 마련으로, 또한 인쇄로 여러 친구들과 여러 기관에서 힘쓰고 수고한 데 대하여 고마움을 표하는 바이다.

끝에 붙인 〈나의 소원〉 한 편은 내가 우리 민족에게 하고 싶은 말의 중요한 핵심을 적은 것이다. 무릇 한 나라가 온전히 서서 한 민족의 국민으로서 생활을 하려면 반드시 그 기초가 되는 철학이 있어야 되는 것이다. 자기 나라의 뚜렷한 철학이 없으면 국민 사상이 통일되지 못하여, 더러는 이 나라의 철학에 쏠리고 더러는 저 민족의 철학에 휩쓸려 사상의 독립, 정신의 독립을 지탱하지 못하고 남을 의지하게 되고 저희끼리 다투는 추태를 나타내게 되는 것이다.

오늘날 우리가 처해 있는 처지로 보면, 더러는 로크(영국의 철학자이자 정치 사상가)의 철학을 믿으니 이는 워싱턴을 서울로 삼자는 사람들이요, 또 더러는 마르크스-레닌주의(마르크스와 엥겔스가 확립한 이론을 레닌이 제국주의 단계에 대응시켜서 발전시켰다고 하는 사상)를 믿으니, 이들은 모스크바를 우리의 서울로 삼자는 사람들이다.

워싱턴도 모스크바도 우리의 서울은 될 수 없는 것이요, 또 되어서는 절대로 안 되는 것이니, 만일 그것을 주장하는 자가 있다고 하면 그것은 일본 동경을 우리의 서울로 하자는 사람과 다름없을 것이다. 우리의 서울은 오직 우리의 서울이어야 한다. 따라서 우리는 우리의 철학을 찾아서 세우고 주장해야 한다.

이것을 깨닫는 날이 우리 동포가 진실로 독립 정신을 갖는 날이요, 참된 독립을 이룩하는 날이다.

〈나의 소원〉은 이러한 동기, 이러한 뜻에서 쓴 것이다. 말하자면 내가 품은, 내가 믿는 우리 민족 철학의 대강령을 적어 본 것이다. 그러므로 동포 여러분은 이 한 편을 주의하여 읽고 저마다의 민족 철학을 찾아 세우는 데 참고를 하고 자극제로 삼아 주기를 간절히 바라는 바이다.

내가 이 책 상권을 쓸 때는 열 살 안팎이던 두 아들 중에서 큰아들 인은 젊은 아내와 어린 딸 하나를 남기고 중경에서 죽었고, 작은아들 신이 스물여섯 살이 되어 미국으로부터 돌아와 아직 홀로 내 곁에서 나를 돕고 있다. 그는 중국 군인이자 미국의 비행 장교였다. 장차 우리

나라의 군인이 될 날을 기다리고 있는 중이다.

이 책에 나오는 동지들 중에 많은 이가 생존하여 우리나라의 독립을 위해 헌신하고 있으나 이미 세상을 떠난 이도 적지 않다. 최광옥, 안창호, 양기탁, 현익철, 이동녕, 차이석 등은 세상을 이미 떠났다.

무릇 태어난 자는 모두 죽는 것이니 사람의 힘으로는 어찌할 수 없는 일이거니와, 개인이 태어나고 죽는 중에도 동포의 생명은 늘 있어 왔고 늘 젊을 것이다. 우리는 우리의 시체로 성벽을 삼아서 조국의 독립을 지키고, 우리의 자손을 북돋우고, 우리의 시체로 거름을 삼아 우리 문화의 꽃을 피우고 열매를 맺게 해야 한다.

나는 나보다 앞서서 세상을 등진 동지들이 다 이 일을 하고 간 것을 고맙고 감사하게 생각한다. 내 몸은 비록 늙었으나 절대 쓸모없이 썩히지 않을 것이다.

이 나라는 내 나라요, 남들의 나라가 아니다. 독립은 내가 하는 것이지 남이 하거나 남이 시켜 주는 것이 아니다.

우리 민족이 저마다 이 이치를 깨달아 행한다면 우리나라가 독립이 안 될 수가 없고, 또 좋은 나라, 훌륭한 나라로 보전하지 않을 수 없는 것이다. 나 김구가 평생 동안 생각하고 행한 일이 이것이다.

나는 내가 못난 줄을 잘 안다. 그러나 아무리 못났더라도 국민의 하나, 동포 중의 하나라는 사실을 믿으므로 내가 할 수 있는 일들을 쉬지 않고 해 온 것이다. 이것이 나의 생애요, 이 책은 그에 대한 기록이다.

그러므로 내가 이 책을 발행하는 데 동의한 것은 내가 잘난 사람으로서가 아니라, 못난 한 사람이 동포의 한 사람으로 살아간 기록이다. 백범白凡이라는 내 호가 이것을 뜻한다.

내가 만일 조국의 독립 운동에 조금이라도 공헌한 것이 있다면, 그만한 것은 대한민국 사람이면 누구나 하기로 마음만 먹으면 할 수 있는 일이다.

나는 우리 젊은 남녀들 속에서 참으로 위대하고 훌륭한 애국자와 역사에 길이 빛나는 일을 해내는 큰 인물들이 쏟아져 나올 것을 믿는다. 그와 함께 더 간절히 바라는 것은 저마다 이 대한민국을 자신의 나라로 알고 평생을 자기 나라를 위하여 있는 힘을 다하는 것이다.

나는 이러한 뜻을 가진 내 동포에게 이 '범인의 자서전'을 내놓게 된 것이다.

단군기원 4280년 11월 15일 개천절(1947년 음력 10월 3일)

김구

백범(白凡逸志)일지

상권

인, 신 두 어린 아들에게

나는 지금 너희가 있는 대한민국에서 오천 리나 떨어진 나라에서 이 글을 쓰고 있다. 어린 너희를 직접 앞에 두고 말로 할 수 없기에 이렇게 글로나마 아비의 지난 일들을 기록하여 동지들에게 남겨두는 것이다. 이 글은 장차 너희가 자라서 이 아비가 겪은 일들을 알고자 할 때 너희들이 볼 수 있도록 하기 위함이다. 너희가 아직 나이가 어리고 멀리 떨어져 있기 때문에 직접 말로 하지 못하는 것이 안타깝다. 그렇지만 어디 세상 일이 뜻과 같이 될 수만 있겠느냐.

올해로 아비의 나이 벌써 쉰셋이다. 그런데도 너희는 이제 겨우 열 살과 일곱 살밖에 되지 않았구나. 따라서 너희들이 성장했을 때는 이 아비의 정신과 기력은 이미 쇠퇴되어 있을 것이라 생각된다. 게다가 나는 이미 원수 나라인 왜놈들에게 선전포고를 하고 죽음의 전선에 서 있으니, 내 목숨을 어찌 믿어 장성한 너희와 만나서 말할 수 있을 날을 기약할 수 있겠느냐. 그렇기 때문에 지금 이 글을 써두려는 것이다.

아비가 이 기록을 너희 두 아들에게 남기는 것은 결코 너희더러 나를 본받으라는 뜻은 아니다. 내가 진심으로 바라는 바는 너희도 대한민국 국민의 한 사람이니, 동서고금의 수많은 위인 중에서 가장 존경받고 숭배할 만한 위인을 택하여 스승으로 섬기기를 바라는 것이다.

아비가 이 기록을 남기는 것은 너희가 성장했을 때 아비가 그동안 겪은 일들을 몰라서는 안 되겠기에 이렇게나마 이 글을 쓰는 것이다. 다만 유감스러운 것은 여기에 적은 기록들이 오랫동안 사선을 넘나드는 모진 시련 속에 겪은 일들이므로 잊어버린 것도 많다는 점이다. 그렇지만 하나도 보태거나 꾸며 넣거나 일부러 지어낸 것은 없으니 믿어주기 바란다.

대한민국 11년(1929년) 5월 3일

중국 상해에서 아비가

나의 어린 시절

조상과 가문의 내력

우리 조상은 안동 김씨로 신라 56대 임금인 경순왕敬順王의 후손이다. 신라의 마지막 임금 경순왕이 어떻게 고려 태조 왕건의 따님 낙랑공주와 혼인, 부마가 되어 우리의 조상이 되셨는지는 〈삼국사기〉와 안동 김씨의 족보를 보면 알게 될 것이다.

경순왕의 8세손이 충렬공, 충렬공의 현손이 익원공인데, 이 어른이 우리 파의 시조시다. 이 아비는 그로부터 21대 손이 된다. 충렬공, 익원공은 모두 고려조의 공신이었다. 조선왕조에 들어와도 우리 조상은 대대로 서울에 살면서 글과 벼슬로 가업을 잇고 사셨다.

그러다가 우리 방계의 조상인 김자점이 역적으로 몰려 멸문지화를 당하게 되었다. 그때 내게 11대조 되는 어른이 화를 피하여 처자를 이

끌고 서울에서 도망하여 잠시 고양高揚 땅에 머물렀다. 그러나 그곳은 서울에서 가까운 곳이므로 안전하지 못하다고 판단하여 다시 해주海州에서 서쪽으로 80리 떨어진 백운방 기동基洞(텃골) 팔봉산 양가봉 아래 숨어살 자리를 구하시어 살게 되었다.

그곳 뒷개리에 있는 선산에는 11대 조부모의 산소를 비롯하여 역대 조상들의 묘소가 있고 할머님도 이 선산에 모셨다. 이런 것은 족보를 보면 상세히 알 수 있을 것이다.

그때에 우리 집이 멸문지화를 피하는 길은 오직 하나뿐으로, 그것은 양반의 행색을 감추고 상놈 행세를 하는 것이었다. 기동에 처음 와서 우리의 조상들은 농부의 행색으로 버려진 농토를 일구어 농사를 짓다가 군역전軍役田이라는 땅을 경작하게 되면서부터 아주 상놈의 패를 차게 되었다. 이 땅을 부쳐 먹는 사람들은 나라에서 부름을 받으면 언제나 군사로 나가야만 했다. 그때에는 나라에서 문文을 높이고 무武를 낮추어 군역이라면 천역, 즉 천한 일이었다.

그러한 이유 때문에 우리 조상은 판박이 상놈으로 되어버려 텃골 인근에서 양반 행세를 하는 진주 강씨, 덕수 이씨들에게 대대로 괄시와 천대를 받아왔다. 우리 문중의 딸들이 그들에게 시집가는 일은 있어도 우리 가문에서 저들의 딸에게 장가든 일은 없었다.

그러나 중년에는 우리 가문도 꽤 창성하였던 모양이다. 왜냐하면 우리 문중의 터에는 기와집들이 즐비하였고 또 선산의 비석도 크고 많았기 때문이다. 내가 열 살 때에 우리 문중에 혼인 대사 같은 일이 있을 때에는 이정길이란 사람이 언제나 와서 일을 보았다. 그는 본래 우리 집 종에서 속량 받은 사람이라 한다. 우리 같은 상놈의 집에 종으로 태어났던 것이니 참으로 기구한 팔자라고 아니할 수 없다.

우리가 해주에 와서 살면서 우리 조상의 역대를 돌아보면, 글을 배운 이도 없지는 않았으나 이름난 이는 없었고 매양 불평분자만 많았다고 할 수 있다.

내 증조할아버지는 가짜 암행어사 행세를 하다가 잡혀 해주 영문에 갇혔다가 서울 어느 양반의 부탁 편지를 얻어다대고 용케 형벌을 면하셨다는 말을 집안 어른들한테서 들은 일이 있다. 암행어사라는 것은 임금의 특명으로 지방 사정을 알기 위하여 신임하는 관원에게 무서운 권세를 주어서 순회시키는 임시관직으로, 허름한 과객의 행색으로 변장하고 다니는 것이 상례였다.

증조할아버지 항렬은 네 분이 계셨는데 그중에 한 분은 내가 대여섯 살까지 생존하셨고 할아버지 형제분도 살아 계셨다. 아버지 4형제는 다 살아계시다가 큰아버지 백영伯永께서 얼마 후에 돌아가셨다. 내가 다섯 살 때 돌아가셔서 4촌 형들과 함께 곡하던 것이 기억난다.

난산 끝에 태어난 나

아버지의 휘諱는 순영淳永인데 4형제 중에 차남이었으며, 집이 가난하여 제때 장가를 못 드셨다. 당시는 노총각 중의 노총각인 24세 때 삼각혼인(교환혼의 일종으로 세 집안이 딸을 바꾸는 혼인)이라는 기괴한 방법으로 장련長連에 사는 현풍 곽씨의 14세 된 따님과 성혼하여 증조할아버지 댁에서 사셨다. 그러다가 2~3년 뒤에 살림을 차려 나오신 후에 내가 태어났다. 그때 어머님의 나이는 17세였다. 푸른 밤송이 속에서 붉은 밤 한 알을 얻어서 감추어 둔 것이 나의 태몽이라고 늘 말씀하셨다.

나는 병자년 7월 11일 자시子時(이 날은 할머님 제삿날이었다)에 텃골에 있는 웅덩이 큰댁이라고 불리는 할아버지와 큰아버지가 사시는 집에서 태어났다. 내 일생이 기구할 조짐이었던지, 그것은 유례없는 난산이었다 한다. 진통이 시작된 지 6~7일이 되어도 아이는 태어나지 않았기 때문에 어머님의 생명이 위태롭게 되었다고 한다. 그래서 약으로 혹은 예방으로 온갖 방법을 다 썼는데도 효험이 없어서, 집안 어른들이 강제로 아버지에게 소의 길마를 머리에 씌워 지붕에 올라가게 하여 소의 소리를 내고서야 내가 태어났다고 한다.

이제 겨우 17살이 되시는 어머니는 젖이 말라서 암죽을 먹이고 내가 귀찮아서 어서 죽었으면 좋겠다고 짜증을 낼 때면 아버지가 나를 품속에 품고 다니시며 동네 아기 있는 어머니 젖을 얻어 먹이셨다고 한다. 그중에서도 먼 촌 일가의 대모 핏개댁은 밤중이라도 싫은 빛 없이 내게 젖을 물리셨다는 말을 들었다. 내가 열 살 갓 넘어 그 분이 돌아가신 뒤에는 그 산소 앞을 지날 때마다 나는 경의를 표하곤 하였다. 내가 마마를 치른 것이 서너 살 적인데, 몸에 돋은 것을 어머니가 모르고 예사 부스럼 다스리듯 대침으로 따서 고름을 짜냈으므로 내 얼굴에 굵은 벼슬자국이 생긴 것이다.

내가 다섯 살 때 부모님은 나를 데리고 강령康翎삼거리로 이사를 하셨다. 그곳은 뒤에는 산이고 앞은 바다가 있는 아름다운 곳이었다. 종조·재종조·삼종조 등 여러 문중 댁이 그곳으로 이사하였기 때문에 우리 집도 따라간 것이었다. 거기서 우리는 두 해를 살았다. 우리 집은 어떻게나 호젓한지 호랑이가 나와 사람을 물고 우리 집 문 앞을 지나간 일도 있었다. 산 어귀의 호랑이가 다니는 길목에 우리 집이 있었던 것이다. 그래서 밤이면 한걸음도 문밖에는 나서지 못했다. 낮이면 부모님은 농사일을 다니시거나 바다로 무엇을 잡으러 가셨다. 그때 나는 그 중 가까운 신풍新豊의 이 생원 댁에 가서 그 집 아이들과 놀다가 오곤 하는 것이 일과였다.

그 집 아이들 중에는 나와 동갑내기도 있었고, 두세 살 위인 아이들도 있었다. 그 애들이 '이놈 해주놈 때려주자'고 작당하여 나는 억울하게도 한차례 몰매를 맞았다. 하도 분한 김에 집에 와서 큰 식칼을 가지고 다시 이 생원 집으로 갔다. 기습적으로 그놈들을 다 찔러죽일 생각이었던 것이다. 그런데 울타리를 뜯고 있다가 18세 된 그 애들 누나에게 들켰다. 그 애들 누나가 나를 보고 소리소리 질러 오라비들을 불렀기 때문에 나는 목적도 달성 못하고 또 그놈들에게 붙들려 실컷 얻어만 맞고 칼도 빼앗긴 채 집으로 돌아오고 말았다. 식칼을 잃은 나는 부모님께 혼이 날 것이 두려웠다. 어머니께서 식칼이 없다고 찾으실 때에 나는 시치미를 뚝떼고 있었다.

또 하루는 집에 혼자 있는데 엿장수가 문 앞으로 지나가면서 소리쳤다.

"헌 놋그릇이나 부러진 수저로 엿들 사시오."

하고 외치는 소리가 들렸다.

나는 엿은 먹고 싶으나 엿장수가 아이들의 자지를 잘라간다는 어른들의 말을 들은 일이 있으므로, 방문을 꽉 닫아걸고 엿장수를 불렀다. 엿장수가 다가오자 나는 아버지의 성한 숟가락을 발로 짓밟고 분질러서 반은 두고 반만 창구멍으로 내밀었다. 헌 숟갈이라야 엿을 주는 줄 알았기 때문이다. 엿장수는 내가 내미는 반 동강 숟갈을 받고 엿을 한 주먹 뭉쳐서 창구멍으로 넣어 줬다.

내가 반 동강 숟가락을 옆에 놓고 한참 맛있게 엿을 먹고 있을 때에 아버지께서 돌아오셨다. 나는 사실대로 말씀드렸다. 그때 아버지는 또 다시 그런 짓을 하면 경을 친다고 꾸중만 하시고 때리지는 않으셨다.

역시 그 무렵의 일로, 아버지께서 엽전 스무 냥을 방 아랫목 이불 속에 두시는 것을 보았다. 아버지가 나가시고 나 혼자만 있을 때였다. 너무 심심했고 떡이 먹고 싶었다. 그래서 동구 밖 상점에 가서 떡이나 사 먹으리라 마음먹고 그 스무 냥 꾸러미를 모두 꺼내어 허리에 차고 문을 나섰다. 얼마를 가다가 마침 우리 집으로 오시는 삼종조를 만났다.

"너 이 녀석, 돈을 가지고 어디로 가느냐?"

하시며 내 앞을 막아서셨다.

"떡 사 먹으러 가요."

하고 나는 천연덕스럽게 대답하였다. 그러자 삼종조께서는 눈을 부라리며,

"네 아비가 보면 이 녀석 매 맞는다. 어서 집으로 들어가라."

하고 내 목에 감은 돈을 빼앗아다가 아버지에게 가져다 주셨다. 나는 먹고 싶은 떡도 못 사먹었기 때문에 마음이 자못 불평스럽게 되어 집에 와 있었다. 얼마 후 아버지가 뒤따라 들어오셔서 아무 말씀도 없이 빨랫줄로 나를 꽁꽁 묶어서 들보 위에 매어달았다. 그런 다음 회초리로 후려갈기시니 아파서 죽을 지경이었다. 어머니도 밭에서 돌아오시기 전이라 말려줄 사람도 없이 나는 그대로 매를 맞고 매달려 있었다.

때마침 장련에 사시는 재종조께서 집에 오셨다. 이 어른은 의술을 하는 어른으로 나를 귀여워하시던 분이다. 내게는 천만다행으로 이 어른이 우리 집을 지나가시다가 내가 악을 쓰고 우는 소리를 듣고 달려 들어오신 것이다.

장련 할아버지는 들어오시는 길로 불문곡직하고 들보에 달린 나를 끌러 내려놓으셨다. 그런 후 아버지께 까닭을 물으셨다. 아버지가 내 죄를 고하기 시작할 때 장련 할아버지의 눈빛이 빛나시더니 재빨리 아버지의 손에서 회초리를 빼앗았다. 그와 동시에 나를 때린 그 회초리로 아버지의 머리와 다리를 한참 동안이나 마구 때리셨다. 장련 할아버지는 아버지와 동갑이었지만 아저씨의 위엄으로 조카를 때릴 수 있었던 것이다.

"어린 것을 그렇게 무지하게 때려서 쓰겠느냐."

장련 할아버지는 아버지를 나무라셨다.

나는 어린 마음에 아버지가 매를 맞으시는 것을 보고 퍽도 고소했고, 한편으론 장련 할아버지가 한없이 고마웠다.

장련 할아버지는 나를 업으시고 들로 나가 참외와 수박을 실컷 사 먹인 다음 할아버지 댁으로 데리고 가셨다. 장련 할아버지의 어머니 되시는 종증조할머니께서도 내가 아버지한테 매 맞은 연유를 들으시고,

"네 아비 밉다. 집에 가지 말고 우리 집에서 살자."

하셨다.

종증조할머니께서는 아버지를 무수히 책망하시고 밥과 반찬을 맛있게 해주셨다.

나는 매우 기뻤다. 아버지가 장련 할아버지한테 매 맞던 것을 생각하니 상쾌하기 짝이 없었다. 나는 장련 할아버지 댁에서 여러 날을 묵다가 집으로 돌아왔다.

한번은 장마 비가 많이 내린 통에 근처에 샘들이 솟아 여러 줄기의 작은 시내를 이루었다. 나는 빨강, 파랑색의 물감 통을 집에서 꺼내어다가 한 시내에서 빨강 물감을 풀고, 또 한 시내에는 파랑 물감을 풀었다. 그러자 붉은 시내와 푸른 시내가 한데 모여 어우러졌다. 그 모양을 재미있게 구경하고 좋아하다가 어머니께 들켜 몹시 매를 맞았다.

종조께서 이곳에서 돌아가셨으나 백 리나 떨어진 해주 본향으로 힘들여 영구를 모셨다. 그것이 빌미가 된 것인지, 내가 일곱 살 되던 해

에 여기 와서 살던 일가들이 한 집, 두 집 해주 본향으로 돌아갔다. 우리 집도 해주로 이사를 했는데, 텃골로 이사 올 때 나는 어른들의 등에 업혀 오던 기억이 난다.

고향에 돌아와서도 우리 집은 농사로 살아가게 되었다. 아버지께서 비록 학식은 이름자 쓰시는 정도이지만 허우대가 좋은데다 성정이 호방하시고 주량 또한 한량이 없으셨다. 그리고 양반 행세하는 강씨, 이씨를 만나는 대로 막 때려주고는 잡혀 해주 감영에 갇히기를 한 해에도 몇 번씩 하셔서 문중에 소동을 일으키시곤 했다.

인근 양반들은 아버지를 몹시 미워했지만 어찌할 도리가 없었던 모양이다. 그때 시골 관습은 누가 사람을 때려서 상처를 내면 맞은 사람을 때린 사람의 집에 떠메어다가 눕혀두고 그가 죽나 살아나는 가를 기다리는 것이었다. 그래서 우리 집에는 한 달에도 몇 번씩 피투성이가 되어서 다 죽게 된 사람을 메어다가 사랑방에 누이는 때도 있었다.

아버지가 이렇게 사람을 때리는 것은 비록 취중에 저지른 일이라 하더라도 다 무슨 불평에서 나온 것이었다. 아버지는 당신께서 아무 상관이 없는 일이라도 양반이나 강한 사람이 약한 사람을 능멸하는 것을 보시면 참지 못하셨다. 마치 〈수호지〉에 나오는 호걸들처럼 친하거나 말거나를 막론하고 패주었다. 이렇게 아버지의 성정이 불같았기 때문에 인근 상놈들은 두려워 공경하고 양반들은 무서워서 피하곤 하였다.

해마다 명절이 되면 아버지는 달걀, 담배 같은 것을 많이 장만하여서 해주 감영의 영리청·사령청에 선물을 하시곤 하였다. 그러면 그 답례로 책력이나 해주 먹墨같은 것을 가져오셨다. 이것은 강씨, 이씨 같은 양반들이 감사나 판관에게 아부하는 것에 대응하는 수단이었다.

영리청이나 사령청에 친교 하는 것을 계방契房이라고 한다. 계방을 하여 두면 감사의 영문이나 본아에 잡혀가서 영청이나 옥에 갇히는 일이 있더라도 영리와 사령들이 사정을 보아주게 마련이다. 때문에 갇히는 것은 명색뿐이요, 기실은 영리·사령들과 같이 숙식을 하며 편히 지내게 되는 것이다. 또 설령 태장·곤장을 맞는 일이 있다 하더라도 사령들은 매우 치는 시늉만 하고, 맞는 편에서는 죽어가는 시늉으로 엄살만 떨면 그만이었다.

그뿐만이 아니다. 아버지께서 되잡아 양반들을 걸어서 소송을 하는 경우도 있었다. 그때 그들이 잡혀오게 되면, 제아무리 감사나 판관에게 뇌물을 써서 모면한다 하더라도 아버지의 편인 호랑이 같은 영속들에게 호되게 경을 치고 많은 재물도 허비하곤 하였다. 이렇게 해서 망한 부자가 일 년 동안에 십여 명이나 되었다는 말도 들었다.

아버지를 무서워하는 인근 양반들은 아버지를 달래려 함인지 도존위에 천거했다. 그러나 아버지가 도존위로 행공行公할 때에는 다른 도존위와는 반대로 양반에게 용서 없이 엄하고, 가난하고 미천한 사람에게는 후하였다. 세금을 받는 데도 미천한 사람의 것은 대신 내주는 경우도 있었을지언정 가혹히 징수하는 일은 없었다.

이러한 연유로 3년이 채 못 되어서 아버지는 공전흠포라는 누명으로 면직을 당하셨다.

아버지는 인근에 사는 양반들의 꺼림과 미움을 받아서 그들의 가족들까지 김순영이라는 이름만 들어도 치를 떨었다.

아버지의 어릴 적 별명은 '효자'였다. 그것은 할머니께서 돌아가실 때에 아버지가 왼쪽 약손가락을 칼로 잘라서 입에 피를 흘려 넣으셨기 때문에 다시 살아나셔서 사흘이나 더 사셨다는 데서 생긴 것이었다.

아버지 형제 중 백부(휘 백영)는 보통 농군이셨고, 셋째 숙부도 특기할 만한 일이 없으나, 넷째 계부(휘 준영)가 아버지와 같이 좀 별난 데가 있으셨다. 넷째 계부는 국문을 배우는 데도 한겨울 동안에 기역 자도 못 깨우치고 말았다고 한다. 그러나 술은 무한량으로 마시고 또 술주정이 대단해서 취하기만 하면 꼭 말썽을 일으켰다. 그런데 아버지와는 반대로 아무리 취해도 양반한테는 감히 못 덤비고 일가 사람에게만 시비를 걸었다. 그러다가 한번은 조부님께 매를 맞으시던 것을 나는 기억한다.

내가 아홉 살 때 할아버지가 돌아가셨는데, 장례식 날에 이 삼촌이 상여꾼들에게 심한 행패를 부렸기 때문에 결국은 그를 결박 지어 놓고서야 장례를 모실 수 있었다.

장례를 지낸 뒤에 종증조의 발의로 문중회의를 열고, 이러한 패륜아는 그대로 둘 수가 없으니 단단히 정치를 해서 후환을 막아야 한다고 의논하여 준영 삼촌을 앉은뱅이로 만들기로 결론을 내렸다. 그래서 삼촌의 발뒤꿈치를 베었으나 다행히 힘줄은 다 끊어지지 않아서 앉은뱅이까지는 안 되었다.

그러나 계부가 할아버지 댁 사랑에 누워서 호랑이처럼 울부짖는 바람에 나는 무서워서 그 근처에도 못 가던 것이 생각난다. 지금 생각하니 참으로 미련하고 잔인한 짓이라고 아니할 수 없었다. 그때에 어머니는 이렇게 말씀하셨다.

"너의 집에 허다한 풍파가 모두 술에서 비롯된 것이니, 두고 보아서 너 또한 술을 먹는다면 자살을 하여서 네 꼴을 안 보겠다."

나는 어머니의 이 말씀을 가슴 깊이 새겨들었다.

배움의 시작

이때쯤 나는 국문을 배워서 이야기책을 읽을 줄 알았고, 천자문도 이 사람 저 사람에게 얻어 배워서 다 떼었을 무렵이었다. 그런데 내가 글공부를 하리라고 결심한 데는 한 가지 동기가 있었다.

하루는 어른들에게서 이러한 말씀을 들었다. 몇 해 전 문중에 새로 혼인한 집이 있었는데, 어느 할아버지가 서울 갔던 길에 사다가 두었던 갓을 밤에 내어 쓰고 새 사돈을 대하셨던 일이 있었다. 그것이 양반들에게 발각되어 그 갓은 갈기갈기 찢겨졌다. 그로부터 우리 김씨는 다시는 갓을 못 쓰게 되었다는 것이다.

나는 이 말을 듣고 분해서 몹시 울었다. 그 사람들은 어찌해서 양반이 되고 우리는 무엇 때문에 상놈이 되어야만 했는가를 물었다. 어른들의 대답하는 말씀이, 방아메 강씨는 그 조상이 우리 조상만도 못하였지만 일문에 진사가 세 사람이나 살아 있고, 자라소 이씨네도 마찬가지라는 것이었다. 나는 어떻게 하면 진사가 되는 것이냐고 여쭈었다. 그랬더니 진사나 대과大科나 다 글을 잘 공부하여 과거에 급제하면 된다는 것이었다.

이 말을 들은 뒤로 나는 부쩍 공부할 마음이 생겨서 아버지께 글방에 보내달라고 졸랐다. 그러나 아버지는 주저하지 않을 수 없으셨다. 왜냐하면 우리 동네엔 서당이 없으니 이웃 동네 양반네 서당으로 갈 수 밖에 없기 때문이었다. 그런데 양반네들 서당에서 나를 받아줄지 알 수 없는 일이었다. 또 설사 거기 들어간다 하더라도 양반의 자식들 등쌀에 도저히 견디어낼 수 없을 것 같기 때문이었다.

그래서 얼른 결단을 못 내리시다가 마침내 우리 동네 아이들과 이웃 상놈의 아이들을 모아서 새로 서당을 하나 만들었다. 그런 다음 청수리에 사는 이 생원이라는 양반을 선생으로 모셔오기로 하였다. 이 생원은 비록 지체는 양반이지만 글이 짧아서 양반 서당에서는 데려가는 데가 없기 때문에 우리 서당으로 오신 것이다.

이 선생이 오신다는 날, 나는 머리를 빗고 새 옷을 갈아입은 후에 아버지를 따라서 마중을 나갔다. 저쪽에서 나이가 쉰 남짓 되어 보이고 키가 후리후리한 어른 한 분이 오셨다. 그 분이 가깝게 다가오자 아버지께서 먼저 인사를 하시고 나서 날더러,

"창암아, 선생님께 절하여라."

하셨다.

나는 공손하게 너붓이 절을 하고 나서 그 선생님을 우러러보니, 신인神人이라 할지 하느님이라 할지 어떻게나 거룩해 보이는지 몰랐다.

우선 우리 집 사랑을 글방으로 정하고, 우리 집에서 선생님의 식사를 받들기로 하였다. 그때 내 나이가 열두 살이었다.

개학하던 첫날 나는 '마상봉한식馬上逢寒食'이란 다섯 자를 배웠는데, 뜻을 알든 모르든 간에 기쁜 마음에 자꾸 읽었다. 밤에도 어머니가 매갈이 하시는 것을 도와드리면서 되풀이 외웠다. 새벽에는 일찍 일어나서 선생님 방에 나가 누구보다도 먼저 배웠다. 그래서 밥그릇 망태기를 메고 먼 데서 오는 친구들을 가르쳐주기도 하였다.

이렇게 우리 집에서 석 달을 지내고는 산골 신존위의 집 사랑으로 글방을 옮기게 되어서 나는 밥그릇 망태기를 메고 고개를 넘어서 다녔다. 집에서 서당에 가기까지, 서당에서 집에 오는 동안 내 입에서는 글소리가 끊어지는 일이 없었다. 글동무 중에는 나보다 정도程度가 높은 친구도 있었으나, 배운 것을 강하는 데는 내가 항상 최우등이었다.

이러한 지 반년 만에 선생과 신존위 사이에 반목이 생겨서 마침내는 이 선생을 내어보내게 되었다. 신존위가 말하는 이유는 이 선생이 밥을 너무 많이 자신다는 것이었다. 그러나 사실은 그 아들이 머리가 둔하여 공부를 잘 못하는데, 내 공부가 일취월장 하니까 이것을 시기함이었다.

한번은 월강을 할 때에 선생이 내게 조용히 부탁하신 일도 있었다. '네가 늘 우등을 하였으니 이번에는 일부러 잘 못하는 척하고 선생이 뜻을 물어도 일부러 모르는 척하라.'는 것이었다. 나는 '그러하오리다' 약속을 드리고 그대로 하였다. 이리하여 신존위의 아들이 그날 처음으로 장원을 하였다. 신존위는 대단히 기뻐서 이날 닭을 잡는 등 한턱을 잘 내었다.

그러나 매번 신존위의 아들을 장원시키지 못한 죄로 이 선생이 퇴짜를 맞은 것이니, 참으로 비열한 처사라고 하겠다.

어느 날 내가 아침밥을 먹기 전에 선생님이 우리 집에 오셔서 작별인사를 하셨다. 그때 나는 정신이 아득해져서 선생님의 품에 매달려서 소리 내어 울었다. 이 선생님도 눈물이 비 오듯 하셨다. 나는 며칠 동안은 밥도 잘 안 먹고 울기만 했다.

그 후에도 어떤 돌림 선생 한 분을 모셔다가 공부를 계속하게 되었으나, 이번에는 아버지가 갑자기 전신불수가 되셔서 자리에 누우시게 되었다. 그 때문에 나는 공부를 전폐하고 아버지 심부름을 하지 않으면 안 되게 되었다. 본래 가난한 살림에 의원이야 약이야 하고 가산을 탕진한 끝에, 겨우 아버지는 반신불수로 변하였다. 나는 아버지가 한쪽 팔다리만 쓰시게 된 것만도 천행이라는 생각이 들었다.

그러나 어머니께서는 아버지가 반신불수 상태로서는 도저히 살 수가 없으니 어떻게 하여서라도 병을 고쳐야 하겠다고 하여 반신불수 아버지를 모시고 무전여행을 나서게 되었다. 문전걸식이라도 하면서 고명한 의원을 찾아서 반신불수 남편의 병을 고쳐야겠다는 생각에서였다.

집도 가마솥도 다 팔아 없어졌다. 나는 큰댁에 떠맡긴 몸이 되어 4촌 형들과 소고삐를 끌고 산과 들로 다니면서 세월을 보냈는데, 부모님이 그리워서 견딜 수가 없었다. 그래서 정처 없이 떠돌아다니시는 부모님을 따라서 신천·안악·장련 등지로 떠돌았다. 부모님이 할아버지의 대상제를 거행하기 위하여 본향으로 돌아가실 때 나는 다시 장련 육촌 친척집에 맡겨졌다.

장련의 그 댁에서도 농사를 짓는 집이었으므로 그 집 사람들과 같이 산으로 나무하러 가기 일쑤였다. 나는 너무 어려서 나뭇짐을 지고 다니면, 나는 안 보이고 나뭇짐이 혼자서 걸어 다니는 것 같았다.

그러한 고생을 처음 겪어보니 고통스럽기 짝이 없었다. 더구나 동네엔 큰 서당이 있어서 밤낮없이 글 읽는 소리가 들리므로 말할 수 없는 부러움과 슬픔을 느끼게 했다.

얼마 동안 부모님이 안악·신천·장련 등지로 유리표박流離漂泊하시는 동안에 아버지 병환이 신기하게도 차도가 있었다. 못 쓰던 쪽의 팔다리도 조금씩 쓰시게 되었고 기력도 점차 회복되어 갔다. 그러자 나를 다시 공부시킬 목적으로 본향으로 돌아오셨다.

우리가 고향으로 다시 돌아왔으나 의식주 어느 한 가지도 마땅치 않았다. 그러나 일가친척들이 얼마씩 추렴을 하여서 살 곳을 장만하고 나는 또 서당에 다니게 되었다.

책은 남의 것을 빌려서 읽는다 하더라도 지필묵 살 돈이 나올 데가 없었다. 어머니가 김품과 길쌈품을 하시면서 지필묵을 사주실 때에는 어찌나 고마운지 이루 말로 다 형용할 수 없었다.

내 나이 열네 살이 되었을 때 만나는 선생마다 고루해서 내 마음에 차지 않았다. 벼 열 섬짜리, 닷 섬짜리 하고 교육비의 많고 적음에 따라 선생의 실력을 짐작할 수 있었다. 그들은 다만 글만 부족할 뿐이 아니었다. 그 인격이나 처신이 남의 스승이 될 자격이 전혀 보이지 않았다.

그때에 아버지는 때때로 이런 말씀을 하셨다. '밥 벌어 먹기는 장타령이 제일이다. 너도 힘들게 큰 글을 하려고 애쓰지 말고 관청문서나 제사축문 쓰는 것 같은 행문이나 배우라'는 것이었다. 말하자면 '우명문표사단右明文標事段' 하는 땅문서 쓰기, '우근진소지단右謹陣訴旨段' 하는 솟장 쓰기, '유세차감소고우維歲次敢昭告于' 하는 축문 쓰기, '복지제기자미유항려僕之第幾子未有伉儷' 하는 혼서지 쓰기, '복미심차시伏未審此時' 하는 편지 쓰기 등을 배우라는 말씀이었다. 그 말씀을 좇아 나는 틈틈이 이 공부를 했다. 그 덕택에 유식한 이가 없는 마을에서 제법 문장이 되었다. 문중에서는 내가 장차 존위 하나는 하리라고 기대하게 되었다.

그러나 내 글은 겨우 속문 정도에 지나지 않았지만 포부는 한동네의 존위에 있지 아니하였다. 〈통감〉, 〈사략〉을 읽을 때에 "왕후장상의 씨가 어찌 따로 있을까 보냐"하는 진승의 말이나, 칼을 빼어서 흰

뱀을 베었다는 유방의 일이나, 빨래하는 아낙네에게서 밥을 빌어먹은 한신의 고사를 읽을 때에는 나도 모르게 어깨에서 바람이 나는 것이었다.

나는 어떻게 해서든지 공부를 계속하고 싶었다. 그렇지만 집이 가난하여 고명한 스승을 찾아갈 수가 없었다. 그 때문에 아버지께서도 무척 걱정을 하셨는데, 마침 공부할 길이 하나 열리게 되었다. 우리 동네에서 동북쪽으로 십 리쯤 되는 거리의 학골이라는 곳에 정문재라는 이가 글을 가르치고 계셨던 것이다.

그분은 신분이 우리와 마찬가지로 상놈이었으나 과거를 보는 학문인 과문으로는 당시에 이름난 큰 선비여서, 그 문하에는 사방에서 선비들이 모여 들었다.

정 선생은 내 큰어머니와 6촌간이었다. 아버지께서 그에게 간청하여 훈료(수업료)없이 통학하여 배우는 것을 허락받았다. 나는 뛸듯이 기뻐하며 날마다 밥그릇 망태기를 메고 험한 산길을 십여 리나 걸어서 통학하게 되었는데, 그곳에서 기숙하는 학생들이 일어나기도 전에 도착하는 일이 많았다.

시문을 짓는 제작으로는 과문의 초보인 '대고풍이요, 학과로는 〈한당시漢唐時〉와 〈통감〉 등이었다. 그리고 글씨를 익히는 데는 분판粉板만을 썼다.

시련의 젊은 날

타락으로 얼룩진 과거

이때에 임진경과壬辰慶科를 해주에서 실시한다고 공포되었다. 이것이 바로 우리나라의 마지막 과거가 되었다. 어느 날 정 선생은 아버지께 나도 과거를 보기 위하여 명지에 쓰는 연습으로 장지에 좀 쓸 필요가 있다고 말씀하셨다. 아버지는 천신만고 끝에 장지 다섯 장을 구해 오셔서 나는 그 다섯 장 종이가 새까맣게 되도록 글씨를 썼다.

과거 날이 가까이 다가왔다. 우리 부자는 돈이 없으므로 과거 중에 먹을 만큼 좁쌀을 등에 지고 정 선생을 따라 해주로 갔다. 여관에 들 형편도 못 되므로 전에 아버지께서 친해두셨던 계방에 기숙하며 과거 날을 기다렸다.

과거 날이 왔다. 과장인 선화당 옆에 있는 관풍각 주위에는 새끼줄을 둘러 늘였다. 정오에 부문赴門(과거장 안으로 들어감)을 한다는데, 선비들이 각자 글방을 따라서 자기 글방 이름을 쓴 백포기를 장대 끝에 높이 들고 모여들었다. 산동글방·석담글방 등의 모양이었다. 선비들은 검은 베로 만든 유건儒巾을 머리에 쓰고 도포를 입고 글방의 기를 따라 꾸역꾸역 밀려들었다. 그리고 서로 좋은 자리를 먼저 잡으려고 앞장선 용사패들이 아우성을 쳤는데, 그것은 참으로 가관이었다. 원래 과장에는 노소도 없고 귀천도 없이 무질서한 것이 유풍이라 한다.

또 가관인 것은 늙은 선비들의 과거에 급제시켜 달라고 비는 걸과하는 모습이었다. 둘러 늘인 새끼그물 구멍으로 모가지를 쑥 들이밀고 큰 소리로 이렇게 외치는 것이었다.

"소생 성명은 아무개이옵는데, 먼 시골에 거생하면서 과거 때마다 참여하였사옵는데 금년이 일흔 몇 살이올시다. 요다음은 다시 참과 못하겠사오니 이번에 초시라도 한 번 합격이 되오면 죽어도 여한이 없겠습니다."

이 모양으로 큰 소리를 부르짖기도 하고 방성대곡도 하니, 한편으로는 비루하기도 하고 또 한편으로는 가련하기도 하였다.

내 글을 짓기는 정 선생이 하시고 쓰기만 내가 하기로 하였으나, 내가 과거를 내 이름으로 아니 보고 아버지의 이름으로 명지를 드린다는 말에 접장 한 분이 내 명지를 써주기로 하였다. 나보다도 글씨가 낫기 때문이었다. 내 글과 제 글씨로 과거를 못하는 것이 서운하였으나 차작으로라도 아버지가 급제를 하셨으면 좋을 것 같았다.

차작을 말하자면 누구나 돈만 많으면 할 수 있는 일이었다. 세력 있고 재산 있는 사람들은 모두 글 잘하는 사람에게 글을 빌고, 글씨 잘 쓰는 사람에게 글씨를 빌어서 과거를 치루는 것이었다. 그러나 이 정도는 나은 편이었다.

글은 어찌 되었든지 간에 서울 권문세가의 부탁 편지 한 장, 시관의 수청 기생에게 주는 명주 한 필이 급제나 진사가 되기에는 글 잘하는 큰 선비의 글보다 빨랐던 것이다. 물론 우리 글 따위는 통인通引의 집 밥상과 음식을 덮는 데 쓰는 종이나 되었을 것이요, 시관의 눈에 띄지도 않았을 것이다. 따지고 보면 진사 급제는 미리 정해놓고 과거는 나중에 형식으로 보는 꼴이었다.

이번 과거를 보고 나는 크게 실망하였다. 아무리 글공부를 잘해봤자, 그것으로 앞길을 열어 이 세상에서 양반이 되기는 글러먹은 세상인 줄을 깨달았다. 모처럼 글을 잘한다 해도 세도가 자제들의 대서인이 되는 것이 고작일 것이었다.

나는 집에 돌아와서 과거에 실망한 뜻을 아버지께 말씀 드렸다. 그러자 아버지도 바로 깨달았다고 옳게 여기시고 이렇게 말씀하셨다.

"너 그러면 풍수나 관상 공부를 해보아라. 풍수를 잘 배우면 명당을 얻어서 조상님의 산소를 잘 써서 자손이 복록을 누릴 것이요, 관상에 능하면 사람을 잘 알아보아서 성인군자를 만날 수 있을 것이다."

나는 이 말씀이 매우 이치에 맞는 말이라고 생각되었다. 그래서 아버님께 부탁하여 〈마의 상서〉를 빌어다가 독방에서 석 달 동안 꼼짝도 아니하고 공부를 하였다. 그 방법은 거울을 앞에 놓고 내 얼굴을 비쳐 보면서 그 부위와 이름을 익혀가며 길흉을 연구하는 것이었다. 그런데 아무리 내 얼굴을 관찰해보아도 귀격이나 부격과 같은 좋은 상은 없고 천격, 빈격, 흉격 뿐이었다.

과거를 볼 때 실망하고 낙담하였던 것을 상서에서나 회복하려하였더니, 내 상을 관찰하고 나선 그보다도 더욱 낙심하게 되었다. 짐승 모양으로 그저 살기 위해 살다가 죽어야 하는가, 세상을 살고 싶은 마음이 조금도 없었다.

이렇게 절망에 빠진 나에게 오직 한 가지 희망을 주는 것이 있었으니, 〈마의상서〉중에 있는 다음의 구절이었다.

얼굴이 좋음이 몸 좋음만 못하고相好不如身好
몸 좋음이 마음 좋음만 못하다身好不如心號.

이 구절을 보고 나는 마음 좋은 사람이 되기로 굳게 결심하고, 마음 좋은 사람이 되는 법이 무엇인가 하고 찾았다. 그러나 〈마의상서〉는 거기에 대해서는 아무런 대답도 주지 않았다.

그래서 상서는 덮어버리고 〈지가서地家書〉를 보았으나 그것도 취미를 얻지 못하고, 이번에는 병서를 읽기 시작하였다. 즉 〈손무자〉, 〈오기자〉, 〈삼략〉, 〈육도〉등을 읽어보았다. 잘 이해하지 못할 곳도 많았

으나 장수로서의 재목을 말한 곳에,

태산이 무너지더라도 마음을 움직이지 말고泰山覆於前 心不妄動
사졸과 더불어 즐거움과 어려움도 같이 하며與士卒同甘苦
나아가고 물러남을 범과 같이 하며進退如虎
남을 알고 저를 알면知彼知己
백 번 싸워도 지지 아니하리라百戰不敗.

라는 구절이 내 마음을 끌었다. 이때 내 나이가 열일곱 살이었는데, 일가 아이들을 모아서 훈장질을 하기도 했다. 그러는 한편 잘 알지도 못하는 병서를 읽으면서 1년이란 세월을 보냈다.

신비한 동학의 세계로

이때에 사방에서는 괴질이 돌고 여러 가지 이상한 소문이 났다. '어디에서는 진인이 나타나서 바다를 달리는 기선汽船을 못가게 딱 붙여 놓고 통행세를 받고야 놓아주었다.'

'머지않아 계룡산에 정도령이 나타나서 도읍을 할 터이니 바른 목에 가 있어야 새 나라의 양반이 된다.'

'아무개는 세간을 정리하고 계룡산으로 옮겼다.'

등의 소문들이었다. 또한 이런 소문도 나돌았다. 우리 동네에서 이십 리쯤 떨어진 갯골이란 곳에 사는 오응선과 최유현이라는 사람이 충청도 최도명이라는 동학 선생 밑에서 공부를 하는데, 방문 출입시 문을 손으로 열지 않고 출입하며, 문득 있다가 별안간 없어지며, 능히 공중으로 떠서 다니므로 충청도 최도명 선생한테 밤새 동안에 다녀온다고 하였다. 나는 이 동학이라는 것에 호기심이 생겨서 이 사람들을 찾아보기로 결심하였다.

그들을 찾아가기에 앞서 나는 남에게서 들은 말대로 누린 것과 비린 것을 금하고, 목욕재계 후 새 옷을 갈아입고 길을 나섰다. 내 행색으로 말하면 머리를 빗어서 땋아 늘이고 옥색 도포에 끈목띠를 띠었다. 이렇게 하여야 받아준다는 것이었다. 그때 내가 열여덟 살 되던 정초였다.

갯골 오씨 집 문 앞에 이르니 안으로부터 무슨 글을 읽는 소리가 들렸다. 그것은 보통 경전이나 시를 외는 소리와는 사뭇 달랐다. 마치 노래를 합창하는 것과 같았는데, 도무지 뜻을 알 수가 없었다. 주인을 찾았더니 치포관을 쓴 말쑥한 젊은 선비 한 사람이 나와서 나를 맞는다. 내가 공손히 절을 하자 그도 공손하게 맞절을 했다. 뜻밖의 일이라서 나는 재빨리 내 성명과 문벌을 말하고, 내가 비록 어른이라 하더라도 양반 댁 서방님인 주인의 맞절을 받을 수 없는데, 하물며 머리를 땋아 내린 아이에게 이런 대우는 지나친 것임을 말하였다. 그랬더니 선비는 감동하는 빛을 보이면서, 자신은 동학도인이라 선생의 훈계를 지켜 빈부귀천에 차별이 없고 누구나 평등하게 대접하는 것이니 미안해 할 것 없다고 말했다.

나는 이런 말을 들으니 별세계에 온 것 같았다. 내가 도를 들으러 온 뜻을 말하니, 그는 쾌히 동학의 유래와 도리의 요령을 설명하였다.

"이 도는 용담 최수운 선생께서 천명하신 것입니다. 그러나 그 어른은 이미 순교하셨고 지금은 그 분의 조카 되시는 해월 최시형 선생이 대도주가 되셔서 포교를 하십니다. 이 도의 종지宗旨로 말하면 말세의 간사한 인류로 하여금 개과천선하여서 새 백성이 되어, 장래에 진주眞主(참 임금)를 모시어 계룡산에 새 나라를 세우는 것입니다."

나는 그 말을 듣는 순간 매우 기쁘고 즐거운 마음이 일어났다. 왜냐하면 내 얼굴의 형상이 나쁜 것을 깨닫고 마음이 좋은 사람이 되기로 맹세한 나에게는 하늘님을 몸에 모시고 하늘 도를 실행하는 것이 가장 요긴한 일이었기 때문이다. 또한 상놈 된 한이 골수에 사무친 나로서는 동학의 평등주의가 더할 수 없이 고마웠다. 게다가 이씨의 운수가 다하였으니 새 나라를 세운다는 말도 정치의 극심한 부패에 실망한 나에게는 적절하게 들리지 않을 수가 없었다. 나는 입도할 마음이 불같이 일어나서 입도 절차를 물었다. 쌀 한 말, 백지 세 권, 황초 한 쌍을 가지고 오면 입도식을 거행하여 준다고 하였다.

〈동경대전〉, 〈팔편가사〉, 〈궁을가〉 등 동학의 서적을 열람하고 집에 돌아온 나는 그 사실을 아버지께 상세히 말씀 드렸다. 그러자 아버지께서는 즉시 허락하시고 입도식에 쓸 예물을 준비하여주셨다.

동학에 입도한 나는 열심히 공부를 하는 동시에 전도에 힘썼다. 아버지께서도 입도하셨다. 이때의 형편으로 말하자면, 양반은 동학에 오는 이가 드물고 나와 같은 상놈들이 많이 모여들었다. 내가 입도한 지 불과 몇 달 안에 연비가 수백 명에 이르렀다. 이렇게 되어 내 이름이 널리 소문이 나서 도를 물으러 찾아오는 이도 있고, 나에 대한 사실무근인 이야기를 퍼뜨리는 사람도 있었다.

"그대가 동학을 하여보니 무슨 조화가 나던가?"

그들이 내게 와서 흔히 묻는 말이었다. 다시 말해서 사람들은 도를 구하지 않고 무슨 요술과 같은 조화를 구하는 것이었다. 그런 질문을 받을 때마다 나는 이렇게 대답하였다.

"제악막작 중선봉행諸惡莫作 衆善奉行(악을 저지르지 않고 선을 행한다)."

이것이 나의 정당하고 솔직한 대답이건만, 듣는 이들은 내가 조화를 감추고 자기네에게 아니 보여주는 것이라고 생각하는 모양이었다.

나는 이 때부터 아명인 창암 대신 창수로 개명했는데 그들은 김창수가 한 길이나 떠서 걸어 다니는 것을 보았노라고 말하기도 하였다. 이 모양으로 있는 소리, 없는 소리 섞어 전해졌기 때문에 내 명성이 황해도 일대뿐만 아니라 멀리 평안남도까지 소문이 자자했다. 그리하여 그 해에 내 밑에 있는 연비가 무려 수천 명에 달하였다. 당시 황해도, 평안도 동학당 중에서 내가 나이도 어린데 가장 많은 연비를 가졌다 하여 나를 아기 접주라고 별명지어 불렀다. 접주라는 것은 한 접의 수령이란 말로서 위에서 내리는 직함이다.

이듬해인 계사년 가을에 해월 대도주로부터 오응선, 최유현 등에게 각기 연비들의 명단을 보고하라는 공함이 왔다. 그리하여 황해도 내에서 대도주를 찾아갈 인망이 높은 도유 15명을 선발하게 되었는데, 나도 그 중 하나로 뽑혔다. 편발로는 불편하다 하여 갓을 쓰고 떠나게 되었다.

고맙게도 연비들이 내 노자를 모아주었기 때문에 도주님께 올릴 예물로 해주 향먹을 특제로 맞출 수 있었다. 우리 일행은 육로, 수로를 거쳐 충청도 보은군 장안이라고 하는 해월 최시형 선생이 계신 곳에 다다랐다. 동네에 쑥 들어서니 이 집에서도, 저 집에서도,

"지극한 기운과 원하는 것을 내려주소서至氣今至願爲大降
하늘님을 모시면 조화의 경지가 이루어지고始天主造化定
영원히 잊혀지지 않고 만물의 이치를 알 수 있다永世不忘萬事知."

하고 주문 외는 소리가 들렸다. 그와 함께 한편으로는 해월 대도주를 찾아서 오는 무리, 또 한편으로는 뵈옵고 가는 무리가 끊이지 아니하고 집이란 집은 어디나 사람들로 꽉꽉 찼었다.

우리는 접대인에게 우리 일행 15명의 명단을 주어 대도주께 우리가 온 것을 알렸다. 한 시간이나 지나서야 황해도에서 온 도인들을 부르신다는 통지가 왔다. 우리 일행 15명은 인도자를 따라서 해월 선생의 처소에 이르러 선생 앞에 한꺼번에 절을 올렸다. 그때 선생은 앉으신

채로 상체를 굽히고 두 손을 방바닥에 짚고 답배를 하시면서 먼 길에 수고가 많았다고 간단히 위로의 말씀을 하셨다.

우리가 각자 가지고 온 예물과 도인의 명단을 드리니, 선생은 소임자를 부르시어 처리하라 명하셨다.

우리가 불원천리하고 선생을 찾아간 것은 선생의 선풍도골도 뵙고, 또한 해월 선생께로부터 무슨 신통한 조화 같은 것을 배울 수 있을까 했는데, 그런 것은 없었다.

선생은 연세가 60은 되어 보였다. 구레나룻가 보기 좋게 나셨으며 약간 검은 터럭이 보였다. 얼굴은 야위었지만 맑은 맵시였다. 머리에는 크고 검은 갓을 쓰시고 동저고리 바람으로 일을 보고 계셨다. 방문 앞에 놓인 수철 화로의 약탕관에서는 약이 김을 내면서 끓고 있었는데 독삼탕獨蔘湯(맹물에 인삼 한 가지만 넣고 달인 약) 냄새가 났다. 선생이 잡수시는 것이라고 했다.

방 안팎으로 여러 제자들이 선생을 옹위하고 있었다. 그 중에도 가장 가까이 모시는 이는 손응구, 김연국, 박인호 등이었다.

손응구는 장차 해월 선생의 후계자로 대도주가 될 의암 손병희 선생이었다. 그는 말쑥한 청년이었고, 김연국은 연세가 마흔은 되어 보이는데 순실한 농부와 같았다. 이 두 사람은 다 해월 선생의 사위라고 들었다. 손씨는 유식해 보이고 '천을천수天乙天水'라고 쓴 부적을 보건대 글씨 재주도 있는 모양이었다.

우리 일행이 해월 선생 앞에 있을 때에 보고가 들어왔다. 전라도 고부에서 전봉준이 벌써 군사를 일으켰다는 것이었다. 뒤이어 또 보고가 들어왔다. 어떤 고을 원이 도유의 전 가족을 잡아 가두고 전 재산을 강탈하였다는 것이었다. 이 보고를 들으신 선생은 진노하는 낯빛을 띠고 순 경상도 사투리로 이렇게 말씀하셨다.

"호렝이(호랑이)가 물러 들어오면 가만히 앉아서 죽을까, 참나무 몽둥이라도 들고 나가서 싸우지."

선생의 이 말씀이 곧 동원령이었다. 각처에서 대령하던 대 접주들이 물 끓듯 얼굴에 분기를 띠고 물러가기 시작하였다. 각각 지방에서 군사를 일으켜 싸우자는 것이었다.

우리 황해도에서 온 일행도 각각 접주라는 첩지를 정식으로 받았다. 거기에는 두건 속에 '해월인海月印'이라고 새긴 도장이 찍혀 있었다. 우리 일행은 선생께 하직하고 물러나와 잠시 속리산을 구경하고 고향으로 돌아오기 시작했다. 오는 도중에 벌써 곳곳에 사람들이 떼를 지어 모이고 평복에 칼 찬 사람을 가끔 만나게 되었다.

광혜원 장거리에 오니 만 명이나 됨직한 동학군이 진을 치고 행인을 검색하고 있었다. 가관인 것은 평시에 동학당을 학대하던 양반들이 잡혀와서 길가에 앉아 짚신을 삼고 있는 광경이었다.

우리 일행은 증표를 보이고 무사히 통과하였다. 부근 마을에서 밥을 짐으로 지고 동학군 지휘본부로 날라오는 것을 무수히 길에서 만나게 되었다. 논에서 벼를 베던 농민들이 동학군이 물밀듯 몰려드는 것을 보고 낫을 버리고 달아나는 것도 보았다.

우리는 이런 광경들을 보면서 서울에 다다랐다. 이때 경군이 삼남(충청, 전라, 경상도)을 향하여서 행군하는 것도 만났다.

팔봉접주 김창수

해주에 돌아오니 9월이 되었는데, 황해도와 동학당들도 들먹들먹하고 있었다. 왜냐하면 양반과 관리의 압박과 탄압으로 도인들의 생활이 불안하였고, 삼남으로부터 참여하라는 공함이 빗발쳤기 때문이었다.

그래서 15접주를 위시하여 여러 두목들이 모여 회의를 한 결과 거사하기로 결정을 내리고, 제1회 총소집의 위치를 해주 죽천장으로 정하고 각처의 도인들에게 공함을 발송했다.

나는 팔봉산 밑에 산다고 하여 접 이름을 '팔봉'이라고 짓고 푸른 비단에 '팔봉도소八峰都所'라고 크게 쓴 기를 만들었다. 표어로는 '척양척왜斥洋斥倭(서양과 왜를 배척한다).'라고 넉 자를 써서 높이 매달았다.

그런 다음 곧바로 연비들과 의논했다. 거사가 시작되면 중앙에서 동학군을 토벌하러 내려올 경군 및 왜병과 접전할 것이다. 그것에 대비하여 우리 연비들 중에서 총기를 가진 자들은 별도 군대를 편제하자는 것이었다.

나는 본래 산골 출신이며 상놈인 까닭에 우리 접 동지들 가운데 산

포수 연비가 많았다. 그들을 다 모으니 총을 가진 군사가 7백 명이나 되어 무력으로 누구의 접보다도 우수하였다. 인근 부호의 집에 간직했던 약간의 호신용 무기도 징발했다.

접주들의 최고회의에서 작정한 전략은 이랬다. 우선 황해도의 수부首府인 해주성을 빼앗아 탐관오리와 왜놈들을 다 잡아 죽이기로 하고 팔봉접주 김창수로 선봉을 삼는다는 것이었다. 이것은 내가 평소 병서에 소양이 있고 또 내 부대에 산포수가 많은 것도 이유겠지만, 그보다는 자기네가 앞장을 서서 총알받이가 되기 싫은 것이 보다 큰 이유였을 것이다.

그러나 나는 쾌히 선봉이 될 것을 수락했다. 다른 부대더러 따라오라 하고 나는 '선봉'이라고 쓴 사령기를 들고 말을 타고 선두에 서서 해주성을 향하여 전진했다. 그리하여 해주성 서문 밖 선녀산에 진을 치고 총공격령이 내리기를 기다리며 대기하고 있었다.

이윽고 총지휘부에서 총공격령이 내렸다. 작전계획은 선봉장인 나에게 일임한다는 명령이 전달되었다. 나는 다음과 같이 계획을 세워서 본부에 보고했다.

> 지금 성내에 아직 경군이 도착하지 아니하고 오합지중으로 된 수성군 2백 명과 왜병 일곱 명이 있을 뿐이다. 그러니 선발대로 하여금 먼저 남문을 엄습케 하여 수성군의 힘을 그리로 끌게 한 후에 나는 서문을 공격하겠다. 총지휘부에서는 형세를 보아

불리한 편을 도우라.

이렇게 보고 한 후에 곧 작전을 개시하였다.

총지휘부에서는 내 계획에 따라 한 부대를 남문으로 향하여 진격케 하였다.

이때에 수명의 왜병이 성위에 올라 대여섯 방의 공포를 쏘았다. 그 바람에 남문으로 향하던 선발대는 놀라서 도망가기 시작했다. 왜병은 이것을 보고 달아나는 무리를 향하여 총을 연발 쏘았다.

나는 이에 전군을 지휘하여 서문을 향하여 맹렬한 공격을 개시하였다. 이때 돌연 총지휘부에서 퇴각하라는 명령이 내려졌다. 우리 선봉대는 머리를 돌리기도 전에 뒤따르던 군사가 산으로 들로 달아나는 것이 보였다. 달아나는 한 군사를 붙들어 퇴각하는 까닭을 물으니 남문 밖에서 도유 서너 명이 총에 맞아 죽은 까닭이라고 했다.

이렇게 되니 선봉대도 퇴각하지 않을 수 없었다. 비교적 질서 있게 퇴각하여 해주에서 서쪽으로 80리쯤 되는 화학동 곽 감역 댁에서 모이기로 하였다. 무장한 군인은 줄어들지 않고 거의 전원이 따라와 있는 것이 대견하게 생각되었다.

나는 이번의 실패에 분개하면서 잘 훈련된 군대를 만들기에 힘을 다하기로 결심했다. 동학 도유거나 아니거나를 구분하지 않았다. 전에 장교의 경험이 있는 자는 정중하게 초빙하여 군사를 훈련하는 교관으로 삼았다. 사격훈련은 말할 것도 없고 행군하는 법이며, 체조며

온갖 조련을 다하였다. 잘 훈련된 군대를 만드는 것이 싸움에서 이기는 비결이라고 믿는 까닭이었다.

하루는 어떤 사람 둘이 내게 면회를 청하였다. 찾아온 사람은 구월산 밑에 사는 정덕현, 우종서라는 사람이었다. 찾아온 연유를 물었더니 그 대답이 놀라웠다. '동학군이란 한 놈도 쓸 놈이 없는데, 풍문으로 들은즉 그대가 좀 낫단 말을 듣고 한번 보러 왔다.'는 것이었다.

옆에 있던 내 부하들이 두 사람 말의 불경함을 듣고 분개하였다. 그러나 나는 도리어 부하를 책망하여 밖으로 내보내고 나서 기이한 손님과 셋이서 마주앉았다.

나는 공손히 두 사람을 향하여 '선생'이라 존칭하고, 이처럼 찾아와 주셨으니 무슨 좋은 계책을 가르쳐주시기를 바란다고 하였다. 그러자 정씨가 더욱 교만한 태도로 말했다.

"비록 계책을 말하더라도 그대가 알아듣기나 할까, 아마도 실행할 자격이 없으리라."

이렇게 비웃은 뒤에 더욱 호기 있는 언성으로,

"동학접주나 하는 자들이 어줍지 않게 호기나 충전하여 가지고 선비 알기를 초개와 같이 보고 있다. 혹시 그대도 그런 사람이 아닌가?"

하고 나를 노려보았다. 나는 더욱 공손한 태도로,

"이 접주가 다른 접주와 같은지 다른지는 선생께서 한 번 가르쳐 보신 뒤에야 알 것이 아닙니까?"

하였다. 그들은 둘 다 나보다 십 년 손위는 될 것 같았다.

그제야 정씨가 흔연히 내 손을 잡으며 계책을 말했는데, 그것은 다음과 같았다.

1. 군기를 정숙히 하되 비록 군졸을 대할지라도 하대하지 않고 경어를 쓸 것.
2. 민심을 얻어야 할 것이니 동학군은 총을 가지고 민가로 다니며 곡식을 걷는 강도적 행위를 엄금할 것.
3. 현명한 사람을 구하는 글을 돌려 널리 인재를 구할 것.
4. 전군을 구월산에 집결시키고 훈련할 것.
5. 재령·신천 두 고을에 왜倭가 사서 쌓아둔 쌀 2천 석을 빼앗아 구월산 패엽사에 쌓아두고 군량으로 쓸 것.

나는 쾌히 이 계획을 채택하여 실시하기로 했다. 즉시 전군을 집합장에 모아놓고 정씨를 모주謀主, 우씨를 종사從事라고 공포하고 전군을 지휘하여 두 사람에게 최대의 예로 경례를 시켰다. 그런 다음 종사 우종서로 하여금 간략한 군령 몇 개조를 만들어 공포하게 했다. 군령 위반자는 엄벌에 처하기로 했다. 그러고는 구월산으로 짐을 옮길 준비를 하였다.

그러던 어느 날 밤, 신천 청계동의 안 진사로부터 밀사가 왔다. 안 진사의 이름은 태훈泰勳인데, 그의 맏아들 중근重根은 나중에 이등박문을 쏘아 죽인 사람이다.

그는 글 잘하고 글씨 잘 쓰기로 이름이 서울에까지 알려져 있을 뿐만 아니라 지략을 겸비했기 때문에 당시 조정의 대관들까지도 그를 어렵게 알고 대우하였다.

동학군이 궐기하자 안 진사는 이를 토벌하기 위하여 자택에 의려소義旅所를 설치한 후에 그의 자제들도 의병이 되게 하고, 포수 3백 명을 모집했다. 그 힘으로 신천 경내에 있는 동학당을 토벌하여 크게 성공을 거두었으므로, 각 접이 모두 이를 크게 두려워하고 경계를 하던 중이었다.

나는 정 모주로 하여금 그를 만나게 했는데, 그의 보고는 이러했다.

우리의 본진이 있는 회학동과 안 진사의 청계동이 불과 20리 거리이다. 만일 내가 무모하게 청계동을 치려다가 패하면 내 목숨과 성명을 보장하기 어려울 것이다. 그리되면 아까운 인재를 하나 잃어버리게 된다. 그러므로 서로 충돌을 피하는 것이 좋겠다.

안 진사가 나를 위하여 호의로 이 밀사를 보낸 것이었다.

이에 곧 참모회의를 열어서 의논했다. 그 결과 저편에서 나를 치지 아니하면 나도 저편을 치지 아니할 것, 피차 어려운 지경에 빠질 경우에는 서로 도울 것이라는 밀약이 성립되었다.

예정대로 나는 모든 군사를 구월산에 집결시켰다. 재령·신천에 있던 양곡도 구월산 패엽사로 옮겨왔다. 한 섬을 가져오면 서 말을 준다고 하였더니 당일로 다 옮겨졌다. 날마다 군사훈련도 힘써 실행했다. 또 인근 각 동에 명하여 동학당이라고 자칭하고 민간에 행패하는 자들을 적발하여 엄벌에 처했더니, 며칠이 안 되어서 질서가 회복되고 백성들도 안도하게 되었다.

또 널리 인재를 수소문하여 송종호, 허곤 같은 유식한 사람도 구했다. 패엽사에는 하은당이라는 도승이 있어서 수백 명 남녀 승도를 거느리고 있었는데, 나는 가끔 그의 설법도 들었다.

이러는 동안에 경군과 왜병은 이미 해주를 장악했다. 그 여세를 몰아 옹진·강령 등지를 평정하고 학고개를 넘어온다는 기별이 왔다. 그들의 목표가 구월산일 것은 상상하기 어렵지 않았다.

그러나 화근은 경군이나 왜병에 있지 아니하고 나와 같은 동학당인 이동엽의 군사에 있었다. 이동엽은 구월산 부근 일대에서 가장 큰 세력을 잡은 접주로서, 그의 부하들은 나의 본진 가까이까지 침입하여 노략질을 함부로 하였다. 우리 군에서는 사정없이 그들을 체포하여 처벌하였기 때문에 피차간에 반목이 깊어져 있었다. 또한 우리 군사들 중에서도 군율에 의한 형벌을 받고 앙심을 품은 자, 노략질을 마음대로 하고 싶은 자들이 이동엽의 군대로 달아나는 일들이 늘었다.

이리하여 이동엽의 세력은 날로 커지고 내 세력은 날로 줄어들었다. 이에 나는 최고회의를 열고 의논했다. 그 결과 나는 동학 접주라는 칭호를 버리기로 결정하고 군대를 허곤에게 맡기기로 하였다.

이는 나의 병권을 박탈하려 함이 아니요, 우리 군대와 나를 살려내고자 하는 계책이었다. 이에 허곤은 송종호로 하여금 평양에 있는 장호민에게 보내는 소개장을 가지고 평양으로 떠나게 하였다. 이것은 황주 병사의 양해를 얻어서 일을 정치적으로 해결하려 함에서였다.

이때의 내 나이는 열아홉, 갑오년(1894년) 섣달이었다. 갑자기 나는 몸에 열이 나고 두통이 심하여서 자리에 눕게 되었다. 하은당 대사는 나를 그의 사처인 조실에 혼자 있게 하고 몸소 병구완을 하였다. 며칠 만에 내 병이 홍역인 것이 판명되었다.

"허어 참, 홍역도 치르지 못한 대장이로군."

하은당 대사는 그런 말을 하고 웃으셨다. 그리고 즉시 홍역을 다스린 경험이 있는 노파에게 조리를 맡게 하였다.

이렇게 병석에 누워 있던 어느 하루, 이동엽이 전군을 이끌고 패엽사로 쳐들어온다는 급보가 있었다. 그와 동시에 어지러이 총소리가 들리더니 순식간에 절 경내에서 양군의 육박전이 벌어졌다.

그러나 원래 사기가 떨어진데다가 장수를 잃은 나의 군사들은 불의의 습격을 받아 여지없이 패하고 말았다. 우리의 본진은 적에게 제압당하고 군사들은 보기 흉하게 흩어져 도망하는 모양이었다.

이윽고 이동엽의 호령하는 소리가 들렸다.

"김 접주에게 손을 대는 자는 사형에 처한다. 이종선을 잡아 죽여라."

이동엽이 나를 죽이지 못하게 하는 데에는 까닭이 있었다. 즉, 나는 해월 선생이 도장을 찍어 임명한 접주이기 때문에 후일 큰 화를 당하지 않을까 두려워했던 것이다.

어쨌든 나는 이동엽의 호령을 듣고 이불을 박차고 마루 끝에 뛰어

나서서,

"이종선은 내 명령을 받아서 무슨 일이나 시행했을 뿐이다. 그러므로 만일 이종선이 죽을 죄를 지었거든 나를 죽여라."

하고 크게 외쳤다. 그러나 이동엽은 내 말에 대꾸도 않고 부하들에게 명령했다.

"여봐라, 김 접주를 꼼짝 못하도록 붙들어라!"

이동엽의 부하들은 나를 꽉 껴안아서 손발을 움직이지 못하게 했다. 그런 다음 이동엽은 이종선만을 끌고 나갔다. 이윽고 동구에서 총소리가 들린 후에 이동엽의 부하는 다 물러가고 말았다.

이종선이 죽었다는 말을 듣고 나는 동구로 달려 내려갔다. 과연 그는 총에 맞아 쓰러지고 그가 입고 있는 옷은 아직도 불에 타고 있었다. 나는 그의 머리를 안고 통곡하다가 내 저고리를 벗어서 그의 머리를 감싸주었다. 이 저고리는 내가 남의 윗사람이 되었다하여 어머니께서 지어 보내주신, 평생 처음 입어보았던 명주 저고리였다.

내가 눈 위에서 벌거벗고 통곡하고 앉아 있는 것을 보고 이웃 사람들이 의복을 가져다가 입혀주었다. 나는 이들을 지휘하여 이종선의 시체를 매장하여 주었다.

이종선은 함경도 정평 사람으로서 장사차 황해도에 와서 살던 사람이었다. 비록 무식하나 총사냥을 잘하고 사람을 거느리는 재주가 있었으므로 내가 그를 참모로 삼았던 것이다.

이종선을 매장하고 나서 나는 패엽사로 돌아가지 아니하고 부산동

정덕현 집으로 갔다. 내게서 그 동안 지낸 이야기를 들은 정덕현은 태연한 태도로 이렇게 말했다.

"이종선이 죽은 것은 불행한 일입니다. 그러나 형은 오늘에야 비로소 일을 끝낸 장부입니다. 오늘부터 며칠간 홍역 끝의 여독을 조리한 다음 나와 함께 유람이나 떠납시다."

내가 이종선의 원수를 갚아야 한다고 했을 때 정덕현은 고개를 저었다.

"그럴 때가 아닙니다. 지금까지 구월산을 소탕하려는 경군과 왜놈들이 우리를 공격하지 못했던 것은 이동엽의 세력이 크고, 우리의 힘도 만만치 않았기 때문입니다. 그러나 우리들끼리 싸운 오늘의 소문이 그들의 귀에 들어가면 곧 맹공으로 나올 것입니다. 그러면 우리는 끝장입니다. 이동엽이가 제 손으로 손등을 쳤습니다. 이제는 이미 엎질러진 물입니다."

그랬다. 이동엽이가 우리의 패엽사를 친 것은 제 손으로 제 손등을 친 것과 마찬가지였다. 경군과 왜병이 총공격을 할 것이라고 하던 정씨의 말이 그대로 적중하여, 정씨와 내가 몽금포 근처에 숨어 있는 동안에 이동엽은 잡혀가서 사형을 당하였다.

구월산의 내 군사와 이동엽의 군사가 소탕되니 황해도의 동학당은 전멸이 된 셈이었다.

청계동의 안 진사

몽금포 인근에서 석 달을 숨어 있다가 나는 정씨와 더불어 텃골의 부모를 찾아뵙고, 정씨의 의견을 좇아 청계동 안 진사를 찾아가 몸을 의탁하기로 하였다.

나는 패군지장으로서 일찍이 적군이던 안 진사의 밑에 들어가 포로의 대우를 받을 것이 불쾌하게 생각되었다. 그러나 정씨는 안 진사의 위인이 그렇지 아니하며 심히 인재를 사랑한다는 말과 함께, 전에 안 진사가 밀사를 보낸 것도 이런 경우를 당하면 자기에게 오라는 뜻이라고 역설하므로, 나는 그의 말을 그대로 따르기로 한 것이었다.

텃골 본향에서 부모님을 뵙고 온 이튿날 정씨와 나는 부모님을 하직하고 곧 천봉산을 넘어서 청계동에 다다르게 되었다.

청계동은 사면이 험준하고, 수려한 봉우리에 에워싸여 있었다. 동네는 약 50호의 인가가 띄엄띄엄 있었는데, 동구 앞으로 한 줄기 개울이 흘렀다. 그곳 바위 위에는 '청계동천淸溪洞天'이라는 안 진사의 자필 각자가 있었다.

동구를 막을 듯이 작은 봉우리 위에 있던 파수병이 우리를 보고 누구냐고 물었다. 명함을 대고 얼마간 기다리니 의려장義旅長의 허가가 있다하여 한 군사가 우리를 인내해 의려소인 안 진사 댁으로 갔다. 들어가면서 살펴보니 문전에는 연당이 있고 그 가운데는 작은 정자가 있는데, 이것은 안 진사 6형제가 평소에 술을 마시고 시를 읊는 곳이라 했다. 대청 벽 위에는 '의려소' 석 자를 가로글씨로 써 붙였다.

안 진사는 우리를 정청에 영접하여 수인사를 했다. 그런 다음 처음 입을 열어 한 말은 이러했다.

"김 석사가 패엽사에서 위험을 면하신 줄은 알았습니다. 그 후 사람을 풀어서 계신 곳을 찾았으나 행방을 몰라 염려하였습니다. 그런데 오늘 이처럼 찾아주시니 감사하외다."

안 진사는 잠시 후 다시 물었다.

"들으니 양친이 다 계신 듯 하온데, 양위분은 편히 사실 곳이 있으시오?"

"아닙니다. 달리 안접할 곳이 없어 아직 텃골에 계십니다."

나의 말을 들은 안 진사는 그 즉시로 오일선에게 총을 맨 군사 30명을 붙여주고 명했다.

"오늘 안으로 텃골로 가서 김 석사 부모 양위분을 모셔오되, 근동에 있는 우마를 정발하여 그 댁 가산 전부를 싣고 오렷다."

이리하여 우리 집이 청계동에 머물게 되었는데, 이때는 내가 스무 살 되던 을미년(1895년) 2월이었다.

내가 청계동에 머문 것은 고작 4~5개월에 불과하지만 이 동안이 내게는 심히 중요한 시기였다. 그것은 첫째로는 안 진사와 같은 큰 인격에 접한 것이요, 둘째로는 고산림高山林이라는 의기 있는 학자의 훈도를 받게 되었기 때문이다.

안 진사의 조부 인수仁壽는 진해 현감을 역임했다. 그 후 많은 재산을 가난한 일가에게 나누어주고 청계동으로 들어오니, 이곳에서 산천이 수려함과 족히 피난처가 될 만한 곳을 취함이었다. 그때는 장손인 중근이 두 살 적이었다 한다.

안 진사는 과거를 하려고 서울 김종한의 문객이 되어 수년 동안 서울에 머물던 도중 소과에 합격함으로써 진사가 되었다. 그러나 벼슬할 뜻을 버리고 집으로 돌아와서, 여섯 형제들이 술과 시로 세월을 보내는 한편 뜻있는 벗을 사귀는 일로 낙을 삼고 있었다.

진사의 6형제는 모두 다 문장재사였다. 그 중에서도 셋째인 안 진사는 눈에 정기가 있어 사람을 누르는 힘이 있고 기상이 활발하고 도량이 넓어 작은 일에 구애받지 않았다. 그러므로 비록 조정의 높은 벼슬아치도 그와 면대하면 자연히 경외하는 마음이 일어났다.

내가 보기에도 그는 퍽 소탈했다. 비록 무식한 하류들에게까지 조금도 교만한 빛이 없이 친절하고, 틀림이 없어서 상류건 하류건 간에 다 그에게 호감을 가졌다. 얼굴이 매우 청수했지만 술이 과하여 코끝이 붉은 것이 흠이라면 흠이었다.

그는 율시를 잘했다. 당시에 그의 시가 많이 읊어졌고, 내게도 흥있게 읊어주는 일이 있었다. 그는 황석공의 소서를 자필로 써서 벽장문에 붙이고 취흥이 나면 그것을 소리 높여 낭독하곤 하였다.

그때 안 진사의 맏아들 중근은 열여섯 살로서 상투를 틀고 있었는데, 머리를 자주 수건으로 질끈 동이고 짧은 장총을 메고 날마다 사냥을 일삼고 있었다. 보기에도 영기가 발발하고 청계동 군사들 중에 사격술이 가장 뛰어나서 짐승이나 새나 그가 겨눈 것은 놓치는 일이 없기로 유명하였다.

그는 태건 작은아버지와 언제나 함께 사냥을 다니고 있었다. 그들이 잡아오는 노루와 고라니 등으로는 군사들을 먹이고 또 안 진사 6형제의 술안주로 삼았다.

안 진사의 둘째 아들 정근은 아홉 살, 셋째 아들 공근은 여덟 살이었다. 둘은 붉은 두루마기를 입고 머리를 땋아 내린 차림으로 글을 읽고 있었는데, 안 진사는 이 두 아들에 대해서는 글을 안 읽는다고 걱정도 하였으나 중근에 대해서는 아무 간섭도 하지 않는 것 같았다.

고산림의 본 이름은 능선能善이다. 그는 해주 서문 밖 비동에 대대로 살던 분으로서, 중암 조중교의 문하생이요, 의암 유인석과 동문으로서 해서海西에서는 크게 알려진 학자였다. 이분도 안 진사의 초청으로 이 청계동에 들어와 살고 있었다.

내가 고산림을 처음 대면한 것은 안 진사의 사랑채에서였다. 그때 그는 나에게 자기의 사랑에 놀러오라는 말을 하셨다. 나는 크게 감복하여 이튿날 그의 집으로 찾아갔다. 선생은 노안에 기쁨을 띠시고 친절하게 나를 맞으시며 맏아들인 원명을 불러 나와 상면케 하였다. 원명은 나이 서른 살쯤 되어 보였는데, 자품은 명민한 듯하나 크고 넓음이 그 부친의 뒤를 이을 것 같지는 않아 보였다. 그에게는 열대여섯 살 된 큰딸이 있었다.

고 선생이 거처하시는 작은 사랑방에는 책들이 가득 쌓여 있었는데, 네 벽에는 옛날 성현들의 좌우명과 선생 자신이 마음에 새긴 것들을 둘러 붙여놓고 있었다. 선생은 가만히 꿇어앉아서 마음을 가다듬기도 하며, 간간이 〈손무자〉, 〈삼략〉 같은 병서도 읽으시는 것 같았다.

고 선생은 나에게 이야기하는 가운데 이런 말을 하였다.

"매일 안 진사집 사랑에 가서 소일하더라도 정신수양과 학문을 닦기 위해서, 매일 나의 사랑에 와서 세상사도 말하고 학문을 토론함이 어떠한가?"

나는 이러한 큰 학자가 내게 대하여 이처럼 지우知遇를 주시는 것에 대하여 눈물겹게 황송하면서 아울러 감사하게 생각하였다. 그래서 나는 좋은 마음을 가진 사람이 되려던 소원을 말씀 드리고 모든 것을 고 선생의 가르치심에 맡긴다는 말씀을 드렸다. 앞에서 말했듯 그 당시 나는 과거에 낙심하고 관상에 실망한 터였다. 게다가 동학운동마저 실패했기 때문에 자포자기에 가까운 심정을 가지게 되었던 것이다.

'나 같은 것도 고 선생과 같으신 큰 학자의 지도로 한 사람의 구실을 할 수 있을까?'

스스로 의심하지 아니할 수 없었다. 이러한 나의 심정을 아뢰었더니 고 선생은 이렇게 말씀하셨다.

"사람이 제 자신을 알기가 쉬운 일이 아니거든 하물며 남의 일을 어찌 알겠는가. 그러므로 내가 그대의 장래를 판단할 능력은 없으나, 한 가지 그대에게 확실히 말할 수 있는 것이 있네. 그것은 성현을 목표로 하고 성현의 발자취를 따르라는 것이네, 힘써 가더라도 성현의 지경에 이르는 자도 있고 못 미치는 자도 있을 것이네. 기왕에 그대가 마음 좋은 사람이 될 뜻을 가졌으니 몇 번 길을 잘못 들더라도 본심만 변치 말고 고치고 나아가고 또 고쳐 나아가면 목적지에 도달할 날이 반드시 있을 것이네. 그러니 괴로워하지 말고 오직 행함에 힘쓰게."

이로부터 나는 매일 고 선생 사랑에 갔다. 선생은 내게 고금의 위인들을 비평하여주고 선생이 연구하여 깨달은 바를 가르쳐주는 한편, 〈주자백선〉 등에서 긴요한 절구들을 보여주셨다.

선생이 특히 역설하신 것은 의리에 관해서였다. 비록 뛰어난 재능이 있다 하더라도 의리에서 벗어나면 오히려 화근이 된다고 하셨다.

선생은 〈경서〉를 차례로 가르치는 방법을 취하지 않고, 내 정신과 재질을 보셔서 뚫어진 곳은 깁고 빈 구석을 채워주는 구전심수의 방법을 택하셨다. 선생은 내게 결단력이 부족하다고 판단하셨음인지, 아무리 밝히 보고 잘 판단하였다 하더라도 과단성과 실행할 힘이 없으면 다 쓸데없다는 말씀을 하셨다. 그러면서 '득수반지무족기 현애철수장부아得樹攀枝無足奇 懸崖撤手丈夫兒'라는 글귀를 힘 있게 설명하셨다. 그 뜻은 '나무를 타고 오르는 것은 기특할 것 없고, 벼랑에서 손을 놓는 것이 가히 장부로다'하는 뜻이다.

가끔 안 진사가 고 선생을 찾아오셨다. 두 분이 고금의 일을 강론하심을 옆에서 듣는 때는 참으로 비할 데 없는 보람이 있었다.

내가 처음 청계동에 왔을 때, 안 진사 휘하의 군사들과 동네 사람들이 나를 보는 눈빛이 곱지 않았다. 군사들은 내 눈치를 보면서 빈정거렸다. 또한 안 진사의 친동생들도 나를 대수롭지 않게 여겼다. 군사들이 나에게 불손한 언동을 하는 것을 보면서도 그들은 주의를 주거나 말리지 않았다. 나는 그때마다 모멸감을 느꼈고, 차라리 청계동을 떠나는 것이 좋겠다고 생각했다.

그러나 안 진사의 후대 때문에 꾹 참았다. 안 진사는 특별한 일이 있거나 주연을 열 때면 매번 고 선생을 부르고 나도 함께 부르는 것을 빼놓지 않았다. 그런데다 고 선생마저 나에게 친근히 대해 주자 자연 그들의 태도는 공손해졌다. 나는 가끔 선생과 저녁을 같이 하고 밤이 깊고 인적이 고요할 때까지 나라 일에 대해서 논했는데, 한번은 이런 말씀을 하셨다.

"예로부터 천하에 나라가 크게 흥하였더라도 망하지 아니한 나라는 없다. 그런데 나라가 망하더라도 거룩하게 망하는 것이 있고 더럽게 망하는 경우가 있다. 어느 나라 국민이 의로써 싸우다가 힘이 다하여 망하는 것은 거룩하게 망한 것이다. 그와는 달리 백성이 여러 패로 갈려서 한 편은 이 나라에 붙고 또 한 편은 저 나라에 붙어서 외국에는 아첨하고 제 동포와 싸워서 망하는 것이 더럽게 망하는 것이다.

이제 왜의 세력이 전국에 가득하게 들어와 그 미수가 궐내에까지 침입했다. 그들이 벼슬아치들마저 마음대로 내치고 들이게 되었으니, 이 나라가 제2의 왜국이 아니고 무엇인가. 만고에 망하지 아니한 나라가 없고 천하에 죽지 아니한 사람이 있으랴만, 이제 우리에게 남은 것은 이 목숨 바쳐서 나라에 보답하는 한 가지 일밖에 없네."

선생은 말을 마치고 비감한 눈으로 나를 보셨다. 그때 나는 비통하고 분함을 못 이겨서 울었다.

"망하는 우리나라를 망하지 않도록 붙들 도리는 없는가요?"

하는 내 물음에 대해서 선생은,

"청나라와 서로 맺는 것이 좋다."

하시고 그 이유를 이렇게 말씀하셨다.

"청나라는 갑오년 싸움에 진 원수를 반드시 갚으려 할 것이네. 그러니 우리 중에서 상당한 사람이 그 나라에 가서 그 나라 사정도 알아보고 그 나라 인물과도 교의를 맺어두었다가 훗날에 기회가 오거든 서로 응할 준비를 하는 것이 필요하네."

이 말씀을 듣고 나는 청나라로 갈 결심을 했다. 그 뜻을 고 선생께 말하니 크게 기뻐하시면서 내가 떠난 뒤에는 내 부모까지도 염려하지 말라고 하셨다.

나는 의리로 보아서 이 뜻을 안 진사에게 기별하고 떠남이 도리라 생각했지만, 고 선생은 반대하셨다. 까닭은 안 진사가 천주학天主學을 믿을 의향을 보이기 때문이라는 것이었다. 만일 그렇다면 그것은 서양 오랑캐에 의뢰하는, 곧 대의에 어긋나는 일이었다. 그러므로 큰일을 의논하기에는 꺼려진다는 것이었다. 그러면서 덧붙인 말은 안 진사는 확실한 인재라는 말이었다. 그렇기 때문에 내가 청나라로 떠난 뒤에 좋은 일이 있을 때에 서로 의논하더라도 늦지 않으니 이번에는 말없이 떠나라는 것이었다.

나는 무엇이나 고 선생의 가르치심대로 행하기로 결심하고 먼 길을 떠날 준비를 하였다.

질풍노도의 시절

청나라를 향하여

내가 청나라를 향하여 방랑의 길을 떠나기로 작정한 바로 전 날 오후였다. 나는 안 진사를 뵙고 속마음으로나마 마지막 하직의 정을 표하고 싶어 안 진사의 집 사랑에 갔다가 참빗장수 한 사람을 만났다. 유심히 살펴보니 그의 언행이 예사 사람이 아닌 것 같았다. 그래서 내가 먼저 인사를 청했다.

"처음 뵙습니다. 저는 김창수라고 합니다."

"그렇습니까, 나는 남원골에 사는 김형진입니다."

그는 멀리 전라도 남원 귓골에 사는 김형진이란 사람으로 나와 같은 안동 김씨인데, 나이는 나보다 팔구 세 위였다.

나는 참빗을 사겠노라 하고 그를 내 집으로 데리고 와서 하룻밤을 같이 자면서 그의 사람됨을 떠보았다. 과연 그는 보통 참빗장수가 아니었다. 안 진사가 당시에 대문장이며 큰 인물이란 말을 듣고 한 번 뵙고자 일부러 찾아왔던 것이다. 인격이 그리 뛰어나거나 학식이 높지는 않았지만 시국에 대하여 많은 불만을 품고, 무슨 일이나 해보자는 결심은 있어 보였다.

이튿날 그를 데리고 고 선생을 찾아뵈었다. 선생에게 인물됨을 물었더니, 그가 비록 주도적인 인물은 못 되나 남을 도와서 일할 만한 소질은 있어 보인다고 하였다. 이에 나는 김형진을 내 길동무로 삼기로 하고 집에서 먹이던 말 한 필을 팔아 2백 냥의 여비를 마련한 후 청나라를 향해 길을 떠났다.

우리의 계획은 백두산을 오르고 만주를 거쳐서 북경으로 가자는 것이었다. 평양까지는 예사 차림으로 갔다. 거기서부터 나도 김형진처럼 행상 차림으로 하고 여비 전부로 참빗과 붓, 먹과 기타 산중에서 팔릴 만한 물건을 사서 둘이서 한 짐씩 걸머졌다. 그리고 평양에서 을밀대와 모란봉을 잠시 구경한 후 평양을 떠나 강동·양덕·맹산을 거치고 고원·정평을 지나 함흥 감영에 도착했다.

평양에서 함흥에 도착하는 도중에 겪은 일 가운데 지금까지도 기억에 남아 있는 일이 있다. 그것은 강동 어느 장거리에서 하룻밤을 자다가 일흔이 넘은 늙은 주정뱅이한테 까닭 모를 매를 얻어맞은 일이다. 그때 우리는 중국의 한신이 회음에서 어떤 젊은 놈에게 봉변당했다는 것을 위로삼아 이야기 했었다.

고원 함관령에서는 태조 이성계가 여진을 쳐 물리친 승전비를 보았다. 또 함흥에서는 우리나라에서 가장 길다는 남대천 나무다리와 네 가지 큰 것 중의 하나라는 장승을 보았다. 이 장승은 큰 나무에 사람의 얼굴을 새긴 것인데, 머리에는 사모를 쓰고 얼굴에는 주홍칠을 하고 있었다. 게다가 눈을 부릅뜨고 있는 것이 매우 위엄이 있어 보였다. 이런 것 두 쌍씩 넷이 남대천 다리 머리에 갈라 서 있었다.

옛말에는 장승이란 것이 큰 길목에는 어디나 서 있었다. 그 중 함흥의 장승이 크기로 유명하여서, 경주의 인경과 은진의 돌미륵, 연산의 쇠가마와 함께 '사대물'로 꼽히던 것이었다.

함흥의 낙민루는 이 태조가 세운 것으로 아직도 온전하게 남아 있었다.

홍원·신포에서는 명태 잡이를 하는 것을 보았다. 어떤 튼튼한 아낙네가 광주리에 꽃게 한 마리를 담아서 힘껏 이고 가는데 게의 다리 하나가 내 팔뚝보다도 굵은 것을 보고 놀랐다.

함경도에 들어가서 가장 감복한 것은 교육제도가 황해도나 평안도보다도 발전된 것이었다. 아무리 초가집만 있는 가난한 동네이라도 서재와 도청은 기와집이었다.

홍원 경내 어느 서재에는 선생이 세 사람이 있어서 학과를 초등, 중등, 고등으로 나눠서 각각 한 반씩 담당하여 가르치는 것을 보았다. 이것은 옛날 서당으로서는 드문 일이었다. 서당 대청 좌우에는 북과 종을 달아놓았는데, 북을 치면 공부를 시작하고 종을 치면 쉬는 시간이었다.

더구나 북청은 함경도 중에서도 글을 숭상하는 고을이어서, 내가 그곳을 지날 때에도 살아 있는 진사가 30여 명이요, 대과에 급제한 조정 관원이 일곱 사람이나 있었다. 가히 문향이라고 나는 크게 탄복하였다.

도청이란 것은 동네에서 공용으로 쓰는 집인데, 여염집보다 크고 화려했다. 사람들은 밤이면 여기 모여서 동네일을 의논도 하고 새끼 꼬기, 짚신삼기 등을 했다. 또 동네 안에 뉘 집에나 손님이 오면 집에선 식사만 대접하고 잠은 도청에서 자게 하는 풍습이 있었다. 이를테면 도청은 공동 사랑방이요, 여관이요, 공회당이었다. 만일 돈 없는 나그네가 오면 도청 예산 중에서 식사를 대접하고 있으니, 모두 본받을 만한 미풍이라고 생각되었다.

우리가 단천 미운령을 넘어서 갑산읍에 도착한 것이 을미년 7월이었다. 여기 와서 놀란 것은 기와를 인 관청을 제외하고는 집집마다 지붕에 풀이 무성하여 마치 사람이 안 사는 빈집과 같은 것이었다. 그러나 나중에 알고 보니 이것은 지붕을 덮은 벚나무 껍질을 흙덩이로 눌러놓았기 때문에 그 위에 풀이 무성해진 것이었다. 그리고 신통하게도 그 흙덩이는 아무리 억수 같은 비가 퍼부어도 씻기지 않는다는 것이다. 벚나무 껍질은 희고 빤빤하고 단단하여서 기와보다도 오래간다 하여, 사람이 죽어 벚나무 껍질로 싸서 묻으면 만 년이 가도 해골이 흩어지는 일이 없다는 말을 들었다.

해산진에 이르렀다. 압록강을 사이에 두고 만주를 바라보는 곳이라 건너편 중국 사람의 집에서 개 짖는 소리도 들렸다. 압록강도 여기서는 걸어서 건널 수 있을 것 같았다. 해산진에 있는 제천당祭天堂은 우리나라 산맥의 조종祖宗이 되는 백두산 밑에 있어, 예로부터 나라에서 제관을 보내어 하늘과 백두산의 신께 제사를 드리는 곳이다. 그 주변에는 이런 글귀가 쓰여 있었다.

> 눈 쌓인 유월의 백두산에 운무가 감돌고六月雪色山 白頭而雲霧
> 만고에 끊이지 않고 흐르는 압록강은 용솟음친다萬古流聲水 鴨錄而洶湧.

우리는 백두산 가는 길을 물어가면서 서대령을 넘고 삼수·장진·후창을 거쳐 자성의 중강을 건너 중국 땅인 마울산에 다다랐다. 지나온 길들은 하늘 아래 비할 수 없는 험산준령이었다. 어떤 곳은 7~80리나 사람이 살지 않는 곳도 있어서 밥을 싸가지고 다녀야 했다.

산은 심히 험하나 맹수는 별로 없었고, 수풀이 우거져 지척을 분별하지 못할 때가 많았다. 나무 한 그루를 벤 그루터기 위에 7~8명이 모여 앉아서 밥을 먹을 만한 곳도 흔하다는 말을 그곳 벌목꾼들에게서 들었다. 통나무로 곡식 넣을 통을 파느라고 장정 하나가 그 통 속에 들어가서 도끼질을 하는 것을 나도 보았다. 더욱 장관인 것은 이 산봉우리에 섰던 나무가 쓰러져 저 산봉우리에 걸쳐 있었는데, 우리는 다리

삼아서 건너간 일도 있었다.

이 지역은 인심이 말할 수 없이 순박하고 후해서 나그네가 오면 대단히 반가워하여 얼마든지 묵어 보내었다. 곡식은 대개 귀밀과 감자이나 넉넉하였고, 개천에는 물고기가 많이 나는데 맛도 좋았다. 옷감으론 짐승의 가죽을 쓰는 것이 퍽 원시적이었다. 삼수읍내에도 민가가 겨우 30호밖에 없었다.

마울산에서 서북으로 노인치라는 영을 넘고 또 넘어 서대령으로 가는 길에서 우리는 백 리에 두어 사람 우리 동포를 만났는데, 대개 금광의 광부들이었다. 만나는 사람마다 우리더러 백두산 가는 길에 향적響賊이라 불리는 중국인 산적 떼가 도사리고 있어 위험하므로 가지 말라고 했다. 그래서 우리는 유감스러우나 백두산 참배를 중지하고 방향을 돌려 만주 유람이나 하자하고 통화通化로 향했다.

통화는 압록강 연변의 다른 현성과 마찬가지로 설립된 지 얼마 안 되어서 관사와 성루의 서까래가 아직도 생나무의 흰빛을 잃지 않았다. 성내에 인가가 약 5백 호라는 데, 그 중에 우리 동포는 겨우 한 집뿐이었다. 남자는 변발을 하여서 중국 사람의 모양을 하고 현청의 통역사로 있다는데, 그의 처자들은 한복을 입고 있었다. 거기에서 십 리쯤 가면 심 생원이라는 동포가 산다고 하기에 찾아가 보았더니 정신없이 아편만 먹는 폐인 같은 사람이었다.

만주를 돌아다니는 중에 때려주고 싶을 정도로 미운 놈은 되놈 말 통역사였다. 그들은 몇 마디 중국말을 배워 가지고는 불쌍한 동포의 등을 치고 피를 빨아먹고 있었다. 우리 동포들은 갑오년 난리를 피하여 낯선 이 땅에 건너와서, 중국 사람이 살 수가 없어서 내버린 험한 산골을 택하여 화전을 일구어 조나 강냉이를 심어 근근이 연명하고 있었다. 그런데 되놈 말 통역사들이 중국 사람에게 붙어서 무리한 핑계나 구실로 가엾은 동포의 전곡을 빼앗고 혹은 부녀자의 정조를 유린하는 것이었다.

어느 한 곳을 가노라니 어떤 중국인의 집에 한복을 입은 처녀가 있었다. 이웃 사람에게 물어보니 그 처녀 역시 되놈 말 통역사의 농간으로 끌려온 것이라고 하였다. 관전·임강·환인 어디를 가도 되놈 말 통역사들의 악폐는 마찬가지였다.

어디서나 토지는 비옥하여서 한 사람이 지은 농사로 열 사람이 먹을 만했다. 오직 귀한 것은 소금이었는데, 소금은 의주로부터 배로 물을 거슬러 올라와서 사람의 등으로 져 나르는 것이기 때문에 몹시 비싸다고 했다.

동포들의 인심은 참으로 순박하고 인정이 많았다. 본국 사람이 오면 '앞대 나그네'가 왔다 하여 혈육과 같이 반가워했다. 집집마다 다투어가며 맛있는 것을 대접하려고 애를 쓰고, 남녀노소가 몰려와서 고국 이야기를 들려달라고 졸랐다.

그들의 대부분은 청일전쟁 때 피난간 이들이지만 간혹 본국에서 죄를 짓고 도망해온 사람도 있었다. 그 중에는 민란 때 앞장섰던 호걸도 있었고 공금을 횡령한 관속도 있었다.

집안현 통구에 있는 광개토대왕비는 미처 몰랐던 때라 보지 못한 것이 매우 유감이지만 관전의 임경업 장군의 비각을 본 것이 기뻤다. '삼국충신임경업지비三國忠臣林慶業之碑'라고 비면에 새겨 있는데, 이 지방 중국 사람들은 병이 들면 이 비각에 제사를 드리는 풍속이 있다고 한다.

김이언의 의병

이 지방을 방랑하는 동안에 김이언이란 사람이 청나라의 도움을 받아서 일본에 대항할 의병을 모집하고 있다는 말을 들었다. 사람들이 전하는 말에 의하면, 김이언은 벽동 사람으로서 기운이 장사이고 글도 잘하여 심양자사에게서 말 한 필과 〈삼국지〉 한 질을 상으로 받았다고 한다. 그래서 중국 사람들에게서도 대접을 받는다고 하였다. 우리는 이 사람을 찾아보기로 작정하고, 먼저 그 인물됨을 염탐하여 확인하기로 했다. 김형진이 먼저 떠나고 나는 다른 길로 수소문을 하면서 뒤따라갔다.

하루는 압록강을 앞으로 한 백 리쯤 떨어진 노상에서 궁둥이에 관인이 찍힌 말을 타고 오는 젊은 청나라 장교 한 사람을 만났다. 그의 머리에 쓴 모자에는 옥로가 빛나고 붉은 술이 너풀거렸다. 내가 다짜고짜 그의 말머리를 잡자 그는 말에서 내렸다.

나는 중국말을 모르므로 내가 여행하는 취지를 적은 글을 만들어서 품에 지니고 있었는데, 이것을 그 장교에게 꺼내 보였다. 그는 내가 주는 글을 받아서 읽더니 다 읽기도 전에 소릴 내어서 우는 것이었다. 내가 놀라서 그가 우는 까닭을 물으니, 그는 내 글 가운데,

아프다! 저 왜적은 나와 더불어 하늘아래 살 수 없는 원수로다
痛彼倭敵與我 不共戴天之讐.

라는 구절 때문이었다.

나는 필담을 하려고 필통을 꺼냈다. 그러자 그가 먼저 붓을 들어서,

"왜가 어찌하여 그대의 원수냐?"

하고 물었다. 나는 일본이 임진왜란 이후 대대로 나라의 원수일 뿐만 아니라, 지난날에 왜가 우리 국모를 불살라 죽였다고 쓴 다음에,

"그대야말로 무슨 연유로 내 글을 보고 이토록 통곡하는가?"

라고 물었다. 그의 대답을 들어보니 그는 작년 평양 싸움에서 전사한 청나라 장수 서옥생의 아들이었다. 그는 강계 부사에게 그 부친의 시신을 찾아주기를 청하였는데, 부사로부터 찾았다는 전갈이 와서 가 보니 그것은 그의 선친의 시신이 아니었다. 그래서 헛걸음을 하고 집으로 돌아가는 길이었다.

나는 평양 보통문 밖에서 '서옥생 전사지지'라는 목패를 보았다는 말을 하였다.

그의 집은 금주錦州에 있었다. 집에는 천오백 명의 군사를 기르고 있었는데, 그의 아버지 서옥생이 그 중에서 천 명을 거느리고 출정하여서 전멸하였고, 지금 집에는 오백 명이 남아 있다고 했다. 재산은 넉넉한 편이고 자기의 나이는 서른 몇 살이요, 아내는 몇 살, 아들딸이 몇 하는 식으로 자세히 소개를 했다.

그런 후 내 나이를 물었다. 내가 연하인 것을 안 그는 나를 '슝디(아우)'라 하고 자기에게는 '따거(형)'라 부르라고 하여 서로 형제의 의를 맺었다.

"슝디, 이제 의형제가 되었으니 금주 우리 집으로 가서 살면서 때를 기다리세."

서씨는 이런 말을 하고 내 등에 진 짐을 벗겨 말등에 달아맸다. 그런 후 나를 붙들어 말 안장에 올려놓고 자기는 걸어서 뒤따랐다.

"내가 걷겠으니 형이 말에 타시오."

나의 이 말에 서씨는 빙그레 웃으며 고개를 저었다.

나는 마상에서 곰곰이 생각하였다. 기회는 참으로 좋았다. 내가 원래 이 길을 떠난 것이 중국의 인사들과 교의를 맺자는 것이었는데, 이제 서씨와 같은 명문대가와 인연을 맺는 것은 바라던 바라 아니할 수 없었다. 그러나 마음에 걸리는 것은 김형진에게 알릴 길이 없는 것이었다. 만일 김형진과 같이 있었던들 나는 이때에 서씨를 따라갔을 것이다.

나는 말에서 내려 다시 필담으로 서씨에게 말했다.

"나는 근 일 년간이나 집을 떠나 있어 부모님의 안부도 모르고 또 나라의 사정을 모르오. 그러니 이 길로 본국에 돌아가 부모님도 만나고 나라 일이 되어가는 형편도 알아본 뒤에 형을 찾아오겠소."

서씨는 몹시 섭섭해 하면서 꼭 찾아오라고 당부했다.

나는 참빗장수의 행세로 이 집 저 집에서 김이언의 일을 물어가며 수소문하여서 서씨와 작별한 지 5~6일 만에 김이언의 근거지인 삼도구에 다다랐다.

김이언은 나이가 쉰 살이 넘었는데도 5백 근 되는 대포를 앉아서 두 손으로 들었다 놓았다 할 정도의 장사로 소문난 사람이었다. 그러나 언뜻 보기에 용기가 부족한 것 같고, 또 자신감이 지나쳐서 남의 의사를 용납하는 도량이 없는 것 같았다. 오히려 그의 동지인 초산에서 이방을 지냈다는 김규현이란 사람이 의리가 있고 책략도 있어 보였다.

김이언은 자기가 창의의 수령이 되어서 초산·강계·위원·벽동 등지의 포수와 강 건너 중국 땅에서 사는 동포 중에 사냥총이 있는 사람을 모집하였는데, 그 수가 약 삼백 명에 달했다. 창의의 명분으로는 국모가 왜적의 손에 죽었으니 국민 전체의 치욕으로 참을 수 없다는 것이었다. 이 명분을 글 잘하는 김규현의 문장으로 격문을 지어서 사방에 살포하였다.

나와 김형진도 여기에 참가했다. 나는 초산·위원 등지에 숨어 다니며 포수를 모으는 일과 강계 성중에 들어가서 화약을 사오는 일을 맡았다.

거사할 시기는 을미년 동짓달 초순 압록강이 얼어붙을 때로 잡았다. 강 얼음 위로 군사를 몰아서 강계성을 점령하자는 것이었다.

나는 위원에서 맡은 일을 끝내고 책원지인 삼도구로 돌아오는 길에 압록강을 건너게 되었다. 그때 그만 엷은 얼음을 밟는 바람에 얼음이 깨지면서 두 팔만 얼음 위에 남기고 몸이 온통 강물 속에 빠져버렸다.

"어이쿠, 사람살려!"

나는 솟아오를 길이 없어서 목청껏 사람 살리라고 소리지를 뿐이었다. 마침 내 소리를 들은 농민들이 나왔다. 그들이 나를 얼음구덩이에서 꺼내어 인가로 데리고 갔을 때 내 의복은 벌써 딱딱한 얼음 덩어리가 되어 있었다. 이제 와서 생각해 봐도 참으로 구사일생으로 살아난 셈이다.

마침내 강계성을 습격할 날이 왔다. 먼저 고산리를 쳐 거기 있는 무기를 빼앗아서 무기 없는 군사에게 나누어주었다. 그러나 이것이 큰 실책이었다.

나는 공격을 개시하기에 앞서 고산리를 먼저 치지 말고 곧장 강계성을 엄습하자고 주장했다. 우리가 고산리를 쳤다는 소문이 들어가면 강계성의 수비가 더더욱 엄중하여질 것이니, 고산리에서 약간의 무기를 더 얻는 것보다는 기습적으로 강계를 덮치는 것이 유리하다고 생각했기 때문이었다. 김규현, 백진사 등 참모들도 내 의견에 찬성했다. 그러나 김이언은 끝까지 자기 고집만 내세우고 듣지 아니하였다.

고산진에서 무기를 빼앗은 우리 군사는 이튿날 강계로 진군했다.

그날 밤 독로강 빙판으로 전군을 몰아 선두가 강계성 인풍루에서 십리쯤 되는 곳에 다다랐다. 이때 강 남쪽 송림 속에서 화승불이 번쩍번쩍 하는 것이 보였다. 당시에는 모두 화승총이었기 때문에 군사는 불붙은 화승을 들고 있었던 것이다.

그 송림 속으로부터 강계군대의 장교 몇이 나와 우리 쪽으로 다가왔다. 그들은 김이언에게 첫말로 묻는 말이 이번에 오는 군사중에 청병淸兵이 있느냐는 것이었다. 이에 김이언이 대답했다.

"아니오, 우리가 강계를 점령한 후에 연락을 하면 곧 청병이 오기로 되어 있소."

그러자 장교들은 고개를 흔들면서 가버렸다.

이것이 정직한 말일는지는 모르겠으나 전략적인 말은 못 되었다. 여기에 대해서도 김이언의 작전계획은 실수였다. 애초에 나는 우리중에 몇 사람이 청나라 장교로 변장하고 선두에 설 것을 주장하였다. 그러나 김이언은 우리 국모의 원수를 갚으려는 이 싸움에 청병의 위력으로 가장하는 것은 옳지 아니하니 강계성 점령은 당당하게 흰 옷을 입은 우리가 해야 한다고 목청을 돋구었다. 또 강계군대의 장교와도 이미 약속이 되어 있으니 염려 없다고 고집을 부렸다.

나는 강계군대의 장교들은 애국심으로 움직이기보다는 세력에 쏠리는 경향이 있으므로 청나라 장교로 변장하는 것이 전략상 극히 필요하다고 주장하였으나, 김이언은 끝까지 듣지 않았던 것이다.

그러던 차에 이제 강계군대의 장교가 머리를 흔들고 돌아가는 것을 보고 이미 대세는 틀렸구나 하고 생각하였다. 아니나 다를까, 그 장교들이 저희 진지에 돌아갈 때쯤 하여 화승불이 일제히 움직이더니 탕탕 하고 포성이 진동하고 탄알이 빗발같이 우리 쪽으로 날아왔다.

마음을 놓고 있던 이 편의 천여 명 군마는 얼음판 위에서 대혼란을 일으켰다. 놀란 군마는 이리 뛰고 저리 뛰고 달아나기 시작하고, 벌써 총에 맞아 쓰러지는 자, 죽는다고 아우성을 치고 우는 자가 여기저기서 있었다.

나는 일이 다 틀려버렸음을 느꼈다. 또 김이언은 그날의 패배로 회복하지 못할 것으로 보고, 김형진과 함께 슬며시 떨어져서 몸을 피하기로 하였다. 그래서 우리는 군사들이 달아나는 것과는 반대방향인 강계성 쪽으로 피하였다.

한참을 달려서 인풍루 바로 밑인 동네로 갔더니 어느 집에도 사람이 없었다. 우리는 그 중 가장 큰 집으로 갔다. 밖에서 아무리 불러도 대답이 없었다. 그래서 안으로 들어갔는데 역시 사람은 어디에도 없었다. 이상한 것은 빈집에 큰 제상이 놓여 있고 그 위에는 갖은 음식이 차려져 있고 상 밑에는 술병도 있었다. 우리는 우선 술과 안주를 배불리 먹었다. 우리가 맘껏 먹은 뒤에야 주인이 돌아와서 하는 말이, 아버지 대상을 지내다가 총소리에 놀라서 제사 도중에 식구들과 손님들이 모두 산으로 피난하였던 것이라 하였다.

우리는 이튿날 강계를 떠나 되넘이 고개를 넘어 여러 날 만에 신천에 도착했다.

스승의 손자사위가 된 나

천신만고 끝에 고향에 돌아와 청계동으로 가는 길에 나는 호열자(콜레라)에 걸려서 고 선생의 맏아들 원명 부부가 죽었다는 말을 듣고 크게 놀랐다. 나는 집에도 가기 전에 우선 먼저 고 선생을 찾아갔다. 그런데 선생은 도리어 태연자약하셨으므로 내가 도리어 어색하여 말문이 막혔다. 내가 부모님 계신 집으로 가려고 하직을 고할 때에 선생은 뜻 모를 말씀을 하셨다.

"곧 성례를 하도록 하세."

그 말을 듣고 나는 이상하게 생각하면서 집으로 갔다. 집에 와서 부모님의 말씀을 듣고야 비로소 내가 없는 동안에 고 선생의 손녀, 즉 원명의 딸과 내가 약혼이 되었다는 것을 알았다.

아버지의 말씀은 이러하였다.

"하루는 고 선생이 우리 집에 찾아오셨다. 나를 보고 요사이는 아들도 없고 고적할 터이니 자기의 사랑에서 담화나 나누자고 하시더라. 그래서 놀러갔더니 네가 어려서 자라난 이야기를 묻더구나. 나는 네가 어려서 공부를 열심히 하던 일, 해주에 과거보러 갔다가 비관하고 돌아오던 일, 〈마의상서〉를 보고는 제 관상이 좋지 못하다고 낙심하고 마음 좋은 사람이 되겠다고 결심하던 일, 동학에 들어가 아기 접주 노릇을 하던 일, 이웃 동네에 양반 행세하는 강씨와 이씨들은 조상의 뼈를 파는 죽은 양반이지만 너는 마음을 닦고 몸으로 행하여 산 양반이 되겠다고 하던 일 등을 말씀드렸다."

아버지의 말씀 끝에 어머니가 입을 여셨다.

"어느 날 고 선생이 우리 집에 오셔서 나에게도 묻더구나. 네가 자랄 때의 행동거지를 말이야. 그래서 나는 숨김없이 말씀드렸다. 네가 신풍 이 생원 집에서 공연히 몰매를 맞았을 때 식칼을 가지고 그 집 아이들을 모두 찔러 죽인다고 갔다가 칼을 빼앗기고 매만 맞고 돌아왔던 일, 돈 20냥을 허리에 두르고 떡을 사 먹으러 가다가 아버지한테서 되게 매를 맞은 일, 푸른 물감과 붉은 물감을 꺼내다가 온통 개천에 풀어놓아 나에게 단단히 혼났다는 것 등을 말씀드렸다."

어머니의 그 말씀에 나는 부끄러워 얼굴을 붉히고 있는데, 아버지께서 다시 말씀하셨다.

"그러던 어느 날 고 선생이 너와 자신의 손녀를 혼인시키면 어떻겠느냐고 내 의향을 물으시더구나. 그 말씀에 나는 깜짝 놀랐다. 문벌로 보거나 덕행으로 보거나……, 또 외모로 보거나 그 규수와 너는 걸맞지 않았기 때문이다. 그래서 나는 정중하게 선생의 가문에 욕되는 일이라고 말씀 드리고 사양했다. 그랬더니 고 선생은 고개를 저으시며 네가 못생긴 것을 한탄하지 말라 하셨다. 너는 범의 상이니 장차 범의 냄새를 피우고 범의 소리를 내어서 천하를 놀라게 할 날이 꼭 있을거라 하시더구나. 그래서 너의 약혼이 성립된 것이다."

나는 부모님의 그러한 말씀을 듣고, 고 선생께서 나 같은 것을 그처럼 촉망하시어 사랑하는 손녀를 허락하심에 대하여 큰 책임감과 함께

그의 배려가 감격스럽게 생각되었다. 더구나 선생께서,

"나는 아들과 며느리가 다 죽었으니 앞으로는 창수에게 의탁하려오."

하셨다는 것과 또,

"내가 청계동에 와서 많은 청년을 대하여 보았으나 창수만한 대장부는 없었소."

하셨다는 말씀을 들을 때 더욱 몸 둘 곳이 없었다.

그 규수만 놓고 보더라도 자태가 곱고 마음이 아름다울 뿐만 아니라 가정교육이 잘되어 있으므로 만족할 만한 상대였다. 가정교육을 받은 점으로 이 혼사에 대하여 부모님이 기뻐하심은 말할 것도 없었다. 외아들을 장가들인다는 것만도 기쁜 일인데, 하물며 이름 높은 학자요, 양반의 집과 혼인을 하게 된 것을 더욱 영광으로 생각하시는 모양이었다. 그래서 비록 없는 살림이라도 혼인 준비에 두 집이 다 바빴다.

아직 성례전이지만 고 선생 댁에서는 나를 사위로 생각하는 모양이었다. 간혹 선생 댁에서 저녁을 먹게 되면 그 처녀가 상을 들고 나오고, 예닐곱 살 되는 어린 동생은 나에게 아재라고 부르며 반가워했다. 따라서 나의 장인 장모가 될 원명 부부의 장례도 내가 힘을 도와 지냈다.

나는 선생께 이번 여행에서 보고 들은 바를 말씀 드렸다. 압록강·두만강 건너편의 땅이 비옥하고 또 지세도 요새로 되어 있어서 족히 동포를 옮겨 살게 하고 양병도 할 수 있다는 것과 그곳 인심이 순박하고 후하다는 것, 또 서옥생의 아들과 결의형제를 맺었다는 것 등을 낱낱이 아뢰었다.

때는 마침 김홍집 일파가 일본의 후원으로 나라의 권력을 잡아서 '신장정新章程'이라는 법령을 공포하여 급진적으로 모든 제도를 개혁하던 무렵이었는데, 그 새 법의 하나로 나온 것이 단발령이었다. 나라의 임금인 고종께서 먼저 머리를 깎고 양복을 입으셨다. 그런 후 관리로부터 서민에 이르기까지 모두 머리를 깎으라는 것이었다.

이 단발령이 팔도에 내려졌으나 백성들은 순순히 응하지 않았다. 그래서 서울을 비롯하여 큰 도회지에서는 길목에 군사가 지키고 있다가 지나가는 행인을 붙들고 무조건 상투를 잘랐다. 이것을 늑삭勒削이라 하여 억지로 머리를 깎인 사람은 큰일이나 난 것처럼 대성통곡을 하였다.

이 단발령은 크게 민원을 일으켜서 어떤 선비는 도끼를 메고,

"이 목을 자를지언정 이 머리는 깍지 않으리다."

하는 뜻으로 상소를 올렸다.

"차라리 지하에 목 없는 귀신이 될지언정, 살아서 머리 깎인 사람은 아니 되리라."

하는 글귀가 마치 격서 모양으로 입에서 입으로 전파하여 민심을 선동하였다.

이렇게 단발을 싫어하고 반대하는 이유는 다만 유교의 "내 온몸을

부모로부터 받았으니 감히 이를 상하지 않게 하는 것이 효의 시작이다"라는 가르침 때문만이 아니라 일본이 시키는 것이라는 반감에서 온 것이었다.

군대와 경찰은 이미 단발이 끝나고 문관도 말단에 이르기까지 실시하는 중이었다. 나는 고 선생께 안 진사와 상의하여 의병을 일으킬 것을 진언하였다. 이를테면 명분은 단발 반대의 의병이나, 단발 반대는 곧 일본의 침략에 대항하고 그 세력을 배척하는 것으로 생각되었기 때문이다.

회의는 열렸으나 안 진사의 뜻은 우리와 달랐다. 이길 가망이 없는 일을 일으킨다면 실패할 것밖에 없으니, 천주교를 믿고 있다가 시기를 보아서 일어나자는 것이 안 진사의 의견이었다. 그는 머리를 깎이게 되면 깎아도 좋다고까지 말하는 것이었다.

안 진사의 말에 고 선생은 두말을 아니 하시고,

"진사, 오늘부터 자네와 인연을 끊네!"

하고 자리를 차고 일어나 나갔다. 끊는다는 것은 우리나라에서 예로부터 선비가 절교를 선언하는 말이었다. 이 광경을 보고 나도 안 진사에게 대하여 섭섭한 마음이 일어났다.

안 진사의 인격이 어떻든 간에 제 나라에서 일어난 동학은 목숨 걸고 토벌했으면서 서양 오랑캐의 천주학을 믿는다는 것이 심히 괴이하기만 했다. 뿐만 아니라 지조 있는 사람이라면 '목을 잘릴지언정 머리를 깎지 못한다' 하는데, 하물며 단발할 생각까지 가졌다는 것은 대의에 어긋나는 일이라고 생각되었다.

안 진사의 태도에 적이 실망한 고 선생과 나는 서둘러 내 혼인이나 하고는 청계동을 떠나기로 작정하였다. 나는 금주 서옥생의 아들을 찾아갈 생각이었다.

그런데 천만 뜻밖에 불행한 일이 또 하나 생겼다. 어느 날 아침 일찍 고 선생이 나를 찾아오셔서 대단히 낙심한 안색으로 이런 말씀을 하셨다.

"자네와 내 손녀의 약혼에 큰 문제가 생겼네."

"예? 그게 무슨 말씀입니까?"

"어제 김가 성을 가진 사람이 칼을 들고 나를 찾아왔네."

"칼을 들고 찾아오다니요? 무슨 일 때문입니까?"

내가 놀라서 묻자 고 선생은 침통한 목소리로 입을 여셨다.

"그자는 내 손녀를 자네에게 첩으로 주는가 정실로 주는가를 따지더군. 당연히 정실이라고 했더니 그자는 노기등등하여 '김창수의 정실은 내 딸이다'하질 않겠나. 그러면서 하는 말이 첩이라면 몰라도 정실이라면 생사를 결단하겠다고 엄포를 놓았네. 그래서 나는 '창수가 결혼한 데가 없는 줄 알고 허혼했지만, 그대의 말이 진실이라면 내가 창수를 만나 해결할 터이니 돌아가 있게'하고 돌려보냈네. 그 사람의 말이 사실인가? 사실이라면 이 일을 어찌하나? 지금 내 집안에서는 큰 소동이 일어났네."

나는 이 말을 듣고 모든 일이 새미없이 된 줄을 알았다. 그래서 고 선생께 뚝 잘라 이렇게 말씀드렸다.

"제가 선생님을 사모하는 것은 높으신 가르침을 받잡고자 함이었습니다. 처음부터 손녀사위가 되고자 했던 것은 아니니 혼인하고 못하는 것에 무슨 큰 상관이 있겠습니까. 저는 혼인을 단념하고 사제의 의리로만 평생에 선생님을 받들겠습니다."

내 말을 들으시고 고 선생은 눈물을 흘리셨다. 장래의 몸과 마음을 의탁할 사람을 찾으려고 노력한 끝에 나를 얻어 손녀사위를 삼으려다가 이런 괴변이 났다는 것을 탄식하시고 끝으로,

"그러면 혼인의 일은 없었던 것으로 거론하지 말세. 그런데 지금 관리의 단발이 끝나고 백성들에게도 단발을 실시할 모양이니 시급히 피신하여 단발의 화를 면하게. 나는 단발의 화가 미치면 죽기로 작정했네."

하셨다. 나는 마음을 고쳐먹고 고 선생의 손녀와 혼인을 아니 하여도 좋다고 장담은 하였으나 내심 여간 섭섭하지가 않았다. 나는 그 처녀를 깊이 사랑하고 정이 들었던 것이다.

이 혼사에 훼방을 놓은 김가라는 사람은 함경도 정평에 본적을 둔 김치경이란 사람이다. 10여 년 전에 아버지께서 술집에서 그를 만나 술을 자시다가 그에게 8~9세 되는 딸이 있단 말을 들으시고,

"나에게 잘난 아들이 있으니 우리 혼사하기로 하세."

하고 농담 삼아 청혼을 했다. 김치경도 승낙하여 양가는 사주를 보내기에 이르렀다. 그리하여 약혼이 성립되어 가끔 그 여자 아이를 집

에 데려다 두기도 하셨다. 그것을 본 서당 친구들이 나를 놀려댔다.

"야~ 함지박 장수 사위"

나는 그런 놀림을 받을 때면 심사가 몹시 뒤틀렸다. 하루는 얼음판에서 팽이를 돌리고 있었는데 그 애가 따라와서 자기 것도 하나 만들어달라고 나를 졸랐다. 그것이 너무 싫고 미워서 나는 집에 돌아와 어머니께 떼를 써서 그 애를 제집으로 돌려보내고 말았다. 그러나 약혼을 깨뜨린 것은 아니었다.

그 후 여러 해가 지나서 갑오년 청일전쟁이 일어났다. 자식을 가진 사람들은 어린 것들까지도 부랴부랴 서둘러 성례를 시키는 것이 유행이었다. 그때 동학 접주로 동분서주하던 내가 하루는 집에 돌아온 후, 집에서는 그 여자와 나와 성례를 한다고 수로가 떡을 마련하고 모든 혼수를 다 차려놓고 나를 기다리고 있었다.

그러나 나는 한사코 싫다고 버티었다. 마침내 김치경도 도리어 무방하게 생각하여 이 혼사는 파혼이 되었다. 그 후 김치경은 그 딸을 돈을 받고 다른 사람과 정혼까지 시켰다. 그런데 내가 고씨 집안에 장가든다는 소문을 듣고 돈이라도 좀 뜯어먹을 요량으로 고 선생 댁에 와서 야료를 부린 것이었다.

아버지께서 크게 분노하여 김치경을 찾아가서 그와 한바탕 싸우셨으나, 이미 엎질러진 물이라 다시 주워 담을 수는 없었다.

이리하여 내 혼인 문제는 불행하게 끝을 맺게 되었다. 고 선생은 청계동에 더 계실 뜻이 없어 해주 비동의 고향으로 돌아가시고 우리 집도 텃골로 다시 나왔다. 그리고 나는 청국 금주로 서옥생의 아들을 찾아 나서기로 했다. 김형진은 자기 고향으로 간다고 하여 헤어지게 되었다.

길고도 험한 방랑 길

내 방랑의 길은 다시 시작되었다. 평양 감영에 다다르니 관찰사 이하 모든 관원이 단발을 하였고, 이제는 길목을 막고 행인들의 상투를 자르고 있었다. 사람들은 머리를 안 깎이려고 슬금슬금 평양을 빠져나와 농촌이나 산골로 피난을 가면서 토해내는 원망이 길에 가득 찼다. 이것을 보고 나는 분기가 머리끝까지 올라, 어떻게 해서라도 왜의 손아귀에서 놀아나는 이 못되고 썩은 정부를 들어 엎어야 한다고 주먹을 불끈불끈 쥐었다.

안주 병영에 도착하니 게시판에 단발을 중지하라는 영이 붙어 있었다. 까닭은 임금이 개혁파가 싫어서 러시아 공사관으로 도망가시고, 수구파들은 러시아의 세력을 등에 업고 총리대신 김홍집을 광화문에서 때려죽이고 개혁의 수레바퀴를 뒤로 돌려놓은 것이었다. 이로부터 우리나라에는 일본과 러시아의 세력 다툼이 시작되었고 조정은 친일파와 친러파의 갈등이 벌어지게 되었다.

나는 서울 정국의 변동으로 심기가 일전하였다.

'이젠 구태여 외국으로 갈 필요가 없어졌다. 삼남의 곳곳에서 의병이 일어난다고 하니 시세를 관망하여 새로 거처를 정하는 것이 좋겠다.'

이렇게 생각한 나는 발길을 돌려 용강을 거쳐서 안악으로 가기로 하였다.

나는 치하포에서 나룻배에 올랐다. 때는 병신년(1896년) 2월 하순이라 대동강 하류인 이 물길에는 빙산이 수없이 흘러내렸다. 남녀 열대여섯 명을 태운 우리 나룻배는 빙산에서 행동의 자유를 잃고 진남포 아래까지 밀려서 내려갔다가 조수를 따라서 다시 상류로 오르기를 반복하고 있었다. 승객들은 말할 것도 없고 선원들까지도 이제는 꼼짝없이 죽었다고 울고불고 야단들이었다.

해마다 이때면 이 목에서는 그런 참변이 생기는 일이 많았는데, 우리가 그 꼴을 당하게 된 것이었다. 배에는 양식이 없으니 비록 파선을 면하더라도 그대로 있으면 얼어 죽거나 굶어 죽을 것이었다. 그런데 나룻배에는 다행히 나귀 한 마리가 있었다. 그 상태대로 여러 날이 가게 될 경우에는 잔인하나마 나귀를 잡아먹는 수밖에 없을 것 같았다.

나는 그런 생각을 하면서 살길을 생각해 보았다. 울부짖는다고 누가 구해줄 리는 만무했다. 선원과 승객들이 합심하여 빙산을 밀어내고 길을 뚫는 수밖에 없었다.

"들으시오! 우리 모두가 덤벼들어 빙산을 밀어 봅시다. 가만히 앉아서 죽을 수는 없는 일이잖소. 설사 안 된다고 하더라도 돈은 들지 않으니 서로 힘을 모읍시다."

나는 그렇게 소리친 후 솔선하여 몸을 날려 성큼 제일 큰 빙산에 뛰어 올라서 형세를 살펴보았다. 그리고는 큰 빙산에 의지하여 작은 빙산을 떠밀기를 거듭했다. 그러자 놀랍게도 뱃길이 열려 살 길을 찾게 되었다. 이리하여 치하포에서 5리쯤 떨어진 강 언덕에 내리니, 강 건너 서쪽 산에 지는 달이 아직 빛을 남기고 있었다. 찬바람 속에 밤길을 걸었다. 드디어 치하포에 있는 배주인 집에 도착했다. 풍랑으로 뱃길이 막혀서 묵는 손님이 방에 가득히 누워서 코를 골고 있었다.

우리 일행도 그 틈에 끼여 막 잠이 들려고 할 무렵이었다. 먼저 도착해 잠이 들었던 사람들이 일어나서 오늘 일기가 좋으니 새벽 물에 배를 띄어 강을 건너게 해달라고 야단들이었다. 이윽고 아랫방에서부터 밥상이 들어오기 시작했다.

나는 할 수 없이 일어나 앉아서 내 밥상이 오기를 기다리면서 방안을 둘러보았다. 마침 가운데 방에 단발한 사람 하나가 눈에 띄었다. 그가 어떤 행객과 인사하는 것을 들으니, 그의 성은 정씨요, 장련에 산다고 했다.

장련에는 일찍 단발령이 실시되어 민간인도 머리를 깎은 사람이 많았다. 그러나 그의 말씨는 장련 사투리가 아닌 서울말이었다. 조선말이 썩 능숙했지만 내 눈에는 분명히 왜놈이었다. 자세히 살펴보니 그 흰 두루마기 밑으로 군도집이 보였다. 내가 어디로 가느냐고 물으니 진남포로 가는 길이라고 했다.

나는 그놈의 정체는 과연 무엇일까 곰곰이 생각했다. 보통으로 상공업을 하는 왜놈 같으면 이런 변복과 변성명을 할 까닭이 없었다. 필시 경선 분란을 틈타 국모를 죽인 '미우라'라는 놈이거나 그렇지 않으면 그의 일당일 것이리라. 설사 이도저도 아니라 하더라도 우리 국가와 민족에 해독을 끼치는 원수로 왜놈이기는 분명했다. 그래서 저놈 하나라도 죽여서 나라의 수치 하나를 씻어보리라고 나는 결심하였다.

그런 다음 나는 내 힘과 환경을 헤아려보았다. 삼간방 40여 명의 손님 가운데 저놈의 패가 몇이나 더 있는지 알 수 없으나 17세쯤 되어 보이는 총각 하나가 그의 곁에서 수종을 들고 있었다.

나는 생각해 보았다.

'저놈들은 둘이요, 또 칼을 차고 있다. 나는 혼자이며 맨손이다. 내가 저놈에게 손을 대면 필시 방안에 있는 사람들이 달려들어 말릴 것이다. 그러면 사람들이 나를 붙들고 있는 틈을 타서 저놈의 칼에 내 목에 떨어질 것이다.'

나는 이렇게 생각하고 망설였다. 그러자 내 가슴은 울렁거리고 심신이 혼란하여 마음을 진정할 수가 없었다.

그때 문득 고 선생의 말이 생각났다.

"절벽에서 잡은 손을 탁 놓아라, 그것이 대장부다."

라는 구절이었다. 나는 가슴속에 한 줄기 광명이 비침을 깨달았다. 그리고 자문자답해 보았다.

'너는 저 왜놈을 죽여 나라의 수치를 조금이라도 씻고 싶으냐? 그리고 그 일은 옳으냐?'

'옳다.'

'네가 어려서부터 마음 좋은 사람이 되기를 원하였느냐?'

'그렇다.'

'의를 보았거든 행할 것이요, 일을 이루고 못 이룸을 따져보고 망설이는 것은 몸을 좋아하고 이름을 좋아하는 자의 일이 아니냐?'

'그렇다. 나는 의를 위하는 자요, 몸이나 이름을 위하는 자가 아니다.'

이렇게 자문자답하고 나니, 내 마음의 바다에 바람은 잦아들고 물결은 고요하여 모든 계책이 저절로 솟아올랐다.

'나는 40여 명 손님과 수백 명의 동네 사람들을 눈에 보이지 않는 줄로 꽁꽁 동여서 수족을 못 놀리게 하여놓고, 다음에는 저 왜놈에게 터럭만큼의 의심도 사지 않아야 한다. 만일 의심을 받았다가는 저 왜놈이 나를 먼저 공격할 것이다.'

이렇게 생각한 나는 한 계책을 세웠다.

다른 사람들보다 나중에 상을 받은 나는 너 댓 술에 밥 한 그릇을 다 먹고 일어나서 주인을 불렀다.

"주인장, 나 좀 봅시다."

내가 소리치자 서른 예닐곱으로 보이는 사람이 문 앞으로 왔다. 골격이 준수하게 생긴 장년 남자였다.

"어느 손님이 불렀습니까?"

"내가 청했습니다. 다름 아니라 오늘 내가 해가 지기 전에 7백 리 길을 걸어야 하니 어서 밥 일곱 상을 더 차려다 주시오."

주인은 멍한 표정으로 한동안 나의 형색을 살폈다. 그러다가 내 말에는 대답도 않고 방안의 다른 손님들을 둘러보며,

"젊은 사람이 불쌍하다. 미친놈이로군."

하고 들어가 버렸다.

나는 목침을 베고 한 편에 드러누워서 방안의 평판에 귀를 기울이며 그 왜놈의 동정을 살폈다. 그 때 어떤 유식한 듯한 청년이 주인의 말을 받아 나를 미친놈이라 했다. 그러자 담뱃대를 붙여 문 노인은 그 젊은 사람을 책하는 말로,

"여보게, 말을 함부로 하지 말게, 지금인들 이인異人이 없으란 법이 있겠나, 이러한 말세에 이인이 나는 법일세!"

하고 슬쩍 나를 바라보았다. 그 젊은 사람도 노인의 눈을 따라 나를 흘끗 보았다. 그러나 곧 입을 삐죽하며 비웃는 어조로,

"이인이 없을 리야 없겠지요. 그러나 저 사람 생긴 꼴을 보세요. 무슨 놈의 이인이 저렇게 생겼겠어요."

하고 내가 들으라는 듯이 큰 소리로 대꾸했다.

그러나 그 왜놈은 별로 내게 주목하는 기색도 없이 식사를 마쳤다. 그런 다음 밖으로 나가 문설주에 기대고 서서 총각이 밥값을 계산하는 것을 보고 있었다.

나는 때가 왔다 생각하고 서서히 일어나,

"이놈!"

하고 소리를 치면서 발길로 그 왜놈의 가슴 한복판을 걷어찼다.

"어이쿠!"

그는 비명을 지르며 거의 한 길이나 되는 계단 아래로 나가떨어졌다. 그러자 나는 잽싸게 쫓아 내려가 왜놈의 모가지를 밟았다. 그와 동시에 삼간 방문 네 짝이 일제히 열리며 사람들이 우르르 몰려나왔다.

나는 몰려나오는 무리를 향하여 소리쳤다.

"누구나 이 왜놈을 위하여 감히 내게 범접하는 놈은 모조리 죽일 테니 그리 아시오."

이 말이 끝나기도 전이었다. 내 발에 채이고 눌렸던 왜놈이 어느 틈에 몸을 빼쳐서 칼을 빼어들고 내게 덤볐다. 나는 내 앞으로 떨어지는 그의 칼날을 피하면서 발길로 그의 옆구리를 힘차게 걷어찼다.

"어흑!"

왜놈은 다시 거꾸러졌다. 그러자 나는 칼을 잡은 왜놈의 손목을 부러지라고 내리 밟았다. 그 순간 칼이 스르르 언 땅에 소리를 내고 떨어졌다. 나는 그 칼을 들어 그 왜놈의 머리에서부터 발끝까지 난도질을 했다.

2월의 추운 새벽이라 빙판 위에 피가 샘솟듯 흘러 붉게 물들었다. 나는 손으로 그 피를 받아 마시고 또 왜놈의 피를 내 얼굴에 발랐다. 그런 다음 피가 뚝뚝 떨어지는 장검을 들고 방으로 들어가면서,

"아까 왜놈을 위하여 내게 범접하려던 놈이 누구냐."

하고 호령하였다.

미처 도망하지 못한 행객들은 모조리 방바닥에 넓적 엎드려 벌벌 떨었다. 어떤 이는,

"장군님, 살려주십시오. 나는 그놈이 왜놈인 줄 몰라서 말리려고 나갔던 것입니다."

하고 어떤 이는,

"나는 어제 바다에서 장군님과 함께 고생하던 사람입니다. 그 왜놈과 같이 온 사람이 아닙니다."

라고 했다. 모두가 그렇게 사시나무 떨듯 하는데, 아까 나를 미친놈이라고 비웃던 청년을 책망하던 노인만이 가슴을 떡 내밀고 나를 정면으로 바라보며 공손히 말했다.

"장군님, 아직 지각없는 젊은 것들이니 용서하십시오."

이때에 주인인 선달 이화보가 왔다. 그는 감히 방안에 들어오지도 못하고 문밖에 꿇어앉아서,

"소인이 눈깔만 있고 눈동자가 없어 누구이신지 몰라 뵈옵고 장군님을 능멸하였으니 당장 죽어도 여한이 없습니다. 그러나 그 왜놈과는 아무런 관계도 없고, 다만 밥을 팔아먹은 죄밖에 없습니다. 아까 장군님을 능욕한 죄로 그저 죽여주십시오."

하고 땅바닥에 머리를 조아렸다.

"그대는 저놈이 왜놈인 것은 어떻게 알았는가?"

내가 위엄 있는 목소리로 묻자 주인이 이에 대답했다.

"네, 소인의 객주에 진남포로 내왕하는 왜놈들이 종종 듭니다. 그러

나 한복을 입고 든 것은 오늘이 처음입니다. 저놈은 배 하나를 얻어 타고 진남포로 가는 길입니다."

"음……."

나는 주인에게 명하여 그 배의 선원을 부르고 배에 있는 그 왜놈의 소지품을 조속히 가져오라 하였다.

이윽고 선원들이 그 왜놈의 물건을 가지고 와서 내 앞에 꿇어앉았다. 자기들은 다만 돈을 받고 그 왜놈을 태워준 죄밖에 없으니 살려달라고 빌었다.

소지품을 조사해보았다. 그 왜놈은 육군 중위 쓰지다土田讓亮란 자요, 그 짐 속에는 엽전 8백 냥이 들어있었다. 그 돈에서 선원들의 선가를 계산하라 하고 나머지는 이 동네 가난한 사람을 구제하라고 했다. 마침 주인 이 선달이 동장이었다.

시체의 처리에 대해서는,

"왜놈은 우리나라와 국민의 원수만 될 뿐 아니라 물속에 있는 어별魚鼈에게도 원수이다. 그러니 이 왜놈의 시체를 강물에 넣어 어별들로 하여금 원수의 살을 먹게 하시오."

주인 이 선달은 재빠르게 세숫물을 떠왔다. 내가 세수를 끝내자마자 밥 일곱 그릇을 한 상에 차려놓고 다른 상 하나에는 국수와 찬을 놓아서 내왔다. 나는 밥상을 당기어 먹기 시작했다. 밥 한 그릇을 다 먹고 난지가 10분밖에 안 되었지만 과격한 힘을 쓴 탓으로 한두 그릇은 더 먹을 수 있을 것 같았다. 그러나 일곱 그릇을 다 먹을 수는 없었다.

나는 난처하기 짝이 없었다. 아까 밥 일곱 그릇을 먹겠다고 한 말을 거짓말로 돌리기는 창피했다. 모든 사람들이 남의 속도 모르고 나를 주시하고 있었다.

'아아, 밥 일곱 그릇을 어떻게 다 먹을 수 있단 말인가!'

나는 생각에 생각을 거듭한 끝에 큰 양푼을 하나 올리라 했다. 이선달이 광주리만한 양푼을 가져오자 거기에 밥과 반찬을 한데 쏟아 넣고 비볐다. 그러자 사람들은 눈을 크게 뜨고 입을 벌렸다.

"장군님은 역시 뭔가 달라!"

"그렇지, 그러니까 힘이 천하장사지."

사람들이 저마다 한 마디씩 하는 것을 들으면서 나는 숟가락 하나를 더 가져오라 하여 숟가락 두 개를 나란히 했다. 그렇게 하여 밥을 뜨니 꼭 사발 통 같았다.

"우와, 밥 한 술이 꼭 한 그릇은 되겠군 그래?"

"음, 굉장하네그려!"

"저렇게 드시면 일곱 그릇의 밥을 금방 드시겠군."

마주한 사람들의 그런 소리에 힘입어 나는 밥을 서너 번 떠먹은 다음 숟가락을 탁 던지고 혼잣말로,

"오늘은 먹고 싶은 왜놈의 피를 많이 먹었더니 밥맛이 없구나."

하고 시치미를 떼었다.

나는 식후에 왜놈의 시체와 그놈의 돈을 처치하는 것을 확인했다. 그런 다음 주인 이화보를 불러 지필을 가져오라 하여 일필휘지로 포

고문을 썼다.

'국모의 원수를 갚으려고 이 왜놈을 죽였노라.'

포고문 끝에 '해주 백운방 기동 김창수'라고 서명까지 하여 큰길가 벽 위에 붙이게 하고 주인 이 선달에게 이 사실을 안악 군수에게 보고하라고 하였다.

주인 이 선달이 고개를 조아리며 물러설 때 나는 피 묻은 왜놈의 칼을 집어 들며 내 행색을 살폈다. 말이 아니었다. 하얀 옷이 온통 피로 물들어 붉은 옷이 되어버렸다. 그러나 다행히도 벗어두었던 두루마기가 있었기 때문에 그것을 피 묻은 옷 위에 걸쳤다.

"나는 갈 길이 바빠서 이만 떠나야겠소. 이 왜놈의 칼을 내가 기념으로 가져가리라."

나는 그렇게 말한 후에 허리에 칼을 차고 유유히 객주를 나왔다. 객주의 손님들과 동네 사람들이 웅성거리며 나를 지켜보고 있었다.

나는 천천히 걸으면서 겉으로는 당당한 모습을 보이려고 노력했지만 내심으로는 몹시 조급했다. 꼭 동네 사람들이 살인을 한 나를 붙잡을 것만 같았다. 그리고 소문을 들은 왜놈들이 어디선가 몰려올 것만 같았다.

'빨리 이곳을 빠져나가야 한다.'

나는 마음속으로 이 말을 계속 되뇌었다. 그렇지만 사람들의 이목이 있어 걸음을 빨리하거나 달릴 수는 없었다. 마음은 초조하고 급한데 걸음을 일부러 천천히 하려니까 더욱 죽을 지경이었다. 그런 걸음으로 겨우 산마루에 올라선 후에야 뒤를 돌아보았다. 사람들은 여전히 그 자리에서 나의 뒷모습을 지켜보고 있었다.

나는 안도의 한숨을 몰아쉬고 그들에게 손을 흔들어 주었다. 그러자 그들도 손을 흔들어 주었다.

붉은 아침 해가 산 위로 떠오르기 시작했다. 차가운 바람이 불어와 내 얼굴을 때리며 지나갔다. 나는 사람들의 시선에서 완전히 벗어났을 때쯤 걸음을 빨리 했다. 신천읍에 오니 때마침 이날이 장날이었다. 장사꾼들이 많이 모였는데, 이곳저곳에서 치하포 이야기를 하는 것이 들렸다.

"소문 들었나? 오늘 새벽에 치하포에 장사가 나타나서 왜놈을 한주먹에 때려죽였다고 하네."

"나도 들었네. 그 장사하고 용강에서부터 배를 같이 타고 왔다는 사람을 만났는데, 그 장사의 나이는 스물도 안 된 청년이라더군. 강물에 빙산이 몰려와 배가 그 사이에 끼어 다 죽게 되었을 때 그 장사가 강에 뛰어들어 손으로 빙산을 밀어 모두 살렸다더군."

"굉장하군 그래?"

"그뿐인가! 그 장사는 밥 일곱 그릇을 양푼에 비벼 눈 깜짝할 새에 다 먹었다고 하네 그려."

나는 그런 말을 들으면서 소문이 정말 빠르다고 생각했다. 발 없는 말이 천 리를 간다는 말이 틀린 말이 아니었다.

집에 돌아오니 아버지도 그 소문을 듣고 있었다. 나는 부모님께 지난 일을 낱낱이 말씀드렸더니 두 분은 깜짝 놀라셨다.

"아니, 창수 네가 왜놈을 죽인 장사였단 말이냐?"

"그렇습니다."

부모님은 근심이 가득한 표정으로 날더러 어디로 피하라고 하셨다. 그러나 나는 나라를 위하여 정정당당한 일을 한 것이니 비겁하게 피하지 않겠다고 했다. 만일 왜놈들에게 잡혀 죽는 한이 있더라도 우리 국민에게 교훈이 될 것이니 영광이라는 말씀도 드렸다.

이 말에 아버님도 더 이상 말씀을 하시지 않았다.

첫 번째 투옥과 탈옥

첫 번째 체포와 모진 고문

그로부터 석 달 남짓 아무 일이 없었다. 그래서 그 일은 거의 잊고 있었는데, 병신년 5월 11일 새벽, 내가 아직 자리에 누워 일어나기도 전에 어머니가 급히 사랑문을 열고 말씀하셨다.

"애야, 무슨 일인지 못 보던 사람들이 우리 집을 에워싸고 있다."

그 말을 듣고 나는 몸을 벌떡 일으켰다. 그와 동시에 철편과 철퇴를 든 수십 명이 우르르 몰려와서 소리쳤다.

"네가 김창수냐?"

나는 드디어 올 것이 왔구나 생각하고 태연하게 대답했다.

"그렇다. 내가 김창수다. 그런데 당신들은 무엇하는 사람들인데 이처럼 무례하게 남의 집에 침입하느냐?"

그 중 한 사람이 '내부훈령등인內部訓令等因'이라 한 체포영장을 내어 보이고 쇠사슬로 나를 묶었다. 해주로 압송하겠다는 것이었다.

순검과 사령이 도합 30여 명이었다. 한 사람씩 앞뒤에서 나를 결박한 쇠사슬 끝을 잡고 나머지 사람들은 전후좌우로 나를 호위하고 집을 나섰다. 동네 20여 호가 일가이지만 모두 겁을 내어 한 사람도 감히 문을 열고 내다보는 이가 없었다. 이웃 동네 강씨, 이씨네 사람들은 내가 동학을 한 죄로 저렇게 잡혀간다고 수군거리는 것이 보였다.

이틀 만에 나는 해주 감옥에 갇힌 몸이 되었다. 어머니는 밥을 빌어다가 옥바라지를 하시고 아버지는 영리청·사령청 계방을 찾아다니면서 내 석방운동을 하셨다. 그러나 사건이 워낙 중대한지라 아무 효과도 없었다.

옥에 갇힌 지 한 달이 넘었을 때 목에 큰 칼을 찬 채로 선화당 뜰에 끌려들어가서 감사 민영철에게 첫 신문을 받았다. 감사 민영철이 호령했다.

"네가 안악 치하포에서 일인을 살해하고 도적질을 하였다지?"

"그런 일이 없소."

내가 딱 잡아떼자 감사는 다시 언성을 높여서,

"이놈, 네 행적에 증거가 명백하거늘 그래도 모른다 할까? 여봐라, 저놈 단단히 다루렷다."

하는 호령에 사령들이 달려들어 내 두 발목과 무릎을 칭칭 동여매고는 붉은 칠을 한 몽둥이 두 개를 다리 사이에 들이밀고 한 놈이 한 개씩 몽둥이를 잡고 힘껏 눌렀다. 이른바 주리를 튼 것이다. 단번에 내 정강이의 살이 터져서 뼈가 허옇게 드러났다. 지금 내 왼편 정강이 마루에 있는 큰 흉터가 그때에 생긴 자리다. 나는 입을 꽉 다물고 대답을 않고 버티다가 마침내 기절하였다.

이에 주리를 그치고 내 얼굴에 냉수를 끼얹었다. 깨어나자 감사는 다시 같은 소리를 물었다. 나는 소리를 가다듬어서,

"나의 체포장에 '내부훈령등인'이라 하였으니 관찰부에서 처리할 안건이 아닙니다. 그러니 내부로 보고하여 주시오"

하였다. 나는 서울에 가기 전에는 죽어도 그 왜놈을 죽인 동기를 말하지 아니하리라고 작정했던 것이다.

내 말을 듣고 민 감사는 아무 말도 없이 다시 가두었다. 그로부터 두 달이 경과된 7월 초에 나는 인천으로 이송 되었다. 인천감리영으로부터 4~5명의 순검이 해주로 와서 나를 데려 갔다.

사태가 이렇게 되자 아버지는 집을 비롯한 모든 가산을 정리하여, 서울이거나, 인천이거나 내가 끌려가는 대로 따라다니시기로 하여 일단 집으로 돌아가시고, 어머니만 나를 따라오셨다.

해주를 떠난 첫 날은 연안읍에서 하룻밤을 잤다. 이튿날 나진포로 가는 길에 읍에서 5리쯤 가서 길가 어느 무덤 곁에서 쉬게 되었다. 이 날은 날씨가 몹시 더워서 순검들도 참외를 사 먹으며 휴식을 취하였다. 우리가 쉬고 있는 곁의 무덤 앞에는 비석 하나가 서 있었다. 앞에는 '효자 이창매지묘'라고 하고, 뒤에는 그의 사적이 새겨져 있었다.

그 비문을 보니 이창매는 본래 연안부의 통인이었다. 그 어머니가 죽자 춥거나 덥거나 비가 오거나 눈이 오거나 바람이 불거나 한결같이 그 어머니 산소를 모셨기 때문에 나라에서 효자 정문을 내렸다. 또 이창매의 산소 옆에 그의 아버지 묘소도 있었다. 그 무덤 앞에는 그가 신을 벗어놓고 계절階節(무덤 앞에 평평하게 한 땅) 앞으로 걸어 들어간 발자국과 무릎을 꿇었던 자리, 향로와 향합을 놓았던 자리에는 영영 풀이 나지 않았고, 혹시 사람들이 그 움푹 파인 자리를 메우는 일이 있으면 곧 뇌성이 진동하고 큰 비를 내려 메운 흙을 씻어 내리곤 하였다 한다.

그 근처 사람들과 순검들이 이런 이야기를 하는 것을 귀로 듣고 돌비에 새긴 사적을 눈으로 읽은 나는 한없이 마음이 슬펐다. 그래서 순검들이 알세라 어머님이 볼세라 몰래 피눈물을 흘렸다.

'저 이창매는 죽은 부모에 대하여서도 저렇게 효성이 지극하였는데 부모 생전에는 오죽했겠는가. 아아, 그런데 나는 어떠한가. 거의 넋을 잃으시고 허둥지둥 나를 따라오시는 어머니……, 나는 얼마나 불효자식인가.'

나는 쇠사슬에 끌려서 그 자리를 떠나면서 또다시 이 효자의 무덤을 돌아보고 수없이 마음속으로 절을 하였다.

내가 나진포에서 인천으로 가는 배를 탄 것은 병신년 7월 25일, 달빛 없는 캄캄한 밤이었다. 물결조차 안 보이고 다만 물결치는 소리만 들릴 뿐이었다. 배가 강화도를 지날 때쯤 하여 나를 호송하는 순검들이 여름 더위에 몹시 피곤한지 깊이 잠들었다. 그것을 보시고 어머니는 뱃사공도 눈치 안채게 귓속말을 하셨다.

“얘야, 네가 이제 가면 왜놈의 손에 죽을 것이다. 그러니 차라리 맑은 물에 너와 내가 몸을 던져 죽자. 죽어서 귀신이라도 우리 모자가 함께 다니자.”

어머니는 내 손을 이끌어 뱃전으로 가까이 다가섰다. 나는 황공하여 어찌할 바를 모르면서 이렇게 말씀드렸다.

“제가 이번에 가서 죽을 줄 아십니까, 저는 절대로 안 죽습니다. 제가 나라를 위하여 하늘에 사무친 정성으로 한 일이니, 하늘이 도우실 것입니다. 분명코 안 죽습니다.”

그래도 어머니는 같이 바다에 빠져 죽자고 내 손을 끄시므로 나는 더욱 자신 있게,

“어머니, 저는 결단코 안 죽습니다.”

하고 어머니를 더욱 위로하여 드렸다. 그러자 어머니도 죽을 결심을 바꾸셨다.

“나는 네 아버지와 약속했다. 네가 죽으면 우리도 같이 죽자고…….”

어머님은 하늘을 우러러 두 손을 비비시면서 내가 알아듣지 못할 낮은 음성으로 축원을 올리시기 시작했다. 여전히 천지는 캄캄하고 안 보이는 물결소리만 들렸다.

나는 인천의 감옥에 이감되었다. 내가 인천의 감옥으로 옮겨진 까

닭은 갑오경장 이후에 외국인 관련 사건을 재판하는 특별재판소가 인천에 생겼기 때문이었다.

감옥은 내리內里의 순검청 앞에 있었는데, 마루터기에 감리서가 있고 그 좌측에 경무청, 우측에 순검청이 있었다. 감옥 앞에는 모든 관아로 들어오는 길을 통제하는 2층 문루가 있었다.

감옥은 사방으로 높은 담장에 둘러싸여 있었다. 이것을 반으로 갈라서 한 편에는 강도, 절도, 살인 등의 큰 죄를 지은 죄수들을 가두고, 다른 한 편에는 잡범들을 수용하였다.

미결수는 평복을 입고 기결수는 푸른 옷을 입었는데, 저고리 등에는 강도, 살인, 절도 등의 죄목을 먹으로 써 붙였다. 죄수들이 옥 밖에 끌려 나갈 때마다 좌우 어깨를 쇠사슬로 동여서 둘씩 한 사슬에 잡아매서 짝패를 만들었다. 또 쇠사슬 끝매듭이 죄수의 등에 가게 하여 그곳을 자물쇠로 채운 후에 간수들이 인솔했다.

처음 인천 감옥에 갇힐 때 나는 도적으로 취급되었다. 그래서 아홉 사람을 함께 채우는 길다란 차꼬의 한복판에 발목을 잠궜다. 감옥에는 치하포의 객주 주인 이화보가 갇혀 있었다. 그는 내가 왜놈을 죽인 것을 본 목격자로 한 달 전에 체포되어 이곳으로 압송된 것이었다. 그는 나를 보고 몹시 반가워했다. 내가 잡혔으니 자기는 곧 풀려날 것으로 믿는 모양이었다.

내가 살인강도로 몰린 것은 객주 주인 이화보 때문이었다. 사건이 있던 날 그는 내가 쓰지다를 죽인 이유를 쓴 포고문을 떼어서 감추고 오로지 살인 강도사건이라고 말했던 것이다.

어머니가 옥문 밖까지 따라오셔서 눈물을 흘리고 서 계셨다. 그것을 본 내 가슴은 한없이 찢어지는 것 같았다.

어머니는 비록 시골에서 사셨지만 강인한 면모가 있었다. 특히 바느질에 능하셨다. 어머니는 내가 감옥에 갇히자 감리서 삼문 밖에 있는 개성 사람 박영문의 집을 찾아가서 사정을 말씀하시고, 그 집 식모가 되기를 청했다. 까닭은 내가 갇혀 있는 감옥 곁에 머물면서 나의 옥바라지를 하기 위함이었다.

박영문의 집은 당시 인천에서도 유명한 물상객주物商客主로 살림이 크기 때문에 식모, 침모의 일이 많았다. 어머니께서는 그 집 식모 일을 하는 값으로 하루 세끼 밥을 감옥에 있는 내게 들이게 하셨다.

하루는 옥사쟁이가 나를 불러서, 어머니도 의지할 곳을 구하셨다고 밥도 하루 삼시 들어오게 되었으니 안심하라고 일러주었다. 다른 죄수들이 나를 퍽 부러워하였다. 나는 옛 사람의 말을 생각하지 않을 수 없었다.

부모님께서哀哀父母
나를 낳으시고 기르신 고생하심이 커서生我劬勞
그 은혜에 보답코자 하나慾報其恩
하늘같이 높아 다할 길이 없어 슬프구나昊天罔極.

어머니께서는 나를 먹여 살리시느라고 천겹만겹의 고생을 하셨다. 불경에, 부모와 자식은 천천생千千生의 은애恩愛의 인연이란 말이 진실로 허사가 아니다.

한 여름의 감옥은 더할 수 없이 덥고, 불결하고 더러웠다. 게다가 나는 장질부사에 걸려 고통이 극도에 달하였다. 어찌나 고통스러웠던지 나는 자살을 생각했다. 그러던 어느 날 다른 죄수들이 잠이 든 틈을 타서 이마에 손톱으로 충성 '충忠'자를 새기고 허리띠로 목을 졸랐다. 그리하여 마침내 숨이 끊어지기에 이르렀다. 숨이 끊어지는 동안 나는 순식간에 고향으로 가서 나와 평소에 친하던 6촌 동생 창학과 놀았다.

오랜 세월 고향을 눈앞에 그리며 지내니故園長在目

굳이 부르지 않아도 내 영혼은 이미 가 있구나魂去不須招!

하는 옛 사람의 말이 과연 헛말이 아니었다.

문득 정신이 드니 옆에 있는 죄수들이 죽겠다고 고함을 치며 야단법석이었다. 내가 죽는 것을 걱정하여 그네들이 그러는 것이 아니었다. 아마 내가 인사불성 중에 몹시 요동을 칠 때 차꼬가 흔들려서 그자들의 발목이 몹시 아팠던 모양이었다.

그 후로는 사람들이 지켜서 자살할 기회도 주지 않았지만 나 자신도 마음을 고쳐먹었다. 병에 죽거나 원수가 나를 죽여서 죽는 것은 어찌할 수 없는 일이라 하더라도 내 스스로 목숨을 끊는 일은 다신 않겠다고 결심했다.

신문이 아닌 김구의 호령

그러는 동안에 병은 나았으나, 보름 동안이나 음식을 입에 대지 못했기 때문에 기운이 탈진하여 손발을 움직이기도 힘들었다. 이런 때에 나를 신문한다는 전갈이 왔다.

나는 생각해 봤다. 해주에서 다리뼈가 드러나는 악형을 겪으면서도 입을 열지 않은 것은 서울의 내부에 와서 대관들을 대면하고 내 뜻을 밝히고자 함이었다. 그런데 이제 불행하게도 병으로 언제 죽을는지 모르는 형편이 되었다. 그래서 부득불 이곳에서라도 왜놈을 죽인 취지를 다 말하리라고 마음먹었다.

나는 옥사쟁이의 등에 업혀서 경무청으로 들어갔다. 업혀 들어가면서 보니 죄인을 문초하는 형구가 삼엄하게 벌여져 있었다. 옥사쟁이가 업어다가 내려놓은 내 몰골을 보고 경무관 김윤정은 눈을 크게 뜨고 물었다.

"어찌하여 죄수의 얼굴이 저렇게 되었는가?"

"열병으로 이렇게 되었습니다."

옥사쟁이의 말을 들은 김윤정은 나를 향하여,

"네가 정신이 있어, 내가 묻는 말에 대답할 수 있겠느냐?"

하고 묻자 나는 대답했다.

"정신은 있으나 목이 말라붙어서 말이 잘 나오지 않소. 그러니 물을 한잔 주면 마시고 말하겠소."

김윤정은 술을 들이라 하고 물 대신 술을 먹여주었다.

김 경무관은 청상에 앉아 차례대로 성명, 주소, 나이를 물은 뒤에, 모월 모일 안악 치하포에서 일인 하나를 살해한 일이 있느냐고 물었다.

"있소."

나는 분명한 어조로 대답했다.

"그 일인을 왜 죽였느냐? 그의 재물을 강탈할 목적으로 죽였다지?"

김 경무관이 그렇게 물었을 때 나는 이때다 하고 없는 기운이지만 소리를 가다듬어,

"나는 국모 폐하의 원수를 갚으려고 왜놈 원수 한 명을 때려죽인 일은 있으나, 재물을 강탈한 일은 없소."

하고 대답했다. 그러자 청상에 늘어앉은 경무관, 총순, 권임 등이 서로 얼굴을 쳐다보며 나를 멍한 눈으로 바라보기만 했다. 순식간에 법정 안은 쥐죽은 듯 고요하였다.

그 때 옆 의자에 걸터앉아서 신문을 방청하는지, 감시인지를 하고 있던 일본 순사(뒤에 들으니 와타나베라 한다)가 놀란 눈으로 정내를 둘러봤다. 그러다가 법정안의 공기가 수상한 것을 느꼈는지 통역에게 무엇인가를 묻고 있었다. 그것을 보고 나는 죽을힘을 다하여,

"이노옴!"

하고 벼락을 내렸다. 그런 후 말을 이어,

"소위 만국공법 어느 조문에 통상 화친하는 조약을 맺고서 상대방 나라 임금이나 왕후를 죽이라고 하더냐. 이 개 같은 왜놈아. 너희는 어찌하여 감히 우리 국모 폐하를 살해하였느냐? 내가 살아서는 이 몸을 가지고, 죽으면 귀신이 되어서 맹세코 너희 임금을 죽이고, 너희 왜놈들을 씨도 없이 몰살하여 우리나라의 치욕을 씻고야 말 것이다."

하고 소리를 높여서 꾸짖었다. 그랬더니 와타나베 순사는 겁을 먹었던지,

"칙쇼, 칙쇼"

하면서 대청 뒤로 사라져버리고 말았다. '칙쇼'는 짐승이란 뜻으로 일본말의 나쁜 욕인 것을 나중에 들어서 알았다. 법정안의 공기는 더욱 긴장감이 돌았다.

배석하였던, 총순인지 주사인지 분명치 아니하나, 한 관원이 경무관 김윤정에게 말했다.

"사건이 심히 중대하니 감리 영감께 아뢰어 친히 신문하게 함이 마땅하겠습니다."

김 경무관도 고개를 끄덕여 그 의견에 동의했다.

이윽고 감리사 이재정이 들어와서 경무관이 물러난 주석에 앉았다. 그러자 경무관은 이 감리사에게 지금까지의 신문 경과를 보고했다. 법정 안에 있는 관속들은 상관의 명령도 없이 내게 물을 갖다가 먹여

주기도 했다.

나는 이 감리사가 나의 신문을 시작하기 전에 먼저 그를 향하여 입을 열었다.

"나 김창수는 시골의 한낱 천한 몸이다. 그렇지만 국모 폐하께옵서 왜적의 손에 무참히 돌아가신 국가의 수치를 당하고서는 청천백일 하에 내 그림자가 부끄러워서 겨우 왜구 한 놈을 죽였지만, 아직 이 나라의 사람으로서 왜왕을 죽여 국모 폐하의 원수를 갚았다는 말을 듣지 못했다. 이제 보니 당신네가 국상으로 몽백을 하고 있으나, 춘추대의에 임금의 원수를 갚지 못하고는 몽백을 아니한다는 구절을 잊어버리고 있는 것 같다. 어찌하여 당신들은 한갓 일신의 영달과 관록을 도적질하려는 더러운 마음으로 임금을 섬긴단 말인가?"

나의 이 말에 감리사 이재정, 경무관 김윤정 기타 단상에 있는 관원들은 모두 낯을 붉히며 고개를 수그렸다. 모두 양심은 있어서 찔리는 것이라고 나는 생각하였다.

내 말이 다 끝난 뒤에도 한참 잠자코 있던 이 감리사가 무거운 입을 열었다. 마치 내게 하소연하는 것과 같은 목소리로,

"창수가 지금 하는 말을 들으니 그 충의와 용감함을 흠모하는 반면에, 황송하고 참괴한 마음이 비길 데 없소이다. 그러나 상부의 명령대로 신문은 하여 올려야 하겠으니 사실을 상세히 공술해주시오."

하고 경어를 썼다. 이 때 김 경무관이 내 병이 아직 위험 상태에 있다고 이 감리사에게 수군거렸다. 그러자 이 감리사는 옥사쟁이에게

명하여 나를 옥으로 데려가라고 명했다.

내가 옥사쟁이의 등에 업혀 나왔을 때, 많은 군중 속에 어머니의 얼굴이 눈에 띄었다. 그 얼굴에 희색이 돌고 있었다. 나는 아마 군중이나 관속들에게서 내가 관청에서 한 일을 듣고 약간 안심하셨나보다 하고 생각했다.

나중에 어머니한테서 들은 얘긴데, 그날 내가 신문을 당한다는 말을 들으시고 어머니는 옥문 밖에 와서 기다리셨다 한다. 그러다 내가 업혀 나오는 꼴을 보시고, 저것이 병중에 정신이 없어 잘못 대답하다가 당장에 맞아 죽지나 않나 하고 무척 근심하셨다 한다. 그러나 사람들이 내가 감리사를 책망하는데 감리사는 얼굴을 붉히고 아무 대답도 못하였다는 것, 내가 일본 순사를 호령하여 내어 쫓았다는 것, 김창수는 해주 사는 소년인데 민 중전마마의 원수를 갚기 위해 왜놈을 때려 죽였다는 등의 말을 듣고 안심이 되셨다고 하셨다.

나를 업고 가는 옥사쟁이가 어머니 앞을 지나가며,

"마나님, 아무 걱정 마시오. 어쩌면 이런 호랑이 같은 아들을 두셨소?"

하던 말을 나는 기억한다.

나는 감방으로 돌아오는 길로 한바탕 소동을 일으켰다. 나를 종전대로 다른 도적과 함께 차꼬를 채우는 데 대하여 크게 분개하여 벽력 같은 소리로 옥사쟁이를 꾸짖었다.

"내가 아무런 의사도 발표하기 전에는 나를 강도로 대하거나 무슨 대우를 하여도 잠자코 있었다. 그렇지만 이제는 정당하게 나의 뜻을 밝혔는데도 이렇게 홀대한단 말이냐? 땅에 금을 그려놓고 이것이 옥이라 하더라도 그 금을 넘을 내가 아니다. 내가 당초에 도망할 마음이 있었다면 그 왜놈을 죽인 자리에 내 성명과 주소를 갖추어서 포고문을 붙이고 집에 와서 당당히 석 달이나 잡으러 오기를 기다렸겠느냐? 너의 관리들은 왜놈을 기쁘게 하기 위하여 내게 부당한 대우를 계속하려 한단 말이냐?"

내가 옥사쟁이들을 이렇게 꾸짖으며 어떻게 요동하였던지, 한 차꼬 구멍에 발목을 넣고 있는 여덟 명 죄수가 일제히 죽는다고 엄살을 떨었다. 그들은 말을 더 보태서 내가 한 다리로 차꼬를 들고 일어났기 때문에 자기네 발목이 다 부러졌노라고 떠들었다.

이 소동을 듣고 경무관 김윤정이 들어와서 애꿎은 옥사쟁이를 꾸짖었다.

"이 사람은 다른 죄수와 다른데 왜 도적 죄수와 같이 둔단 말이냐. 즉각 이 사람을 다른 좋은 방으로 옮기고 일체 몸은 구속치 말고 너희들이 잘 보호하렷다."

이 후부터 나는 옥중에서 왕이 되었다. 이런 지 얼마 후에 어머님이 면회를 오셔서 초췌한 얼굴에 웃음을 머금고 말씀하셨다.

"아까 네가 신문을 받고 나온 뒤에 김 경무관이 돈 150냥을 보내며 네게 보약을 사 먹이라 하였다. 그리고 내가 일하고 있는 집의 집주인 내외는 말할 것도 없고 사랑방 손님들까지도 훌륭한 아들을 두었다

하여 나를 매우 존경하고 있다. 그들은 옥중에 있는 네가 무엇을 먹고 싶어 한다면 기꺼이 마련해주겠다고 하고 있다. 그러니 먹고 싶은 것이 있으면 말하여라."

어머니의 그 말씀을 들은 나는 천지가 아득하기만 했다.

내가 아홉 사람의 발목을 넣은 큰 차꼬를 한 발로 들고 일어났다는 것은 이화보를 여간 기쁘게 하지 아니하였다. 그가 잡혀 와서 고생을 하는 사유가 살인한 죄인을 놓아 보냈다는 것이기 때문이었다. 한 번에 밥 일곱 그릇을 먹고 하루 7백 리 가는 장사를 어떻게 붙잡느냐는 그의 변명의 말이 오늘에야 증명이 된 셈이었기 때문이다.

이튿날부터는 나를 면회하고자 하는 사람이 밀려오기 시작하였다. 감리서·경무청·순검청·사령청의 수백 명 관속들이 나에 대한 홍보를 했기 때문이었다. 인천항에서 세력이 있는 사람 중에도, 또 막벌이꾼 중에도 다음 번 내 신문 날에는 미리 알려달라고 아는 관속들에게 너도나도 부탁을 하였다고 한다.

두 번째 신문 날에도 나는 전번과 같이 옥사쟁이의 등에 업혀서 나갔다. 옥문 밖에 나서면서 둘러보니 길에는 사람들로 가득 찼고, 경무청에는 각 관인의 관리와 항내의 유력자들이 모인 모양이었다. 담장이나 지붕이나 내가 신문을 받을 경무청 뜰이 보이는 곳에는 사람들이 하얗게 올라가 있었다.

법정 내에 들어가 앉으니 김윤정이 슬쩍 내 곁으로 지나가며 속삭였다.

"오늘도 왜놈이 왔으니 기운껏 호령하시오."

김윤정은 경기도 참예관이라는 일제의 벼슬을 하고 있으나, 그때 나는 그가 의기 있는 사람으로 생각했다. 설마 관청을 연극장으로 알고 나를 한 배우로 삼아서 구경거리를 만든 것일 리는 없었다. 그러므로 필시 그때에는 참으로 의기가 생기었다가 날이 감에 따라서 변한 것으로 보는 것이 옳은 것이다.

둘째 날 신문에서 나는 전번에 다 했기에 더할 말은 없다고 한 마디로 답변을 끝냈다. 그런 다음 뒷방에 앉아서 나를 넘겨다보는 와타나베를 향하여 또 일본을 꾸짖는 말을 마구 퍼부었다.

그 이튿날부터는 더욱더 면회하러 오는 사람으로 밀렸다. 그들은 대개 내 의기를 사모하여 왔노라, 어디 사는 아무개니 내가 출옥하거든 만나자, 설마 내 고생이 오래가랴, 안심하고 몸을 보살피라 등의 말을 하였다.

이렇게 찾아오는 사람들은 거의 음식을 한 상씩 잘 차려 가지고 와서 나더러 먹으라고 권하였다. 나는 가져온 사람이 보는 데서 한두 젓가락 먹고는 나머지는 죄수들에게 차례로 나누어주었다.

그때의 감옥제도는 지금과는 달랐다. 옥에서 하루 삼시 밥을 주는 것이 아니라 죄수가 짚신을 삼은 것을 내다 팔아 곡식을 사다가 죽이나 끓여 먹게 되어 있었다. 그러므로 내게 들어온 좋은 음식을 얻어먹는 것은 그들의 큰 낙이었다.

제3차 신문은 경무청이 아닌 감리서에서 감리사 이재정 자신이 하였는데, 인천에서 온 사람들이 많이 모인 모양이었다. 요샛말로 하면 방청이라고 할 수 있다.

감리는 내게 대하여 매우 친절하게 말을 물었다. 다 묻고 나서는 신문서를 내게 보여 읽게 하고는 고칠 것은 나더러 고치라 하여 수정이 끝난 뒤에 나는 빈칸에 이름을 썼다. 이날은 왜놈이 입회하지 않았는지 없었다.

수일 후에 왜놈이 내 사진을 찍는다 하여 나는 또 경무청으로 업혀 들어갔다. 이날도 사람이 많이 모여 있었다. 김윤정이 내게 들리도록 말했다.

"오늘 저 사람들이 너의 사진을 찍으러 왔으니, 주먹을 불끈 쥐고 눈을 딱 부릅뜨고 박히시오."

그런데 우리 관원과 왜놈 사이에 내 사진을 청사 안에서 찍느냐 못 찍느냐 하는 문제가 일어나서 한참 동안 옥신각신했다. 그러다가 결국은 청사 내에서 사진을 찍는 것은 허락할 수 없으니 노상에서나 찍으라 하여서 나를 노상에 앉혔다. 왜놈이 나를 수갑으로 채우든지 포승으로 묶든지 하여 죄인 모양을 하여 달라고 요구했다. 그러자 김윤정은 굳은 표정으로,

"이 사람은 계하죄인이다. 그러므로 대군주 폐하께서 분부가 계시기 전에는 그 몸에 형구를 댈 수 없다."

하면서 딱 거절했다.

그러자 왜놈이 다시 말했다.

"형법이 곧 대군주 폐하의 명령이 아니오? 그런즉 김창수에게 수갑을 채우고 포승으로 묶는 것이 옳지 않소?"

왜놈이 다시 말했다.

"형법이 곧 대군주 폐하의 명령이 아니오? 그런즉 김창수를 수갑을 채우고 포승으로 묶는 것이 옳지 않소?"

왜놈이 기어이 나를 결박해 놓고 사진 찍기를 주장했지만 김윤정은,

"갑오경장 이후에 우리나라에서는 형구를 폐지하였소."

하고 딱 잡아뗀다. 왜놈은 얼굴이 시뻘겋게 달아올라 소리쳤다.

"귀국 감옥 죄수들이 다 쇠사슬을 차고 다닌 것을 내가 보았다."

그러자 김윤정은 벌컥 성을 내며 노한 음성으로 왜놈을 꾸짖었다.

"죄수의 사진을 찍는 것은 조약에 정한 의무는 아니다. 참고자료에 불과한 세세한 일에까지 내정간섭을 받을 수 없다."

그러자 둘러섰던 관중들은 김윤정이 명관이라고 저마다 한 마디씩 말했다.

이리하여 나는 자유로운 몸으로 길에 앉은 채로 사진을 찍게 되었는데, 왜놈은 다시 김윤정에게 애걸하여 겨우 내 옆에 포승을 놓고 사진을 찍는 허가를 얻었다.

"여러분! 왜군들이 우리 국모 민 중전마마를 죽였으니, 우리 국민에게 이런 수치와 원한이 또 어디 있겠습니까. 왜놈의 독이 궐내에만 그칠 줄 아십니까? 아닙니다. 바로 당신들의 아들과 딸들이 필경은 다 왜놈의 손에 죽을 것입니다. 그러니 여러분! 당신들도 나를 본받아

서 왜놈을 만나는 대로 다 때려죽이십시오. 왜놈을 죽여야 우리가 삽니다."

나의 연설을 들은 와타나베란 놈이 얼굴을 잔뜩 찡그리고 내 곁에 와서,

"네게 그러한 충의가 있는데 왜 벼슬을 못하였나?"

하고 직접 내게 와서 말을 붙였다.

"나는 벼슬을 못할 상놈이니까 조그마한 왜놈을 죽였다만, 벼슬을 하는 양반들은 너의 국왕의 모가지를 베어서 원수를 갚을 것이다."

나는 그렇게 눈을 부릅뜨고 와타나베에게 호통을 쳤다.

나는 이날 김윤정에게 이화보를 놓아달라고 청하였는데, 이화보는 그날로 석방되어 좋아하며 돌아갔다.

새롭게 깨달은 서양 문물

이로부터 나의 신문은 다 끝나고 판결만을 기다리는 한가한 몸이 되었다. 내가 이 기간 동안에 한 일은 독서와 죄수들에게 글을 가르치는 일, 죄수들을 위하여 소송에 관한 것들을 대서하는 일이었다.

나는 아버지께서 들려주신 〈대학〉을 읽고 또 읽었다. 글도 좋았지만 그 외의 다른 책이 없었기 때문이었다.

그런데 나는 감리서에 다니는 어떤 젊은 관리의 덕분으로 천만 뜻

밖의 새로운 책을 읽고, 새로운 문화에 접촉할 수가 있었다. 그 관리는 나를 찾아와서 여러 가지로 새로운 말을 들려주었다. 그는 서양의 선진국 이야기, 우리나라가 옛 사상 옛 지식만 지키고 척양척왜로 외국을 배척만 하는 것으로는 도저히 나라를 건질 수 없다는 것, 널리 세계의 정치·문화·경제·과학 등을 연구하여서 좋은 것을 받아들이고 우리의 힘을 길러야 한다는 것 등을 말했다. 또한 그는,

"창수와 같은 의기남아로는 마땅히 새로운 학식을 구하여서 국가와 국민을 새롭게 해야 한다. 이것이 영웅의 사업이다. 이제는 한갓 배외 사상만을 가지고는 나라가 멸망하는 것을 막을 수 없다."

하며 나를 일깨워줄 뿐 아니라, 중국에서 발간된 〈태서신사〉, 〈세계지지〉 등 한문으로 된 책자와 국한문으로 번역된 조선의 책들도 들여보내 주었다.

나는 언제 사형의 판결과 사형의 집행을 받을지 모르는 몸인 줄을 알면서도, 아침에 옳은 길을 듣고 저녁에 죽어도 좋다는 생각으로 이 새로운 서적을 손에서 떼지 않고 열심히 탐독하였다. 내가 이렇게 열심히 읽는 것을 보고 감리서의 관리도 매우 좋아하였다.

이런 책들을 읽는 동안에, 나는 서양이란 것이 무엇이며 오늘날 세계의 형편이 어떠하다는 것을 아는 동시에, 나 자신과 우리나라에 대한 비판도 하게 되었다. 나는 고 선생이 조상의 제사 때 부르는 축문에 명나라의 연호인 영력과 몇 년을 쓰는 것이 우리 민족으로서는 옳지 않다는 것을 깨달았다. 또한 안 진사가 서양학문을 공부하고 믿는다

고 절교하던 것이 고 선생의 생각이 미치지 못한 것임을 알게 되었다.

내가 청계동에 있을 때에는 고 선생의 학설을 그대로 받아 척양척왜가 나의 유일한 천직으로 알았다. 옳은 도가 한 줄기 살아 있는 나라는 오직 우리나라뿐이요, 저 머리를 깎고 양복을 입은 무리들은 모두 금수와 같은 오랑캐라고만 믿고 있었다.

그러나 〈태서신사〉 한 권만 보아도, 눈이 움푹 들어가고 코가 우뚝 솟은 파란 눈의 사람들이 결코 원숭이와 비슷한 오랑캐가 아니라는 사실을 알 수 있었다. 그들은 실로 나라를 세우고 백성을 다스리는 좋은 법과 아름다운 풍속을 가진 족속이었다. 오히려 큰 갓을 쓰고 선풍도골을 좇는 척하는 우리의 탐관오리야말로 오랑캐의 칭호를 받아 마땅한 것이라 생각되었다.

나는 이에 우리나라에서 가장 중요한 것은 저마다 배우고 사람마다 가르치는 것임을 깨달았다. 옥중에 있는 죄수들을 보니 글을 아는 이는 제대로 없고 또 그들의 생각이나 말이 모두 무지하기가 짝이 없었다. 나는 그런 백성을 방치해 두고는 결코 나라의 수치를 씻을 수도 없고, 다른 나라와 겨루어나갈 부강한 힘도 얻을 수가 없다고 단정하였다.

이에 나는 내가 깨달은 바를 곧 실행하리라고 결심했다. 내 목숨이 붙어 있는 날까지 함께 옥중에 있는 죄수들만이라도 가르쳐보겠다는 결심이었다.

이곳을 죄수는 들락날락하는 자들을 합하여 평균 백 명 가량인데,

그 열에 아홉은 일자무식이었다. 내가 글을 가르쳐주겠다고 했을 때 반대하는 죄수는 없었다. 그러나 진정으로 글을 배우려고 하는 이는 극소수였다. 대부분의 죄수들은 오직 내 눈에 들기 위해서 배우는 체 하는 것이었다. 그 까닭은 내 눈에 들어야 맛있는 음식을 얻어먹을 수 있기 때문이었다.

도적질이나 살인으로 세상을 살아가는 그들이므로 글을 배워서 더 좋은 사람이 되어 보겠다는 생각조차 하지 않는 것 같았다.

조덕근이란 자는 〈대학〉을 배우기로 하였는데, 그 서문에 '인생 팔세 개입소학人生八歲皆入小學'이라는 구절을 소리 높여 읽다가 '개입' 다음 자를 잊고 '개 아가리 소학'이라고 하여서 나는 허리가 끊어지도록 웃었다. 이 자는 화개동 기생의 기둥서방으로 기생 하나를 중국으로 팔아넘긴 죄로 10년 징역을 받은 것이었다.

당시는 건양 2년으로 '황성신문'이 창간되었던 때인데, 어느 날 신문을 보내 내 사건의 전말이 적혀 있고, 김창수가 인천 감옥에서 죄수들에게 글을 가르치므로 감옥은 학교가 되었다고 쓰여 있었다.

나는 죄수의 선생 노릇을 하는 한편, 또 대서소도 벌인 셈이 되었다. 억울하게 잡혀온 죄수의 말을 듣고 솟장을 써주면 그것으로 풀려나가는 사람도 생겨났기 때문에 내가 써주는 솟장 대서가 소문이 나게 되었다. 더구나 옥에 갇혀 있으면서 밖에 있는 대서인에게 솟장을 쓰려면 매우 힘이 들고 또한 돈도 꽤 들었다.

그런데 같은 감방에 앉아서 충분히 할 말을 다하고 솟장을 쓰는 것이므로 인지대를 사는 값밖에는 도무지 비용이 들지 않았다. 내게서 솟장을 쓰면 꼭 송사에서 이긴다고 사람들이 헛소문을 내어서 심지어는 관리 중에서도 솟장을 써달라는 자도 있었다. 어느 날은 내가 어떤 관원에게 돈을 빼앗겼다 하는 사람의 진정서를 써주었다. 그래서 그 관리를 파면시킨 일도 있었다. 그러므로 옥리들도 나를 꺼려서 죄수들에게 함부로 학대하지를 못하였다.

이렇게 글을 가르치고 대서를 해주면서 틈틈이 죄수들에게 소리를 시키고 나도 소리를 배우고 지냈다. 나는 농촌 출신이지만 누구나 하는 노래 한가락, 익살 한 마디도 할 줄을 몰랐다.

그때의 감옥 규칙은 지금과는 달라서 낮잠을 재우고 밤에는 조금도 눈을 붙이지 못하게 하였다. 이것은 다들 잠든 틈을 타서 죄수가 도망갈 것을 방지하기 위해서였다. 그러므로 죄수들은 밤새도록 소리도 하고 이야기책도 읽도록 허용하였던 것이다.

이 규칙은 내게는 적용되지 않았다. 그러나 다른 사람들이 그러하므로 나도 자연 늦도록 놀다가 자게 되었다. 자꾸 듣는 동안에 자연 시조니 타령이나 하는 소리의 맛을 알게 되어서 배우고 싶었다. 나는 기생의 기둥서방 조덕근에게 평시조·엮음시조·남창지름·여창지름·적벽가·새타령·개구리타령 등을 배워서 남들이 할 때면 나도 한몫 끼었다.

삶과 죽음의 길목

이러는 동안에 세월이 흘렀다. 7월도 거의 다갈 무렵의 어느 날 '황성신문'에 다른 살인죄인, 강도죄인 몇 명과 함께 인천 감옥에 있는 살인강도 김창수를 아무 날에 교수형에 처한다는 기사가 난 것을 보았다. 그 날짜는 7월 27일로 기억된다. 사람이 이런 일을 당하면 일부러 태연한 태도를 꾸밀 법도 하지만, 어찌된 영문인지 내 마음은 조금도 흔들리지 않았다.

교수대에 오를 시간이 며칠 남지 않았는데도 나는 음식을 비롯한 독서와 담화를 평상시와 다름없이 자연스럽게 하고 있었다. 그것은 아마 고 선생으로부터 들은 말씀 가운데 조선의 숙종 때 문신이었던 박태보가 고문으로 단근질을 받을 때에,

"이 쇠가 식었으니 더 달구어 오너라."

고 한 것이며, 병자호란 때 청나라의 심양에 잡혀갔던 삼학사의 죽음을 두려워하지 않는 행동을 감명 깊게 받은 영향이라고 생각된다.

내가 사형을 당한다는 신문기사를 본 사람들은 줄줄이 뒤를 이어 나를 찾아왔다. 그들은 저마다 마지막 인사를 하고는 눈물을 흘렸다. 이를테면 조상弔喪이다. 양반이나 아무개 영감님 하는 사람들도 찾아와서,

"김 석사, 살아 나와서 상면할 줄 알았더니 이것이 웬일이오?"

하고 두 주먹으로 눈물을 닦고 갔다.

그런데 이상한 것은 사식을 손수 들고 오신 어머니가 평소와 조금도 다름이 없으시다는 것이었다. 그것을 보고 나는 아마 어머니의 비통하심을 염려해서 주위 사람들이 내가 죽게 되었다는 것을 알려드리지 않는 것이라고 생각했다.

나를 조상하는 손님들이 돌아간 뒤에 나는 여느 때처럼 〈대학〉을 읽었다. 인천 감옥 죄수의 사형집행은 언제나 오후에 하였고, 형장은 우각동이었다. 그것을 알고 있었기 때문에 나는 아침도 이어 점심도 잘 먹었다. 죽을 때 어떻게 하겠다는 마음의 준비도 하지 않았다.

나는 이렇게 아무렇지도 않았는데, 다른 죄수들이 나를 위하여 슬퍼해주는 정황은 차마 눈뜨고 볼 수가 없었다. 나 때문에 음식을 얻어먹은 죄수들이며 글을 배운 제자들, 그리고 나한테 솟장과 송사에 대한 지도를 받아오던 이들이 통곡을 했다. 그 모습은 흡사 그들이 자기 부모상을 당해도 그러하였을까 의심하리만큼 간절하였다.

어느덧 시간은 흘러서 오후를 지나고 저녁때가 되었다. 교수대에 끌려 나갈 시각이 바싹바싹 다가왔다. 나는 내 목숨이 끊어질 순간까지 성현의 말씀과 동행하리라 마음먹고, 몸을 단정히 하고 앉아서 〈대학〉을 읽었다. 그럭저럭 시간은 지나고 저녁밥이 들어왔다.

사람들은 내가 특별한 죄수라서 밤에 사형을 집행하는 것이라고 생각들을 하고 있었다. 나는 예기치 아니하였던 저녁 한 끼를 이 세상에서 더 먹은 것이었다.

밤이 초경初更을 넘어섰다. 이 때 밖에서 여러 사람이 떠들썩하고 가까이 오는 인기척이 나더니 옥문 열리는 소리가 들렸다.

"이제 때가 왔구나!"

나는 나지막하게 소리를 내고 이제부터 닥칠 운명을 조용히 기다리고 있었다. 나와 한방에 있던 죄수들은 자기가 죽으러 나가기나 하는 것처럼 모두 얼굴색이 변하여 벌벌 떨고들 있었다. 이때 문밖에서,

"창수, 어느 방에 있소?"

하는 소리가 들렸다.

"이 방이오!"

나는 담담한 목소리로 대답했다. 그러자 미처 방문도 열기 전에 누군가가 이렇게 말했다.

"아이구, 이제 창수는 살았소! 감리 영감을 비롯한 전 서원, 그리고 각 청 직원이 아침부터 밥 한술 못 먹고 끌탕만 하고 있었소. 창수를 어찌 차마 우리 손으로 죽이느냐고……. 그런데 지금 막 대군주 폐하께옵서 전화로 감리 영감을 불러 김창수 사형은 정지하라는 칙명을 내리셨소. 그러자 감리 영감에게 이 기쁜 소식을 당장 창수에게 알리라 하여 이렇게 달려왔소. 오늘 얼마나 상심하였소?"

이 때가 병신丙申년 8월 26일이었다. 뒤에 알고 보니 내가 사형을 면하고 살아난 데는 두 번 아슬아슬한 일이 있었는데, 그것은 이러하였다.

법부대신이 내 이름과 함께 몇 사형 죄인의 명부를 가지고 입궐하여 상감의 칙재를 받았다. 상감께서는 다 재가를 하였는데, 그때에 입

직하였던 승지 중의 한 사람이 내 죄명이 '국모보수國母報讐'인 것을 발견하고 이상하게 여겨서, 이미 재가 된 안건을 다시 가지고 어전에 나아가 임금께 올렸다. 상감께서는 나의 죄명을 읽으시고 즉시 어전 회의를 여시었다. 그 결과 내 사형을 정지하도록 결정하고 곧 인천 감리 이재정을 전화로 부르신 것이었다.

그러므로 그 승지의 눈에 '국모보수' 네 글자가 눈에 띄지 않았더라면 나는 예정대로 교수대의 이슬로 사라졌을 것이다.

둘째로는 전화가 인천에 통하게 된 것이 바로 나에 대한 전화가 오기 사흘 전이었다. 만일 서울과 인천 사이에 전화 개통이 되어있지 않았다면 아무리 상감께서 은명을 내려 나를 살리려 하셨더라도, 이미 때는 늦어 나는 벌써 죽었을 것이다.

"오늘 아침에 우리 관원뿐 아니라 인천항내의 객주客主들이 긴급회의를 열고 통문을 돌렸소. 김창수의 처형장인 우각동으로 엽전 한 냥씩을 가지고 모이자. 그 돈을 모아서 김창수의 몸값을 치루고 그를 살리자. 그것만으로 부족하거든 전 물객의 상주들이 부족액을 내기로 의견을 모았었소. 그런데 이제 천행으로 살아났소. 며칠 안으로 궐내에서 은명이 계실 터이니 아무 염려 말고 계시오."

감리서 주사가 이 말을 하고 돌아갔다. 그제야 나는 분명히 사형을 면한 것을 알게 되었다. 마치 눈서리가 날리다가 갑자기 꽃소식의 봄바람이 부는 것과 같았다. 옥문이 열리는 소리에 벌벌 떨고 있던 죄수들은 내게 전하는 이러한 소식을 듣고 좋아서 죽을 지경인 모양이었다.

신골방망이로 차꼬를 두드리면서 온갖 노래를 다 부르고 푸른 바지에 저고리 차림으로 얼씨구나 좋구나 하고 노래를 부르면서 춤을 춰댔다. 그것은 마치 푸른 옷을 입은 배우들의 연극장과도 같았다.

죄수들은 내가 그날 아무 일도 없는 듯이 태연자약한 것은 이렇게 무사하게 될 줄을 미리 알았던 것이라고 제멋대로 해석했다. 또한 나는 이인異人이라 하여 앞의 일을 내다보는 사람이라고들 떠들었다. 더구나 어머님은 갑곶이 바다에서,

"저는 안 죽습니다."

하던 말을 기억하시고 내가 무엇을 아는 사람인 것처럼 생각하시는 모양이었고, 이 말씀을 들은 아버님도 그런 생각을 가지시는 것 같았다.

대군주의 칙령으로 김창수의 사형이 정지되었다는 소문이 전파되자 어제 와서 영결을 하던 사람들이 이번에는 조문이 아니요, 치하하려 밀려왔다. 하도 면회인이 많으므로 나는 옥문 안에 자리를 깔고 앉아서 몇 날 동안 응접을 하였다.

전에는 다만 나의 젊은 의기를 애석하게 여기는 것뿐이었으나, 칙명으로 내 사형이 정지되는 것을 보고는 멀지 않은 날에 상감의 부르심을 받아 높은 벼슬을 얻게 되리라고 지레 짐작하고 벌써부터 내게 아첨하는 사람조차 생기게 되었다. 이런 일은 일반 사람들만 아니라 관리 중에도 있었다.

하루는 감리서 김 주사가 의복 한 벌을 가지고 와서 말했다.

"이것은 병마우후兵馬虞候 김주경이라는 강화 사람이 감리 사또에게 청하여 전하는 것입니다. 이 옷으로 갈아입고 있다가 그 김주경이가 오거든 만나보십시오."

이윽고 한 사람이 찾아왔는데, 나이는 40이나 되어 보이고 면상이 단단하게 생겼다. 만나서 별 말이 없고 다만,

"고생하십니다, 나는 김주경이오"

하고는 돌아갔다.

이날 밤 어머니께서 저녁밥을 가지고 오셔서 이런 말씀을 하셨다.

"아까 김주경이라는 양반이 찾아와서 네 아버지와 나의 옷감을 끊어주시고, 너의 옥바라지에 보태 쓰라며 돈 2백 냥을 주셨다. 열흘 후에 다시 오겠다고 하던데……. 네가 보니 그 양반 어떻더냐? 밖에서 듣기에는 아주 훌륭한 사람이라 하더구나."

나는 어머니의 그 말씀에 이렇게 대답했다.

"사람을 한 번 보고 어찌 잘 알 수 있습니까마는 그 사람이 하는 일은 고맙습니다."

김주경에게 내 일을 알린 것은 인천 감옥의 옥사쟁이 우두머리로 있는 최덕만이었다. 최덕만은 본래 김주경의 집 심부름꾼이었다.

강화의 큰 인물 김주경

김주경의 자字는 경득卿得, 강화 아전의 자식이었다. 병인양요 뒤에 대원군이 강화에 3천 명의 군사를 양성하고 섬 주위에 두루 포루를 쌓아 국방 영문을 세울 때에 포량고(군량을 둔 창고)의 책임자가 된 것이 그의 출세의 시초였다. 그는 성품이 호방하여 초립동이 시절에도 글 읽기를 싫어하고 투전만을 일삼았다.

한번은 그의 부모가 김주경의 허물을 뉘우치게 하고 행실을 바로잡기 위하여 며칠 동안 광 속에 가두었다. 그런데 광 속에 들어갈 때에 그는 투전목 하나를 감추어 가지고 들어가서, 갇혀 있는 동안 투전에 대한 여러 가지 묘법을 터득하여 가지고 나왔다. 그런 후 투전목을 여러 개 만들고 그 투전목마다 자기만 알 수 있는 표를 하였다.

이 투전목을 강화도 안에 있는 여러 포구에 분배하여 뱃사람들에게 팔게 하고 자기는 이 배 저 배로 돌아다니면서 투전을 하였다. 어느 배에서나 쓰는 투전목은 다 김주경이가 만든 것이었다. 그러므로 그 투전목의 표를 보아 알기 때문에 그는 쉽게 수십만 냥의 돈을 딸 수 있었다.

김주경은 투전하여 얻은 돈으로 강화와 인천 관청의 관속들을 매수하여 그의 지휘에 복종하게 하고, 또 재주 있고 용맹한 사람들을 모아서 제 부하로 만들었다. 그런 후 어떠한 세도 있는 양반이라도 비리를 저지르는 자가 있으면 직접 또는 간접으로 꼭 혼을 내고야 말았다. 경내에 도적이 나서 포교가 범인을 잡으러 나오더라도, 먼저 김주경에게 물어보아서 지시에 따를 정도였다.

당시 강화에는 큰 인물이 둘 있었다. 양반으로는 이건창이요, 상놈에는 김주경이었다. 이 두 사람은 강화유수도 건드리지 못하였다. 대원군은 이런 말을 듣고 김주경에게 군량을 관장하는 중임을 맡긴 것이다.

하루는 옥사쟁이 우두머리인 최덕만이가 내게 와서 이런 말을 했다.

"김주경이 김 석사를 꼭 살려야겠다고 합니다. 그런데 요즘의 정부 대관이란 놈들의 눈에 동록이 씌어서 돈밖에 모른다고 걱정하더군요. 어쨌든 김주경은 자신의 가산을 다 털어서라도 김 석사를 구하겠다고 했으니 조금만 참고 지내십시오."

최덕만이 이 말을 전한 지 10여 일 후에 과연 김주경이가 인천에 와서 내 어머니를 모시고 서울로 갔다.

뒤에 들은 말인데, 김주경은 당시 법무대신 한규설을 찾아가서 내 말을 하고, 이런 사람을 살려내어야 충의지사忠義志士가 많이 나올 것이니 폐하께 아뢰어 나를 놓아주도록 하라고 하였다. 한규설도 내심으로는 찬성했다. 그러나 일본 공사 하야시 곤스케林權助가 벌써 김창수를 사형에 처하지 않았다는 것을 문제 삼고 있었다. 그는 대신 중에 누구든지 김창수를 옹호하는 자는 무슨 수단으로든지 해치려 들었다. 그 때문에 폐하께 아뢰지를 못했다는 것이었다.

김주경은 분개하여 대관들을 무수히 꾸짖고 나와서 공식으로 법부에 김창수 석방을 탄원하는 소지를 올렸다. 그러나 결과는 다음과 같았다.

그 의는 가상하나 일이 중대하니其義可尙 事關重大
여기서 마음대로 할 수 없다未可擅便向事.

그 뒤에도 김주경은 제2차, 제3차로 관계있는 각 아문에 솟장을 드려보았으나, 한결같이 이리 미루고 저리 미루고 아무런 결말을 보지 못하였다.

이 모양으로 7~8개월 동안이나 나를 위하여 송사를 하는 통에 김주경의 집 재산은 다 탕진되었고, 아버지와 어머니도 번갈아서 인천에서 서울로 오르락 내리락 하셨으나 결국 아무 효과도 없었다. 그래서 김주경은 마침내 나를 석방하는 운동을 중지하고 말았다. 석방운동을 단념하고 집으로 돌아온 김주경은 내게 편지를 하였는데, 보통으로 위문하는 말을 한 끝에 오언절구 한 수를 적었다.

새는 조롱을 벗어나야 좋은 새이며脫籠眞好鳥
고기는 통발을 벗어나니 어찌 예사스러우랴拔扈豈常鱗.
충신은 반드시 효가 있는 집에서 찾고求忠必於孝
효자는 평민의 집에서 볼 수 있을 것이다請看依閭人.

이것은 내게 탈옥을 권유하는 말이었다. 나는 편지를 읽고 즉시 김주경에게 회답을 보냈다. 그 내용은 나를 위하여 가산까지 탕진하면서 심력을 다한 것은 감사하다. 그러나 구차히 살 길을 위하여 생명보다 중한 광명을 버릴 뜻이 없으니 염려하지 말라고 답장하였다.

김주경은 그 후 동지를 규합하여 관용선官用船인 청룡환·현익호·해룡환 3척 중에서 하나를 탈추하여 해적이 될 준비를 하다가 강화 군수에게 적발되자 도망하게 되었다. 그러던 중에 그 군수의 행차를 만나게 되었다. 분기탱천한 그는 군수를 실컷 두들겨 패고 블라디보스톡으로 갔다고도 하고 인근 어느 곳에 숨어 있다고도 하였다.

그 후에 아버지께서 김주경이 서울 각 아문에 냈던 소송 문서 전부를 가지고 강화로 건너가서 이건창을 만났다. 나를 구출할 방책을 물으셨으나, 그도 역시 탄식만 할 뿐이었다고 한다.

어쩔 수 없는 탈옥

나는 그대로 옥중 생활을 계속하며 신학문을 열심히 공부하였다. 만사를 하늘의 뜻에 맡기고 성현의 말씀과 더불어 동행하자는 생각에는 변함이 없었으므로 탈옥, 도주는 염두에 두지 않았다. 그러나 10년 징역의 조덕근, 김백석과 3년수 양봉구, 그리고 이름은 잊었으나 종신수도 하나가 조용할 때면 내게 탈옥하자는 뜻을 비추곤 하였다.

그들은 내가 하려고만 하면 한 손에 몇 명씩 쥐고 공중으로 날아서라도 그들을 건져낼 수 있을 것같이 생각하는 모양이었다. 두고두고 틈만 있으면 그들이 눈물을 흘려가며 살려달라고 조르는 바람에 내 마음도 마침내 움직이기 시작하였다. 그들의 생각에는 나는 얼마 안 있으면 임금으로부터 은명이 내려져 크게 귀하게 되겠지만, 내가 나가면 자기들은 어떻게 살랴 하는 것이었다.

나는 생각하였다.

'상감께서 나를 죄인으로 여기지 않는 것은 내 사형을 정지하라고 명하신 칙명으로 보아 분명하다. 동포들도 내가 살기를 원하고 있다. 그것은 김주경을 비롯하여 인천항의 물상객주들이 돈을 모아서 내 목숨을 사려고 했던 것으로도 잘 알 수 있다. 상하가 다 내가 살기를 원하지만 나를 놓아주지 못하는 까닭은 오직 왜놈 때문이다. 내가 옥중에서 죽어버린다면 왜놈을 기쁘게 할 뿐이다. 그러므로 내가 탈옥을 하더라도 대의에 어긋날 것이 없다.'

이렇게 생각한 나는 탈옥을 결심하기에 이르렀다. 먼저 조덕근에게 내 결심을 말했다. 그러자 그는 벌써 살아난 듯이 기뻐하면서 무엇이나 내가 시키는 대로 할 것을 맹세하였다. 나는 그에게 돈 2백 냥을 준비하라 하였다. 그는 그날로 밥을 나르는 사람 편에 기별하여 백동전으로 2백 냥을 가져왔다. 이것으로 탈옥을 위한 자금은 준비된 셈이었다.

탈옥 자금이 마련되자 나는 본격적인 탈옥 계획을 세웠다. 당시의 감옥은 징역을 살다가 곧 만기되어 나가게 된 자에게 죄수들의 감시를 시켰다. 그 때 강화 출생 황순용이란 사람이 절도로 3년을 살다가 출옥을 열흘 남짓 남겨두고 있었는데, 그가 죄수들의 동태를 감시했다.

'황가를 움직여야 탈옥할 수 있다.'

나는 황가를 움직일 계책을 꾸미다가 그에게 한 가지 약점이 있는 것을 알았다. 그것은 황가가 남색 男色 을 즐기는데, 그 상대가 17~8세의 미소년인 김백석이었다. 나는 은밀히 조덕근을 불러 귓속말을 했다.

"탈옥을 하고 싶으면 김백석을 황가에게 매달리게 만들게, 살려달라고 말이야. 그러면 황가는 그럴 만한 힘이 없기 때문에 쩔쩔 맬 것이네. 그래도 죽자사자 매달리라 하게. 백석의 애원에 못이겨 황가가 그 방법을 찾는 듯한 눈치를 보이면 나에게 와서 애원하라 하게. 나 김창수에게 애원하면 꼭 살 방도를 찾아줄 것이라고 하게."

그리하여 김백석으로 하여금 황가를 조르게 하고, 황가로 하여금 내게 김백석을 탈옥시켜 주기를 빌게끔 하였다. 계교는 딱 맞았다. 황가는 날더러 김백석을 살려달라고 졸랐다. 나는 시치미를 떼고 그를 준절히 책망하여 다시는 그런 죄가 될 말은 하지도 말라고 책망하였다.

그러나 김백석에게 졸리우는 황가는 하루에도 몇 번씩 눈물까지 흘리면서 나를 졸랐다. 내가 뿌리치면 뿌리칠수록 그의 청은 더욱 간절했다.

"제가 대신 징역을 져도 좋으니 백석이만 살려주십시오."

황가는 이렇게 간청하며 주먹 같은 눈물을 뚝뚝 떨구었다.

비록 더러운 애정이라 하여도 사랑의 힘은 과연 컸다. 황가에게서 그런 말이 나온 후에야 나는 마지못해 황가의 청을 들어주겠다고 허락하였다. 멋도 모르고 황가는 백배사례하고 기뻐했다.

그런 다음에 나는 아버님께 면회를 청하여 한 자 길이 되는 세모난 쇠창 하나를 들여 달라고 부탁했다. 아버지는 얼른 알아차리시고 그 날 저녁에 새 옷 한 벌에 그 쇠창 하나를 싸서 들어주셨다.

그리하여 모든 준비는 끝났다. 마지막으로 탈옥할 날을 정했는데, 그날은 무술년(1898) 3월 9일이었다.

이날 나는 장번하는 옥사쟁이 김가에게 돈 150냥을 주어, 오늘밤 내가 죄수들에게 한턱을 낼 터이니 쌀과 고기와 모주 한 통을 사달라고 청했다. 그러면서 따로 돈 25냥을 옥사쟁이에게 주어 그것으로는 아편을 사 먹으라고 하였다. 벌써부터 나는 이 옥사쟁이가 아편쟁이인 줄 알고 있었다.

내가 죄수들에게 턱을 낸 것은 전에도 한두 번이 아니었기 때문에 옥사쟁이도 예사로이 알았다. 또한 아편 값 25냥이 생긴 것이 무엇보다 좋아서 두 말 없이 모든 것을 내 말대로 하였다.

관속이나 죄수들이 생각하기를 나는 머지않아 은명으로 귀하게 되리라고 철석같이 믿고 있었다. 때문에 아무도 내가 탈옥하여 도주하리라고는 꿈에도 생각할 리가 없었다. 심지어는 조덕근·양봉구·황순용·김백석도 나는 그냥 옥에 머물러 있고 자기들만을 탈옥시키는 줄로 믿고 있었다.

저녁밥을 들고 오신 어머님께, 오늘 밤으로 옥에서 나가겠으니 이 길로 배를 얻어 타시고 고향으로 돌아가서 내가 찾아갈 때를 기다리시라고 말씀드렸다.

50명 징역수와 30명 미결수들은 주렸던 창자에 고깃국과 모주를 실컷 먹고 취흥이 도도하여졌다.

옥사쟁이 김가더러 이 방 저 방 돌아다니며 죄수들 소리나 시키고 놀자고 내가 청했다. 그러자 옥사쟁이는 생색을 내며 소리쳤다.

"이놈들아, 김 서방님 들으시게 장기대로 소리들이나 해라."

옥사쟁이는 죄수들에게 소리를 시킨 후 제 방으로 들어가서는 문을 닫았다. 아편을 피우려고 방에 틀어박힌 것이 분명했다.

나는 감방의 이 방 저 방을 구경하면서 왔다 갔다 하다가 틈을 보아 슬쩍 마루 밑으로 들어갔다. 그런 다음 바닥에 깐 박석(정방형으로 구운 옛날 벽돌)을 창끝으로 들쳐내고 땅을 파서 옥 밖으로 나왔다. 서둘러 옥담을 넘어 줄사다리를 메어놓고 나니 문득 딴 생각이 났다.

'조덕근 등을 탈옥시키려다가 무슨 일이 날는지도 모른다. 이 길로 나 혼자 나가버리는 것이 좋지 않겠는가. 그자들은 좋은 사람도 쓸 만한 사람들도 아니다. 그들까지 탈옥시켜 무엇하리?'

그러나 얼른 생각을 고쳐먹었다.

'사람이 현인군자에게 죄를 지어도 부끄럽다. 하물며 저들과 같은 죄인에게 신의를 저버리는 죄인이 되고서야 어찌 하늘을 이고 땅을

밟으랴, 종신토록 수치로 살 것인가.'

나는 내가 나왔던 구멍으로 다시 들어가서 천연스럽게 내 자리에 돌아가 앉았다. 그들은 여전히 흥에 겨워서 놀고 있었다. 나는 눈짓으로 조덕근의 무리를 하나씩 불러서 나가는 길을 일러주었다. 그들을 다 보내고 다섯 번째로 내가 나가보니, 먼저 나온 네 녀석들은 담을 넘을 엄두도 못내고 담 밑에서 벌벌 떨고들 있었다. 나는 하나씩 하나씩 궁둥이를 떠받쳐서 담을 넘겨 보냈다. 마지막으로 내가 담을 넘으려 했다. 이때 먼저 나간 녀석들이 용동 마루로 통하는 길에 면한 판장을 넘느라고 요란한 소리를 냈다. 그 소리로 인해 경무청과 순검청에서 무슨 일이 난 줄 알고 비상소집의 호각을 불었다. 옥문 밖에서는 벌써 퉁탕퉁탕하고 급히 달리는 발자국 소리가 들렸다.

나는 아직도 옥 안의 담벼락 밑에 서있었다. 이제는 내 방으로 돌아갈 수도 없었다. 재빨리 달아나는 길밖에 도리가 없었지만, 남을 넘겨주기는 쉬워도 한길 반이나 넘는 담을 혼자 넘기는 어려웠다. 줄사다리로 어름어름 넘어갈 새도 없었다. 옥문 열리는 소리와 죄수들의 떠들썩하는 소리까지 들려왔다.

몹시 급한 나는 주위를 둘러보니 죄수들이 물통을 마주 메는 한 길이나 되는 막대기가 눈에 들어왔다. 나는 그것을 짚고 몸을 솟구쳐서 담을 넘어 뛰었다. 이렇게 된 이상에는 내 앞길을 막는 자가 있으면 사생결단을 하고 결투할 결심을 했다. 그리하여 판장을 넘지 아니하고 내 쇠창을 손에 들고 바로 삼문으로 나갔다. 그런데 삼문을 지키던 파

수 순검들은 비상소집에 들어간 모양인지 거기에는 아무도 없었다.

나는 탄탄대로로 나왔다. 이로써 이곳에 들어온 지 2년 만에 인천 감옥을 나온 것이었다.

방랑과 유람

천신만고 끝에 서울로

늦은 봄 밤안개가 자욱했다. 나는 막상 옥에서 나왔으나 어디로 갈 바를 몰랐다. 인천은 몇 해 전 서울 구경을 왔을 때에 한 번 지났을 뿐이라 길이 무척 생소했다. 도대체 어디가 어딘지 제대로 분간할 수가 없었다.

나는 지척을 분간할 수 없는 캄캄한 밤에 물결 소리를 더듬어서 모래사장을 헤맸다. 그러는 동안 동이 텄다. 아뿔싸, 기껏 달아난다는 것이 감리서 바로 뒤 용동 마루턱에 와 있었다.

잠시 숨을 돌리고 휘휘 둘러보는데, 바로 저 앞에서 순검 한 명이 탈 소리를 절그럭거리며 내가 있는 쪽으로 가쁘게 달려오고 있었다. 이제는 잡혔구나 하고 급히 주변을 둘러보며 은신할 곳을 찾았다. 길가 가게의 아궁이가 눈에 띄었다. 나는 쥐구멍에라도 들어가겠다는 심정으로 아궁이를 덮은 널판자 밑에 몸을 숨겼다. 순검의 흔들리는 환도집이 바로 코끝을 스치듯 지나갔다.

아궁이에서 나오니 벌써 훤하게 날이 밝았는데, 천주교당의 뾰족집이 보였다. 그곳이 동쪽인 줄 알고 걸어갔다.

나는 어떤 집에 가서 주인을 불렀다. 그러자 주인은 문을 열지도 않고 퉁명스럽게 누구냐고 물었다.

"아저씨, 좀 나와 보세요."

그제서야 문을 연 주인은 의심스러운 눈으로 나를 위아래로 훑어보았다.

"저는 감옥에 갇혀 있었던 김창수라는 사람입니다. 간밤에 인천감리가 비밀리에 석방하여 이렇게 나왔습니다. 그런데 이 꼴을 하고 대낮에 길을 다니기가 뭐하니 날이 저물 때까지만 집에 머물게 해주십시오."

"감옥에서 비밀리에 나왔다구요? 안 돼요."

주인은 매정하게 안 된다고 거절하였다. 나는 하는 수 없이 화개동을 향해 걸었다. 얼마쯤 갔을 때 막노동꾼 하나가 상투 바람에 두루마기를 걸치고 흥얼거리며 내려왔다. 그는 식전에 해장을 하러 술집으로 가는 모양이었다. 나는 또 사실을 말하고 빠져나갈 길을 물었다. 그 사람은 대단히 친절하게 나를 이끌고 좁은 뒷골목을 택하여 요리조리 사람의 눈을 피하여 화개동 마루터기에 올라서서 동쪽을 가리켰다.

"이리가면 수원이요, 저리가면 시흥이니 마음대로 어느 길로든지 가시오."

나는 경황이 없어 그 사람의 이름도 물어보지 못하고 헤어졌다. 지금 와서 생각하니 그 사람의 이름을 묻지 않은 것이 몹시도 후회된다.

나는 서울로 갈 작정으로 시흥으로 가는 길로 들어섰다. 내 행색을 보면 누가 보든지 참말로 도적놈의 형상이라고 할 것이다. 염병을 앓은 뒤 머리털은 다 빠지고 새로 난 머리카락을 꼭대기만 노끈으로 졸라매고 머리에는 수건을 동이었다. 의복은 두루마기도 없이 동저고리 바람인데, 옷은 새 옷이면서 땅 밑으로 기어서 나올 때 흙물이 군데군데 묻어 보기에 흉했다. 스스로 살펴보아도 정상적인 사람으로 보이지 않았다.

인천 시가를 벗어나 5리쯤 가니 해가 떴다. 바람결에 호각소리가 들리고 산에도 사람이 희끗희끗 보였다.

'이런 꼴로는 산에 숨더라도 수색망에 걸릴 것이다. 이럴 땐 허허실실이 상책이니 차라리 대로변에 숨자.'

나는 그렇게 생각하고 길가 잔솔밭에 들어가서 솔포기 밑에 몸을 감추고 드러누웠다. 얼굴이 드러나자 솔가지를 꺾어서 가렸다.

그런 후 시간이 얼마쯤인가 흘렀다. 아니나 다를까. 칼 찬 순검과 벙거지를 쓴 간수들이 지껄여대며 내가 누워 있는 옆으로 지나갔다. 그들이 주고받는 말을 들으니 조덕근은 서울로, 양봉구는 배를 타고 달아난 것을 알게 되었다. 그런데 나의 행방에 대해서는 모르는 것 같았다.

"김창수는 과연 어디로 갔을까? 그는 장사니까 잡기 어려울거야. 허기야 잘 달아났지. 옥에서 썩긴 아깝지."

"그래, 옥에서 썩기는 아까운 인물이야."

그들이 하는 말이 꼭 나더러 들으라고 하는 말 같았다.

나는 온종일 솔포기 밑에 누워 있었다. 보아하니 부근 산기슭을 샅샅이 수색한 모양이었다. 순검 누구누구며 간수 김장석등이 도로 내 발 뿌리를 지나서 인천으로 돌아가는 것을 보고야 누웠던 자리에서 슬그머니 일어나 길가로 나왔다. 벌써 황혼이었다. 나오기는 하였으나 심한 기갈로 몸을 지탱하기가 힘들었다. 어제 이른 저녁밥을 먹은 이후로는 물 한 방울 못 먹고 눈 한번 못 붙인 상태였다. 게다가 밤새도록 방향을 잃고 모래밭을 헤맸으며, 황혼이 되도록 긴장 속에서 긴 시간을 보낸 직후라서 하늘과 땅이 빙빙 돌았다.

나는 힘겹게 걸음을 옮겨 가까운 동네 어떤 집에 들어갔다. 집 주인이 내 행색을 보고 의아스럽다는 표정을 지었다.

"나는 서울 청파 사람으로 황해도 연안에 가서 쌀을 사가지고 오다가 북성고지 앞에서 배가 파선되어 가까스로 살아났습니다. 몹시 시장하니 밥을 좀 주십시오."

"오, 저런! 기다리시오."

주인은 죽 한 그릇을 내다주었다. 죽 한 그릇을 게 눈 감추듯 먹고 나자 일순간에 참았던 피로가 엄습해왔다. 몸은 물먹은 솜처럼 무겁기만 하여 다른 곳으로 옮길 엄두가 나질 않았다. 그래서 누구에게서 징표로 받아 몸에 지니고 있던 화류면경을 꺼내어 그 집 아이에게 주면서 주인에게 하룻밤 자고 아침에 가겠다고 청했다. 그러나 주인은 고개를 저으며 거절을 했다.

엽전 한 냥 값이 넘는 화류면경만 준 셈이었다. 결국 죽 한 그릇에 쌀 한 말 값도 더 되는 엽전 한 냥을 주고 사 먹은 셈이 되었다.

나는 다른 집 사랑에 들어갔으나 또 퇴짜를 맞았다. 그래서 별 도리 없이 방앗간에서 자기로 하였다. 나는 방앗간 옆에 놓인 짚단을 가져다 잠자리를 만들었다. 볏짚을 깔고 덮고 누우니 지난 세월의 회포가 일었다.

'인천 감옥에서 2년간의 연극이 이제 막을 내리고, 방앗간 잠이 둘째 내 인생 막의 시작이로구나.'

나는 울적한 심정을 달래려고 소리를 내어서 〈손무자〉와 〈삼략〉을 외었다. 그러자 지나가는 사람들이 수군거렸다.

"거지가 글을 다 읽는다."

"예사 거지가 아니야. 아까 큰사랑에 왔던 사람인데, 아무래도 수상해."

거지라는 말은 상관이 없었지만 뒷사람의 '수상하다'는 말은 대단히 켕겼다. 그래서 나는 공연히 미친 사람 흉내를 내느라고 혼자 욕설을 퍼붓고 횡설수설하다가 잠이 들었다.

새벽 일찍 잠에서 깬 나는 작은 길을 따라 서울로 향했다. 아침을 먹을 때가 되어 밥을 빌어먹을 생각으로 어떤 집 문전에 섰다. 나는 거지들이 기운차고 넉살스럽게 밥을 내라고 떠들던 모양을 생각하고는,

"밥 좀 주시우."

하고 불러보았다. 내깐에는 큰 소리로 외쳤는데, 그 집의 개가 먼저 사납게 짖어댔다. 개 짖는 소리에 주인이 방문을 열고 밖을 내다보았다.

주인은 밥은 없으니 숭늉이나 먹으라고 숭늉 한 그릇을 주었다. 숭늉을 얻어 마시고 또 걸었다.

오랫동안 좁은 감옥 세계에서 살다가 넓은 천지에 나와 가고 싶은 대로 활활 갈 수 있는 것이 참으로 신통하고도 상쾌했다. 나는 배고픈 줄도 모르고 옥에서 배운 시조와 타령을 하면서 부평·시흥을 지나 그날로 양화도 나루에 다다랐다. 이제는 강만 건너면 서울이었다. 그렇지만 나룻배를 탈 뱃삯이 없었다. 하염없이 흘러가는 강물을 바라보고 있노라니 배에서는 꼬르륵거리는 소리가 요란했다.

날이 저물자 동네 서당을 찾아들어갔다. 선생은 내가 나이 어리고 의관을 제대로 갖추지 못한 탓인지는 몰라도 초면에 하대를 하였다. 나는 정색을 하고 선생을 꾸짖었다.

"선생이 이렇게 교만무례하고서야 어찌 남을 가르치겠소? 내가 일시 운수가 불길하여 노상에서 도적을 만나 이 모양 이 꼴로 선생을 대하게 되었지만, 결코 선생에게 하대를 받을 사람이 아니오, 나는 예절을 알 만한 이를 찾아온다고 왔는데 이거 너무하지 않소!"

그러자 선생은 곧 사과하고 다시 인사를 청하였다. 그리하여 그 날 밤은 선생과 문자 토론을 하며 보냈다.

다음날, 아침을 먹은 후에 선생은 학생 한 명을 불러놓고 무엇인가를 써서 주었다.

"애야, 이 손님을 모시고 가서 이 글을 나룻배 주인에게 전하여라."

그 덕분에 나는 뱃삯을 내지 않고 양화나루를 건너 서울에 닿을 수 있었다.

서울에 닿자 나는 옥에서 사귀었던 진오위장陳五衛將을 찾아갔다. 이 사람은 영희전의 청지기로 있는 사람이었는데, 배오개의 유기장들과 배를 타고 인천 앞바다에서 백동전을 위조하다가 붙들려서 1년 동안이나 나와 함께 옥살이를 하였다. 그들은 내게 생전 못 잊을 신세를 졌노라 하여 날더러 출옥하는 날에는 꼭 찾아달라는 말을 남기고 나온 이들이었다.

내가 영희전을 찾아간 것은 황혼녘이었다. 진오위장은 마루 끝에 나와서 물끄러미 나를 바라보더니,

"아이고머니, 이게 누구요?"

하고 버선발로 마당에 뛰어 내려와서 내게 매어 달렸다. 그리고 내 손을 끌고 방으로 들어갔다. 내가 옥에서 탈출한 것을 바른 대로 말하자 그는 식구들을 불러서 내게 인사를 시키고, 한편으론 사람을 보내어 예전 공범들을 데려왔다. 그들은 무척이나 반가워하면서 내 행색을 살폈다.

"그런 차림으로 어떻게 다니겠소. 우선 의관부터 제대로 갖춰야겠습니다."

"그렇소. 당장 의관을 사옵시다. 나는 갓을 사오리다."

"나는 망건을 사오겠소."

"나는 두루마기를 내리다."

그들은 앞을 다투듯이 한 가지씩 추렴하여 나에게 모든 의관을 갖춰주었다. 나는 3~4년 만에 비로소 의관을 하고 나니 저절로 눈물이 났다.

나는 날마다 진오위장 패거리와 모여 놀며 며칠을 그렇게 지냈다. 그러는 동안 조덕근을 두 번이나 찾았으나, 이 핑계 저 핑계로 나를 기피하면서 만나주지 않았다. 조덕근은 중죄인인 나를 아는 체하는 것이 이롭지 못하다고 생각하는 모양이었다.

진오위장 패거리에게 며칠 동안이나 잘 얻어먹고 푹 쉰 뒤에 팔도강산 구경이나 하겠다면서 작별했다. 그들은 서울에 오면 또 찾아오라고 말하면서 노잣돈을 두둑하게 주었는데, 한 짐이나 되는 많은 액수였다.

팔도강산 유람과 삼남 견문

그날 동작 나루를 건너 삼남으로 향하기 시작했다. 그런데 그때 내

맘이 몹시 울적하여 승방뜰이라는 곳에서부터 술을 마시기 시작했다. 마시다가 걷고, 걷다가 마셨다. 이렇게 매일 취하여 비틀거리고 걷는 길이 수원을 거쳐 오산장에 다다랐을 때에 벌써 한 짐이나 되던 돈을 다 써버리고 말았다.

나는 오산장에서 서쪽으로 가면 있는 김삼척의 집을 찾기로 하였다. 주인은 삼척 영장을 지낸 사람이었다. 아들 6형제가 있는데, 맏아들인 김동훈이 인천항에서 장사를 하다가 실패한 관계로 인천감옥에서 한 달여를 고생했다. 그때 나와 절친하게 된 사이였다.

김동훈이 감옥에서 나올 때에 내 손을 잡고 꼭 훗날에 서로 만나기를 약속했었다. 나는 김삼척 집에서 대환영을 받았다. 며칠을 그 아들 6형제와 더불어 밤낮으로 술을 먹고 소리를 하고 놀다가 노자까지 얻어 가지고 또 길을 떠났다.

강경에 이르러 공종렬을 찾았다. 그도 인천감옥에서 사귄 사람인데, 그 어머니도 옥에 면회하러 왔을 때에 알았으므로 크게 대우를 받았다. 그곳에서 며칠 묵은 후에 공종렬의 소개로 그의 매부 진선전을 무주에서 찾은 후 이왕 이곳까지 왔던 길이니 남원의 김형진을 찾아보리라 생각했다. 그래서 김형진의 집이 있는 남원 이동耳洞으로 갔지만 김형진을 만날 수는 없었다. 동네 사람이 말하기를 김형진이 연전에 동학에 들어서 가족을 이끌고 도망한 후로는 소식이 없다고 했다. 가까스로 찾았는데 그를 만나지 못하자 나는 대단히 섭섭하였다.

전주 남문 안에서 약국을 하는 최군선이 김형진의 매부였다. 그것을 알고 찾아갔지만, 최는 매우 냉랭했다.

"형진이가 내 처남인 것은 분명하오. 그러나 죽었소. 무거운 짐을 잔뜩 내게 지워놓고 말이오."

나는 비감한 마음을 누를 길이 없어서 전주 부중을 헤매고 다녔다. 마침 그날이 전주 장날이어서 그곳에는 사람이 많았다. 나는 어떤 포목전 앞에 서서 포목을 사는 청년 하나를 보았다. 그의 모습이 김형진과 흡사했다. 그래서 그가 흥정을 하여 가지고 나오기를 기다렸다가 그를 붙잡고,

"당신 김 서방 아니오?"

하고 물었다. 그가 그렇다고 하자 나는 다시 물었다.

"노형이 김형진 씨 계씨 아니시오?"

그는 무슨 의심이 났는지 머뭇머뭇하고 대답을 못하기에 내가 말했다.

"나는 황해도 해주 사는 김창수요, 노형 백씨 생전에 혹시 내 말을 못 들으셨소?"

그제서야 그는 눈물을 흘렸다.

"형이 생전에 노상 김형의 말씀을 하셨지요. 임종시에도 김형을 못 보고 죽는 것이 한이라고 하셨습니다."

나는 그 청년을 따라서 금구 원평에 있는 그의 집으로 갔다. 조그마한 농가였다. 그가 그의 모친과 형수에게 내가 왔다고 말을 했을 때 집 안에서는 곡성이 진동하였다. 김형진이 죽은 지 19일째 되는 날이었다.

나는 궤연에 곡하고 늙은 어머니와 젊은 부인에게 인사를 하였다. 고인에게는 맹문이라는 아홉 살 되는 아들이 있고, 그의 아우에게는 맹열이라는 아들이 있었다. 나는 이 집에서 가버린 벗을 생각하며 수일을 머물다가 목포로 갔다. 그곳도 무슨 목적이 있는 것은 아니었다. 그때의 목포는 새로 열린 항구로, 아직 관사도 짓지 못한 엉성한 곳이었다.

여기서 우연히 양봉구를 만났다. 나와 같이 탈옥한 넷 중에 한 사람이었다. 그에게서 나는 조덕근이가 다시 잡혀 들어가 눈 하나가 빠지고 다리가 부러졌다는 말과 그때에 당직이었던 옥사쟁이 김가는 아편쟁이로 몰려 옥중에서 죽었단 말을 들었다.

양봉구는 약간의 노자를 내게 주면서 이곳을 떠나라고 당부했다. 인천과 목포 사이를 순검들이 내왕하고 있기 때문에 위험하다는 것이었다.

나는 그 길로 목포를 떠났다. 나주를 지나 함평의 이름난 육모정 이 진사 집에서 그날 밤을 잤다. 이 진사는 부유한 사람은 아니었으나 육모정에는 언제나 빈객이 많았고, 손님들에게 아침과 저녁 식사를 대접할 때에는 이 진사도 손님들과 함께 상을 받았다. 밥상은 주인이나 손님이나 조금도 차별 없이 평등했다. 하인들이 손님들께 대접하는 태도도 그 주인에게 대하는 것과 똑같이 하였다. 이것은 주인인 이 진사 인격의 표현이어서 참으로 놀라운 기풍이요, 본보기였다.

육모정은 이 진사의 정자인데, 그 속에는 침실, 식당, 응접실, 독서실, 휴양실 등이 구비되어 있었다. 그때에 글을 읽던 두 학동이 지금의 이재혁, 재승 형제다.

나는 하룻밤만 쉬고 떠나려 하였으나 이 진사는 굳이 만류했다. 이 진사가 얼마든지 더 묵고 가라는 말에는 은근한 신정이 품겨져 있었다. 나는 주인의 정성에 감동되어 육모정에서 보름을 묵었다.

내가 내일이면 육모정을 떠난다는 말을 듣고 한 선비가 나를 자신의 집으로 초대했다. 그는 나보다 다소 연장자인 장년의 선비로서, 내가 육모정에 묵는 동안 날마다 와서 같이 담화하던 사람이었다.

나는 그의 청을 물리칠 수가 없어 저녁밥을 먹으러 그의 집으로 갔다. 집은 참말로 게딱지와 같고 방은 단 한 칸뿐이었다. 그 부인이 개다리소반에 주인과 겸상으로 저녁상을 들여왔다. 주발 뚜껑을 열고 보니 밥은 아니었고, 눈으로 보아서는 무엇인지 모를 것이었다. 한 숟가락을 떠서 입에 넣으니 맛의 쓰기가 곰의 쓸개와 같았다. 이것은 쌀겨와 팥으로 만든 겨범벅이었다.

주인은 내가 이 진사의 집에서 매일 흰밥에 성찬으로 먹는 것을 보았었다. 그런데 내게 대접한 저녁은 이 진사의 대접에 비하면 참으로 형편없는 것이었다.

"어서 드십시오."

주인은 그런 밥상을 대접하면서 조금도 거리낌이 없었고 미안하다는 빛도 없이 혼연히 먹으면서 내게도 권하였다. 장부가 큰일을 하려면 궂은 음식도 가리지 말고 먹어야 한다는 것을 일깨우기 위하여 그런 것 같았다. 나는 그의 높은 뜻과 깊은 정에 감격하여 조금도 남기지 않고 다 먹었다.

나는 함평을 떠나 강진·고금도·완도를 두루 돌아 구경하고 장흥을 거쳐 보성으로 갔다. 보성에서는 송곡면(지금은 득량면으로 바뀜) 득량리에 사는 종씨 김광언이라는 사람을 만났다. 그 문중의 여러 댁에서 40여 일이나 묵고 떠날 때 동네에 사는 선씨 부인에게서 필낭 하나를 선물로 받았다.

보성을 떠난 나는 화순·동복·담양·순창을 두루 구경하고, 하동 쌍계사에 들러 칠자아자방七字亞字房을 구경했다. 그리고 다시 충청도로 올라와 계룡산 갑사에 도착한 것은 감이 벌겋게 익어 달리고 낙엽이 날리는 늦은 가을이었다.

나는 절에서 점심을 사 먹고 있다가 동학사에서 와서 점심을 시켜 먹는 유산객 한 사람을 만났다. 인사를 나누어보니 공주에 사는 이 서방이라고 하였다. 나이는 40이 넘은 듯한데, 그가 들려주는 자작시로 보거나 그의 말을 보거나 퍽 비관을 품은 사람으로 보였다.

비록 초면이라도 피차가 다 허심탄회하게 이야기를 하고 보니 마음이 맞았다.

"형은 어디로 가시는 길입니까?"

그가 묻자 나는 적당히 둘러댔다.

"정처가 없습니다. 지는 개성에서 성장하여 상업을 하다가 실패하여 홧김에 팔도강산 구경을 하고 있습니다. 벌써 일 년이 다 되었습니다."

"그러면 마곡사가 여기서 40여 리 밖에 있으니 구경하고 가시는 것이 어떻겠습니까?"

마곡사란 말이 내 마음을 끌었다. 내가 어렸을 때 보았던 〈동국 명현록〉이란 책에 마곡사란 절 이름이 나오는데, 그 내용이 무척 의미가 깊어 지금도 기억하고 있다. 내용을 말하자면 화담 서경덕이 동지하례에 참례하여 껄껄 웃자 임금께서 그 까닭을 물으셨다. 그러자 화담은 마곡사 팥죽 가마에 상좌승이 빠져 죽었는데, 다른 중들이 그것을 모르고 희희낙락하며 먹는 것을 생각하니 우습다는 것이었다. 그래서 임금이 즉시 파발마를 놓아 그것을 조사했더니 과연 그렇더라는 이야기다. 나는 이 서방과 같이 계룡산을 떠나 마곡사를 향했다.

길을 걸으면서 계속 이야기를 해보니 이 서방은 홀아비였다. 글방 훈장으로 여러 해 있었는데, 삶에 회의를 느껴 중이 되려고 마곡사로 들어가고 있는 길이었다. 그는 나도 같이 중이 되면 어떠냐고 하였다.

마곡사 앞 고개에 올라선 때는 벌써 황혼녘이었다. 산에 가득 단풍이 울긋불긋하여 정처 없이 떠도는 나그네의 감회를 깊게 하였다. 저녁 안개에 잠겨 있는 마곡사는 마치 풍진에 더럽힌 인간의 눈을 피하는 듯하였다. 뎅뎅, 인경이 울렸다. 저녁 예불을 아뢰는 종소리인데, 나더러 일체의 번뇌를 버리라 하는 것같이 들렸다.

이 서방이 다시 다져 물었다.

"김형, 어찌 하시려오? 세상사 다 잊고 나와 같이 중이 됩시다."

나는 웃으며 대답했다.

"여기서 말하면 무엇하오? 중이 되려는 자와 중을 만드는 자가 마주 대한 자리에서 작정합시다."

우리는 안개를 헤치고 고개를 내려와 산문으로 한 걸음 한 걸음 걸어 들어갔다. 걸음마다 내 몸은 더러운 세계에서 깨끗한 세계로, 지옥에서 극락으로, 세간에서 출세간으로 옮아가는 기분이었다.

마곡사에서 원종으로 입적

매화당을 지나 소리쳐 흐르는 내 위에 긴 나무다리가 있었다. 그 나무다리를 건너 심검당에 들어가니, 머리 벗겨진 노승 한 분이 그림을 감상하고 있다가 우리를 보고 합장했다. 이 서방은 전부터 이 노승과 안면이 있었던 모양인데, 포봉당 스님이라고 불렀다.

이 서방이 나를 심검당에 두고 자기는 다른 데로 갔다. 그런지 얼마 되지 않아 나를 위한 밥상이 나왔다. 저녁을 먹고 상을 물리고 앉아 있는데, 수염이 하얗게 센 노승 한 분이 와서 내게 공손히 인사를 했다.

나는 개성출생으로 조실부모하고, 가까운 일가친척도 없는 혈혈단신으로 팔도강산 구경이나 하고 다닌다고 거짓 소개를 했다. 그러자 노승도 자신의 소개를 했다. 속세에 있을 때의 성은 소씨요, 익산 사람으로서 머리를 깎고 중이 된 지가 50년이 넘었다고 했다. 그런 다음

은근히 나에게 자기의 상좌上佐가 되기를 청하였다. 나는 다소 겸양을 하면서 사양했다.

"저는 본시 재질이 둔탁하고 학식이 천박하여 노스님께 누가 될까 두렵습니다."

그랬더니 노승은 빙그레 웃으시며 물러서지 않았다.

"그대가 내 상좌만 된다면 많은 공부를 할 수 있소. 고명한 대사에게 각종 불학을 공부한다면 장래 큰 강사가 될 수도 있으니 부디 결심하고 삭발하시오."

이튿날 이 서방은 벌써 머리를 달걀같이 밀고 와서 내게 문안했다.

"형도 주저 말고 삭발을 하시오. 어제 형을 찾아왔던 하은당은 이 절에서 가장 갑부인 보경대사의 상좌요. 그러니 형이 하은당의 상좌만 되면 공부하는데 학비는 걱정하지 않아도 될 것이오."

나는 하룻밤 청정한 생활에 모든 세상 잡념이 불타고 식은 재와 같이 되었으므로 출가하기로 작정하였다.

얼마 후에 나는 놋칼을 든 사제 호덕삼을 따라서 냇가에 나가 쭈그리고 앉았다. 사제 호덕삼은 삭발 진언을 했다. 이 때 머리가 섬뜩하여짐과 동시에 상투가 모래 위에 뚝 떨어진다. 이미 결심을 한 일이었지만, 머리카락과 함께 눈물이 떨어짐을 금할 수 없었다.

법당에서 종이 울렸다. 나의 득도식을 알리는 것이었다. 산내각 암자로부터 가사 장삼을 입은 수백 명의 승려가 모여들고 향적실에서는 공양주가 불공밥을 짓고 있었다.

나는 검은 장삼, 붉은 가사를 입고 대웅보전으로 이끌리어 들어갔다. 곁에서 덕삼이가 배불하는 것을 가르쳐주었다. 은사 하은당이 내 법명을 원종圓宗이라고 명하여 불전에 고하자 수계사 용담화상이 경문을 낭독하고 내게 오계를 주었다.

예불의 절차가 끝난 뒤에 보경대사를 위시하여 산중에 나이 많은 여러 대사들에게 차례로 절을 드렸다. 그리하여 중이 된 나는 절하는 공부와 진언법을 외우고, 〈초발심자경문〉을 읽고 중의 여러 가지 예법과 규율을 배웠다. 정신수양에 대해서는,

"승행에는 하심下心이 제일이라."

하여 교만한 마음을 떼는 것을 주로 삼았다. 그것은 사람에게 대하여서만이 아니라 짐승, 벌레에 대하여서까지도 공경하는 마음을 가지라는 것이었다.

지난밤 나에게 중이 되라고 교섭할 때에는 그렇게도 공손하던 은사 하은당이 내가 삭발을 하고부터는,

"애, 원종아."

하고 마구 해라를 했다. 그뿐이 아니었다.

"이놈 생기기를 미련하게 생겨먹었으니 고명한 중이 될 성싶지 않다. 어쩌면 상판대기가 저렇게도 밉게 생겼을까. 어서 가서 나무도 해오고 물도 길어와"

하은당은 나를 자기의 종으로 막 부려먹으려 들었다. 나는 깜짝 놀랐다. 중이 되면 이렇게까지 될 줄은 몰랐다. 내가 망명객이 되어 비

록 사방으로 유리하는 몸이지만 영웅심도 있고 공명심도 있었다. 또한 평생에 한이 되던 상놈의 굴레를 벗고 권세 있는 양반이 되어서 우리 집을 멸시하던 양반들을 한번 내려다보겠다는 생각을 가슴속에 감추고 있었다.

그런데 이제 중이 되고 보니 이러한 허영적인 야심은 바로 악마였다. 이러한 악념의 마음이 움틀 때는 호법선신의 힘을 빌려서 일체법공의 칼로 뿌리째 도려내어버려야 하는 것이었다.

내가 어쩌다가 이런 데를 들어왔나 하고 혼자 웃고 혼자 탄식한 일도 있었다. 그러나 기왕에 중이 되었으니 하라는 대로 순종할 길밖에 없었다. 나는 장작을 패고 물도 긷고 하라는 것은 마다하지 않고 다 하였다.

하루는 물을 길어오다가 물통 하나를 깨뜨렸다. 그 죄로 스님한테 눈알이 빠지도록 야단을 맞았다. 어떻게 심하게 스님이 나를 나무라셨는지 보경당 노스님께서 한탄을 하시며 하은당을 책망하셨다.

"전에도 남들이 다 괜찮다는 상좌를 들여 주었건만 저렇게 못 견디게 굴어서 다 내어 쫓더니 이번에도 그렇겠구나. 잘 가르치면 제 앞가림은 할 만하건만……, 또 저 모양이니 몇 날이나 견딜 수 있을는지 모르겠구나."

보경당 스님의 그런 말씀을 들으니 좀 위로가 되었다.

나는 낮에는 일을 하고 밤이면 다른 사미沙彌들과 같이 예불하는 법이며 〈천수경〉, 〈심경〉같은 것을 외우고 또 수계사이신 용담 스님께

〈보각서장〉을 배웠다. 용담은 당시 마곡사의 불학만이 아니라 유가의 학문도 풍부했다. 또한 경우에 밝아 누구나 존경할만한 인물이었다.

용담께 시중하는 상좌 혜명이라는 젊은 불자가 내게 동정하는 마음이 깊었고, 또 용담 스님도 하은당의 기풍이 괴상함을 가끔 걱정하시면서 나를 위로하셨다. '견월망지見月忘指'라, 달을 보면 그만이지 그 달을 가리키는 손가락이야 아무러면 어떠냐는 뜻의 오묘한 이치를 말하고, 또 칼날 같은 마음을 품어 성나는 마음을 끊으라 하여 참을 '인忍'자의 이치를 가르쳐주셨다. 하은당이 심하게 나를 볶으시는 것이 모두 내 공부를 도우심으로 알라는 뜻이었다.

이 모양으로 살아가는 동안에 어느덧 반년의 세월이 흘렀다. 무술년이 가고 기해년 정월이 되었다. 나는 고생이 되었지만 나를 부러워하는 중들도 많았다. 그 이유는 보경당이나 하은당이 다 7~80노인이시니 그 분들이 작고하는 날이면 그 많은 재산이 다 내 것이 되기 때문이었다. 추수기에 보면 백미로만 받는 것이 2백 석이나 되고, 돈과 물건으로 있는 것이 수십만 냥이나 되었다. 그러나 나는 청정적멸淸淨寂滅의 도법에 일생을 바칠 생각이 도무지 생기지 않았다.

작년 인천 감옥을 탈출하던 날 작별했던 부모님의 소식이 한없이 궁금했다. 또 나를 구해내려다가 집과 몸을 아울러 망쳐버린 김주경의 간 곳도 찾고 싶고, 해주 비동의 고 선생도 뵙고 싶었다. 아울러 그 때에 천주학을 한다고 해서 대의에 어긋난 사람이라 불만을 품었던 안 진사를 찾아가 사과하고 싶었다. 이런 생각이 흉중에 오락가락할 뿐, 보경당의 재물에 탐을 낼 생각은 꿈에도 일어나지 않았다.

그래서 어느 날 보경당을 뵈옵고,

"소승이 기왕에 중이 된 이상에는 중으로서 배울 것을 철저히 배워야 하겠습니다. 소승은 이제 금강산으로 가서 경經 공부를 하고 일생에 충실한 불자가 될 결심입니다. 부디 허락하여 주십시오."

하고 아뢰었다.

보경당은 내 말을 들으시고 고개를 하염없이 끄덕이셨다.

"내 벌써 그럴 줄 알았다. 네 뜻이 정녕 그렇다면 누군들 막겠느냐."

보경당은 즉석에서 하은당을 불러 내 뜻을 전했다. 그러자 하은당은 펄쩍 뛰며 반대했다.

"아니되옵니다. 원종은 제 상좌입니다. 제 밑에서 좀 더 배워야 합니다."

두 스님은 한참 동안 내 문제를 놓고 다투셨다. 그러다가 마침내 세간을 내어주셨다.

나는 백미 열 말과 의발을 받아 가지고 하은당을 떠나 큰 방으로 옮겨왔다. 그날부터 나는 자유로운 몸이 되었다. 즉시 쌀 열 말을 팔아 노자를 만들어 마곡사를 떠나 서울로 향하였다.

며칠을 걸어서 서울에 도착한 것은 기해년 봄이었다. 그때까지 서울 장안에 중을 들이지 않는 국금國禁이 있었다. 나는 성곽 밖 새 절에 가서 하루를 묵는 중에 사형인 혜명을 만났다. 그는 장단의 화장사에 은사를 찾아가는 길이라 하였다.

혜명과 작별한 지 얼마 되지 않아 경상도 풍기에서 온 혜정이라는 중을 만났다. 그가 평양 구경을 가는 길이라 하기에 동행하자고 하였다.

우리는 임진강을 건너 송도를 구경했다. 그런 다음 해주 감영을 구경하고 평양으로 가기로 하여 수양산에 들어갔다. 수양산 신광사 부근의 북암이라는 암자에 잠시 머물렀다. 이 때 나는 혜정에게 내 사정을 말하고 텃골의 부모님을 비밀리에 방문해달라고 부탁했다.

"부모님의 안부를 묻고 내가 잘 있다는 말만 전해주시오. 그러나 내가 이곳에 있다는 말은 비밀로 해주시오."

이렇게 부탁해놓고 혜정에 돌아오기만을 초조하게 기다리고 있었다. 그런데 바로 4월 29일 해질 무렵에 혜정의 뒤를 따라 부모님께서 나타나셨다.

혜정에게서 내 안부를 들으신 부모님은 내가 있는 곳을 알 것이다 하여 무작정 따라나서신 것이었다.

"이놈, 창수야!"

"아버지, 어머니!"

부모님과 나는 이렇게 말했을 뿐 다른 말을 잊고 있었다. 두 분은 중이 된 나를 얼싸안고 눈물을 흘리셨다. 나도 두 뺨을 타고 흘러내리는 눈물을 주체할 수 없었다.

북암에서 부모님을 모시고 며칠을 묵은 후, 중의 행색 그대로 부모님을 모시고 혜정과 같이 평양을 향해 길을 떠났다. 길을 가면서 아버지가 지난 일들을 말씀하셨다.

"우리는 너를 마지막 면회한 뒤 곧 인천을 떠나 무술년 3월 9일 집에 도착했다. 그런데 곧이어 인천 순검이 뒤를 따라와 우리를 체포했다. 그날 인천으로 압송된 우리는 3월 13일에 인천 감옥에 갇혀 악형을 당했다. 그러다가 네 어미는 곧 석방되고 나는 석 달 뒤에야 풀려났다. 그 뒤로 나와 네 어미는 너의 소문을 알려고 애를 썼으나 감감무소식이어서 걱정 근심으로 지금껏 살았다."

아버지의 말씀이 끝나자 어머니께서 한 말씀하셨다.

"네 아버지와 나는 꿈자리만 조금 사나워도 종일 먹지도 못했다. 그런데 저 스님이 와서 너의 소식을 전할 때는 꼭 꿈만 같았다. 어쨌든 네가 이렇게 살아 있어서 다행이다. 그러나……."

어머니는 새삼스럽게 나의 행색을 살피며 손등으로 눈을 가리셨다. 내가 중이 된 것이 슬프신 모양이었다.

우리는 5월 4일 평양에 도착하여 여관에서 하룻밤 묵었다. 이튿날은 단오였다. 모란봉에 올라 그네 뛰는 구경을 하고 돌아오는 길에 나는 내 앞길에 중대한 영향을 준 사람을 만나게 되었다.

관동 골목을 지날 때였다. 어떤 집 사랑에 머리에 정자관을 쓰고 몸에 심의를 입고 점잖게 꿇어앉아 있는 사람을 보았다. 나는 문득 호기심이 발동하여 한번 수작을 붙여보리라 생각하고,

"소승 문안드리오."

하고 합장하면서 허리를 굽혔다. 그 학자는 물끄러미 나를 바라보더니 들어오라고 하였다. 들어가 인사를 나누고 보니 그는 간재전우

의 제자 최재학으로 호는 극암인데, 상당히 이름이 높은 분이었다.

"소승은 마곡사의 빈승입니다. 이번 길에 천안 금곡에 들러 간재 선생을 뵈려고 했는데 마침 출타중이어서 뵙지 못했습니다. 그런데 오늘 이렇게 선생을 뵈오니 심히 반갑습니다."

인사 후 그와 도리道理연구에 대한 문답을 하였다. 최재학의 옆에는 긴 수염에 위풍이 늠름한 노인이 한 분이 앉아 있었는데, 그 노인은 우리의 문답에 연신 고개를 끄떡였다.

"인사하시지요."

문답을 마친 최재학은 노인에게 인사를 시켰다. 나는 노인에게 합장 배례했다. 노인은 당시 평양 진위대에서 참령으로 있는 전효순이었다.

소개가 끝난 뒤에 최재학은 즉석에서 전효순에게 나를 추천했다.

"이 대사는 도리가 깊고 학식이 풍부하니 영천암 방주를 맡기시면 영감 자제와 외손들의 공부에 유익하겠소. 영감 의향이 어떠시오?"

전효순도 흡족한 표정으로 말했다.

"거 좋은 말씀이요, 내가 지금 곁에서 두 분의 문답을 듣고 대사의 고명하심을 흠모하게 되었소. 그런데 대사의 의향은 어떠신지……."

전효순은 말꼬리를 흐리면서 나를 보며,

"내가 자식놈 하나와 외손자 놈들을 최선생께 부탁하여 영천암에서 공부를 시키고 있소이다. 그런데 지금 있는 주지승의 성행이 불량하여 술만 마실 줄 알지 아이들을 도무지 돌보지 않소. 그래서 고민이 큰

데, 대사께서 영천사를 맡아 내 자손들을 돌보아주시는 것이 어떻겠소?"

하고 내 허락을 청하는 것이었다. 나는 웃으면서,

"소승의 방탕이 지금의 주지승보다 더할지 어찌 아시겠소?"

하고 한번 사양했으나 속으로는 다행으로 여겼다. 부모님을 모시고 구걸하기도 황송하기 때문에 한 곳에 자리를 잡고 싶었던 까닭이었다.

전효순은 그날로 평양의 홍순욱을 방문하여 '승 원종으로 영천암 방주를 차정差定함'하는 첩지를 가지고 와서 즉일로 부임하라고 나를 재촉하였다. 이리하여 나는 영천암 주지가 되었다.

영천암은 평양에서 서쪽으로 약 40리, 대보산에 위치한 암자로서 대동강변의 넓은 들과 평양을 바라보는 경치 좋은 곳에 있었다. 나는 혜정과 같이 한 방을 차지하였다. 학생은 전효순의 아들 병천, 그리고 그의 사위 김윤문의 세 아들(장손, 중손, 하손)과 그밖에 김동원 등 몇몇이 있었다.

전효순은 이틀에 한 번씩 좋은 음식을 절로 보내왔다. 또 산 밑의 신흥동에 있는 푸줏간에서 영천암의 고기를 대기로 하여 나는 매일 내려가서 고기를 한 짐씩 져왔다. 그리고 승복을 입은 채로 고기를 끓이고 구울 뿐 아니라 터놓고 먹으면서 염불은 아니 하고 시만 외웠다. 그리하여 나는 불가에서 걸시승乞詩僧이라 일컫는, 이른바, '손에 돼지 대가리를 들고 입으로 경을 읽는 중'이 되고 말았다

절까지 같이 와서 지내던 혜정은 나의 이런 모습에 크게 실망했다. 혜정은 나의 불심이 약해진 반면에 세속적인 욕심이 커가는 것을 보고 매우 걱정하였으나 고기 안주에 술 취한 중의 귀에 충고가 들어올 리가 없었다.

그는 내 불심이 회복되기 어려운 것을 보고 영천암을 떠나 산을 내려가려고 했다. 그러나 산 입구까지 갔다가 차마 작별하기가 아쉬워서 되돌아오기를 달포나 하다가, 마침내 경상도로 간다고 하면서 떠나고 말았다.

환속과 견문 그리고 김구

아버지도 하나밖에 없는 자식이 중노릇을 하는 것을 원치 않았다. 그래서 나는 머리를 깍지 않은 채로 중노릇을 하다가, 그해 늦가을에 아주 상투를 틀었다.

그 후 선비의 의관을 하고 부모를 모시고 해주 본향으로 돌아왔다. 고향에 돌아온 나를 환영하는 사람은 없었다. 창수가 돌아왔으니 또 무슨 일이나 저지르지를 않나 하고 모두들 불안해했다. 그 중에서도 준영 계부는 나를 신임하지 않으셨다.

준영 계부는 그 사이 지난날을 뉘우치고 새 사람이 되어 있었다. 중형님 되시는 내 아버지께는 참으로 잘하고 농사일도 잘하셨지만, 나에 대해서는 냉정하기만 하셨다.

"형님, 창수가 되지 못한 그놈의 글 다 내버리고 부지런히 농사를 한다면 장가도 들여 주고 살림도 내주겠습니다. 그렇지 않으면 저는 모릅니다."

준영 계부는 아버지를 설득하여 나를 농군이 되도록 명령하시기를 권하셨다. 그러나 아버지는 나를 농군으로 만드실 뜻이 없으신지 아무 말씀도 하지 않으셨다. 그래도 내가 무슨 큰 뜻이 있어 장래에 이름난 사람이 되려니 하고 내게 희망을 붙이시는 모양이었다.

이렇게 내가 농군이 되느냐 마느냐 하는 문제가 아버지 형제분 사이에 논쟁이 되고 있는 동안에 기해년이 저물었다. 경자년 봄 농사일을 시작할 때가 되자 계부는 새벽마다 우리 집에 오셔서 내 단잠을 깨웠다.

"창수야, 어서 일어나거라."

나는 새벽밥을 먹고 계부를 따라 논에 나가 가래질을 했다. 계부는 어떻게든 조카인 나를 농부로 만들려고 결심하신 모양이었다. 나는 며칠 동안 순순히 계부의 명령에 순종하다가 아무도 모르게 강화 가는 길로 고향을 떠났다. 떠나면서 생각하니 고 선생과 안 진사를 못 찾아보고 가는 것이 몹시 섭섭했다.

나는 김두래金斗來로 이름을 바꾸고 강화에 도착하여 김경득의 집을 찾아갔다. 그러나 김경득은 없고 그의 셋째 동생 진경이 나를 맞이했다.

"나는 안연에 사는 김두래일세. 자네 백씨와 막역한 동지이나 수년간 소식이 끊어져 궁금해서 이렇게 찾아온 것일세."

나를 소개하자 진경은 반가운 내색을 하다가 이내 어두운 표정을 지으며 말했다.

"형님은 지금 집에 계시지 않습니다. 벌써 몇 해 동안 소식이 없습니다."

그의 말에 의하면 김경득이 집을 떠난 후로 3~4년이 되어도 소식이 없어서 자기가 형수를 모시고 조카들을 기르고 있다 하였다. 집은 비록 초가나 본래는 크고 넓게 썩 잘 지었는데, 여러 해 거두지를 아니하여 많이 퇴락해 있었다.

사랑에는 평소에 김경득이 앉았던 보료가 그대로 있고, 신의를 어기는 동지를 친히 벌하기에 쓰던 것이라는 나무 몽둥이가 벽에 걸려 있었다. 나와서 노는 일곱 살 먹은 아이가 김경득의 아들로 이름이 윤태라고 했다.

나는 진경에게 모처럼 그 형을 찾아왔다가 그저 돌아가기가 섭섭하니 얼마 동안 윤태에게 글을 가르치면서 소식을 기다리고 싶다고 했다.

진경은 매우 기뻐했다.

"그렇게만 해주신다면 저로서는 더할 나위 없이 고맙겠습니다. 윤태뿐 아니라 중형님의 두 아들이 글을 배울 나이가 되었지만 마땅한 선생이 없어 놀리고 있는 실정입니다. 이제 그놈들도 데려와 공부를 시켜야겠습니다."

진경은 그날 무경의 두 아들을 데리고 왔다. 그날 밤부터 바로 학습을 시작했다. 윤태는 〈동몽선습〉, 무경의 큰아들은 〈사략초권〉, 작은 놈은 〈천자문〉을 배우기로 하였다. 내가 글을 잘 가르친다는 소문이 나서 차차 학동이 늘어나 한 달이 못 되어 30명이나 되었다. 나는 심혈을 기울여 그 아이들을 가르쳤다.

이렇게 한 지 3개월이 지난 어느 날이었다. 진경이 서울서 온 편지 한 장을 보면서 혼잣말로 투덜거렸다.

"나는 알지도 모르는 사람인데 자꾸 편지를 보내 소식을 물으면 나더러 어쩌란 말이야? 내가 그 사람을 모른다고 답장을 보냈는데도 불구하고 사람을 보내겠다니, 유인무도 참 할 일없는 사람이야!"

"무슨 일인데 그러는가?"

내가 묻자 진경이 대답했다.

"글세, 유인무란 사람이 몇 차례 편지를 보내 나는 알지도 못한 사람의 소식을 물었습니다. 그래서 나는 그 사람을 한 번도 본적 없고, 또 형님이 안 계신데 그가 우리 집을 찾아올 리 만무하다고 답장을 보냈습니다. 그런데 이제는 형님과 절친했던 이춘백이라는 양반을 보내니 그에게 김창수라는 사람의 소식을 전하라는 겁니다."

나는 김창수라는 내 이름을 듣고 가슴이 뜨끔했지만 시치미를 떼고 이렇게 물었다.

"유인무는 어떤 사람이고 또 김창수는 어떤 사람인가?"

"유인무는 부평 양반으로 몇 년 전 여기서 30리 가량 떨어진 촌에서 한 3년 동안 살았습니다. 그때 제 형님과 반상의 구별을 초월하여 친하게 지내셨습니다. 그 양반이 왜 김창수를 찾는지는 모르지만, 정말로 나는 김창수가 누구인지 얼굴을 보지 못했습니다. 형님에게 들은 말인데, 그는 해주 사람으로 왜놈을 때려죽이고 인천 감옥에 갇혔다고 했습니다. 제 형님께서는 그를 구하기 위해 전 재산을 털었지만 허사였습니다. 후에 들으니 김창수는 탈옥했다고 하는데, 그의 소식을 나에게 묻고 있는 것입니다."

나는 그 얘기를 듣자 모골이 송연하기도 하고 여러 가지로 의아심이 생기기도 했다. 나도 모르는 유인무라는 사람이 나를 왜 찾고 있는지가 한없이 궁금했다.

나는 진경이가 내 행색을 아는가 하여 떠보려고,

"김창수가 그래 한 번도 아니 왔는가?"

하고 묻자 진경은 딱하다는 듯이 말했다.

"형님도 생각해 보십시오. 여기서 인천이 지척인데 피신해 다니는 그가 여긴 왜 오겠습니까?"

"그럼 유인무는 왜놈의 염탐꾼이겠지."

"아닙니다. 유인무는 그런 양반이 아닙니다. 친히 뵌 적은 없으나, 형님 말씀이 유생원은 보통 벼슬하는 양반과는 달라서 학자의 기풍이 있다고 했습니다."

진경은 유인무의 인물을 극구 칭찬했다. 나는 더 이상 묻는 것도 수상쩍을 것 같아서 입을 다물었다.

다음날 아침을 먹은 직후였다. 키가 후리후리하고 얼굴이 송송 얽은 50세가 되었음직한 사람이 서슴지 않고 사랑으로 들어왔다. 그는 내 앞에서 글을 배우고 있던 윤태를 보고 일렀다.

"그 새에 퍽 컸구나. 안에 들어가서 작은 아버지 나오시라고 해라. 내가 왔다고."

나는 직감적으로 그가 이춘백이라고 생각했다.

이윽고 진경이가 윤태를 앞세우고 나와서 그 손님에게 인사를 하자 그는 대뜸 이렇게 물었다.

"자네 형의 소식은 못 들었지?"

"아직 소식이 없습니다."

"허어, 걱정이로군. 유인무의 편지는 받았나?"

"네, 어제 받았습니다."

두 사람은 이렇게 말한 후에 내가 앉아 있는 앞방의 미닫이를 닫고 이야기를 계속했다. 나는 아이들의 글 읽는 소리는 뒷전에 두고 두 사람의 말에만 귀를 기울였다. 진경이 먼저 불평을 터뜨렸다.

"유인무란 양반이 지각이 없으시지, 김창수가 형님도 안 계신 우리 집에 왜 오리라고 자꾸 편지를 하는 겁니까?"

"자네 말이 옳지만 여기밖에 알아볼 데가 없어서 그러는 것일세. 그가 해주 본 고향에 갔을 리는 없고, 설사 그 집에서 김창수가 있는 데를 알고 있다손 치더라도 함부로 말하겠는가."

"대체 무엇 때문에 김창수를 찾는 것입니까?"

"그것은 이렇네. 자네 형이 김창수를 구하려다 뜻을 이루지 못한 채 어디론가 피한 후, 아랫녁에 내려가 살던 유인무가 잠시 서울에 다니러 왔었네. 그때 유인무는 자네 형의 소문을 듣고 그 의기에 감탄했다네. 그래서 자네 형이 이루지 못했던 김창수의 구출을 하겠다고 결심하고 13명의 결사대를 조직했는데, 나도 그 중의 한 사람이네."

"김창수라는 사람을 구하기 위해 결사대까지 조직했다구요?"

"그렇다네 자네 형이 법률과 뇌물을 썼으니, 우리는 힘을 이용하기로 했네. 말하자면 강제로 구출해 내자는 것이었지."

"어, 어떻게……."

"우리는 인천항의 중요한 곳 7~8군데에 먼저 불을 지른 후에 혼란한 틈을 타서 김창수를 구출하자는 방침을 정했네. 그런 방침 아래 나는 다른 두 사람과 함께 인천항의 중요한 곳의 위치를 파악하고 감옥의 동태를 살피기 위해 갔는데, 이미 김창수는 다른 죄수 4명을 데리고 탈옥한 뒤였네. 일이 이렇게 된 것이네. 그러니 유인무가 자네 형이나 김창수의 소식을 알고 싶어 하는 것은 당연한 일이 아닌가. 그래, 정말 김창수한테서 무슨 편지라도 온 것이 없나?"

"편지도 없습니다. 편지를 보내고 회답을 기다릴 양이면 본인이 직접 왔겠지요."

"그도 그러이."

"이 생원께서는 언제 서울로 가시렵니까?"

"오늘은 친구나 몇 만나보고 내일 가겠네. 떠날 때에 또 옴세."

이러한 문답이 있고 나서 이춘백은 가버렸다.

나는 그런 대화를 들은 후 유인무를 찾기로 결심하였다. 내게 그처럼 성의를 가진 사람을 모른 체할 수는 없었다. 설사 그가 성의를 가장한 염탐꾼일지라도 만나고 싶었다. 가기이기방이란 말이 있지만, 누군가의 성의를 의리로 알고 속은 것은 내 허물이 아니라고 생각했다. 또한 그것이 군자의 도리인 것 같았다.

다음날 아침 밥상을 물리고 내가 말했다.

"어제 왔던 사람이 이춘백인가?"

"네, 그렇습니다."

"그 사람이 오거든 내게 소개를 해주게."

"그러지요."

"그리고……, 오늘로 자네와 작별을 하게 되었네."

"아니, 그게 무슨 말씀이십니까?"

진경은 깜짝 놀라 소리치며 다음 말을 이었다.

"형님, 제게 무슨 잘못이라도 있습니까? 별안간 작별을 하시겠다니 저는 도저히 영문을 모르겠습니다."

"그게 아닐세. 지금껏 자네를 속여 미안하지만, 내가 바로 유인무가 찾고 있는 김창수일세. 어제 자네와 이춘백의 이야기를 다 들었네. 자네 생각에 유인무와 내가 만나는 것이 괜찮다고 생각한다면 오늘 그와 함께 가겠네."

진경은 이 말을 듣고 또 한 번 깜짝 놀랐다.

"형님께서 김창수라구요? 그게 정말입니까?"

"그렇다네. 그러니 자네의 생각을 말해 보게. 내가 유인무를 만나는 것이 괜찮겠는가?"

진경은 고개를 끄덕이며 말했다.

"형님께서 정말 그러시다면 만나는 것이 좋겠습니다."

"알겠네."

진경은 학동들에게 내가 떠난다는 말을 전하고 그들을 집으로 돌려보냈다. 그런지 얼마 후에 이춘백이 다시 왔다. 진경은 나를 그에게 소개했다.

"만나서 반갑습니다. 나도 서울에 가야 하니 동행하는 것이 어떻겠습니까?"

이춘백은 나의 말을 예사로 듣고 대답했다.

"좋습니다. 심심한데 잘되었습니다."

그러자 진경은 이춘백의 소매를 끌고 뒷방으로 들어갔다. 아마 내 이야기를 하는 모양이었다.

마침내 나는 이춘백과 함께 진경의 집을 떠나게 되었다. 남문통에는 30명의 학동과 그 부모들이 길이 메이도록 모여서 나를 전송하였다. 내가 수강료도 받지 않고 심혈을 기울여서 가르친 것이 그들의 마음에 감동을 준 모양이었다. 그런 전송을 받으니 내 마음도 매우 뿌듯했다.

우리는 그날로 서울 마포나루 공덕리에 있는 진사 박태병의 집에 도착하였다. 이춘백이 먼저 안사랑으로 들어갔다. 이윽고 키가 작고 얼굴이 까무잡잡한 사람이 이춘백과 함께 나왔다. 망건에 검정 갓을 썼는데, 의복이 검소한 선비였다. 그 선비는 나를 방으로 맞아들인 다음 웃음 띈 얼굴로 이렇게 말했다.

"내가 유인무요. 오시기에 고생하셨소. 남아하처 불상봉이라더니 마침내 창수 형을 만나고 말았구려."

그 말을 끝낸 다음 이춘백을 보고 이런 말을 했다.

"무슨 일이고 한두 번 실패했다고 낙심할 것이 아니란 말일세. 끝끝내 구하면 반드시 얻는 날이 있는 법일세. 전일에도 내 안 그러던가."

그 말에 유인무가 나를 찾던 지극한 심경을 엿볼 수가 있었다.

나는 유인무에게,

"강화 김주경 댁에서 선생이 나 같은 사람을 위하여 많은 애를 쓰셨다는 것을 알게 되었습니다. 진심으로 감사를 드립니다. 오늘에야 존안을 뵙게 되었지만, 세상에는 침소봉대하여 전하는 말이 많은 탓으로, 선생께서 나에 대하여 들으신 말과 실물이 이렇게 달라 부끄럽기 그지없습니다."

하였다. 내가 이어서 '용두사미'란 말로 내 과거를 겸사하였더니 유인무는 호탕하게 웃으며 이렇게 말했다.

"뱀의 꼬리를 붙들고 올라가면 용의 머리를 보겠지요."

주인 박태병은 유인무와 동서지간이라고 하였다. 나는 박 진사 집에서 저녁을 먹고 문안의 유인무 숙소로 갔다. 거기서 묵으면서 음식점에 가서 놀기도 하고 구경도 하며 돌아다녔다. 며칠이 지나서 유인무는 편지 한 장과 노자를 주어 나를 충청도 연산 광이다리 도림리에 있는 이천경의 집으로 찾아가라는 것이었다.

내가 충청도 연산에 도착하자 이천경은 반갑게 나를 맞이하여 주었다. 그리고 날마다 좋은 음식을 대접받으면서 한담설화로 한 달을 지냈다. 그러던 어느 날 이천경이 편지 한 통을 써주며 말했다.

"한 곳에 오래 머물고 있으니까 지루하시지요? 전라도 무주읍에서 삼포업蔘圃業을 하는 친구가 있는데, 바람도 쐴겸 한번 찾아가 만나보십시오"

그래서 나는 이시발을 찾아가 편지를 전했다. 이시발의 집에서 하루를 묵고, 다시 이시발의 편지를 받아 가지고 경상도 지례군 천곡이란 동네에 사는 성태영을 찾아갔다.

성태영의 조부가 원주 목사를 지내었으므로 성 원주成原州댁이라고 불렀다. 대문을 들어서니 수청방, 상노방에 하인이 수십 명이요, 사랑에 앉은 사람은 다 귀족의 풍모가 있었다.

나는 주인 성태영을 찾아 이시발의 편지를 전했다. 그 편지를 읽은 성태영의 표정은 매우 밝아졌다.

"어서 오십시오. 먼 길에 수고가 많으셨습니다."

그날부터 성태영은 나를 크게 환영하여 상객上客으로 대했다. 그러자 하인들의 대우가 더욱 융숭했다.

성태영의 자字는 능하能河, 호는 일주一舟였다. 그와 더불어 산에 올라 나물을 캐기도 하고 냇가에서 고기를 잡는 등으로 한가한 나날을 보내면서 많은 이야기를 나누었다.

내가 성태영의 집에 머문 지 한 달이 지났을 때 유인무가 성씨의 집을 찾아왔다. 그날 밤 유인무와 성태영이 서로 상의한 후에 말했다.

"쫓기는 몸이니 김창수란 본명으로 행세하기는 불편할 것이네. 그러니 이제부터 이름은 '거북 구龜'자 외자로 하고 자字는 연상蓮上, 호는 연하蓮下로 하는 것이 좋겠네. 어떤가?"

"좋습니다."

이리하여 나의 이름은 김구가 되었다. 유인무는 그 순간부터 나를 부를 때 연하라는 호를 썼다. 다음날 무주읍내에 있는 유인무의 집으로 가서 머물게 되었다. 유인무의 큰딸은 시집을 가고 집에는 아들 형제가 있었는데, 둘 다 이름이 외자로 '한'과 '경'이었다. 또한 당시 무주 군수 이탁도 그의 인척인 듯하였다.

유인무는 그 동안 나를 이리저리로 돌린 이유를 설명하였다.

"연하는 서울에서부터 여기까지 오는 동안 무척 의아했을 것인데, 이제 그 까닭을 말하겠네. 사실 이천경·이시발·성태영은 다 우리 동지일세. 우리는 새로운 인물을 얻으면 몇몇 동지 집으로 보내 함께 살게 하면서 유심히 관찰한다네. 그 이유는 그 인물됨과 적성을 파악하기 위해서인데, 그 인물이 벼슬하기에 적당하면 벼슬을 시키고 장사나 농사에 합당하면 그것을 시키는 것이 우리의 규칙이네."

유인무는 이렇게 말한 후에 잠시 눈을 감고 생각에 잠겼다. 그러다가 목소리를 낮춰 다시 말을 이었다.

"연하는 동지들이 시험한 결과, 아직 학식이 얕기 때문에 더 공부를 시키기로 했네. 서울과 그 부근에 사는 동지들이 이제부터 연하의 공부를 맡을 것이네. 그리고……, 상놈의 신분인 연하의 문벌을 높이기로 했네. 애석한 일이지만 아직 우리나라에서 문벌이 양반이 아니고는 큰일을 하지 못하기 때문에 이제 연하에게 연산 이천경의 집과 전 재산을 그대로 물려줄 것이네. 그 고을 양반과 결탁하면 족히 양반 행세를 할 수 있을 것이니 곧 고향으로 가서 2월에 부모님의 몸만 모시고 서울로 오게. 그 후의 일은 내가 다 알아서 하겠네."

나는 이 말에 적이 놀랐다. 나를 위해 그토록 치밀하게 계획하고 있다는 것도 그렇고, 조건 없이 이천경의 전 재산을 물려준다는 것도 믿기 어려웠다.

어쨌든 나는 유인무의 깊은 뜻에 감사하면서 그의 뜻에 따르기로 하였다. 며칠 후 유인무는 내게 편지 한 장을 써주어 강화 버드러지의 진사 주윤호를 찾아가게 하였다. 강화로 가는 도중에 김경득의 소식을 남모르게 알아보았으나 그는 여전히 소식이 없다고 하였다.

주 진사 집은 바닷가에 위치하고 있었는데, 동짓달인데도 감나무에 감이 주렁주렁 달려 있었다. 주 진사는 유인무의 편지를 읽고 나를 환대하였다. 생선이 풍성한 곳이므로 나는 며칠 묵으면서 좋은 생선요리를 실컷 먹을 수 있었다.

내가 떠나려고 할 때 주 진사는 백동전 4천 냥을 내어주면서 노자로 삼으라고 하였다. 나는 백동전 4천 냥을 전대에 넣어서 몸에 칭칭 둘러 감고 서울을 향하여 강화를 떠났다. 서울로 오면서 나는 이런 생각을 했다. '대체 유인무의 동지는 얼마나 될까? 전국에 흩어져 있는 것 같은데, 그 수를 짐작할 수가 없구나. 그리고 동지들은 편지 한 장으로 만사에 어김이 없으니 결속력이 무섭구나.'

소중한 이들과의 사별

아버지와 스승의 죽음

서울에 와서 유인무의 집에서 묵다가 어느 날 밤에 아버지께서 '황천黃泉'이라고 쓰라고 하시는 꿈을 꾸었다. 불길이 불길하고 심란하여 유인무에게 꿈 이야기를 하였다.

지난봄에 아버지께서 병환으로 계시다가 조금 나으신 것을 보고 집을 떠나온 처지였다. 그 후 흉몽을 꾸니 하루도 지체할 수가 없었다.

유인무도 집에 다녀오는 것이 좋겠다고 하여 그 이튿날로 해주로 향해 길을 떠났다. 4일 만에 해주읍 비동에 닿았다. 거기서 나는 고 선생을 뵙고 싶어 그 집을 찾아갔다. 지난 4~5년 사이에 많이 노쇠하여 돋보기가 아니고는 글을 제대로 못 보시는 모양이셨다.

나와 약혼하였던 장손녀는 청계동 김사집이란 어떤 농가집의 며느리로 시집을 보냈다고 했다. 나더러 아재라고 부르던 작은 손녀가 벌써 10여세가 되어 있었는데, 나를 알아보고 여전히 아재라고 부르는 것이 감개무량하였다.

고 선생은 지난 세월에 있었던 많은 말씀을 하셨다.

"나는 자네가 왜놈을 때려죽였다는 소문을 듣고 참으로 장한 일을 했다고 생각했네. 그 말을 유의암 선생에게 말씀드렸더니, 선생의 저서 〈소의신편昭儀新遍〉의 속편에 '김창수는 의기남아'라고 써넣으셨다네."

내가 부끄럽다고 말씀드리자 고 선생은 계속 말을 이었다.

"백 번 생각해도 왜놈을 때려죽인 일은 장한 일이었네. 암, 장한 일이고말고! 자네가 이곳을 떠난 후 유의암이 의병에 실패하고 평산으로 왔었네. 그때 나는 유의암을 만나 장래방침을 의논했네. 지난날 자네가 서간도에 다녀와서 나에게 보고한 내용을 말씀드렸네. 그곳으로 가서 장래를 도모하는 것이 좋겠다고 말일세. 그래서 의암이 압록강을 건너 그곳으로 가서 공자의 성상을 모시고 제자들을 가르치는 한편 무사들을 모아서 훈련하고 있다네. 그러니 자네도 속히 의암 선생께로 가서 장래의 대계를 함께 도모하는 것이 어떻겠는가?"

나는 지금은 해야 할 일이 있으니 당분간은 압록강을 건너는 것이 어렵다고 말씀 드렸다. 그리고 나서 그 사이 내가 겪고 깨달은 세상 사정 및 새로운 사상을 힘을 다해 소상히 말씀 드렸다. 그러나 고 선생의 기존 생각은 요지부동이셨다.

얘기하는 동안에 자연 신구의 충돌이 생겼다.

"자네도 개화꾼이 되었네그려."

고 선생은 신사상에 물든 나를 안타까워하셨다. 나도 구사상을 탈피하지 못하시는 고 선생이 안타까웠다.

그러나 고 선생 댁에는 외국 물건이라고는 성냥 하나라도 쓰지 않는 것이 매우 고상하게 보였다. 고 선생을 모시고 하룻밤을 지내고 이튿날 떠난 것이 영결이 되고 말았다. 전하는 바에 의하면 고 선생은 그 후 충청도 제천의 어느 친척집에서 객사하셨다고 한다.

슬프고 또 슬프도다! 이 말을 기록하는 오늘날까지 30여 년간 나의 마음씀씀이와 일처리에 하나라도 옳은 것이 있다고 하면, 그것은 온전히 고 선생으로부터 가르치심을 받은 '구전심수'하신 교훈의 힘이었다. 다시 이 세상에서 그 자애가 깊으신 선생의 존안을 뵈올 수 없으니 참으로 슬프고 가슴 아픈 일이었다.

나는 고 선생께 인사하고 떠나 당일로 텃골 본가에 다다르니 시각은 황혼 무렵이었다. 안마당에 들어서니 어머니께서 부엌에서 나오시며 이렇게 말씀하셨다.

"아니, 네가 오는구나. 아버지 병세가 위중하시다. 아까 아버지가 이 애가 왔으면 들어오지 않고 왜 뜰에 서서 있느냐, 하시기로 헛소리로만 여겼더니 네가 정말 오긴 왔구나."

나는 급히 방으로 들어가 아버지를 뵈었다. 아버지께서는 반가워하시기는 하나 병세는 상당히 위중하신 것 같았다. 그 순간부터 나는 정성껏 시탕하였으나 병세의 차도는 없었다. 우리 집이 워낙 궁벽한 산촌인데다가 가난했기 때문에 고명한 의사를 부른다거나 영약을 쓸 처지는 못 되었다.

나는 문득 까마득한 지난날을 생각했다. 예전 할머니께서 돌아가시기 전에 아버지께서 단지하셨던 일이 머리에 생생하게 떠올랐던 것이다.

'그렇다! 단지를 하면 소생하실는지도 모른다.'

나는 단지를 하려고 부엌으로 갔다. 그러나 다시 생각해 보니 어머니께서 마음 아파하실 것 같아서 생각을 바꾸고 할고를 결심했다. 다음날 나는 어머니가 안 계신 때를 틈타 왼쪽 허벅지에서 고깃점 한 점을 베어냈다. 아찔한 아픔이 전신으로 퍼지면서 붉은 피가 받혀놓은 사기그릇에 쏟아졌다. 그 피를 아버지의 입에 흘려 넣어드리고, 살을 불에 구워서 약이라고 하여 잡수시게 하였다.

그러나 시원한 효험이 없었다. 나는 피와 살의 분량이 적기 때문에 효험이 없다고 생각했다.

'좀더 많은 살을 떼자!'

나는 이를 악물고 칼을 잡았다. 살을 떼어낼 때의 아픔을 생각하니 온몸에 소름이 돋고 겁이 났다. 먼저보다 천백 배의 용기를 내어 살을 베기는 베었지만 그것을 떼어내자니 견딜 수 없을 정도로 아팠다. 그래서 허벅지의 살을 썰어놓기만 했을 뿐, 조금도 떼어내지 못했다.

나는 썰어놓은 허벅지를 보면서 이렇게 탄식했다.

"아아, 단지나 할고는 진정한 효자가 할 수 있는 일이로다. 나와 같은 불효자가 어찌 효자가 되겠는가!"

내가 시중든 지 14일째 되던 날이었다. 내 무릎을 베고 내 손을 꼭 잡으셨던 아버지의 손이 스르르 풀리더니 곧 운명하셨다. 이날이 경자년 섣달 초아흐레였다.

나는 아버지가 돌아가시기 전날까지도, 어서 2월이 되면 부모님을 모시고 연산으로 가서 평생 상놈대우를 받아온 뼈에 사무친 아픔을 면하게 해드리겠다고 기대했었다. 그런데 영영 돌아올 수 없는 먼 길을 가셨으니 천추의 한이 아닐 수 없었다.

초종을 마치고 성복하자 멀고 가까운 곳에서 조객이 왔다. 설한풍에 살을 에이는 추위였다. 썰어만 놓고 떼어내지 못한 허벅지가 떨어져나가는 듯한 고통을 주었다. 이를 악물고 참았지만 꼭 까무라칠 것만 같았다. 그래도 독신 상주라 잠시도 상청을 비울 수가 없었다. 워낙 고통이 심했기 때문에 조객이 오는 것도 괴로울 지경이었고, 할고한 것이 후회스럽기조차 했다.

유인무와 성태영에게 부고를 하였더니, 유인무는 서울에 없다하여 못 오고 성태영이 혼자 나귀를 타고 5백 리 먼 길을 달려서 조문을 왔다.

나는 집상 중에 아무 데도 출입을 아니하고 오로지 준영 계부의 농사만 도와드렸다. 그러자 계부는 매우 기특하게 여기셨다. 그러던 어느 날 계부는 2백 냥을 내놓으며 이웃 동네의 어떤 상인의 딸과 혼인하라고 하셨다. 나는 단호하게 거절했다.

"싫습니다. 상인의 딸은 고사하고 정승의 딸이라도 돈을 쓰고서 하는 혼인은 절대 하지 않겠습니다."

"뭐라고? 이런 고약한 놈을 봤나, 네 놈이 정령 작은아비의 말을 거역하겠단 말이냐?"

"하는 수 없습니다. 혼인은 인륜지대사입니다."

준영 계부의 생각은 형님이 돌아가셨기 때문에 조카의 혼인을 당신이 시키는 것이 당연한 의무요, 또 그것을 자랑스럽게 생각하시고 계셨다. 그런데 내가 끝까지 반대하자 격분하셨다.

"이놈아! 네 놈이 끝까지 고집을 부린다면 내가 너를 병신으로 만들어서라도 혼인을 시키겠다."

준영 계부는 그렇게 소리친 후에 밖으로 나가 낫을 들고 뛰어들어오셨다. 그러자 깜짝 놀란 어머니가 중간에서 가로막았는데, 나는 그런 틈에 밖으로 도망쳤다.

약혼한 여옥의 죽음

임인년 정월에 장련의 먼 촌 일가 댁에 세배를 갔다. 그때 할머니 되시는 어른이 그 친정 당질녀로 17세 되는 처녀가 있으니 장가들 마음이 없느냐고 물었다. 나는 세 가지 조건에만 맞으면 혼인한다고 말씀드렸다. 첫째, 재물을 따지지 않을 것, 둘째, 처녀가 학식이 있어야 할 것, 셋째, 상면하여 마음이 맞아야 한다는 것이 세 가지 조건이었다.

어느 날 할머니는 나를 끌고 그 처자의 집으로 갔다. 그 처자의 어머니는 딸 넷을 둔 과수댁으로서, 위로 셋은 다 시집을 가고 나와 혼인의 말이 오가는 이는 여옥이라는 막내딸이었다. 여옥은 국문을 깨치고 바느질을 잘 한다고 하였다. 집은 더할 수 없이 초라한 작은 오막살이 집이었다.

나를 방에 앉혀놓고 세 사람이 부엌에서 한참이나 쑥덕거리더니, 다른 것은 다 하여도 당사자 대면만은 어렵다고 하였다.

"나와 대면하기를 꺼리는 여자라면 내 아내가 될 자격이 없습니다."

하고 내가 강경하게 나가니까 할 수 없이 처녀를 불러들였다. 처녀는 고개를 푹 숙이고 방으로 들어와 자기의 어머니 뒤에 다소곳이 앉았다. 내가 먼저 인사를 건넸으나 처녀는 아무런 대답도 하지 않았다. 나는 다시,

"낭자가 나와 혼인할 마음이 있소?"

하고 물었으나 역시 대답이 없었다. 나는 또 다시 물었다.

"내가 지금 상중이니 1년 후에 탈상을 하고야 성례를 할 수 있소. 그 동안은 나를 선생님이라고 부르고 내게 글을 배울 수 있겠소?"

이 말에도 처녀의 대답 소리가 들리지 않았다.

"대답이 없는 걸 보니 나와 혼인할 마음이 없는가 봅니다."

내가 자리에서 일어서려고 하자 할머니가 만류했다.

"여옥이가 너무 작은 소리로 대답해서 네가 듣지 못했구나. 여옥이는 네 말대로 하겠다고 대답했다."

이리하여 나와 여옥이는 그날 밤으로 약혼을 했다. 집에 돌아와서 내가 이러저러한 처자와 약혼을 하였다는 말을 하여도 준영 계부는 믿지 않으셨다. 다음날 어머니더러 가서 알아보고 오시라고 하신 후에야 내 말을 믿고 혼잣말처럼 중얼거리셨다.

"원 세상에 어수룩한 사람도 다 있다."

나는 여자독본女子讀本이라 할 만한 것을 한 권 만들어서 틈만 나면 내 아내 될 사람을 가르쳤다.

그러는 사이 어느덧 1년도 지나서 계묘년 2월에 아버님의 담제를 끝냈다. 그러자 어머니께서는 어서 나를 성례시켜야 한다고 분주하게 움직이셨다. 이때 여옥의 병이 위급하다는 기별이 왔다. 내가 놀라서 달려갔다. 여옥은 병세가 위중한 중에도 나를 반겼다. 그러나 워낙 중한 장감인데다가 약을 쓰지 못했기 때문에 그만 죽고 말았다. 나는 그녀를 손수 염습하여 남산에 안장했다. 그리고 그녀의 어머니는 금동 김윤오 집에 인도하여 예수를 믿고 여생을 보내도록 조처하였다. 내 나이 스물여덟 살의 일이었다.

신교육자의 자유결혼

이 해 2월에 장련읍 사직동으로 이주하였다. 진사 오인형이 나로 하여금 집 걱정이 없이 공공사업에 종사케 하기 위하여 내게 준 가대로서, 20여 마지기의 전답에 과수원까지 낀 것이었다. 해주에서 4촌 형 태수 부처를 오게 해서 집일을 보게 하고, 나는 오 진사 집 사랑에 학교를 설립했다. 학생은 오 진사의 딸 신애, 아들 기원, 오봉형의 아들 둘, 오면형의 아들과 딸, 오순형의 두 딸과 몇몇 다른 아이들이었다. 교실은 방 중간을 병풍으로 막아 남녀의 자리를 구별하였다.

오인형의 셋째 아우 순형은 성품이 온화하고 검소하여 나와 뜻이 잘 맞았다. 나는 그와 예수교의 전도와 교육에 전력했다. 그 결과 1년이 안 돼서 교회도 크게 부흥하고 학교도 차차 확장되었다. 당시 기생이 있는 술집을 출입하던 백남훈을 인도하여 학생들의 교육과 전도에 힘쓰게 한 뒤에 나는 공립학교의 교원으로 가게 되었다.

당시 황해도에서 학교라고 하는 것은 공립으로 해주와 장련에 각각 1개씩 있었을 뿐이었다. 그러나 해주에 있는 것은 이름만 학교지 여전히 〈사서·삼경〉을 가르치고 있었고, 정말 칠판을 걸고 산수, 역사, 지리 등 신학문을 가르친 곳은 장련학교뿐이었다.

장련학교를 설립할 때의 교원은 허곤이었다. 그 후 장의택과 임국영, 그리고 내가 들어가 함께 학생들을 가르쳤다. 그해 여름에 평양 예수교 주최인 '사범 강습소'에 갔다가 최광옥을 만났다. 그는 숭실중학교의 학생인데, 교육과 애국에 대한 열성으로 명성이 드높았다. 그와 나는 뜻이 통하여 친밀하게 지내며 장래를 논의했다.

최광옥은 내가 혼자라는 말을 듣고 안신호라는 신여성과 결혼하기를 권하였다. 그녀는 도산 안창호의 누이동생으로 나이는 20살, 지극히 활발하고 당시 신여성 중의 샛별이라고 최광옥은 말했다.

나는 안 도산의 장인 이석관의 집에서 안신호와 처음 만났다. 주인 이씨와 최광옥과 함께였다. 회견이 끝나고 사관舍館에 돌아왔더니 최광옥이 뒤따라와서 안신호의 승낙을 얻었다는 말을 전하였다. 그래서 나는 안신호와 혼인이 되는 것으로 믿고 있었다. 그런데 그 이튿날 이석관과 최광옥이 달려와서 혼약이 깨졌다고 내게 알려왔다. 그 까닭이라는 것은 이러하였다.

안 도산이 미국으로 갈 때 상해에 들른 적이 있었다. 이때 상해의 어느 중학교에 재학중이던 양주삼에게 자기의 누이동생과 혼인하라고 권했다. 그러자 양주삼은 재학 중이므로 졸업 후에 결정하겠다고 혼인을 유보했다. 안 도산은 이 사실을 편지로 써서 신호에게 알렸다. 그런데 지금까지 소식이 없기에 없었던 일로 생각하고 있었는데, 나와 혼약을 했던 바로 그날 양주삼에게서 허혼 여부를 묻는 편지가 왔다는 것이다. 이 편지를 받고 밤새도록 고민한 신호는 두 손에 떡이라, 어느 것을 취하고 어느 것을 버릴 수가 없었다. 그래서 양주삼과 나를 둘 다 거절하고 한 동네에서 자라난 김성택과 혼인하기로 작정하였다는 것이다.

도리 없는 일이었지만, 내 마음은 꽤 섭섭하였다. 그런 일이 있고 나서 며칠 후 신호가 몸소 나를 찾아왔다. 그녀는 미안하다는 말을 하고 나를 오라비라고 부르겠다고 말하여, 나는 그녀의 씩씩하고 시원스런 결단성을 도리어 흠모하였다.

마음에 든 여성과 혼인을 할 뻔했다가 파혼이 되니 내 마음은 착잡하면서도 서글펐다. 그러나 모든 것은 이미 끝난 일이었다. 나는 다시 장련으로 돌아와 교육과 종교에 온 마음을 쏟았다.

그러던 어느 하루, 장련 군수 윤구영이 나를 불렀다. 군수를 찾아갔더니 해주에 가서 농상공부에서 보내는 뽕나무 묘목을 수령해 오는 일을 맡겼다. 이 일은 군의 토반들이 앞 다투어 가려고하는 일인데, 군의 수리首吏 정창극이가 나를 추천하였던 것이었다. 나는 2백 냥 노자를 타가지고 걸어서 해주로 갔다. 2백 냥 노자로 말이나 가마를 타라는 것이지마는 타지 않았다.

해주에는 농상공부 주사가 특파되어 와서 묘목을 각 군에 배부하고 있었다. 정부에서 전국적으로 양잠을 하려고 일본에서 뽕나무 묘목을 실어 들여온 것이다.

그런데 나에게 준 묘목은 다 말라 있었다. 나는 마른 묘목을 무엇을 하느냐고 따지며 가지고 가지 않겠다고 했다. 그랬더니 농상공부 주사는 몹시 화를 내며 상부의 명령을 거역하느냐고 나를 꾸짖었다. 나도 마주 화를 냈다.

"이렇게 마른 묘목은 심어도 살아날 가망이 없소. 대체, 나라에서 내리신 묘목을 누가 이렇게 마르게 했소? 나는 관찰사에게 이 사실을 보고하여 그 책임 소재를 알아야겠소. 그리 아시오."

내가 이렇게 소리치고 발길을 돌리려고 할 때, 주사가 파랗게 질린 얼굴로 손을 비벼댔다.

"장련으로 갈 뽕나무 묘목은 선생께서 직접 골라서 가지고 가시오. 그러면 되겠소?"

나는 이리하여 싱싱한 묘목 수천 본을 골라서 말에 싣고 돌아왔다. 노자는 모두 70냥을 쓰고, 130냥을 정창극에게 반납했다. 나는 짚신 한 켤레에 얼마, 냉면 한 그릇에 얼마 등의 모양으로 돈 쓴 데를 자세히 적어서 남은 돈과 함께 그를 주었다. 정창극은 그것을 보고 어안이 벙벙하여,

"사람들이 다 선생 같으면 나라 일이 걱정이 없겠소. 다른 사람이 갔더라면 적어도 2백 냥을 더 청구했을 것이요."

라고 하였다.

정창극은 실로 진실한 관리였다. 당시 상하를 막론하고 관리라는 관리는 모두 나라와 백성의 것을 도적질하는 탐관으로 타락되었건만, 정창극은 한 푼도 받을 것 이외의 것을 받음이 없었다. 이러하기 때문에 군수도 감히 탐학을 못하였다.

얼마 후에 농상공부로부터 나를 종상위원種桑委員으로 임명한다는 사령서가 왔다. 이것은 큰 벼슬이었다. 그렇기 때문에 관속들이며 상민들은 내가 지나가면 담뱃대를 감추고 허리를 굽히곤 하였다.

그러나 나는 2년 동안 살던 사직동 집을 떠나지 않으면 안 되게 되었다. 그것은 오 진사와 나의 사촌형 태수가 거의 동시에 죽었기 때문이다. 오 진사는 고기잡이배를 부리다가 파산하고 세상을 떠났고, 사촌형 태수는 불행히도 예배드리는 중에 뇌출혈로 쓰러져 영영 일어나지 못했다.

나는 내가 살던 사직골 집을 오 진사의 유족에게 돌려주고 사촌 형수도 개가하라며 친정으로 돌려보냈다. 그런 후에 어머니를 모시고 장련읍내로 이사했다.

내가 사직동에 있는 동안에 유인무와 주윤호가 다녀갔다. 그들은 북간도 관리사 서상무와 협력 하에 북간도에 근거지를 건설할 계획을 세웠는데, 그것을 건설하기 위하여 국내에서 동지를 구하러 온 것이었다.

어머니는 나와 오랜 지우들이라 하여 밤을 삶고 닭을 잡아서 정성으로 그들을 환대하였다. 우리는 밤과 닭고기를 먹으면서 연일 늦은 밤까지 국사를 토론하였다.

두 사람의 말을 들어보니 김주경은 몸을 숨긴 후로 붓 장사를 하여 수만금을 모았으나 금천에서 객사하였다고 한다. 그런데 그 유산은 김주경이 묵던 주막집 주인이 다 먹어버리고 김주경의 유족에게는 한 푼도 주지 않았다고 한다.

우리는 김주경이 그렇게 돈을 모은 것은 틀림없이 어떤 까닭이 있었으리라고 말하면서 탄식했다. 그의 아우 진경도 전라도 어느 곳에서 객사하였다고 한다. 그래서 그 집이 말이 아니라고 하는 말을 듣고 나는 가슴이 미어지는 것만 같았다.

여러 번 약혼을 하였지만 번번이 깨졌던 나는 마침내 신천 사평동의 최준례와 말썽 많은 혼인을 하였다. 준례는 본래 서울 태생으로, 그의 어머니 김씨 부인이 청상과부로서 길러낸 두 딸 중에 작은 딸이었다.

김씨 부인은 그때 구리개에 임시로 내었던 제중원(지금의 세브란스병원)에 고용되어 그 안에서 살았다. 그러다가 그 원의 의사인 신창희를 맏사위로 맞이했다. 그 후 신창희가 황해도 신천에서 개업하자 8살 된 준례를 데리고 신천에 와서 사위의 집에 더불어 살고 있었다.

나는 양성칙의 소개로 사평동에서 준례와 만나 서로 혼인을 약속하였다. 이 때문에 교회에서 큰 문제가 일어났다. 왜냐하면 준례의 어머니가 딸을 강성모라는 사람에게 허혼을 하였는데 준례는 어머니의 말씀을 어기고 내게 허혼했기 때문이었다. 당시 18세인 준례는 혼인의 자유를 주장했던 것이다.

이 사건은 교회에서도 큰 문제가 되었다. 미국인 선교사 한위렴, 군예빈 두 사람까지 나서서 준례더러 강성모에게 시집가라고 권했지만 준례는 단호히 거절하였다. 나에게도 말썽이 많으니 이 혼인을 하지 말라고 충고하는 사람이 많았다.

그러나 나는 '본인의 자유를 무시하는 부모의 허혼을 반대한다.'하고 기어이 준례와 혼인하기로 작정했다. 그런 결심을 한 나는 신창희로 하여금 준례를 사직동 내 집으로 데려오게 하여 굳게 약속을 한 뒤에 서울 정신여학교로 공부를 보내어버렸다.

나와 준례는 교회에 반항한다는 죄로 처벌을 받았다. 그러나 얼마 후에 군예빈 목사가 우리의 혼례서를 만들어주고 두 사람의 처벌도 풀어주었다. 이리하여 나는 비로소 혼인한 사람이 되었다.

민족을 위한 계몽운동

을사조약과 항일투쟁

을사년에 소위 을사보호조약이 체결되었다. 그 조약으로 대한의 독립권이 박탈되고 일본의 보호국이 되었다. 이에 사방에서 지사와 산림학자들이 들고 일어나 의병을 일으켰다. 경기·충청·경상·강원도를 비롯한 전국 각지에서 항일투쟁이 연일 계속되었다. 허위·이강년·최익현·민긍호·유인석·이진룡·우동선 등은 다 의병대장으로 각각 그 지방 의병대의 대표자들이었다. 그러나 그들은 오직 하늘을 찌르는 의분이 있을 뿐, 군사 지식이 없고 장비도 부족했기 때문에 도처의 투쟁에서 패하였다.

이 때 나는 진남포 '엡윗청년회'의 총무로서 대표의 임무를 띠고 경성 대회에 출석케 되었다. 대회는 상동교회에서 열렸다. 표면은 교회

사업을 의논한다 했으나 속으론 순전한 애국적인 구국운동이었다. 말하자면 의병을 일으킨 이들이 구사상의 애국운동이라면, 우리 예수교인은 신사상의 애국운동이라 할 수 있었다.

그때에 상동에 모인 인물은 전덕기·정순만·이준·이동녕·최재학·계명륙·김인즙·옥관빈·이승길·차병수·신상민·김태연·표영각·조성환·서상팔·이항직·이희간·기산도·김병헌·유두환·김기홍, 그리고 나 김구였다.

우리는 회의한 결과 죽음을 무릅쓰고 상소하기로 결정했다. 상소하는 글을 이준이 짓고 최재학을 대표로 했다. 그리고 최재학 외에 네 사람을 더해 다섯 사람이 신민 대표로 서명했다. 이렇게 한 까닭은 상소를 1회, 2회로 계속할 계획이었기 때문이었다.

상소를 하러 가기 전에 정순만의 인도로 우리 일동은 상동교회에 모였다. 교회에서 우리는 한걸음도 뒤로 물러나지 말고 죽어도 좋다는 마음을 갖자고 기도를 올렸다. 그런 후 일제히 대한문大漢門 앞으로 몰려갔다. 문밖에 이르러 우리를 대표하여 상소에 서명한 다섯 사람은 형식적으로 회의를 열고 상소를 한다는 결의를 하였다. 그러나 상소는 이미 별감의 손을 통하여 임금께 입람된 뒤였다.

상소의 결의가 끝났을 무렵이었다. 홀연 왜놈 순사대가 달려와서 우리에게 해산을 명령하였다. 우리는 내정간섭이라고 거세게 항의했다. 그러는 한편으로 격렬한 연설을 시작했다. 그 연설의 내용은 왜놈들이 우리의 국권을 강탈하여 우리 2천만 신민을 노예로 삼는 조약을 억지로 맺으니, 우리는 죽기로 싸우자는 것이었다.

마침내 왜놈 순사대는 상소에 이름을 서명한 5명의 지사를 경무청으로 잡아가고 말았다. 우리는 5명의 지사가 잡혀가는 것을 보고 종로로 몰려가서 가두연설을 시작하였다. 거기서도 왜놈 순사가 와서 칼을 빼들고 군중을 해산시키려 했다. 그때 연설하던 청년 하나가 단신으로 달려들어 왜놈 순사 하나를 발길로 차서 거꾸러뜨렸다. 그러자 왜놈 순사들이 일제히 총을 쏘기 시작했다.

우리는 어물전 상가가 불탄 자리에 쌓여 있던 기왓장 조각과 자갈을 던져서 왜놈 순사대와 접전을 하였다. 그러자 왜놈 순사대는 우리의 세에 눌려 재빨리 중국인 점포에 들어가 숨어서 총을 쏘았다. 우리는 그 점포를 향하여 빗발같이 기왓장 조각과 자갈을 던졌다.

이때에 왜놈의 보병 1개 중대가 달려와서 무력으로 군중을 해산시켰다. 그 과정에서 저항하는 군중을 잡히는 대로 포박하여 수십 명이나 잡아갔다.

이날 충정공 민영환이 자살하였다. 그 소식을 들은 나는 몇몇 동지와 함께 민영환 댁에 가서 조상하고 그 집을 나왔다. 이때 웬 40세쯤 되어 보이는 사람이 맨상투바람으로 피묻은 흰 무명 저고리를 입고 여러 사람에게 옹위되어서 인력거에 앉아 큰 소리로 통곡하며 끌려가고 있는 것을 보았다. 누구냐고 물어본즉 참찬參贊 이상설이 자살하려다가 미수에 그친 것이라고 하였다.

당초 상동교회 회의는 몇 번이고 상소를 반복하자는 것이었다. 그런데 틀림없이 사형에 처할 줄 알았던 최재학 이하 신민 대표들이 구류를 살고 풀려나왔다. 그러므로 우리의 상소는 큰 문제를 불러일으키지 못했다.

"우리가 죽기를 각오하고 상소하려고 했던 것은 민중의 가슴에 불을 지피기 위함이었소. 우리들이 사형에 처해짐으로써 민중들의 숨은 애국심이 불타오르리라 생각했던 것이오. 그런데 그 계획은 실패로 돌아가고 말았으니 이제 다른 방도를 강구해야 하오."

우리 동지들은 방침을 바꿔서 각각 전국에 흩어져 교육사업에 힘을 쓰기로 하였다. 지식이 결여되고 애국심이 박약한 우리 국민이었다. 그런 국민으로 하여금 나라가 곧 제 집이라는 것을 깨닫게 하기 전에는 아무것으로도 나라를 건질 수 없다는 것을 깨달은 것이었다.

나는 황해도로 내려와서 문화 초리면 종산에 거주하며, 그 동네의 사립학교 서명의숙西明義塾에 교원이 되었다가, 이듬해 김용제 등 지사의 초청으로 안악으로 이사하여 그곳 양산학교楊山學校의 교원이 되었다. 종산에서 양산으로 떠나온 것이 기유년 정월 18일이었는데, 갓난 첫 딸이 찬바람을 많이 쐰 탓인지 몰라도 안악에 도착하자마자 죽었다.

다시 신교육과 계몽운동

안악에는 김용제·김용진 등 종형제와 그들의 조카 김홍량과 최명식 같은 지사들이 있어서 신교육에 열심이었다.

이 때는 안악 뿐만이 아니라 각처에서 학교가 많이 일어났으나 신지식을 가진 교원이 부족했다. 나는 당시 교육가로 이름이 높은 최광옥을 평양으로 초빙하여 안악 양산학교에 하계 사범 강습회를 열었다. 그러자 글방 훈장들까지 강습생으로 왔는데, 그 중에는 백발이 성성한 노인도 있었다. 멀리 경기·충청도에서까지 참석하여 강습생이 4백여 명에 달하였다.

강사로서는 김홍량·이시복·이상진·한필호·이광수·김낙영·최재원 등이요, 여자 강사로서는 김낙희·방신영 등이 있었고, 강습생에는 강구봉·박혜명 같은 스님도 있었다.

박혜명은 전에 말한 일이 있는 마곡사 시절의 사형寺兄이다. 몇 해 전에 서울에서 작별한 뒤에는 소식을 몰랐다가 이번 강습회에서 서로 만나니 반갑기 그지없었다. 그는 당시 구월산 패엽사의 주지였다. 나는 그를 양산학교의 사무실로 인도하여 내 형이라고 소개하고 내 친구들이 그를 내 친형같이 대우하기를 청하였다.

혜명에게 마곡사의 소식을 들었다. 내 은사 보경당과 하은당은 석유한 초롱을 사다가 그 좋고 나쁨을 시험한다고 불붙은 막대기를 석유통에 넣었다가 폭발하는 바람에 포봉당까지 세 분이 동시에 죽었다고 한다. 그 유산을 맡기기 위하여 금강산에 가서 나를 두루두루 찾았으나 종적을 몰라서 할 수 없이 모든 유산의 처리를 절에 맡겼다고 하였다.

나는 여기서 김효영 선생의 일을 빼놓을 수 없다. 선생은 김용진의 부친이요, 김홍량의 조부다. 젊어서 글만 읽고 있다가 어느 날 문득 집이 가난함을 한탄했다. 그래서 황해도에 나는 면포를 사들여 직접 등에 지고 평안도 강계·초산 등지로 다니면서 행상을 하여 부자가 된 사람이다. 내가 양산하교 교사가 되었을 때에는 벌써 연세가 70이 넘고 허리가 기역자 모양으로 굽어 지팡이를 의지하여 출입하고 있었다. 그러나 기골이 장대하고 두뇌가 명석하여 위엄이 있었다.

선생은 일찍부터 신교육의 필요성을 깨닫고 그 장손 홍량을 일본에 유학케 하였다. 한번은 양산학교가 경영난에 빠졌을 때에 이름 없이 벼 1백 석을 기부한 사람이 있었는데, 알고 보니 김효영 선생이었다. 선생은 아들이나 조카에게도 그 사실을 알리지 않고 학교를 도왔던 것이다.

나는 선생의 아들이나 조카들과 비슷한 나이였다. 그런데도 선생은 며칠에 한 번씩 정해놓고 내 집 문전에 와서,

"선생님, 편안하시오?"

하고 문안을 하였다. 이것은 자손의 스승을 존경하는 성의를 몸소 보이시는 것이었다. 선생이 그러므로 자식과 조카들이 나를 대하는 것은 더할 나위 없었다. 또한 선생은 애국자라면 누구나 공대하셨다.

교육에 종사한 이래로 성묘도 못 가고 있다가 여러 해 만에 해주 본

향에 갔었는데, 많은 변화가 있었다. 첫째로 감개무량한 것은 나를 알아주고 귀여워해주시던 노인들이 많이 세상을 떠났고, 지난 날 어린 아이들이 이제는 다 큰 어른이 된 것이었다. 그러나 기가 막히는 것은 지금 어른 된 사람들이 아무런 지식이나 깨달음도 없다는 사실이었다. 그렇기 때문에 그들은 나라가 어떤 사정에 처해 있는지도 모르고 있었다.

예전에 양반이라는 사람들도 찾아보았으나 다들 정신을 차리지 못하고 혼몽한 상태에 있었다. 자녀들을 학교에 보내라고 권하면 머리를 깎으니 못 보낸다고 하였다. 나에게는 전과 같이 뚜렷하게 하대는 못했지만, 말하기 곤란한 듯이 어물어물 하였다. 상놈은 여전히 상놈이요, 양반은 양반이라는 생각을 버리지 못하고 있는 것이었다.

고향에 와서 이렇게 실망스런 일들이 많은 중에 나를 기쁘게 한 일도 있었다. 그것은 준영 계부께서 이제는 나를 자랑스럽게 생각하시고 믿으신다는 것이었다. 항상 나를 집안을 망칠 난봉꾼으로 아시다가 내가 장련에서 오 진사의 신임과 존경을 받는 것을 보시고 부터는 나를 지극히 사랑하신 것이다.

나는 본향 사람들을 모아놓고 내가 가지고 온 환등을 돌려 보이면서 목청껏 소리쳤다.

"양반도 깨어라, 상놈도 깨어라! 삼천리강토와 2천만 동포에게 충성을 다하라!"

나는 열성으로 교육의 필요성을 역설하며 계몽에 힘썼지만, 대부분의 양반들에게는 '쇠귀에 경읽기'였다.

안악에서 하계 사범 강습소를 마치고 나서 양산학교를 크게 확장하여 중학부와 소학부를 두게 되었다. 김홍량이 교장이 되어 교무를 맡아보고, 나는 최광옥 등 교육자와 힘을 합쳐 '해서교육총회'를 조직하고, 내가 그 학무총감이 되었다. 황해도내에 학교를 많이 설립하고 세운 학교를 잘 경영하도록 선도하는 것이 내 직무였다. 나는 이 사명을 가지고 도내 각 군을 순회하는 길에 올랐다.

배천 군수 전봉훈의 초청을 받았다. 읍에 못 미쳐 있는 오리정에 군내 각 면의 주민들이 나와서 대기하다가 내가 당도하니 군수의 선창으로,

"김구 선생 만세!"

이렇게 나를 부르자 일동이 따라서 불렀다. 나는 몹시 놀라고 당황하여 손으로 재빨리 군수의 입을 막았다.

"군수께서 무슨 망발이오, '만세'는 황제에게만 부르는 전용 축사가 아니오? 황태자에게도 '천세千歲'라고밖에 못 부르는데 일개 서민인 내게 만세가 왠 말이오? 썩 멈추시오."

그러자 군수는 빙그레 웃으면서 내 손을 꽉 잡았다.

"김 선생, 안심하시오. 이제 개화시대가 아닙니까? 지금은 친구간의 송영에 만세를 불러도 죄가 되지 않습니다. 그러니 영접하는 여러분과 인사나 나누시오."

그날 밤 나는 군수의 사저에 묵으면서 각 면 유지들과 만나 교육 시

설 방침을 협의했다.

전봉훈은 본래 재령 아전 출신으로 해주에서 총순으로 오래 있을 동안 교육에 많은 힘을 기울였다. 해주 정내학교正內學校를 설립하여 야학을 권장할 때 그는 각 전방에 명령하여 사환 아이들을 야학에 보내게 했다. 만일 안 보내면 주인을 처벌하는 등의 방법을 써서 교육에 많은 업적을 남겼다.

그의 외아들은 일찍 죽었다고 하는데, 장손 무길이 대여섯 살 정도 되어 보였다. 전 군수는 대단히 의지가 굳은 사람이었다. 그 당시 왜놈들은 수비대·헌병대를 각 군에 주둔시켜 거의 모든 군이 관아를 왜놈의 수비대 및 헌병대에게 빼앗겼다. 그러나 전 군수는 완강히 거절하여 관아를 뺏기지 않았다. 이 때문에 왜놈들의 미움을 받았으나 그는 벼슬자리를 탐내어 뜻을 굽힐 사람이 아니었다.

전 군수는 최광옥을 초빙하여 사범 강습소를 설치하고 강연회를 개최하여 민중에게 애국심을 고취하였다. 최광옥은 배천 읍내에서 강연을 하는 도중에 피를 토하고 죽었다. 황해도와 평양의 인사들이 그의 공적을 사모하고 뜻과 재주를 아껴서 사리원에 큰 기념비를 세우기로 하여 평양 안태국에게 비석을 만드는 일을 맡겼다. 그러나 한일 합병 조약이 조인되었기 때문에 중지하고 말았다. 최광옥의 유골은 배천읍 남산에 묻혔다.

나는 배천을 떠나 재령 양원학교養元學校에서 유림을 소집하여 교육의 필요성과 계획을 말하고 장련으로 갔다. 그때 장련 군수의 청으로 읍내와 각 면을 순회하고, 송화 군수 성낙영의 간청으로 몇 해 만에 송화읍을 찾아갔다. 이곳은 해서의 의병을 토벌하던 요지였다. 그러므로 읍내에 왜놈의 수비대·헌병대·경찰서·우편국 등의 기관이 들어서 있었고, 관사는 전부 그런 것에 점령당했으므로 정작 군수는 사가를 빌어서 사무를 보고 있었다. 나는 분한 마음에 머리카락이 곤두설 지경이었다.

환등회를 열자 남녀 청중이 무려 수천 명이 모였다. 군수 성낙영, 세무서장 구자록을 위시하여 각 관청의 관리며 왜놈의 장교와 경관들도 많이 출석하였다. 나는 대황제 폐하의 진영을 뫼셔오라하여 강단 정면에 봉안했다. 그런 다음 일동 기립 국궁을 명하고 왜의 장교들까지 다 국궁을 시켰다. 이렇게 하니 벌써 무언중에 장내에는 엄숙한 기운이 돌았다.

나는 '한인이 배일하는 이유가 무엇인가'하는 연제로 일장의 연설을 하였다.

안중근 의거와 김구의 항일 투옥

과거 청일, 러일 두 전쟁 때에 우리는 일본에 대하여 신뢰하는 감정이 두터웠다. 그 후에 일본이 강제로 우리나라 주권을 침해하는 조약을 맺음으로 우리의 감정이 악화되었다. 또 왜군이 민가에 함부로 들어가 만행을 일삼고 닭이나 달걀을 빼앗아가는 약탈 행동을 하므로 우리는 배일을 하게 된 것이니, 이것은 일본의 잘못이요, 한인의 책임이 아니라고 탁상을 두드리며 나는 외쳤다.

자리를 돌아보니 성낙영·구자록은 낯빛이 흙빛이요, 일반 청중의 얼굴에는 감정이 솟구치는 빛이 완연하고 왜인의 눈에는 노기가 등등하였다.

이 때 갑자기 경찰이 환등회를 해산하고 나를 경찰서로 데려갔다. 경찰서에 끌려간 나는 한인 감독 순사 숙직실에 구류되었다. 그러자 각 학교 학생들의 위문대가 뒤를 이어 밤이 새도록 나를 찾아왔다.

이튿날 아침에 하얼빈 전보라 하여 '이등박문'이 '은치안'이라는 한인의 손에 죽었다는 신문 기사를 보았다. '은치안'이 누구일까 하고 궁금하게 생각했는데, 이튿날 신문으로 그것이 안응칠安應七(안중근의 자가 응칠)인 줄 알았다. 십 수 년 전 내가 청계동에서 보던 총 잘 쏘던 소년을 회상하였다.

나는 내가 구금된 것이 안중근 사건과 연관되어 있다는 것을 알고 쉽게 풀려나지 못할 것이라 생각했다. 한 달이나 지난 후에 나를 불러내어서 몇 마디를 묻고는 해주 지방법원으로 압송되었다. 수교水橋장을 지날 때 감승무의 집에서 점심을 먹었다. 이 때 시내 학교의 교직원들이 교육 공로자인 나를 위하여 한턱의 위로연을 베풀게 하여달라고 호송하는 왜놈 순사에게 청했다. 그러나 왜놈 순사는 내가 해주에 갔다가 돌아오는 길에 하는 것이 좋지 않겠느냐고 하면서 허락하지 않았다.

나는 곧 해주 감옥에 수감되었다. 이튿날 검사정에 불려 안중근과 나와의 관계에 대한 질문을 받았다. 나는 그 부친과 사귀어온 우의가 있을 뿐이지 안중근과는 직접 관계가 없다는 것을 말하였다. 검사는 지난 수년간의 내 행적을 적은 책을 내어놓고 이것저것 신문했다. 그렇지만 결국은 불기소로 방면이 되었다.

나는 감옥에서 나와 박창진의 책사로 갔다. 거기에서 유훈영을 만나 그 아버지 유장단의 회갑연에 참석했다. 이 때 누군가가 귀띔을 했다. 송화읍에서 나를 호송해올 때 왜놈 순사와 같이 왔던 한인 순사들이 사건의 진행을 알고 싶어서 아직 떠나지 않고 있다는 것이었다.

나는 한인 순사들을 음식점으로 불러 경과를 말하고, 한상 잘 대접하여 돌려보냈다. 그들은 호송 도중 기회만 있으면 왜놈 순사의 눈을 피해 나를 동정했었다.

안악 동지들은 내 일을 염려하여 한정교를 해주로 보냈다. 나는 동지들이 걱정할 것을 생각하고 이승준·김영택·약낙주 등 몇 친구를 방문하고는 곧 안악으로 돌아왔다.

안악에 와서 나는 양산학교 소학부의 유년반을 담임하면서 재령군 북률면의 무상동에 있는 보강학교保强學校의 교장을 겸무하였다. 이 학교는 처음에 가난한 사람들이 힘을 합쳐 설립했는데, 나중에 동네 유지들이 참여하여 학교를 발전시키려고 했다. 그래서 나를 교장으로 초빙한 것이다. 전임 교원으로는 전승근이 있고, 장덕준은 반 교사 반

학생으로 그의 아우 덕수를 데리고 학교 안에서 숙식하고 있었다.

내가 보강학교 교장이 된 뒤에 우스운 일화가 있었다. 그것은 학교에 세 번이나 도깨비불이 났던 것이다. 동네 사람들은 학교를 지을 때에 옆에 있는 고목을 찍어서 불을 때었으므로 도깨비가 불을 놓은 것이니, 이것을 막으려면 부군당에 치성을 드려야 한다고 말하였다. 나는 직원을 명하여 밤에 숨어서 지키라 하였다. 이틀 만에 불을 놓은 도깨비를 현장에서 포착하고 보니 동네 서당의 훈장이었다. 그는 학교가 섰기 때문에 서당이 없어져 자기가 직업을 잃은 것이 분하여서 이렇게 학교에 불을 놓은 것이라고 자백하였다.

나는 그를 경찰서에 보내지 않는 대신 동네를 떠나라고 명하였다.

이 지방에는 큰 부자는 없으나 농토가 넓고 비옥하여 다들 가난하지는 않았다. 또 주민들이 다 명민하여서 시대의 변천을 깨닫고 있었다. 그렇기 때문에 일찍이 운수·진초·보강·기독 등의 학교를 세워 자녀들을 교육하는 한편, 농무회를 조직하여 농업의 발달을 도모하는 등 공익사업도 착수하고 있었다.

의사 나석주도 이곳 사람인데, 당시 스물 전후의 청년이었다. 그는 나라의 형세가 날로 나빠지자 그 지방의 소년과 소녀 8~9명을 배에 싣고 비밀리에 중국으로 떠나 교육을 시키려고 했다. 그러나 장련 오리포에서 왜놈 경찰에게 발각되어 여러 달 옥고를 치렀다.

출옥 후에 그는 겉으로는 상업과 농업에 종사하는 것처럼 꾸몄다. 그러나 실제로는 청년들과 소년 소녀들의 교육에 힘쓰면서 독립사상을 고취시키고 있었다. 나는 보강학교를 오갈 때 종종 그와 만나 대화를 나누곤 했다.

하루는 안악서 노백린을 만났다. 그는 그때 육군 정령의 군직을 버리고 고향인 풍천에서 교육에 종사하고 있었는데, 서울로 가는 길이었다. 나는 보강학교로 갈 겸 그와 길동무하여 진초동 김정홍의 집에서 하룻밤을 잤다. 김정홍은 그 동네의 교육가였다.

저녁에 진초학교 직원들도 와서 주연을 벌이고 있는데, 동네가 갑자기 요란해졌다. 주인 김정홍이 놀라며 걱정스러운 얼굴로 설명했다.

"진초학교에 오인성이라는 여교원이 있습니다. 무슨 이유인지 모르나 그의 남편 이재명이 단총으로 오인성을 위협하는 통에 지금은 어느 집에 피신해 있습니다. 그 이재명이 나라 팔아먹는 도적을 모조리 죽인다고 부르짖으면서 총을 마구 쏘므로 동네가 이렇게 소란한 것입니다."

나는 노백린과 상의하여 이재명이라는 사람을 불러왔다. 그는 스물둘이나 셋으로 보이는 청년으로서 눈가에 가득하게 분기를 띠고 들어섰다.

이완용을 찌른 이재명

노백린과 내가 먼저 인사를 하며 앉기를 권하자 그는 자기소개를 하였다.

"저는 이재명입니다. 어려서 하와이에 건너가서 공부하다가 우리나라가 왜놈들에게 강점되었다는 말을 듣고 매국노 이완용을 죽이기 위해 두어 달 전에 귀국했습니다."

"그런데 왜 동네에서 총을 쏘며 소란을 피우는가?"

노백린의 말에 이재명은 분노에 찬 음성으로 대답했다.

"제 아내가 저의 의기와 충절을 이해하지 못하기 때문입니다. 제 아내는 신교육을 받았지만 나라의 일에는 무관심합니다. 나라야 망하건 말건 내 가정만 편하면 된다는 사고방식을 가지고 있기에 그 썩어빠진 생각을 고쳐주려고 소란을 부렸던 것입니다."

이재명은 그 말을 끝낸 뒤에 품속에서 단총 한 자루와 이완용 등의 사진을 꺼냈다.

그러나 나는 이 사람이 장차 서울 북달은재에서 이완용을 단도로 찌른 의사 이재명이 될 사람이라고는 생각지 못하고 한 헛된 열기에 들뜬 청년으로만 보았다. 노백린도 나와 같이 생각한 모양이었는지 이재명의 손을 붙잡고 이런 말을 했다.

"그대의 뜻은 참으로 장하네. 그러나 큰일을 하려는 사람이 큰일을 할 무기를 가지고 연약한 부인을 위협해서 동네를 소란스럽게 해서야 되겠는가. 내가 보기에는 그대의 수양이 부족한 것 같네. 그러니 수양을 더 쌓고 동지가 될 사람을 더 사귄 후에 큰일을 도모하게."

이렇게 말하면서 노백린은 이재명에게 총과 칼을 달라고 했다. 그러자 이재명은 노백린과 나를 번갈아 눈여겨보다가 총과 칼을 주었다. 그러나 얼굴에는 불만이 가득 차 있었다.

노백린이 사리원 역에서 기차를 타고 막 떠나려 할 때였다. 그 순간 이재명이 나타나서 노백린에게 맡긴 물건을 도로 달라고 하였다. 노백린은 웃으면서 손을 저었다.

"서울에 와서 찾으시오."

그와 동시에 기차가 출발했다. 이재명은 멀어져가는 기차를 보고 발을 동동 구르며 화를 내고 있었다.

그 후 한 달이 못 되어 이재명은 동지 몇 사람과 서울에 들어와 군밤장수로 변장하고 천주교당에 다녀오는 이완용을 인력거꾼과 함께 찌른 것이었다. 인력거꾼은 죽고 이완용은 살아나고, 이재명과 그 동지들은 체포되었다는 기사가 신문에 게재되었다.

그 기사를 읽고 나는 가슴을 치며 후회했다. 이재명이 단총을 사용했으면 이완용을 죽였을 것이 확실한데, 공연히 노백린과 내가 단총을 빼앗아서 성공하지 못했다는 생각이 들었다.

나라의 명맥이 경각에 달렸으나 국민 중에는 나라 망하는 것이 무엇인지도 모르는 이가 많았다. 이에 깨달은 지사들이 한데 뭉쳐 못 깨달은 동포를 깨우쳐서 다 기울어진 국운을 되살리려는 큰 비밀운동이 일어났다. 바로 신민회였다.

모질고 처참한 독립운동가들

안창호의 신민회 조직

도산 안창호는 미국에서 돌아와 평양에 대성학교를 세웠다. 청년교육에 힘쓰는 한편 양기탁·안태국·이승훈·전덕기·이동녕·주진수·이갑·이종호·최광옥·김홍량 등과 기타 몇 사람을 중심으로 하고 4백여 명으로 신민회를 조직하여 훈련 지도를 했다. 그러다가 안창호는 용산 헌병대에 수감되기도 했다.

합병이 된 뒤에는 소위 요주의 인물을 일망타진할 것을 미리 알았음인지, 안창호는 장련군 송천에서 비밀리에 블라디보스톡으로 가고 이종호·이갑·유동열 등 동지도 뒤를 이어서 압록강을 건넜다.

그 무렵 서울에서 양기탁의 이름으로 비밀회의를 연다는 통지를 받고 나도 출석하였다. 양기탁의 집에 모인 사람은 주인 양기탁과 이동녕·안태국·주진수·이승훈·김도희와 그리고 나 김구였다.

이날의 비밀회의에서는 왜놈들이 서울에 총독부를 두었으니 우리도 서울에 도독부를 두고 각 도에 총감이라는 대표를 두어 국맥을 이어서 나라를 다스리게 한다. 또한 만주에 이민 계획을 실시함과 아울러 무관학교를 창설하여 광복전쟁에 쓸 장교를 양성한다.

그렇게 결정하고 각 도 대표를 선정했다. 황해도에 김구, 평안남도에 안태국, 평안북도에 이승훈, 강원도에 주진수, 경기도에 양기탁이 그 대표였다. 이 대표들은 급히 맡은 지방으로 돌아가서 황해, 평남, 평북은 각 15만원, 강원은 10만원, 경기는 20만원의 자금을 15일 이내로 마련하여 준비하기로 결정하였다.

나는 경술년 11월 1일 아침 차로 서울을 떠났다. 양기탁의 친아우 인탁이 재령 재판소 서기로 부임하는 길이었기 때문에 그들 부부와 함께 기차를 탔지만, 그는 우리의 비밀계획을 모르고 있었다. 부자와 형제간에도 필요 없이는 비밀을 누설하지 않는 것이 우리들의 약속이었다.

사리원에서 인탁과 작별하고 안악으로 돌아와 김홍량에게 이번 비밀회의에 결정된 것을 말하였다. 김홍량은 그대로 실행하기 위하여 자기의 가산을 팔았다. 그리고 신천 유문형 등 이곳 고을 동지들에게도 비밀리에 이 뜻을 알렸다. 장련의 이명서는 우선 그 어머니와 아우 명선을 서간도로 보내기로 했는데, 나중에 들어가는 동지들을 맞이하기 위한 준비였다. 그들이 안악에 도착하자 내가 인도하여 출발시켰다. 이렇게 우리 일은 착착 진행 중에 있었다.

어느 날 밤중에 안중근의 사촌 동생인 안명근이 양산학교 사무실로 나를 찾아왔다. 그는 내가 서울 가 있는 동안에도 찾아왔었다고 했다. 나를 찾은 까닭을 묻자 그가 말했다.

"독립운동 자금이 필요하오. 그래서 각 군의 부호들에게 도움을 청했더니 도와준다는 말을 하면서도 선뜻 돈을 내놓지 않고 있소. 그래서 나는 안악읍의 부호 몇을 육혈포로 위협할 계획이오. 그렇게 하면 다른 사람들의 본이 되어 자금이 쉽게 걷힐 것이오. 그러니 형이 좀 응원해 주시오."

이것은 지금 우리가 진행하고 있는 사업과는 상관이 없었다. 안명근이 독자적으로 하는 일이었으므로, 나는 그에게 돈을 가지고 할 일이 무엇인가를 물었다.

안명근이 눈빛을 빛내며 말했다.

"자금이 모이면 동지들을 규합하여 황해도내의 전선과 전화를 끊어 각지에 있는 왜적들이 서로 연락하는 것을 막아놓겠소. 그런 다음 각 군에 산재한 왜놈들을 각기 그 군에서 죽이라는 명령을 내리면 왜놈들은 꼼짝 못할 것이오. 설령 다른 지방에 있는 왜병의 지원이 있더라도 5일은 걸릴 것이오. 그러니 그 동안에 우리는 실컷 원수를 갚을 수 있소. 내 계획이 어떻소?"

나는 안명근이 복수의 일념에 불타 무모한 계획을 세우고 있다고 생각하며 그의 손을 잡고 목소리를 낮췄다.

"내 생각으로는 형이 여순사건에 격분하여 그런 계획을 세운 것 같소. 물론 형의 사촌형 중근이 처형당한 것을 생각하면 충분히 그럴 수도 있소. 그러나 우리의 독립은 그런 일시적 원통함을 푸는 것만으로 되는 것이 아니오. 설령 형의 말대로 5일간 황해도 일대를 자유천지로 만든다 해도 그것은 금전보다 동지들의 결속이 더 필요하오. 대체, 형은 동지 될 사람을 몇이나 얻었소?"

"현재 나의 절실한 동지는 몇 십 명에 불과하오. 그러나 형이 도와만 준다면 동지를 모으는 일이 어렵지 않을 것이오. 꼭 나를 도와주시오."

이렇게 간곡히 부탁하는 안명근을 나는 극구 만류했다.

"우리는 장차 왜적과 대규모 전쟁을 해야 하오. 그러기 위해서 지금은 인재를 양성하여 힘을 키워야 할 때요. 부디 분기를 인내하시오. 우리 함께 큰일을 위해 젊은이들을 서간도로 보내 군사교육을 시키는데 노력합시다."

내 말을 듣고 그도 그렇다고 수긍을 했다. 그러나 자기의 생각과 같지 않은 것에 불만을 품고 돌아갔다.

그런 일이 있은 지 며칠 후 안명근이 사리원에서 잡혀 서울로 압송되었다는 것이 신문으로 전해졌다.

해가 바뀌어 신해년 정월 초 닷 새날 새벽, 내가 아직 기침도 하기 전에 왜놈 헌병 하나가 내 숙소인 양산학교 사무실로 찾아왔다. 그는 헌병 소장이 잠깐 만나자 한다 하고 나를 헌병 분견소로 데리고 갔다.

가보니 벌써 김홍량·도인권·이상진·양성진·박도병·한필호·장명선 등 양산학교 직원들이 하나씩 하나씩 불려왔다.

헌병 소장은 경무총감부의 명령이라 하고 곧 우리를 구류하였다가 2~3일 후에 재령으로 보냈다. 재령에서 또 우리를 끌어내어 사리원으로 보내더니 거기서 서울 가는 차를 태웠다. 같은 차로 잡혀가는 사람들 중에는 송화 반정의 진사 신석충도 있었으나, 그는 재령강 철교를 건널 적에 차창으로 몸을 던져서 자살하고 말았다.

신 진사는 해서의 유명한 학자요, 또 자선가였는데, 그 아우 석제도 진사였다. 한번 내가 신석제를 찾아갔을 때에 그 아들 낙영과 손자 상호가 동구까지 마중 나왔다. 그때 내가 모자를 벗어서 인사하였더니 그들은 황망히 갓을 벗어서 답례한 일이 있다.

또 차주에서 이승훈을 만났다. 그는 잡혀가는 것은 아니었으나 우리가 포박되어 가는 것을 보고 차창 밖으로 고개를 돌리고 눈물을 흘렸다. 차가 용산역에 닿았을 때(그때에는 경의선도 용산을 지나서 서울로 들어왔었다.) 형사 하나가 뛰어 올라와서 이승훈을 보고,

"당신 이승훈씨 아니오?"

하고 물었다. 그렇다 한즉 그 형사 놈이,

"경무총감부에서 영감을 부르니 좀 갑시다."

하고 차에서 내리자마자 우리와 같이 결박을 지어서 끌고 간다. 후에 알고 보니 황해도를 중심으로 다수의 애국자가 잡힌 것이었다. 이것은 왜가 한국을 강제로 빼앗은 뒤에 그것을 아주 제 것으로 만들어

볼 양으로, 우리나라의 애국자인 지식계급과 부호를 모조리 없애버리려는 계획의 시작이었다.

한꺼번에 숱한 애국자를 잡아들이다보니 감옥이 부족했다. 그래서 그들은 창고 같은 건물을 벌의 집 모양으로 칸을 막아서 임시 유치장을 만들어 놓고 우리를 잡아 올린 것이었다.

잡혀온 사람은 황해도에서 안명근을 비롯하여, 신천에서 이원식·박만준·신백서·이학구·유원봉·유문형·이승조·박제윤·배경진·최중호, 재령에서 정달하·민영룡·신효범, 안악에서 김홍량·김용제·양성진·김구·박도병·이상진·장명선·한필호·박형병·고봉수·한정교·최익형·고정화·도인권·이태주·장응선·원행섭·김용진 등이요, 장련에서 장의택·장원용·최상륜, 은율에서 김용원, 송화에서 오덕겸·장홍범·권태선·이종록·감익룡, 장연에서 김재형, 해주에서 이승준·이재림·김영택, 봉산에서 이승길·이효건, 그리고 배천에서 김병옥, 연안에서 편강렬 등이었고, 평안남도에서는 안태국·옥관빈, 평안북도에서는 이승훈·유동열·김용규의 형제가 붙들리고, 경성에서는 양기탁·김도희, 강원도에서 주진수, 함경도에서 이동휘가 잡혀와서 다들 유치되어 있었다. 나는 이동휘와는 안면이 없었으나 유치장에서 명패를 보고 그가 잡혀온 줄을 알았다.

나는 생각했다. 평시에 나라를 위하여 십분 정성과 힘을 쓰지 못한 죄로 이 벌을 받는 것이라고. 이제 와서 내게 남은 일은 고 선생의 훈계대로 사육신과 삼학사를 본받아 죽어도 굴하지 않는 것뿐이라고 결심하였다.

신문이 아닌 고문 또 고문

신문실에 끌려 나가는 날이 왔다. 신문하는 왜놈이 나의 주소, 성명 등을 묻고 나서 소리쳤다.

"네가 어찌하여 여기 왔는지 아느냐?"

나는 눈을 부릅뜨고 대답했다.

"잡아오니 끌려왔을 뿐이다. 이유는 모른다!"

그러자 더 이상 묻지 않고 내 수족을 결박하여 천장에 매달았다. 처음에 고통을 깨달았으나 차차 정신을 잃었다가 다시 정신이 들어보니, 나는 고요히 겨울 달빛을 받고 신문실 한구석에 누워 있었다. 얼굴과 몸에 냉수를 끼얹는 감각뿐이요, 그 동안에 무슨 일이 있었는지 기억이 전혀 없었다.

내가 정신을 차리는 것을 보고 왜놈은 나와 안명근과의 관계를 물었다.

"나는 안명근과 서로 아는 친구이다. 그러나 같이 일한 적은 없다."

"뭐라구? 바른대로 실토하지 못하겠단 말이냐!"

그놈은 와락 성을 내며 다시 나를 묶어 천장을 매달고, 세 놈이 돌아가며 막대기로, 단장으로 수없이 내 몸을 후려갈겼기 때문에 나는 또 정신을 잃었다. 세 놈이 나를 끌어다가 유치장에 누일 때에는 벌써 훤하게 날이 밝아 있었다. 어제 해질 때에 시작한 신문이 오늘 해가 뜰 때까지 계속된 것이었다.

처음에 내 성명을 묻던 왜놈이 밤이 새도록 쉬지 않는 것을 보고, 나는 그놈들이 어떻게 제 나라의 일에 충성하고 있는가를 보았다. 왜놈들은 이미 먹은 나라를 삭히려고 밤을 새고 있는 것이었다. 그런데 나는 내 나라를 찾으려는 일로 몇 번이나 밤을 새웠던가를 생각하니 부끄러움을 금할 수가 없었다. 참으로 부끄러웠다. 흡사 발가벗고 바늘방석에 누운 것처럼 마음이 아팠다. 지금까지는 스스로 애국자인 줄 알고 있던 나도 기실 망국민의 근성을 가진 것이 아닌가 하니 눈물이 눈에 넘쳤다.

이렇게 악형을 받는 것은 나뿐만이 아니었다. 옆방에 있는 김홍량·한필호·안태국·안명근 등도 신문을 받으러 끌려 나갈 때에는 기운 있게 제 발로 걸어 나갔다가 왜놈의 혹독한 고문을 받고 유치장으로 돌아올 때에는 언제나 반죽음이 다 되어 있었다. 그것을 볼 때마다 나는 치미는 분함을 누를 길이 없었다.

한 번은 안명근이 소리소리 지르면서,

"이놈들아, 죽일 때에 죽이더라도 애국 의사의 대접을 이렇게 한단 말이냐?"

하고 호령하는 사이사이에,

"나는 내 말만 하였고 김구·김홍량 들은 관계가 없다고 하였소."

하는 말을 끼워서 우리의 귀에 넣었다.

우리들은 감방에서 다른 방과 서로 통화하는 방법을 찾아냈다. 그래서 누가 신문을 당하고 그 내용을 각 방에 비밀리에 전달하여 거기에 대한 대책을 세우곤 했다. 그리고 아무쪼록 동지의 희생을 적게 하기로 결의했다.

왜놈들은 신문이 진행됨에 따라 우리가 비밀리에 통화하고 있다는 것을 눈치 챘다. 그것은 모두의 진술이 일치되기 때문이었다. 그러자 우리 중에서 한순직이란 자를 살살 꾀어 밀정으로 삼았다. 어느 날 양기탁이 밥을 받는 식구통에 손바닥을 대고 우리의 비밀한 통화를 한순직이가 밀고하니 이후로는 통방을 폐하자는 뜻을 손가락 필담으로 전하였다.

과연 센 바람을 겪고야 단단한 풀인 줄을 알 것이었다. 안명근이 한순직을 내게 소개할 때는 그는 용감한 청년이라고 칭찬했었는데, 그 꼴이었다. 어찌 한순직뿐이랴, 최명식도 악형을 못 이겨서 없는 소리를 자백하였으나 나중에 후회하여 긍허兢虛라고 호를 지어서 평생 동안 자책하였다. 그때의 형편으로 보면 내 혀끝이 한 번 움직이는 데 몇 사람의 생명이 달렸으므로 나는 단단히 결심을 하였다.

하루는 또 불려나가서 내 평생의 지기가 누구냐 하기로 나는 서슴지 않고 대답했다.

"오인형이 내 평생의 지기다."

다른 사람의 이름을 말한 적이 없던 내 입에서 평생지기의 이름을 말하는 것을 들은 왜놈들은 몹시 반가워하는 낯빛으로, 그 사람은 어디서 무엇을 하느냐고 물었다. 나는 천연덕스럽게,

"오인형은 장련에서 살았으나 연전에 죽었다."

하고 말하며 냉소했다. 그러자 그놈들이 화가 치미는지 또 내가 정신을 잃도록 악형을 하였다.

한번은 학생 중에는 누가 가장 너를 사모하더냐 하는 질문에 나는, 무심코 내 집에 와서 공부하고 있는 최중호의 이름을 말했다. 그러나 이내 내 혀를 물어 끊고 싶을 만큼 후회했다. 젊은 것이 또 잡혀 와서 경을 치겠다고 저리도록 아픈 가슴으로 얼마 뒤에 밖을 바라보니, 언제 잡혀왔는지 반쯤 죽은 최중호가 왜놈에게 끌려 지나가는 것이 보였다.

진고개 끝 남산 기슭에 있는 소위 경무총감부에서는 밤이나 낮이나 도살장에서 소나 돼지를 때려잡는 소리가 끊임없이 들렸다. 이것은 우리 애국자들이 왜놈에게 악형을 당하는 소리였다.

하루는 한필호 의사가 신문을 당하고 돌아오는 길에 겨우 머리를 들어 식구통으로 나를 들여다보면서 힘겹게 말했다.

"모두 부인했더니 지독한 악형을 받아서 나는 죽습니다."

"그렇게 낙심 말고 물이나 좀 자시오."

내가 위로하자 한 의사는 고개를 내저었다.

"인제는 물도 먹을 필요가 없습니다."

그 후 소식을 몰랐는데, 공판 때에야 비로소 한필호 선생이 순국하

신 것을 알았다.

하루는 최고 신문실이라는 데로 나는 끌려갔다. 거기서 생각지도 않았던 왜놈을 만나게 되었다. 17년 전 내가 인천 경무청에서 신문을 당할 때에 방청석에 앉았다가 내가 호령하는 바람에 '칙쇼 칙쇼'하고 뒷방으로 피신하던 '와타나베' 순사놈이 나를 신문하려고 기다리고 있었던 것이다. 그를 보는 순간 나는 '원수는 외나무다리에서 만난다.'는 속담이 부지중에 생각났다. 그놈은 전과 달리 검은 수염을 길게 기르고 있었다. 낯바닥에는 약간 노쇠한 빛이 보였으나, 이제는 경무총감부의 기밀과장으로 경시의 제복을 입고 있었기 때문인지 위엄이 있어 보였다.

와타나베 놈은 나를 보자마자 차갑게 소리쳤다.

"내 가슴에는 엑스 광선이 있어서 네 평생의 역사와 가슴속에 품은 비밀은 소상히 다 알고 있다. 그러나 추호도 숨김없이 자백하면 그만이지만, 만일에 조금이라도 숨긴다면 이 자리에 살아 돌아갈 생각을 말아라."

그러나 이 와타나베 놈의 엑스 광선은 내가 17년 전의 인천 감옥의 김창수인 줄은 모르는 모양이었다. 연전 해주 검사국에서 검사가 보고 있던 〈김구金龜〉라는 책에도, 내가 치하포에서 왜놈 장교를 죽인 것이나 인천 감옥에서 사형 정지를 받고 탈옥 도주한 것은 적혀 있지 않았던 것과 같이, 이번 사건의 내게 관한 기록에도 그것은 없었던 모양이었다.

생각해 보니 내 일을 일러바치는 한인 형사와 정탐들도 이 일만은 빼고 보고한 모양이었다. 그들이 비록 왜놈들의 수족이 되어서 충견 노릇을 한다 하더라도 역시 마음 한구석에는 한인의 혼이 남아 있는 것이라고 나는 생각하였다.

와타나베 놈이 나의 경력을 묻자 나는 대답했다.

"어려서는 농사를 짓다가 근년에 종교와 교육 사업을 하고 있다. 모든 일을 내놓고 하고 숨어서 하는 것이 없으며, 현재에는 안악 양산학교의 교장으로 있다."

와타나베 놈은 와락 성을 내며 소리쳤다.

"네놈이 종교와 교육에 종사한다는 것은 껍데기에 불과하다. 속으로는 여러 가지 큰 음모를 꾸미고 있는 것을 내가 소상히 다 알고 있다. 네놈은 안명근과 공모하여 총독을 암살할 음모를 하고, 서간도에 무관학교를 설치하여 독립운동을 준비하려고 부자의 돈을 강탈했다. 이와 같은 사실을 숨긴다고 숨겨질 줄 알았더냐! 호되게 경을 쳐야 바른대로 실토할 모양이구나!"

와타나베는 인상을 험악하게 쓰고 채찍을 흔들어 보이면서 엄포를 놓았다.

이에 대하여 나는 안명근과는 전혀 관계가 없고 서간도에 이민하려는 것은 사실이나 이것은 가난한 농민에게 생활의 근거를 만들어 주자는 것뿐이라고 답변했다. 그런 다음 말머리를 돌렸다.

"지방 경찰의 도량이 좁고 의심이 너무 많다. 걸핏하면 베일이니 어쩌니 하는 통에 교육 사업에도 방해가 많고 백성들도 생업에 지장을 받는다. 그러니 지방 경찰을 주의시켜 우리 같은 사람들이 교육이나 잘하도록 해주라. 그리고 개학기가 이미 지났으니 속히 가서 학교일을 보게 해달라."

그러자 와타나베 놈은 악형을 가하지 않고 나를 유치장으로 돌려보냈다.

그러고 보니 와타나베 놈은 내가 김창수라는 것을 전혀 모르고 있는 것이 확실했다. 그렇다 하면 내 과거를 소상히 잘 아는 형사들이 그 말을 하지 않은 것도 분명했다. 나는 기뻤다. 나라는 망하였으나 민족은 망하지 않았다고 생각되었기 때문이었다. 왜놈의 경찰에서 형사질을 하는 한인의 마음에도 애국심은 남아 있으니 우리 민족은 결코 망하지 않으리라 믿고 기뻐했다. 형사들까지도 나를 조금이나마 도와주고 있으니 나로서는 최후의 일각까지 동지를 위하여 싸우고, 원수의 요구에는 절대 응하지 않으리라 다짐했다.

그리고 김홍량은 나보다 활동할 능력도 많고 인물의 품격도 높으니 나를 희생하여서라도 그를 살리리라 결심했다. 그리하여 악형을 당할 때에도 내게 불리하면서도 그에게 유리하게 답변했다. 그때 나는 김홍량에게 이 뜻을 전하기 위해 이렇게 중얼거리곤 했다.

거북龜(김구)은 진흙 속에 있으며龜沒泥中

기러기鴻(김홍량)는 바다 위를 나르라鴻飛海外.

일곱 번 신문에 와타나베의 것을 제하고 여섯 번은 번번이 악형을 당하여서 정신을 잃었다. 그러나 악형을 받고 유치장으로 끌려 돌아올 때마다 나는,

"나의 목숨은 너희가 빼앗아도 나의 정신은 너희가 빼앗지 못하리라."

하고 소리 높여 외쳐서 동지들의 마음이 풀어지지 않도록 하였다. 내가 그렇게 떠들면 왜놈들은 이렇게 위협했다.

"나쁜 말이 해소데 다다쿠('다다쿠'는 때린다는 뜻)."

나에 대한 제8회 신문은 과장과 각 주임경시 7~8명 배석한 가운데 열렸다.

"네 동료들은 거의 자백을 하였는데, 네놈 한 놈이 자백을 않으니 참으로 어리석고 완고한 놈이다. 네가 아무리 입을 다물고 말을 않는다고 해도 다른 놈들의 실토에서 나온 네놈의 죄가 숨겨지겠느냐 생각해 보아라. 새로 토지를 매수한 지주가 밭에 걸리적거리는 돌멩이를 추려내지 아니하고 그냥 둘 것 같으냐. 그러니 똑바로 말을 하면 그만이지만 계속 고집하면 이 자리에서 네놈을 때려죽일 터이니 그리 알아라."

그 말에 나는 눈을 부릅뜨고 소리쳤다.

"오냐 이제 잘 알았다. 내가 너희가 새로 산 밭의 돌이라면 그것은 맞다. 너희가 나를 돌로 알고 파내려는 수고보다 파내이는 내 고통이 심하다. 그래서 너희들의 손을 빌 것이 없이 내 스스로 내 목숨을 끊겠

으니 똑똑히 보아라."

나는 머리를 옆에 있는 기둥에 세차게 들이받고 정신을 잃었다.

고문보다 더한 회유

여러 놈들이 인공호흡을 하고 냉수를 끼얹어서 나는 다시 정신이 들었다. 그러자 한 놈이 능청스럽게도 이런 말을 했다.

"김구는 조선인 중에 존경을 받는 인물이니 이같이 대우하는 것은 적당하지 않소. 본관이 한번 대화를 해보겠으니 허락해 주시오."

그러자 과장이 승낙했다. 승낙을 받은 그놈이 나를 제 방으로 데리고 가더니 담배도 주고 말도 좋은 말을 쓰는 등으로 대우가 융숭했다. 그놈은 간사하게 웃으며 말했다.

"나는 황해도에 출장하여 김 선생의 온갖 행동을 낱낱이 조사했소. 김 선생이 월급을 받건 못 받건 한결같이 교육사업에 열성을 보였다는 말을 듣고 감격했소. 또한 일반 민중의 여론을 들어도 정직한 사람이라는 것을 알 수 있었소. 김 선생, 그런 선생을 경무총감부에서 몰라보고 악형을 가한 모양인데, 매우 유감이오. 신문을 하더라도 이렇게 할 사람과 저렇게 할 사람이 따로 있는데, 선생 같은 인물에게 악형을 한 것은 큰 잘못이었소. 내가 대신 사과하겠소."

나는 뻔뻔스럽게 듣기 좋은 소리를 하는 그 놈의 얼굴에 침이라도 퉤하고 뱉어주고 싶었다.

왜놈들이 우리 애국자들의 자백을 짜내기 위하여 하는 수단은 대개 세 가지로 구별할 수 있다. 첫째는 악형이요, 둘째는 배고프게 하는 것이요, 그리고 셋째는 회유하는 것이다.

악형은 회초리와 막대기로 전신을 흠씬 두들긴 뒤에 다 죽게 된 사람을 등상 위에 올려 세우고, 붉은 오랏줄로 뒷짐결박을 지워서 천장에 있는 쇠갈고리에 달아 올린다. 그런 다음 발등상을 빼어 버리면 사람이 대롱대롱 공중에 매달리는 것이다. 이 모양으로 얼마동안을 지나면 사람은 고통을 못 이겨 그만 정신을 잃어버린다. 그런 뒤에 사람을 끌러 내려놓고 얼굴과 몸에 냉수를 끼얹으면, 다시 소생하여 정신이 든다. 나는 난장을 맞을 때에 내복 위로 맞으니 덜 아프다 하고 내복을 벗어버리고 맞았다.

그 다음의 악형은 화로에 쇠꼬챙이를 달구어 놓고 그것으로 벌거벗은 사람의 몸을 막 지지는 것이다.

또 다른 악형은 세 손가락 사이에 손가락만한 모난 막대기를 끼우고 그 막대기 두 끝을 노끈으로 꽉 졸라매는 것과 사람을 거꾸로 달고 코에 물을 붓는 방법 등이 있다.

그러나 이러한 악형을 당하면 악을 내어서 참을 수도 있지만, 견디기 어려운 것은 굶기는 벌이다. 밥을 부쩍 줄여 겨우 죽지 아니하리만큼 먹인다. 이리하여 배가 고플 대로 고픈 때에 그놈들은 보란 듯이 눈앞에서 밥을 먹는다. 그 밥의 고깃국과 김치 냄새를 맡을 때에는 미칠

듯이 먹고 싶다. 아내가 나이 젊으니 몸을 팔아서라도 맛있는 음식을 좀 들여 주었으면 좋겠다는 생각까지도 들었다. 그러다가 소스라치게 놀라 나 자신을 수없이 꾸짖기도 했다. 그때마다 박영효의 부친이 옥중에서 섬거적을 뜯어먹다가 죽었다는 말이며, 옛날 소무蘇武가 절모를 씹어 먹으며 19년 동안 한 나라의 절개를 지켰다는 글을 생각했다.

나는 사람의 마음은 배고파서 잃고 짐승의 성품만이 남은 것이 아닌가 하고 자책했지만 실로 배고픈 것은 참기 힘든 형벌이었다.

차입밥! 얼마나 반가운 것인가. 그러나 왜놈들이 원하는 자백을 아니하면 차입은 허락하지 않았다. 참말이나 거짓말이나 저희들의 비위에 맞는 소리로 답변을 해야만 차입을 허락하는 것이다. 나는 끝까지 차입을 못 받았다. 조석 때면 내 아내가 내게 들리라고 큰 소리로,

"김구 밥 가져왔어요."

하고 소리치는 것이 들리나 그때마다 왜놈이,

"깅카메 나쁜 말이 했소데, 사시이레 일이 오브소다."

하고 물리치는 소리가 들렸다. '깅카메'라는 것은 왜놈들이 부르는 내 별명이다.

그러나 배고픈 것보다도 더 견디기 어려운 것이 있는데, 그것은 바로 우대였다.

내가 아내를 팔아서라도 맛있는 것을 실컷 먹고 싶다고 생각할 때에, 경무총감 아카시가 자신의 방으로 나를 불러들여 극진히 우대하였다. 더할 수 없는 낮고 천한 대우에 진절머리가 났던 나에게 이 우대

가 기쁘지 않은 것은 아니었다.

아카시 놈은 정중한 태도와 공손한 말투로 나를 회유했다.

"김 선생, 고생이 많소. 나는 김 선생 같은 인물이 이렇게 고생한 것을 보니 눈물이 다 날 지경이오. 부디 신부민으로 일본에 충성을 표시하시오. 그렇게만 한다면 즉각 총독에게 보고하여 풀려나게 하겠소. 그뿐이 아니오. 일본이 조선을 통치하는 데 순전히 일본인만으로 하는 것이 아니오. 조선 사람 중에도 덕망 있는 인사는 정치에 참여시킬 계획이오. 김 선생같은 충후忠厚한 인물이 이런 시세 추이를 모를 리가 없을 것이오. 그러니 시세에 순응하시오."

아카시 놈은 그런 말을 한 후에 넌지시 안명근 사건에 대한 자백을 강요했다.

나는 아카시에게 말했다.

"당신이 나의 충후함을 인정하거든 내가 처음부터 공술한 것도 믿으시오."

그러자 놈은 점잖은 체모를 지키려고 애썼지만 언짢은 기색을 보이면서 나를 돌려보냈다.

이런 일이 있은 며칠 뒤였다. 나를 불러낸 왜놈이 인상을 험악하게 쓰고 오늘은 자백하지 않으면 당장에 때려죽인다고 소리치며 자기의 방으로 데리고 들어갔다. 그런데 방으로 들어가서는 갑자기 태도가 표변하여 말을 부드럽게 했다.

이놈은 구니토모라는 경시였는데, 편지 한 장을 꺼내들고 지난 일을 이야기했다.

"김 상의 고집도 대단하다. 내가 대만에 있을 때 어떤 대만인 피의자 한 명을 신문한 적이 있었는데, 그 자도 김 상처럼 끝까지 자백하지 않았다. 그런데 검사국에 넘어간 후 일체를 자백했다. 이 편지가 바로 그 내용을 담고 있다. 김 상도 이제는 검사국으로 넘어갈 것인데, 그곳에서는 고집을 부린다고 통하지 않는다. 검사 앞에서는 순순히 자백하는 것이 좋을 것이다. 그래야만 검사의 동정을 받을 수 있다."

그는 이렇게 말한 후에 전화로 국수장국에 고기를 많이 넣어 가져오라고 시켰다. 이윽고 음식이 배달되어 오자 그는 내 앞에 놓고 먹으라고 하였다.

그러나 나는 고개를 흔들었다.

"나를 무죄로 인정한다면 이 음식을 먹겠다. 그러나 계속 죄인취급을 한다면 먹지 않겠다."

이 말에 그놈은 주먹을 쥐었다 폈다 하면서,

"김 상은 한문병자漢文病者이다. 김 상은 나를 동정하지 않고 있지만 나는 김 상을 동정하는 마음이 생겼다. 그래서 변변치 못하나 밥 한끼 대접하는 것이니 식기 전에 들어라."

그래도 나는 계속하여 사양하였더니 구니토모는 웃으면서 한자로 "군의치독부君疑置毒否(그대는 음식에 독을 넣었다고 의심하는가)" 하는 다섯 자를 써 보이며, 이제는 신문도 종결되었고 오늘부터는 사식 차입도 허락한다고 하였다. 나는 독을 넣었다고 의심한 것은 아니라 하고,

그 장국을 받아먹고 내 방으로 돌아왔다. 그날 저녁부터 사식이 들어왔다.

나와 같은 방에 이종록이라는 청년이 있었는데, 따라온 친척이 없어서 사식을 들여줄 사람이 없었다. 내가 밥을 그와 한방에서만 먹으면 그에게 나누어 줄 수도 있겠지만, 사식은 딴 방에 불러내어 먹이기 때문에 그렇게 할 수가 없었다. 다른 사람들이 사식을 먹으러 나갈 때 이종록은 몹시 부러운 표정을 지으며 침을 질질 흘렸다. 그런 모습을 차마 눈뜨고 볼 수가 없었다. 그래서 나는 밥과 반찬을 한 입 잔뜩 물고 방에 돌아와서 제비가 새끼 먹이듯이 입에서 입으로 옮겨 먹였다. 그러나 그것도 단 한끼뿐이었다. 이튿날 나는 종로 구치감으로 넘어갔기 때문이었다.

조작된 신문과 재판

종로 구치감으로 넘어간 나는 독방에 갇혔다. 홀로 갇혀 있으니까 대화할 상대도 없어 무료했지만 모든 것이 총감부보다는 편하고, 거기서 주는 감식이라는 밥도 총감부의 것보다는 훨씬 많았다.

내 사건은 사실대로만 처단한다 하면 보안법 위반으로 징역 2년 정도가 고작일 것이었다. 그렇지만 왜놈들은 안명근 사건에 억지로 끌어 붙이려고 했다.

그러나 나는 확실한 증거가 있었다. 내가 서울 양기탁의 집에서 서간도에 이민을 하고 무관학교를 세울 목적으로 이동녕을 파견할 회의를 한 날짜가 바로 안악에서 안명근·김홍량 등이 부호를 협박하자고 의논한 날과 일치했다. 그러므로 서울에 있던 내가 도저히 안악에서 열렸던 회의에 참석할 수는 없었다. 그렇지만 왜놈들은 안악 양산학교 교직의 아들 이원형이라 하는 14세 되는 어린아이를 협박하여, 내가 그 자리에 참석하는 것을 보았다고 거짓 증언을 시켰다. 그리하여 나를 안명근 사건에 옭아 넣은 것이다.

나는 나에 대한 유일한 증인인 이원형 소년이 신문받는 소리를 옆방에서 분명히 들었다.

"너는 안명근과 김구가 그 자리에 있는 것을 보았지?"

하는 신문에 대하여 소년은 겁먹은 소리로 대답했다.

"나는 안명근이라는 사람은 얼굴도 모르고, 김구 선생님은 그 자리에 없었습니다."

그러자 옆에서 어떤 조선 순사가 말했다.

"이 미련한 놈아, 안명근도, 김구도 그 자리에 있었다고만 하면 너의 아버지를 따라 집에 가게 해줄 터이니 시키는 대로 대답해"

꾀는 말에 소년이 냉큼 대답했다.

"그러면 그렇게 할 터이니 때리지 마셔요."

얼마 후 검사 놈이 나를 신문하다가 원형을 증인으로 불렀다.

"양산학교에서 안명근이 김구와 같이 있는 것을 네가 보았느냐?"

검사의 말에 원형은 고개를 푹 숙이고 "네."하고 대답했다.

그 대답이 나오자마자 검사는 원형을 밖으로 내보내게 한 후에 목청을 한껏 높였다.

"이렇게 증인이 있는데도 계속 부인을 하겠느냐?"

나는 어처구니가 없었지만 태연하게 쏘아붙였다.

"듣고 보니 나 자신이 굉장한 인물이다. 한 날 한 시에 5백 리나 떨어진 두 곳의 회의장에 모두 참석했으니 어찌 굉장한 인물이 아니라고 할 수 있겠는가. 어쨌든 수고했다. 5백 리나 떨어진 두 장소에 참석한 김구를 만드느라 매우 수고가 많았다."

이 말에 검사는 얼굴을 붉히며 재빨리 신문이 끝난 것을 선언하였다.

내가 경무총감부에 갇혀 있을 그때 의병장 강기동姜基東도 잡혀와 있었다. 그는 애초에 의병으로 다니다가 귀순 형식으로 헌병보조원이 되어 경기지방에서 복무했다. 그 후 왜놈들이 의병을 검거하여 수십 명의 의병이 일시에 처형당할 운명에 처하게 되었다. 그때 그는 감방문을 열어 의병들을 다 꺼내어놓고, 무기고를 깨뜨려 무기를 꺼내어 일제히 무장했다. 그리하여 경기·충청·강원도 등지로 왜병과 싸우고 돌아다니다가, 안기동이라고 이름을 바꾸고 원산에 들어가 무슨 계획을 짜다가 붙들려온 것이다. 그는 육군 법원에서 사형을 선고받고 총살되었다. 김좌진金佐鎭도 애국운동으로 강도로 몰려 징역을 받고 나와 같은 감방에서 고생을 하였다.

하루는 안악 군수 이모라는 자가 감옥으로 나를 찾아와서 양산학교

교사 및 기구를 공립 보통학교에 내어놓는다는 도장을 찍으라고 하였다. 나는 학교는 관청건물이니 내어놓겠지만 기구는 학교에서 마련한 것이니 사립학교인 안신학교에 기부하겠다고 말했다. 그러나 결국은 학교 전부를 공립보통학교의 소유로 강탈당하고 말았다.

양신학교는 우리들 불온분자들의 학교라 하여 강제로 폐교해버린 것이었다. 그리하여 내가 그렇게 사랑하는 아이들은 목자를 잃은 양과 같이 다 흩어져버렸다. 특별히 손두환과 우기범 두 학생이 생각났다. 재주로나 뜻으로나 특출하였고 어리면서도 망국한을 느낄 줄 아는 이들이었는데, 원수 왜놈들의 채찍 아래서 신음하게 되었으니 원통함을 금할 수가 없었다.

'거북은 진흙 속에 있으며 기러기는 바다 위를 나르라.' 하여 내가 감옥을 나가 해외에서 활동하기를 빌었던 김홍량은 왜놈들의 고문과 회유에 못 이겨 '안명근의 부탁을 받아 신천 이원식에게 권고하였다.' 고 자백했다. 그렇기 때문에 좀처럼 석방되기는 어렵게 되었다.

심혈을 다 바치던 교육사업도 수포로 돌아가고, 믿고 사랑하던 동지도 이제는 살아나갈 길이 망연하니 분하기 그지없었다. 그 무렵 어머니는 안악에 있던 가산을 정리하여 내 옥바라지를 하시려고 서울로 올라오셨다. 내 처와 딸 화경이는 평산 처형네 집에 들렀다가 공판 날 온다고 어머니께서 말씀하셨다.

어머님이 손수 담으신 밥그릇을 열어 밥을 떠 먹으니, 이 밥에 어머님 눈물이 점점이 떨어졌을 것이라는 생각이 들어 목이 메였다. 18년 전 해주에서의 옥바라지와 인천 옥바라지를 하실 때에는 내외분이 고생을 나누기나 하셨지만 이제는 어머님 홀로셨다. 어머님께 도움과 위로를 할 사람은 없는 것이었다.

끝내 실행하지 못한 자살

강도사건 15년 보안법 2년

어느덧 공판 날이 되었다. 죄수를 태우는 마차를 타고 경성 지방 재판소 문전에 다다르니, 어머님이 화경이를 업으시고 아내와 함께 거기 서 계셨다.

우리는 2호법정이라는 데로 끌려들어갔다. 법정 피고석 걸상에 앉은차례는 수석에 안명근, 다음에 김홍량, 셋째로는 나, 그리고는 이승길·배경진·한순직·도인권·양성진·최익형·김용재·최명식·장윤근·고봉수·한정교·박형병 등 모두 열다섯 명이 늘어앉았다. 방청석을 돌아보니 피고인의 친척, 친지와 남녀 학생들이 와 있고, 변호사들과 신문기자들도 배석해 있었다. 한필호 선생이 경무총감부에서 매맞아 별세하고 신석충 진사는 사리원으로 호송되는 도중에 재령강 철교에서 투신자살을 하였단 말을 여기서 들었다.

대강 신문을 끝낸 뒤, 이른바 판결이 내려졌다. 안명근은 종신징역이요, 김홍량·김구·이승길·배경진·한순직·원행섭·박만준 등 일곱 명은 징역 15년(원행섭·박만준은 궐석), 도인권·양성진은 10년, 최익형·김용제·장윤근·고봉수·한정교·박형병은 7년에서 5년으로 논고한 후 판결도 그대로 언도되었다.

이상은 강도 사건(안명근 사건)의 판결이었고, 뒤를 이어 보안법 사건을 재판했다. 이 사건의 연루자는 양기탁을 주범으로 하여 안태국·김구·김홍량·주진수·옥관빈·김도희·김용규·고정화·정달하·김익룡과 이름은 잊었으나 김용규의 족질 한 사람인데, 판결은 양기탁·안태국·김구·김홍량·주진수·옥관빈은 징역 2년이요, 나머지는 1년으로부터 6개월이었다. 그리고 재판을 통하지 아니하고 소위 행정처분으로 이동휘·이승훈·박도병·최종호·정문원·김영옥 등 19인은 무의도·제주도·고금도·울릉도 등으로 1년간 거주 제한이라는 귀양살이를 하게 되었다. 그러고 보니 김홍량이나 나는 강도로 15년, 보안법으로 2년 해서 모두 17년 징역살이를 하게 된 것이었다.

판결이 확정되어 우리는 종로 구치감을 떠나서 서대문 감옥으로 넘어갔다. 동지들은 전부가 선후 구별 없이 그곳에서 복역하게 되어 매일 얼굴을 서로 대하는 것이 큰 위로가 되었다.

5년 이하의 징역살이는 그래도 세상에 나갈 희망은 있었지만, 7년 이상이면 옥중혼이 되기 십상이었다. 그러므로 나는 몸은 왜에 포로

가 되어 징역살이를 하면서도 정신으로는 왜놈을 짐승과 같이 여기고 쾌활한 마음으로 낙천생활을 하리라고 작정하였다. 다른 동지들도 다 나와 뜻이 같았다.

옥중에 있는 동지들은 대개 아들이 있었으나, 나는 딸만 하나 있을 뿐이었다. 김용제는 아들이 4형제나 되므로 그 셋째 아들 문량으로 하여금 내 뒤를 잇게 한다고 허락하였다. 나도 동지의 호의를 고맙게 받았다.

또 한 가지 나로 하여금 비관을 품지 않게 하는 일이 있었다. 그것은 일본이 내가 잡혀오기 전에 생각하던 것과 같이 크고 무서운 나라가 아니라는 사실을 본 것이었다. 밑으로는 형사, 순사로부터 위로는 경무총감까지 만나보는 동안에 모두 좀것들이요, 대국민다운 인물은 하나도 없었다. 가슴에 엑스 광선을 대어서 내 속과 내력을 다 뚫어본다면서도 내가 17년 전의 김창수인 줄도 몰라보고 깝죽대는 와타나베야말로 일본을 대표한 자인 것 같았다.

'일본은 한국을 오래 제 것으로 만들지는 못한다. 일본의 운수는 그리 길지 못하다.'

나는 이번 재판을 통해 이렇게 단정하였기 때문에 우리나라의 장래에 대하여 비관하지 않게 되었다.

허위·이강년 같은 큰 애국지사의 부하로 의병을 다니다가 들어왔다는 사람들이 보잘것없음을 볼 때에는 낙심하기도 했다. 그러나 이재명·안중근 같은 의사의 동지로 잡혀 들어온 사람들은 사뭇 달랐다.

그들은 애국심이 불같고 정신이 씩씩하여 굽힘이 없었다. 그 늠름한 기개를 볼 때 우리 민족은 교육만 잘하면 좋은 국민이 될 수 있다는 것을 믿지 않을 수 없었다. 저 무지한 의병들도 일본에 복종하는 백성이 되지 않고 10년, 15년의 벌을 받는 사람이 된 것만 해도 고맙고 존경할 일이라고 생각하였다. 나도 고 선생 같은 고명한 어른의 가르침이 없었던들 어찌 대의를 아는 사람이 되었겠는가를 생각할 때 새삼 교육의 필요성을 절감했다.

옥에 있는 동안에 나는 내 심리가 차차 변하는 것을 느꼈다. 그것은 지난 10여 년간에 예수의 가르침에 따라서, 무엇에나 자신을 책망할지언정 남을 원망하지 않는다. 즉 남의 허물을 어디까지나 용서한다는 부드러운 태도가 변하면서, 일본에 대한 것이면 무엇이나 미워하고 반항하고 파괴하려는 결심이 생긴 것이었다.

나는 아침저녁으로 다른 죄수들과 같이 왜놈 간수에게 절을 하는 것이 무척 괴롭고 부끄러웠다. 다른 죄수들은 대의를 몰라서 그렇겠지만, 나는 민족주의자이신 고 선생의 높으신 가르침을 받은 제자라는 자각이 꿈틀거리며 양심을 아프게 때리는 것이었다.

'나는 내 손으로 밭 갈고 길쌈함이 없이 오늘까지 먹고 입고 살아왔다. 그렇지만 그 먹은 밥과 입은 옷이 누구에게서 나왔는가! 우리 대한의 나라 것이 아니던가, 나라가 나를 오늘날까지 먹이고 입힌 것이 왜놈에게 순종하여 붉은 요에 콩밥이나 얻어먹으라고 한 것은 아니었다.'

사람의 밥을 먹고 사람의 옷을 입었으니食人之食衣人衣

품은 뜻은 평생토록 어김이 없어야 한다所志平生莫有違.

나는 이 말을 되뇌었다. 내가 대한민국의 밥을 먹고 옷을 입고 살아왔으니, 이 수치를 참고 살아나서 앞으로 17년 후에 이 은혜를 갚을 공을 세울 수가 있느냐고 자문했다.

내가 이 모양으로 고민할 때에 안명근이 굶어 죽기를 결심했다고 말했다. 그러자 나는 서슴지 않고,

"할 수 있거든 단행하시오."

하였다. 그날부터 안명근은 배가 아프다고 하여 제게 들어오는 밥을 다른 죄수에게 나누어주었다. 4~5일을 계속 굶자 기운이 탈진하여 곧 죽게 되었다. 감옥에서는 의사를 시켜 진찰케 하였다. 그 결과 병이 아니라는 것이 밝혀졌다. 그러자 왜놈들은 안명근을 결박하여 강제로 입을 벌리고 계란 등을 흘려 넣어서 죽으려는 목숨을 억지로 붙들었다. 감옥에서는 죽을 자유조차 없는 것이었다.

"나는 또 밥을 먹소."

안명근에게서 그런 기별을 듣고 나는 며칠 동안이나 서글픈 마음을 떨칠 수가 없었다.

우리가 서대문 감옥으로 넘어온 후 얼마 되지 않아서 또 중대 사건이 생겼다. 그것은 소위 데라우치寺內 총독 암살음모라는 맹랑한 사건이었다. 이 사건으로 전국에서 무려 7백여 명의 애국자가 검거되어 경

무총감부에서 모진 악형을 당한 후 105인이 공판으로 회부되었다.

이 사건을 일컬어 '105인 사건'이라고도 하고 '신민회 사건'이라고도 한다. 2년 형의 집행 중에 있던 양기탁·안태국·옥관빈과 제주도로 정배 갔던 이승훈도 붙들려 올라왔다. 왜놈들은 새로 산 밭에 몽우리 돌을 다 골라버리겠다는 음모였다. 그러나 그것으로 대한민국이 제 것으로 될 리는 만무했다.

내가 복역한지 7~8개월 만에 어머님이 서대문 감옥으로 나를 면회하러 오셨다. 딸깍 하고 주먹 하나 드나들만한 구멍이 열려 내다보자, 어머니가 서 계시고 그 곁에는 왜놈 간수 하나가 지키고 있었다. 어머니는 태연한 안색으로,

"나는 네가 경기 감사를 한 것보다 더 기쁘게 생각한다. 면회는 한 사람밖에 못한다고 해서 네 처와 화경이는 저 밖에 와 있다. 우리 세 식구는 잘 있으니 염려 말고 옥중에서 네 몸이나 잘 챙겨라. 이제부터 하루 두 번씩 사식을 넣어주겠다."

그렇게 하시는 말에 언성 하나도 떨리심이 없었다. 저렇게 당당하신 어머님께서 자식 면회를 하겠다고 왜놈에게 고개를 숙이고 청원을 하셨을 것을 생각하니 황송하고도 분하였다.

우리 어머니는 정말 거룩하신 분이시다. 17년 징역을 받은 아들을 대할 때에 어쩌면 그토록 태연하실 수 있었는지……. 그러나 면회를 마치고 돌아가실 때에는 눈물이 앞을 가려 발 뿌리가 보이지 않으셨을 것이다.

어머님이 하루에 두 번 넣어주시는 사식을 한 번은 내가 먹고 한 번은 다른 죄수들에게 번갈아 나누어주었다. 그들이 사식을 받아먹을 때에는 평생에 그 은혜를 잊지 않겠다는 듯이 굽신거렸다. 그러나 열 번 주다가 한 번을 주지 않으면 즉시 화를 내고 욕을 했다. 아침에 밥을 주었기 때문에 저녁에는 다른 사람을 주면,

"그게 네 의붓아비냐, 효자정문 내릴라."

이러한 소리를 하면서 내게 욕설을 퍼부었다. 그러면 그때에 내게 얻어먹는 편이 들고 일어나서 나를 역성했다. 마침내 툭탁거리고 싸우다가 간수에게 발각되어 둘 다 흠씬 얻어맞는다. 나는 선행을 한다고 했는데 악행을 저지른 결과를 낳았던 것인데, 이런 일이 이틀이 멀다 하고 일어났다.

내가 처음 서대문 감옥에 들어갔을 때는 먼저 들어온 패들이 나를 멸시했다. 그러나 소위 국사 강도범이란 것이 알려지면서부터는 대접이 변하였다. 더구나 이재명 의사의 동지들이 모두 학식이 있고 일어에 능통하여서 죄수와 간수 사이에 무슨 일이 있을 때에는 통역을 하고 있었다. 그 때문에 죄수들 사이에 세력이 있었는데, 그들이 나를 우대하는 것을 보고 다른 죄수들도 나를 어려워하게 되었다.

나는 처음에는 한 백여 일 동안 수갑을 찬 채로 지냈다. 더구나 첫날 수갑을 채우는 놈이 너무 단단하게 졸라서 살이 패이고 손목이 퉁퉁 부어 보기에도 끔찍했다. 이튿날 아침 검사 때 간수장이 보고 놀라면서 말했다.

"네 손이 왜 그렇게 되었느냐? 왜 아프다고 말하지 않았느냐?"

나는 간수장을 꾸짖듯이 말했다.

"무엇이나 시키는 대로 복종하라고 하지 않았느냐?"

그러자 간수장은 혀를 내두르며 이렇게 말했다.

"이 다음에는 불편한 일이 있거든 말하라."

손목은 아프고 방은 좁아서 몹시 괴로웠으나 나는 꾹 참았다. 그때 손목뼈까지 상처가 컸던 까닭에 근 20년이 지난 오늘까지 그 흉터가 그대로 남아 있다. 사람의 일이란 알 수 없는 것이어서 이러한 생활에도 차차 익숙해지면서 대수롭지 않고 예사롭게 되었다.

수갑을 풀고 몸이 좀 편하게 되니 불현듯 최명식군이 보고 싶었다. 최군은 옴이 올라서 옴방에 있었다. 나도 옴이 생기면 최군과 같이 있으리라 생각하고 일부러 옴을 만들었다. 의사의 순회가 있기 30분 전쯤에 철사 끝으로 손가락 사이를 꼭꼭 찔러 놓으면 그 자리가 볼록볼록 부르트고 맑은 진물이 나와서 천연 옴으로 보인다. 이것은 내가 감옥살이에서 배운 부끄러운 재주였다.

이 속임수가 성공하여 나는 옴쟁이 방으로 옮겨서 최명식과 반가이 만날 수가 있었다. 반가운 김에 밤이 늦도록 둘이 이야기를 하다가 사토란 이름의 간수 놈에게 들켰다. 그 놈이 누가 먼저 말을 했느냐고 묻자 내가 먼저 했다고 대답했다. 그러자 나를 창살 밑으로 나오라 하여 나가서니 사정없이 곤봉으로 내리쳤다. 나는 아무 소리도 않고 한참 동안을 맞았다. 그때 잘못 맞아 왼편 귀 위의 연골이 상하여 그때의 흉

터가 지금도 남아 있다. 그러나 다행히 최군은 용서한다고 하고 다시 왜말로,

"하나시 했소데 다다쿠도(이야기하면 때리겠다)."

하고 사토는 물러갔다.

감옥에서 죄수에게 이렇게 가혹한 대우를 하기 때문에 죄수들은 더욱 반항심과 자포자기가 생겼다. 그래서 사기나 횡령으로 들어온 자는 출옥 후에 절도나 강도질을 하게 되고 만기로 출옥하였던 자들도 다시 들어오는 경우를 가끔 보았다.

민족적 반감이 충만한 우리를 왜놈의 그 좁은 소갈머리로는 도저히 감화할 수 없었을 것이다. 그렇지만 후일 내 민족끼리의 나라에서 감옥을 다스린다 하면 단지 남의 나라를 모방만 하지 말고 우리의 독특한 제도를 만들 필요가 있다.

즉, 감옥의 간수를 대학 교수의 자격이 있는 자를 쓰는 것이다. 그러면 그들이 학식이 있고 사리를 분별할 능력이 있기 때문에 죄인을 죄인으로 보는 것보다는 불행한 국민의 일원으로 보아서 선으로 지도하기에만 힘을 쓸 것이다. 또한 일반 사회에서도 수감자를 멸시하는 감정을 버리고 대학생의 자격으로 대우한다면 반드시 좋은 효과가 있으리라고 믿는다.

왜놈의 감옥에서는 사람을 작은 죄인으로부터 큰 죄인을 만들뿐더러 사람의 자존심과 도덕심을 마비시키게 한다. 예를 들면 죄수들은 어디서 무엇을 도둑질하던 이야기, 누구를 어떻게 죽이던 이야기를

부끄러움도 없이, 아니 도리어 자랑삼아서 하고 있다.

초면인 사람에게 비인간적인 죄악을 자랑처럼 뻔뻔스럽게 말하는 것은 그들이 감옥에 들어와서 부끄러워하는 감정을 잃어버린 증거다. 사람이 부끄러움을 잃으면 무슨 짓을 못하랴. 짐승과 다름이 없을 것이니 감옥이란 이런 곳이어서는 안 되겠다고 생각하였다.

변하지 않는 도적들의 법

나는 최명식과 함께 소제부의 일을 하게 되었다. 이것은 죄수들이 부러워하는 '벼슬'인데, 하는 일은 죄수들에게 일감을 들려주고 뜰을 쓰는 것이 고작이었다. 그렇기 때문에 그 일을 끝내고 나면 할 일이 없어서 남들이 일하는 모습을 구경하거나 돌아다녔다. 이 기회를 이용하여 최군과 나는 죄수 중에서 뛰어난 인물을 고르기로 하였다. 우리 둘이 돌아보다가 눈에 띄는 죄수의 번호를 기억하고 나중에 맞추어보아서 일치하는 자가 있으면 그의 내력과 인물을 조사하는 것이다.

이 방법으로 우리는 한 사람을 골랐다. 그는 다른 죄수와 같은 일을 하고 있었지만, 그 눈에는 정기가 있고 동작에도 남다른 데가 있었다. 나이는 마흔 내외였다.

"고생이 많습니다. 우리 인사나 나누고 지냅시다."

내가 곁으로 다가가서 은밀히 말을 걸자 그가 나를 보았다.

"무슨 죄로 들어오셨소, 그리고 본향은?"

내가 묻자 그는 선선히 대답했다.

"나는 충청도 괴산 사람으로 성은 김가요. 재작년에 수감되어 강도죄로 5년형을 언도받았소. 앞으로 3년이 남았소. 그런데 당신은?"

"나는 황해도 안악 사람이요. 작년에 강도죄로 15년 형을 받았소."

"거, 짐이 좀 무겁소그려."

그는 동정하는 표정으로 그런 말을 한 후에,

"초범이시오?"

하고 물었다. 그래서 고개를 끄덕였는데, 이 때 왜놈 간수가 와서 더 말을 못하고 헤어졌다.

내가 그 사람과 이야기하는 것을 본 어떤 죄수가 나에게 그 사람을 아느냐고 물었다. 초면이라 하였더니 그 죄수의 말이,

"남도 도적치고 그 사람 모르는 도적은 없습니다. 그가 유명한 삼남의 불한당 괴수 김 진사요. 그 패거리가 많이 잡혀 들어왔는데, 더러는 병나 죽고 사형도 당하고 놓여 나간 자도 많지요."

하였다.

그랬더니 그날 저녁에 우리들이 벌거벗고 공장에서 감방으로 들어올 때에 그 역시 벌거벗고 우리 뒤를 따라서,

"오늘부터 이 방에서 괴로움을 좀 끼칩시다."

하고 내가 있는 감방으로 들어왔다. 나는 퍽이나 반가워서,

"이 방으로 전방이 되셨소?"

하고 묻자 그는 기쁜 낯빛을 띄며 말했다.

"네. 아, 노형 계신 방이구려."

옷을 입고 점검도 끝난 뒤에 나는 죄수 두 사람에게 부탁하여 간수가 오는 소리를 지켜달라고 하고 김 진사와 이야기를 시작했다.

내가 먼저 입을 열어, 아까 공장에서는 서로 할 말을 다 못해서 유감이었는데 이제 한방에 있게 되니 다행이란 말을 꺼냈다. 그도 동감이라고 말하고는 마치 목사가 신입 교인에게 세례문답을 하듯이 내게 여러 가지를 묻기 시작했다.

"강도 15년이라 하셨지요."

"네, 그렇소이다."

"그러면 어느 계통이시오. 추설이요, 목단설이시오. 아니면 북대요? 또 행락은 얼마 동안이나 하셨소?"

나는 그의 말이 무슨 소린지 한 마디도 알아들을 수가 없었다. '추설', '목단설'은 무엇이고, 또 '북대'는 무엇인가, 그리고 '행락'은 대체 무엇인가? 내가 어리둥절하고 있는 것을 보더니, 김진사는 빙긋 웃으며 이렇게 말했다.

"노형은 북대인가 싶으오."

이 때 우리들의 이야기를 듣고 있던 죄수 한 명이 끼어들었다.

"이 분은 국사범 강도라 그런 말을 하면 못 알아듣습니다."

그의 설명을 들은 김 진사는 고개를 끄덕였다.

"내 어찌 이상하다 했소. 아까 공장에서 노형이 강도 15년이라 길래 위아래로 훑어보아도 강도 냄새가 도무지 안 나기에 아마 북대인가 보다 하였소이다."

김 진사는 감옥 말로 찰(참) 강도인데, 말하자면 계통 있는 도적이었다. 그런 도적을 만나고 보니 문득 양산학교 사무실에서 교원들과 함께 지내던 일을 생각했다. 그때 우리는 활빈당이니 불한당이니 하는 큰 도적떼를 연구한 일이 있었다. 그들은 큰 고을을 쳐서 관원을 죽이고 돈과 재물을 빼앗았는데, 단결이 굳고 용기가 있으며, 동에 번쩍 서에 번쩍 동작이 민활하여 관군의 힘으로도 그들을 쉽사리 잡지 못하고 있었다.

우리가 독립운동을 하려면 견고한 조직과 기민한 훈련이 필요했으므로 이 도적떼의 결사와 훈련의 방법을 연구할 필요가 있었기 때문에 두루 탐문해 보았지만 끝끝내 그 부분은 알아내지 못했다.

사흘을 굶으면 도적질할 마음이 난다고 하지만, 마음만으로 도적이 될 수는 없는 것이다. 한두 명의 좀도둑, 작은 도둑은 가능할지 몰라도 수십 명의 군도가 되어 기민하게 움직이려면 반드시 지휘계통과 명령을 내리는 기관과 주동인물이 있어야만 되는 것이다. 그리고 그 주동인물은 능히 한 단체를 다스릴 수 있는 지혜와 용기와 위엄이 있어야 할 것은 분명했다.

나는 김 진사에게 도적떼의 조직에 관한 것을 물었다. 그러자 김 진사는 꺼리거나 숨김없이 사실을 이야기했다.

"우리나라의 기상이 다 풀린 이때까지도 고스란히 남은 것은 벌蜂

과 도적의 법뿐이외다."

라는 서두로 시작한 김 진사의 말은 대략 다음과 같은 것이었다.

고려 이전은 상고할 길이 없다. 조선 시대의 도적떼의 기원은 이성계가 신하로서 임금을 치는 불의에 분개한 지사들이 도당을 모았던 것이었다. 그들은 이성계를 따라서 부귀영화를 누리는 소위 양반 무리의 생명과 재물을 빼앗는 한편 그들이 세우려는 질서를 파괴하였다. 말하자면 불의에 대한 보복을 하려는 데서 나왔는데, 그 정신에 있어서는 두문동의 칠십이인과 같았다.

그러므로 그들은 도적이라 하나 약한 백성의 것은 건드리지 아니하고 나라의 재물이나 관원이나 양반의 것을 약탈하여 가난하고 불쌍한 자를 구제했다. 이 모양으로 나라를 상대로 하기 때문에 자연히 법이 엄하고 단결이 굳세어서 적은 무리의 힘으로도 능히 5백여 년간 나라의 힘과 겨룰 수 있었다.

이 도적의 떼는 근본이 하나다. 그들은 모두 노사장老師丈이라는 한 지도자의 밑에 있었는데, 그 중에서 강원도에 근거를 둔 일파를 '목단설'이라고 부르고 삼남에 있는 것을 '추설'이라고 부르게 되었다. 그러나 이 두 '설'에 속한 자는 서로 만나면 곧 동지로, 서로 믿고 친밀하게 하였다. 이 두 설에 들지 아니하고 임시로 도당을 모아서 도적질하는 자를 '북대'라고 하는데, 이 북대는 목단설과 추설에게는 공동의 적으로 알아서 닥치는 대로 죽여 버리게 되었다.

노사장 밑에는 유사有司가 있고 각 지방의 두목도 유사라고 하였다.

이렇게 짜여진 조직체계는 국가의 행정조직과 아주 흡사하여 전국의 도적을 통괄하였다. 1년에 일차 '대장'을 부르니 이것은 목단설과 추설 전체의 대회요, 또 수시로 '장'을 부르니 이것은 한 설만의 대회였다. 대회에 전원이 출석하기는 불가하므로 각도와 각군에서 몇 명씩 대표자를 파견했다. 유사에 의해 한번 지명을 받으면 절대 복종이었다.

이 '장'을 부르는 처소는 흔히 큰 절이나 장거리였다. 장이 끝난 뒤에는 으레 어느 고을이나 장거리를 쳐서 시위를 하는 것이었다. 그들은 대회에 참석하러 갈 때는 혹은 양반으로 혹은 등짐장수로, 혹은 장돌뱅이, 혹은 스님, 혹은 상제로 별별 변장을 하여서 관군의 눈을 피하였다. 어디를 습격하러 갈 때도 마찬가지였다. 당시에 세상을 놀라게 한 하동장 습격은 장례를 가장하여 무기를 관에 넣어 상여에 싣고, 도적들은 혹은 복인, 혹은 상두꾼, 혹은 화장객이 되어서 장날 백주에 당당히 읍내로 들어가는 것이었다.

김 진사는 구변 좋게 여기까지 설명한 후에 내게 물었다.

"노형은 황해도라셨지? 그러면 연전에 청단장을 치고 곡산 원을 죽인 사건을 아시겠구려?"

"알고 있소이다."

내가 고개를 끄덕이자 김 진사는 지난 일을 회상하고 유쾌한 듯이 빙그레 웃었다.

"그때에 도당을 지휘한 대장이 바로 나요. 나는 양반의 행차로 차라리 사인교를 타고 구종 별배를 늘어세우고서 호기당당하게 청단장에 들어갔었소. 장에 볼일을 다 보고 질풍노도와 같이 곡산관아를 습격하여 단칼에 곡산 군수를 잡아 죽였소. 왜냐하면 군수 놈이 학정을 하여서 인민으로 어육을 삼는다기에 응징을 한 것이오."

"그러면 이번 징역이 그 사건 때문이오?"

"아니오. 만일 그 사건이라면 5년만으로 되겠소? 기왕에 면키 어려울 듯하기로 대단히 않은 사건 하나를 실토하여서 5년 징역을 받았소이다."

뽐내듯이 이 말을 한 김 진사는 다시 도적떼의 동지 구하는 법을 이야기했다.

"도당의 수효만 많고 정밀하지 못하면 곧 붕괴되고 맙니다. 수효는 적더라도 정밀해야 강한 집단이 됩니다. 그래서 우리는 아무나 동지로 받아들이지 않습니다. 말하자면 자격을 갖춘 자라야 입당할 수 있다는 것입니다. 그 자격의 첫째는 눈의 정기가 살아 있어야 합니다. 눈이 흐리멍텅한 자는 의지가 박약하기 때문에 실격입니다. 다음으로 담력과 침착성 등을 봅니다. 그렇지만 그런 자격을 갖췄다고 해서 모두 입당을 시키는 것은 아닙니다. 은밀히 그를 시험하는 절차가 있습니다."

"시험이라니요? 어떻게 시험합니까?"

나의 물음에 김 진사는 주위를 한번 둘러본 다음 목소리를 낮췄다.

"먼저 그 자격자를 임시로 입당시키고 그가 즐기고 좋아하는 것을 알아보아서 색을 좋아하는 자는 미색으로, 술을 좋아하는 자는 술로,

재물을 좋아하는 자는 재물로 극진히 대접하여 환심을 사는 것입니다. 그리하여 친형제 이상으로 절친하게 된 후에 비로소 훈련을 시작합니다. 대강 그 방법을 말하면 이렇습니다.

책임자 한 사람이 그를 동반하여 어디에 가서 놀다가 밤이 늦어서야 돌아옵니다. 그러다가 도중에 어느 집 문 앞에서 책임자가 말합니다. 주인을 만나고 곧 나오겠으니 기다리라고 말입니다. 자격자는 무심코 문밖에서 기다리게 되는데, 이 때 느닷없이 포교들이 나타나서 자격자와 책임자를 함께 체포하여 어디론가 끌고 갑니다. 거기서 신문을 개시하여 자격자에게 70여 가지의 악형으로 고문을 합니다. 이 때 자격자가 도둑이라고 바른대로 실토하면 그 자리에서 흔적도 없이 죽여버리고 끝끝내 실토하지 않는 자를 정식으로 입당시키는 것입니다."

나는 이 말을 듣고 적이 놀랐다. 먼저 자격자를 선정하고 시험한 후에 입당을 시키기 때문에 그들의 결속력이 강할 수밖에 없다는 사실을 알았다.

"입당식 같은 것은 없습니까?"

"없을 리가 있습니까, 입당식이야말로 도당의 일원이 되었다는 것을 확인시키는 일이기 때문에 매우 중요합니다. 그 절차는 책임유사 앞에 신입당원은 경건한 마음으로 무릎을 꿇습니다. 그러면 책임 유사는 칼을 빼어 그 칼끝을 신입당원의 입에 넣어 꽉 물도록 명령합니다. 그런 다음 칼을 잡은 손을 놓고 '네가 하늘을 쳐다보아라, 땅을 내려다보아라, 나를 보아라'하고 호령합니다. 신입당원이 그렇게 하면 책임 유사는 칼을 입에서 꺼내 칼집에 넣고 이렇게 말합니다. '너는 하늘을 알고 땅을 알고 사람을 알았다. 그러므로 정식으로 우리의 동지로 인정한다.' 이렇게 입당식을 마치고 기념으로 강도질을 한차례 하여 고르게 장물을 나눕니다. 그렇게 몇 번만 하면 완전히 도적이 됩니다."

김 진사는 이밖에도 많은 것을 이야기했다. 장물을 나눌 때는 어떻게 하는가, 동지의 의리를 배반하면 형벌은 어떻게 내리는가, 도당은 어떻게 구별하는가? 등에 대하여 자세히 이야기했다. 특히 사형죄가 네 가지 있는데, 제1조는 동지의 처첩을 통간한 자, 제2조는 체포되어 신문을 당할 때 같은 도당을 털어놓은 자, 제3조는 도적질한 장물을 은닉한 자, 제4조는 같은 도당의 재물을 강탈한 자를 사형에 처한다고 했다. 또한 동지의 의리를 배반한 자는 멀리 도망하여 포교의 눈을 피할 수 있을는지 모르겠지만, 도당의 손길을 피할 수는 절대로 없다고 했다.

김 진사의 말을 듣고 나라의 독립을 찾는다는 우리 무리의 단결이 저 도적만도 못한 것을 무한히 부끄럽게 생각하였다.

여기서 나는 동지 도인권을 생각하지 아니할 수 없었다. 그는 본시 용강 사람으로 노백린·김희선·이갑 등이 장령으로 있을 때에 군인이 되어서 정교의 자리에까지 올랐다가, 군대가 해산되는 바람에 향리에 돌아와 양산학교 체육 선생으로 일했다. 그때 우리와 동지가 되어 이

번 사건에도 10년 징역을 받고 나와 같이 고생하게 된 사람이다.

당시의 옥중에서는 죄수를 모아서 불상 앞에 예불을 시키는 예가 있었다. 그러나 도인권은 자기는 예수교인이니 우상 앞에 고개를 숙일 수 없다 하여 아무리 위협하여도 고개를 빳빳이 하고 있었다. 왜놈들은 이에 노발대발하여 도인권의 머리를 억지로 짓눌렀지만 그는 완강히 반항했다. 왜놈들은 누르려하고 도인권은 눌리지 않으려고 했기 때문에 자연 소동이 났다. 결국 이것이 문제가 되어서 왜놈들은 우리들에게 예불을 강제로 시키지 않게 되었다. 또 옥에서 상표를 주는 것을 그는 거절했다.

"죄수에게 주는 상표는 개전의 정이 있는 자에게 주는 것이다. 그런데 나는 당초에 죄가 없고 따라서 회개한 일이 없다. 내가 죄수가 된 것은 왜놈의 세력이 우리보다 우월해서 그렇게 되었을 뿐이다. 그러므로 나에게 상표를 줄 까닭이 없다."

대쪽 같은 성품의 도인권은 그 뒤에 이른바 가출옥을 시키는 것도 거부했다.

"나는 죄가 없다. 죄가 없기 때문에 너희는 잘못된 판결을 취소하고 나를 아주 석방하는 것이 옳다. 그렇게 하고 나가라 하면 나가겠지만, 가출옥이라면 그 '가假'자가 불쾌하여 형기를 채우고 나가겠다."

가출옥을 거부하는 도인권을 왜놈들도 어찌할 수 없었다. 그렇기 때문에 기한을 채워서 방면했다. 도인권의 이러한 행동은 강도 등 보통 죄수들은 흉내도 내지 못할 일이었다. 그에게는 실로 만산고목 일지청滿山枯木 一枯青(산 가득한 고목에 한 가닥 푸른 가지)의 기개가 있었다.

불서佛書에 이런 구절이 있다.

홀로 높고 정갈하여 구애됨이 없으니嵬嵬落落赤裸裸
천하를 홀로 걸으매 누가 나를 짝하랴獨步乾坤誰伴我.

도인권을 위해 나는 불서의 이 구절을 한번 읊었다.

하루는 나가서 일을 하고 있는데, 갑자기 일을 중지하고 왜왕 메이지明治가 죽었다는 것과 그 때문에 대사大赦를 내린다는 말을 하였다. 이 때문에 최고 2년인 보안법 위반에 걸린 동지들은 즉일로 나가고 나는 8년을 감하여 7년이 되었다. 또한 김홍량을 비롯한 15년은 7년을 감하여 8년이 되고 다른 죄수들의 형기도 그 비례로 감형이 되었다. 그런 뒤 몇 달이 지나서 또 메이지의 처가 죽었다 하여 다시 잔기의 3분지 1을 감했다. 그리하여 내 형은 5년 남짓한 가벼운 형이 되고 말았다.

이 때 종신 징역이던 안명근도 종신을 감해 20년이 되었지만, 안명근은 형을 받아 죽을지언정 감형은 받지 않겠다고 항거했다. 그러나 그 항거는 받아들여지지 않았다. 모든 죄수에게 강제로 집행하는 것이니, 감형을 받고 안 받을 자유가 죄수에게는 없다는 이유에서였다. 그 후 안명근은 새로 지은 마포 감옥으로 이감이 되었기 때문에 다시는 그의 얼굴을 대할 기회도 없게 되었다.

나중에 안 일이지만 안명근은 17년 동안 감옥에 있다가 방면되어 신천의 청계동에서 그 부인과 같이 여생을 보내다가 러시아령에 있는 그의 부친과 친아우를 찾아 이주했다고 한다. 그러나 워낙 긴 세월을 감옥에서 지낸 탓에 몸이 쇠하여 만주 화룡현에서 그만 만고의 한을 품고 못 돌아올 길을 떠나고 말았다.

연거푸 감형을 당하고 보니 이미 겪어버린 3년 나머지를 떼면 형기가 2년밖에 남지 않았다. 이때부터는 확실히 세상에 나가서 활동할 희망이 생겼다. 나는 세상에 나가면 무슨 일을 할까를 먼저 생각했다. 그렇지만 지사들이 옥을 나가서는 왜놈에게 순종하여 구질구질하게 살아가는 사람이 많은 사실을 알고 한편으론 걱정이 되기도 했다.

몽우리돌대 백범 김구

나는 옥을 나가더라도 왜놈이 지어준 뭉우리돌대로 살아가리라고 굳게 결심했다. 그 증표로 내 이름 김구金龜를 고쳐서 김구金九라 하고, 당호 연하蓮下를 버리고 백범白凡이라고 하여 옥중 동지들에게 알렸다.

이름자를 고친 것은 왜놈의 국적에서 이탈하려는 뜻이요, '백범'이라 함은 우리나라에서 가장 천하다는 백정白丁과 범부凡夫의 첫 글자를 딴 것이다. 이유는 백정과 범부들이라도 애국심이 지금의 나 정도는 되어야 한다는 바람에서였다. 나는 우리 동포의 애국심과 지식의 정도를 그만큼이라도 높이지 아니하고는 완전한 독립국을 이룰 수 없다고 생각한 것이었다.

나는 감옥에서 뜰을 쓸고 유리창을 닦을 때마다 이렇게 하느님께 빌었다.

"우리나라가 독립하여 정부가 생기거든 그 집의 뜰을 쓸고 유리창을 닦는 일을 해보고 죽게 하소서."

나는 잔기를 2년 채 못 남기고 인천 감옥으로 이감이 되었다. 원인은 내가 서대문 감옥 제2과장하고 싸운 일이 있는데, 그 보복으로 나를 힘든 인천 감옥의 축항공사로 돌린 것이었다. 여러 동지가 서로 만나고 위로하며 쾌활하게 3년이나 살던 서대문 감옥과 작별하고, 붉은 옷 입은 40명의 죄수들 틈에 끼어 쇠사슬로 허리를 묶이고 인천으로 끌려갔다.

무술년 3월 9일 한밤중에 파옥, 도주한 내가 17년 만에 쇠사슬에 묶인 몸으로 다시 이 옥문으로 들어올 줄을 누가 알았으랴!

문에 들어서서 둘러보니 새로이 감방이 증축되어 있었다. 그러나 내가 글을 읽던 그 감방이 그대로 있고 거닐던 뜰도 변함이 없었다. 내가 호랑이같이 소리를 질러 와타나베 놈을 꾸짖던 경무청은 매음녀 검사소가 되고, 감리사가 사무를 보던 내원당은 감옥의 집물을 두는 곳간이 되었으며, 옛날 주사와 순검이 들끓던 곳은 왜놈들의 천지가 되었다.

마치 죽었던 사람이 몇 십 년 후에 살아나서 제 고향에 돌아와서 보는 것 같았다. 감옥 뒷담 너머 용동 마루턱에서 옥에 갇힌 불효한 이 자식을 보겠다고 우두커니 서서 내려다보시던 선친의 얼굴이 보이는 듯했다. 그러나 오늘의 김구가 그날의 김창수라고 할 자는 없을 거라고 생각되었다.

감방에 들어가니 서대문에서 먼저 이감 온 낯익은 사람도 있어서 반가웠다. 그런데 어떤 자가 내 곁으로 쓱 다가앉으며 이렇게 내뱉었다.

"그분 낯이 매우 익은데, 당신 김창수 아니오?"

이는 청천벽력이었다. 나는 깜짝 놀랐다. 자세히 보니 17년 전에 나와 한 감방에 있던 절도 10년의 문종칠인데, 늙었을망정 젊었을 때의 면목이 그대로 남아 있었다. 오직 그때와 다른 것은 이마에 움푹 들어간 구멍이 있는 것이었다. 내가 의아한 듯이 짐짓 머뭇거리는 것을 보고 제 낯바닥을 내 앞으로 쑥 내밀어 나를 쳐다보았다.

"창수 김 서방, 나를 모를 리가 있소? 지금 내 얼굴에 이 구멍이 없다고 보면 아실 것 아니오? 나는 당신이 달아난 후에 죽도록 매를 맞은 문종칠이요. 그만하면 알겠구려."

나는 모른다고 버틸 수가 없어서 반갑게 인사를 했지만 그자가 밉기도 하고 무섭기도 하였다.

문종칠이 눈을 가늘게 뜨고 탐색하는 듯하다가 물었다.

"당시에 인천 항구를 진동시키던 충신이 무슨 죄를 짓고 또 들어오셨소?"

나는 귀찮게 생각되어 간단히 대답했다.

"충신과 강도는 거리가 너무나 먼데요. 그때에 창수는 우리 같은 도적놈들과 동거케 한다고 경무관한테까지 들이대지 않았소? 그런데 강도 15년이라니요? 많이 타락하셨군그래."

문종칠은 입을 삐죽거리며 빈정댔다. 나는 속에 불끈 치미는 것이 있었으나 문종칠의 말을 탓하기는 고사하고 빌붙는 어조로,

"충신 노릇도 사람이 하고 강도도 사람이 하는 것 아니오? 한때에는 그렇게 놀고 한때에는 이렇게 노는 게지요. 대관절 문 서방은 어찌하여 또 이렇게 고생을 하시오?"

하고 농쳐버렸다.

"나요? 나는 이번까지 감옥 출입이 일곱 번째니, 따지고 보면 일생을 감옥에서 보내는 셈이요."

"징역 기한은 얼마요?"

"강도 7년에 5년이 지났소. 한 반 년만 더 있으면 또 한 번 세상에 다녀오겠소."

"또 한 번 다녀오다니, 여보시오 끔찍한 말도 다 하시오. 또 여기를 들어오겠다니요?"

"자본 없는 장사가 거지와 도적질인데, 더욱이 도적질에 맛을 붙이면 별 수가 없습니다. 당신도 여기서는 별 꿈을 다 꾸겠지만 막상 사회에 나가만 보시오. 도적질하다가 징역산 놈이라고 하여 누가 상대를 해주는지 아시오? 어림도 없어요. 자연 농·공·상업 어디나 접촉을 못하지요. 개 눈에는 똥만 보인다고, 도적질하던 놈은 배운 것이 그것이

라 또 도적질을 하게 되지 않소?"

"그렇게 여러 번째라면 어떻게 감형이 되었소?"

나의 물음에 문종칠은 이죽거리는 듯한 웃음을 띄웠다.

"번번이 초범이지요. 지난 일을 다 말했다가는 영영 바깥바람을 못 쐴게요."

나는 서대문 감옥에서 도적질을 하다가 잡혀 중형을 받고 징역을 사는 자를 보았다. 그런데 그의 공범이 잡히지 않았다가 나중에 다른 죄로 가벼운 형을 받고 들어왔다. 이 때 중형을 받은 자는 공범을 밀고하여 중형을 살게 하고 자기는 감형을 받았기 때문에 다른 죄수들에게 미움을 받았었다. 그것을 생각하니 문종칠에게 나의 이야기를 할 수가 없었다. 이 자가 내가 17년 전 감창수라는 것을 밀고하거나 떠벌리는 날이면, 모처럼 1년만 더 지나면 세상에 나가리라던 희망은 단번에 허사가 되고 말기 때문이었다.

그래서 나는 문가에게 친절 또 친절하게 대접하였다. 사식도 틈만 나면 문가를 주어 먹게 하고, 감식이라도 문가가 곁에 있기만 하면 나는 굶으면서도 그를 먹였다. 그러다가 문가가 형기가 끝나게 되어 출옥했다. 나의 시원함이란 내가 출옥하는 것보다도 더 시원했다.

매일 아침 다른 죄수 한 명과 쇠사슬로 허리를 마주 매어 짝을 지어 축항 공사장으로 나갔다. 흙지게를 등에 지고 10여 길이나 되는 사다리를 오르내리는 것이다. 서대문 감옥에서 하던 생활은 여기에 비기면 실로 호강이었다. 15일도 못 되어 어깨는 붓고 등은 헐고 발은 퉁퉁 부어서 운신을 못하게끔 되었다. 그러나 작업을 면할 도리는 없었다.

너무나도 힘들었기 때문에 나는 여러 번 무거운 짐을 진 채로 높은 사닥다리에서 떨어져 죽을 생각을 하기도 했다. 그러나 차마 그럴 수는 없었다. 왜냐하면 나와 함께 쇠사슬로 허리를 맨 사람 때문이었다. 그 자는 인천에서 구두 켤레나 담뱃갑을 훔치고 두서너 달 징역을 사는 가벼운 죄수인데, 내가 사닥다리에서 떨어지면 그도 덩달아 떨어져 죽기 때문이었다. 그래서 나는 잔꾀를 피우지 않고 사력을 다해 일을 했다. 그러자 몸은 고통스러웠지만 마음은 편안했다.

이렇게 두어 달이 지난 어느 날, 나에게도 이른바 상표를 주었다. 나는 도인권과 같이 거절할 용기를 내지 않고 도리어 다행으로 생각하였다.

날마다 축항 공사장에 가는 길에 나는 17년 전 부모님께 친절했던 물상객주 박영문의 집 앞을 지나다녔다. 그 집은 감옥 문을 나서면 오른편 첫 집이었다. 그는 후덕한 사람으로 내게는 깊은 배려를 해주신 분이셨고, 아버지와는 동갑이어서 매우 친절하게 지내셨다.

우리들이 옥문으로 들고날 때에 박 노인은 자기 집 문전에 서서 물끄러미 쳐다보고 계셨다. 이러한 은인을 목전에서 보면서도 내가 아무개요, 하고 절할 수 없는 나의 처지가 매우 괴로웠다.

박씨 집 맞은편에는 역시 물상객주 안호연의 집이었다. 안씨 역시 내게나 부모님께나 극진하게 대해준 이였다. 그도 종전대로 살고 있었다. 나는 옥문을 출입할 때마다 마음만이라도 늘 두 분께 절하였다.

가출옥과 딸의 죽음

7월의 어느 몹시 더운 날이었다. 느닷없이 죄수 전원을 교회당으로 집합시키므로 나도 가서 앉았다. 이윽고 분감장인 왜놈이 좌중을 향하여 55호를 불렀다.

내가 대답하자 곧 일어나 나오라는 호령이 내려져 강단으로 올라갔다. 그러자 분감장은 나를 가출옥으로 방면한다고 선언했다.

뜻밖의 일이었다. 나는 꿈인가 생시인가 하면서 좌중 수인들을 향하여 작별 인사를 하고 곧 간수의 인도로 사무실로 갔다. 그러자 간수는 미리 준비해 두었던 옷 한 벌을 내주면서 입으라고 하였다. 이로서 붉은 옷의 죄수가 변하여 흰 옷 입은 사람이 되었다.

이윽고 옥에 보관된 돈이며 물건과 내 품값을 계산하여 내줬다. 옥문을 나서면서 처음 생각은 박영문·안호연 두 분을 찾아뵙고 감사의 인사를 드린다는 것이었다. 그러나 지금 내가 김창수라는 것을 세상에 알리는 것이 매우 이롭지 못할 것이라 생각하고는 생각을 바꿨다. 떨어지지 않는 발길을 억지로 떼어서 두 집 앞을 그냥 지나쳤다. 그런 다음 옥중에서 사귄 어떤 중국 사람의 집을 찾아가서 그날 밤을 묵었다.

이튿날 아침에 전화국으로 갔다. 안악 우체국으로 전화를 걸어 아내를 불러달라고 하였더니, 전화를 맡아보는 사람이 내 이름을 물었다. 김구라고 대답했더니 그는 깜짝 놀랐다.

"선생님, 감옥에서 나오셨습니까?"

"그렇소. 그런데 댁은 누구십니까?"

"네, 저는 선생님께 가르침을 받았던 제자입니다."

"오, 그런가."

그는 곧 집으로 기별하겠다고 약속하며 뵙고 싶다는 말을 했다.

나는 그날로 서울역에서 경의선 기차를 타고 고향으로 가다가 신막에서 내려 하룻밤을 잤다. 그 이튿날 다시 기차를 타고 사리원에서 내려 배넘이 나루를 건너 나무리벌에 들어섰다. 그때 전에 없던 신작로에 수십 명의 인파가 쏟아져 나왔는데, 그 선두에 선 사람은 다름 아닌 어머님이셨다. 어머니는 내 걸음걸이를 보시며 마주 오셔서 나를 잡고 눈물을 흘리셨다.

"너는 살아왔지만 아비를 그렇게 보고 싶어 하던 네 딸 화경이가 서너 달 전에 죽었구나. 네게 연락할 것 없다고 네 친구들이 그러기에 기별도 안했다. 불쌍한 것……, 7살밖에 안 된 그 어린 것이 죽을 때에 저 죽거든 아예 옥중에 계신 아버지한테 기별 말라고, 아버지가 들으시면 오죽이나 마음이 아프시겠느냐고 그러더구나!"

나는 그 뒤 곧 화경의 무덤을 찾아보았다. 어린 화경의 무덤은 안악읍 동쪽 산기슭에 있는 공동묘지에 있었다.

어머니 뒤에 김용제 등 여러 사람들이 나를 반갑게 맞아주니 감회가 깊었다. 나는 안신학교로 갔다. 안신학교에는 아내가 교원으로 있으면서 교실 한 칸에서 생활을 하고 있었다. 아내는 다른 부인들 틈에 섞여서 잠깐 얼굴을 보인 후 식사 준비에 여념이 없었다. 퍽 수척한 모습이 눈에 띄었다.

며칠 후 읍내 이인배의 집에서 나를 위하여 위로연을 열고 기생도 불러 가무를 시켰다. 잔치 도중에 나는 어머니께 불려가서 책망을 들었다.

"내가 여러 해 동안 고생을 하며 기다린 것이 오늘 네가 기생을 데리고 술 먹는 것을 보려고 한 것이냐?"

나는 무조건 잘못했다고 빌고 또 빌었다.

나를 연회석에서 불러낸 것은 아내가 어머니께 고한 때문이었다. 어머니와 아내는 전에는 다투는 일이 더러 있었다. 그러나 내가 체포되어 옥에 간 후로 고부가 일심동체가 되어서 단 한 번도 갈등을 하지 않았다는 말을 들었다.

서울에서 지낼 때 아내는 제본소에 다니며 살림을 도왔다고 한다. 그때 어떤 서양 선교사 부인이 아내의 학비를 부담하고 공부를 시켜주겠다고 했으나 아내는 그 호의를 거절했다. 이유는 어머니와 어린 화경이를 돌보리라는 생각에서였다. 아내는 나와 말다툼을 할 때면 번번이 그 말을 꺼내 나를 한없이 괴롭게 만들었다.

또한 우리 내외간에 다툼이 생기면 어머니는 반드시 아내의 편이 되셔서 나를 책망하셨다. 가만히 지켜보니 고부간에 무슨 귀엣말이 있으면 반드시 내게 불리하였다. 내가 아내의 말을 반대하거나 조금이라도 아내에게 불쾌한 빛을 보이면 으레 어머니의 호령이 떨어졌다.

"네가 옥에 있는 동안에 그렇게 절개를 지키고 고생한 아내를 박대해서는 안 된다. 네 동지들의 아내들 주위에 별별 일이 다 있었지만 네 처만은 참 행실이 갸륵했다. 네가 그래선 못쓴다."

그래서 나는 집안일에 한 번도 내 마음대로 해본 일이 없었고, 내외싸움에 한 번도 이겨본 일이 없었다.

내가 감옥에서 나와 또 한 가지 기뻤던 일은 준영 숙부가 내 가족에 대하여 극진히 대해주신 것이었다. 어머님이 아내와 화경이를 데리고 내 옥바라지하러 서울로 가시는 길에 해주 본향에 들르셨다. 그때 준영 숙부는,

"형수님, 형수님께서 젊은 며느리를 데리고 어떻게 사고무친한 타향에서 사시겠습니까. 그러지 마시고 여기서 지내십시오. 제가 집을 하나 마련하여 형수님과 조카며느리를 고생시키지 않겠습니다."

하고 적극 만류하셨다고 한다. 그러나 어머니께서는 그 만류를 뿌리치고 굳이 서울로 오셨던 것은 나와 가까이 있고 싶다는 생각도 있었지만, 아내의 굳은 심지를 믿었기 때문이었다고 한다. 또 어머니와 아내가 서울서 내려와서 종산의 우종서 목사에게 의탁하게 되었을 때 준영 숙부가 쌀가마를 소달구지에 싣고 그곳까지 찾아오기를 계속했다는 말을 덧붙이셨다.

어머니는 이렇게 준영 숙부의 일을 고맙게 말씀하시고 나서,

"네 숙부가 네게 대한 정분이 전과 달라 매우 애절하시다. 네가 나온 줄만 알면 보러 오실 것이다. 편지나 하여라."

하셨다.

어머니는 또 내게 장모님도 예전 같지 않아서 나를 소중하게 아시니, 거기도 출옥하였다는 기별을 하라고 하셨다. 내가 서대문 감옥에 있을 때에 장모님이 여러 번 면회를 와주셨다.

나는 당장이라도 준영 숙부를 찾아가 뵙고 싶었다. 그러나 아직 가출옥중이라 어디를 가려면 일일이 헌병대에 허가를 얻어야 했다. 그렇기 때문에 나는 왜놈에게 고개 숙이고 청하기가 싫어서 만기가 되기를 기다렸다. 오는 정초에나 세배 겸해서 준영 숙부를 찾을 작정이었다.

그 후 내 거주제한이 해제되어서 김용진 군의 부탁으로 며칠 동안 타작하는 것을 검사하고 돌아왔더니 준영 숙부가 다녀가셨다고 했다. 명망 있는 조카를 보러 오는 길이라 하여 남의 말을 빌려 타고 오셨는데, 이틀이 지나도 내가 돌아오지 않자 섭섭하게 여기며 돌아가셨다고 어머님께서 말씀하셨다.

나도 역시 섭섭했다. 그러나 정초가 멀지 않았기 때문에 곧 뵐 수 있으리라는 생각으로 섭섭함을 달랬다.

정초가 되었다. 초나흗날까지는 찾아뵐 어른들께 세배와 집에 찾아오는 손님들을 접대했다. 그리고 다음날인 초닷새날에는 해주로 가서 준영 숙부님을 뵙고 오래간만에 성묘도 하리라고 생각하고 있었다. 그런데 바로 초나흗날 저녁때에 재종제 태운이가 준영 숙부님이 별세하셨다는 기별을 가지고 왔다. 참으로 경악을 금할 길이 없었다. 생전에 다시는 숙부의 얼굴을 뵈옵지 못하게 되었다.

아버님 4형제 중에 아들이라고는 나 하나뿐, 준영 숙부는 딸 하나가 있을 뿐이었다. 오직 하나뿐인 조카를 못 보고 떠나시는 숙부의 심정이 어떠하셨을까.

백영 백부는 관수·태수 두 아들이 있었으나 둘 다 일찍 죽었으며, 두 딸도 출가한 후 죽었기 때문에 자손이 없었다. 필영 숙부도 준영 숙부와 마찬가지로 딸 하나만 두고 있었다.

날이 새는 대로 나는 태운과 함께 해주로 달려가서 준영 숙부의 장례를 주관하여 텃골 고개 동녘 기슭에 산소를 모셨다. 그리고는 돌아가신 준영 숙부의 집안일을 대강 처리하고 선친 묘소를 찾았다. 내 손으로 심었던 잣나무 두 그루를 살핀 후, 다시 안악으로 돌아왔다. 그런 뒤로는 다시는 본향을 찾지 못했다.

상해서 시작된 임시정부

동산평의 농촌계몽운동

나는 아내가 담당하고 있는 안신학교 일을 좀 거들어주었으나, 소위 전과자였기 때문에 전과 같이 당당하게 교육사업에 종사할 수가 없었다. 더구나 시국이 변하여 애국하던 사람들이 해외로 망명하거나 문을 닫고 숨는 길밖에 도리가 없는 세상이 되어버린 것이었다. 왜놈들은 우리 민족의 청소년을 우리 지도자가 돌보지 못하도록 백방으로 막아 놓고 노려보는 형국이었다. 이해에 셋째 딸 은경恩敬이 태어났다.

시국이 혼란하다고 해서 가만히 있을 수는 없는 노릇이었다. 나는 김홍량에게 농촌생활을 하겠다고 말했다. 그러자 그는 자기의 소유 농지 중 산천이 맑고 아름다운 곳을 택해서 드리겠으니, 감농이나 하라고 권했다. 나는 그것을 거절하고 동산평으로 가겠다고 자청했다.

동산평이란 데는 수백 년 동안 궁장宮庄에 속한 전답으로, 감관들이 협잡을 하고 농민을 타락시켜서 집집마다 도박으로 세월을 보내고 사람들끼리 모두 서로 속임질과 음해하는 것으로 일을 삼았다. 게다가 이곳은 수로가 좋지 못하여 토질구덩이로 소문이 나 있었다.

김홍량은 내가 이런 데로 가는 것을 원치 않았다. 거듭 경치와 수로가 좋은 다른 농장으로 가라고 권하였다. 그들은 내가 한문야학으로 벗을 삼아 은거하는 생활을 하려는 것으로 아는 모양이었다. 그러나 나는 고집을 부려 동산평으로 갔다.

나는 도박하는 자, 학령 아동이 있고도 학교에 안 보내는 자에게는 소작을 불허하고, 그 대신 아이를 학교에 보내는 자에게 상등답 2마지기를 주는 법을 만들었다. 이리하여 이곳에서는 학부형이 아니고는 땅을 얻지 못하게 되었다.

그리고 오랫동안 이 농장 마름으로 있으면서 소작인을 착취하고 도박을 시키던 노형극 형제의 과분한 소작지를 회수하여 근면하고도 땅이 부족한 사람에게 분배하였다. 이 때문에 나는 노형극에게 팔을 물리고 집에 불을 지른다는 등 위협을 받았다. 그렇지만 조금도 굴하지 않고 맞대항하여 마침내 그들 형제의 항복을 받아냈다.

이곳은 본래 학교가 없던 곳이라 나는 곧 학교를 세우고 교원을 초빙하였다. 처음에는 20명가량의 아동으로 시작하였으나, 이 농장에서 농사를 짓는 사람의 자녀가 다 입학하게 되니 제법 학교가 커졌다. 그래서 교원 한 사람으로서는 부족하여 나도 직접 교과를 담당했다.

장덕준은 재령에서, 지일청은 나와 같은 지방에서 나와 비슷한 농촌개발운동을 하고 있었다. 그렇기 때문에 내 농촌운동은 더욱 효과를 거두어서 동산평에 도박이 없어졌다. 이듬해 추수 때에는 소작인의 집에 볏섬이 들어가 쌓였다고 소작인의 아내들이 기뻐하며 좋아했다. 지금까지는 노름빚과 술값으로 타작마당에서 1년 수확을 빚쟁이에게 몽땅 빼앗기고 정작 농민은 빈 키만 들고 집으로 들어갔었던 것이다.

농촌 중에서도 가장 열악했던 동산평이 변모해 갈 때 딸 은경이 병을 얻어 죽어 이곳 공동묘지에 묻었다.

무오년 11월에 인이 출생했다. 김용승 진사가 김인金麟이라 이름을 지었는데, 왜놈의 민적에 등록한 까닭에 인仁으로 고쳤다.

어느덧 인이 태어난 지 3개월이 지나 기미년 2월이 되자 비밀리에 전국이 술렁거렸다. 그러던 어느 날 안악에서 장덕준이 사람을 시켜 편지를 보내왔다. 국가대사가 임박했으니 재령에 모여 만세운동을 협의하자는 것이었다. 나는 기회를 보아 움직이겠다는 답신을 보내고 몰래 진남포로 갔다. 평양으로 가기 위해서였는데, 그곳 친구들이 평양까지 무사히 가기는 힘들다고 만류하여 급히 집으로 돌아왔다.

집에 돌아오니 많은 청년들이 웅성거리고 있었다.

"선생님, 안악에서는 이미 준비가 완료되었습니다. 저희를 주도하여 만세운동을 이끌어 주십시오."

나는 청년들에게 만세운동에 참가할 수 없다고 말했다.

"선생님께서 참가하지 않으면 누가 창도합니까?"

"자네들이 할 일일세. 만세운동도 중요하지만 장래 일을 계획하고 진행하는 것이 더욱 중요하네. 내가 참가하거나 참가하지 않는 것은 큰 문제가 아니네. 그러니 자네들은 어서 가서 만세를 부르게."

청년들은 나의 말뜻을 알아차리고 돌아갔다. 다음날 만세운동이 일어났다. 그러자 나는 더 이상 지체할 수 없는 형편임을 깨닫고 상해로 떠날 결심을 했다. 떠날 날을 하루 앞두고 나는 소작인들을 동원하여 만세 부르는 운동에는 아무 관심도 없는 듯이 가래질을 하고 있었다. 내 동정을 살피러 왔던 왜놈 헌병도 이것을 보고는 안심하고 돌아갔다.

상해의 임시정부 조직

그 이튿날 나는 사리원으로 가서 경의선 열차를 타고 압록강을 건넜다. 차중에서는 물끓듯 하는 말소리가 모두 만세 이야기뿐이었다. 그리고 역의 개찰구마다 왜놈들이 지켜서서 행객들을 엄밀히 검색했다. 나는 신의주에서 온 목재상이라 하여 무사히 통과하고 안동현에서는 좁쌀 사러왔다고 칭하였다.

안동현에서 7일을 묵고 동지 15명이 영국 국적의 '이륭양행'의 배를 타고 4일 만에 무사히 황포 선창에 정박했다. 안동현을 떠날 때에는 아직도 얼음덩어리가 첩첩이 쌓인 것을 보았는데 황포 강가에는 벌써 녹음이 우거졌다. 우리는 그날 황포 강가의 모처에서 하룻밤을 잤다.

이때에 상해에 모인 인물 가운데 내가 전부터 잘 아는 이는 이동녕·이광수·김홍서·서병호 등 4명이었다. 그밖에 일본, 러시아, 구미 등지에서 이번 일로 모인 인사와 본래부터 와 있던 동포들이 있었는데, 그 수를 합하면 5백 여 명이나 된다고 하였다.

이튿날 나는 벌써부터 가족을 데리고 상해에 와 있는 김보연의 집을 찾아 그곳에서 숙식을 하게 되었다. 김 군은 내가 장련에서 교육사업을 총감할 때 나를 성심으로 사모하던 청년이다. 김 군의 주선으로 이동녕·이광수·김홍서·서병호 등 옛 동지들을 만났다.

임시정부는 그때 조직되었다. 이에 대해서는 후일 국사에 자세히 기록될 것이므로 생략하고, 나는 내무위원의 한 사람으로 뽑혔다. 얼마 후에 안창호 동지가 미주로부터 와서 내무총장으로 국무총리를 대리하게 되고, 총장들이 아직 모이지 아니하였으므로 차장제를 채용하였다.

나는 안 내무총장에게 임시정부의 문지기를 하게 해달라고 청원하였다. 도산은 내 말을 듣고 의아하게 생각했다. 나는 그 이유를 설명했다.

"나는 고국에 있을 때 순사시험 과목을 보고 내 자격을 시험하기 위해 혼자 답안을 써보았소. 그런데 실력이 부족하여 그 문제를 풀지 못했소. 실력도 없으면서 허명을 탐낸다는 것은 가당치 않고, 또 허명을 탐해 실무에 소홀히 할 염려가 있소. 그리고 나는 감옥에서 청소를 하면서 '우리나라가 독립하여 정부가 생기거든 그 집의 뜰을 쓸고 유리창을 닦는 일을 해보고 죽게 해주소서!'라고 하느님께 기도했었소. 그러니 내게는 문지기가 적합하오."

도산은 이 말을 듣고 빙그레 웃었다.

"미국에서도 백궁白宮(백악관)만 지키는 관리를 두고 있습니다. 우리도 백범 같은 이가 정부청사를 수호하는 것은 의미가 있습니다. 백범의 뜻이 정 그렇다면 국무회의에 제출하여 결정하겠소."

다음날 도산은 나에게 문지기가 아닌 경무국장 사령서를 교부했다. 그때는 다른 총장들은 아직 취임하기 전이라 윤현준·이춘숙·신익희 등 새파란 젊은 차장들이 총장의 직무를 대행하고 있었다. 그들은 나이 많은 선배가 문지기를 하고 있으면 자기들이 드나들기에 거북할 것이기 때문에 안 된다고 반대했던 것이다. 대신 내가 다년의 감옥생활로 왜놈 실정을 잘 알 것이니 경무국장이 합당하다고 의견을 모았던 것이었다.

나는 한사코 사양했다.

"순사의 자격도 없는 내가 어찌 경무국장을 한단 말이오. 불가하오."

그러나 도산은 절대 굽히지 않았다.

"만일 백범이 사퇴하면 젊은 사람들 밑에 있기를 싫어하는 것같이 오해를 받을 염려가 있소. 그러니 그대로 맡아 행공하시오."

나는 부득이 취임하여 시무하였다.

대한민국 2년에 아내가 인仁을 데리고 상해로 오고 대한민국 4년에 어머님도 오셨다. 오래간만에 온 가족이 재미있는 가정을 이루게 되었다. 그 해 8월 신信이 태어났다.

나의 국모 보수사건이 24년 만에야 본국에 있는 왜의 귀에 들어갔다고 한다. 내가 본국을 떠난 뒤에야 형사들도 안심하고 김구가 김창수라는 것을 왜경에게 말한 것이었다. 그 소식을 듣고 나는 눈물나는 민족의식을 새삼 절감했다. 치하포에서 내가 왜놈을 때려죽인 사실은 동포들 중에는 왜놈 정탐꾼들도 알고 있었다. 그런데도 누구 한 사람 그 사실만은 발설하지 않았던 것이다.

대한민국 5년에 내가 내무총장이 되었다.

아내의 죽음

그 전에 아내는 신을 낳은 뒤에 낙상으로 인하여 폐렴을 얻어 몇 해를 고생하다가, 상해 보륭의원의 진찰로 서양인이 차린 홍구폐병원에 입원하게 되었다. 그래서 보륭의원에서 작별했는데, 그것이 마지막이었다. 아내는 대한민국 6년 1월 1일에 세상을 떠났다. 나는 아내를 프랑스 조계 숭산로의 공동묘지에 안장하였다.

나는 독립운동 기간 중에는 혼상을 막론하고 성대한 의식은 불가하다고 생각했다. 그래서 아내의 장례를 극히 검소하게 치를 생각이었다. 그렇지만 여러 동지들이, 내 아내가 나를 위하여 평생에 비할 수 없는 고생을 한 것이 곧 나라 일이라 하여 돈을 거두어 성대하게 장례를 지내고 묘비까지 세워주었다. 그 중에도 세관 유인국 군은 병원 교섭과 묘지 주선에 이르기까지 노력을 다하여 주었다.

아내가 입원할 무렵 인이도 병이 중하여 공제의원에 입원하여 치료하다가 아내 장례 후에는 완쾌되었다. 신이는 겨우 걸음마를 시작할 때로 아직 젖을 떼지 않았음으로 우유를 먹었다. 그렇지만 잘 때에는 꼭 할머니의 빈 젖을 물어야만 잠들었다. 그러므로 신이가 말을 배우게 되었을 때 할머니란 말을 알고 어머니란 말은 몰랐다.

대한민국 8년에 어머니께서는 신이를 데리고 고국으로 가셨다. 이듬해에는 인이도 보내라시는 어머님의 명으로 인이도 내 곁을 떠나서 본국으로 돌아갔기 때문에 나는 외로운 몸으로 상해에 남았다.

대한민국 9년 11월에 나는 국무령國務領으로 선임되었다. 국무령은 임시정부의 최고 수령이다. 한 나라의 원수元首라는 분에 넘치는 직위에 선임된 나는 즉시 임시 의정원 의장 이동녕에게 말했다.

"나는 자격이 없습니다. 아무리 기틀이 잡히지 않은 나라라 할지라도 나같이 미미한 사람이 한 나라의 원수가 됨은 국가의 위신을 떨어뜨리게 할뿐입니다. 그러므로 나는 막중한 소임을 감당할 수 없습니다."

나는 끝까지 고사苦辭하였으나 강권에 못 이겨 부득이 취임하게 되었다. 그래서 윤기섭·오영선·김갑·김철·이규홍으로 내각을 조직했다. 그런 후에 헌법 개정안을 의정원에 제출하여 독재적인 국무령제를 고쳐 평등한 위원제로 하고, 지금은 나 자신도 국무위원의 한 사람으로 임하고 있다.

내 육십 평생을 돌아보니 너무도 상식에 벗어나는 일들이 한두 가지가 아니다. 대개 사람이 귀하면 궁함이 없겠고, 궁하고는 귀함이 없을 것이지만, 나는 평생을 궁하게 지내었다. 우리나라가 독립하는 날에는 설사 삼천리강산이 다 내 것이 될는지 모를지라도, 지금의 나는 넓디넓은 이 지구상에 한 치의 땅, 한 칸 집도 가진 것이 없다.

나는 과거에는 궁함을 면하고 영화를 얻으려고 몽상도 하고 버둥거려보기도 하였다. 그러나 지금에 와서는 이런 생각을 한다. 옛날 한유韓愈는 〈송궁문送窮文〉을 지었으나 나는 차라리 〈우궁문友窮文〉을 짓고 싶으나, 문장이 짧아 그도 할 수가 없다. 자식들에게 대하여 아비 된 의무를 조금도 못하였으므로 자식들에게 나를 아비라 하여 자식 된 도리를 해주기를 원치 않는다. 너희들은 사회의 은덕으로 먹고 입고 배울 터이니, 사회의 아들이 되어 사회를 아비로 여겨 효도로 섬기면 내 소망은 이에 더한 만족이 없을 것이다.

이 붓을 놓기 전에 몇 가지 더 적을 것이 있다.

내가 동산평 농장에 있을 때의 일이다. 기미년 2월 26일이 어머님의 환갑이므로 약간의 음식을 차려 가까운 친구들과 함께 간략하나마 어머니의 수연을 베풀자고 아내와 함께 의논했던 적이 있었다. 그래서 잔치를 준비하고 있는데 어머니께서 눈치를 채시고 이렇게 말씀하셨다.

"이 어려운 때에 환갑잔치가 웬 말이냐. 네가 어려운 중에 무엇을 장만한다면 도리어 내 마음이 불안하니 후년으로 미루도록 해라."

어머니께서 완강히 반대하시므로 결국 수연을 베풀지 못했다. 그로부터 며칠도 못 가서 나는 고국을 떠나 이곳으로 왔던 것이다.

어머니가 상해로 오신 뒤에도 마음을 먹고 있었으나, 독립운동을 하느라고 날마다 수십, 수백의 동포가 혹은 목숨을, 혹은 집을 잃는 참혹한 소식을 듣고 앉아서, 설사 힘이 있다손 치더라도 어머니를 위하여 수연을 베풀 용기부터 나지 않았다. 그러므로 내 생일 같은 것은 입 밖에도 낸 일도 없었다.

대한민국 8년이었다. 하루는 나석주가 식전에 고기와 반찬거리를 들고 우리 집에 와서 어머니께 드렸다.

"오늘이 선생님 생신이 아닙니까? 돈은 없고, 그래서 옷을 전당 잡혀 생신 차릴 것을 좀 사왔습니다."

나는 나석주의 정성으로 내 평생 가장 영광스런 생일 대접을 받았다.

나석주는 나라를 위하여 동양척식회사에 폭탄을 던지고 제 손으로 저를 쏘아 충혼이 되었다. 나는 그가 차려준 생일을 영구히 기념하기 위하여, 또 어머니의 환갑잔치를 못해드린 것이 황송하여 평생에 다시는 내 생일을 기념치 않기로 결심했다. 그러므로 이 글에도 내 생일 날짜를 기입하지 않는다.

인천 소식을 들어보니 박영문은 별세하셨고 안호연은 생존해 계신다는 것이었다. 나는 믿을 만한 인편에 회중시계를 한 개 사보내고 내가 김창수란 말을 하여달라고 하였으나 끝내 회답을 받지 못했다. 성태영은 그간 길림吉林에 와서 살고 있었으므로 통신을 했다. 유인무는 북간도에서 누군가에게 피살되었고, 그 아들들은 아직도 거기 살고 있다고 한다.

나와 서대문 감옥에서 2년이나 한 방에 있으며 내게 글을 배우고 또 내게 끔찍이 대해 주던 이종근은 러시아 여자를 얻어 가지고 상해에 왔기 때문에 종종 만났다. 김형진의 유족 소식은 아직도 모르고, 강화 김경득의 유족 소식은 탐문하는 중이다.

지금까지 기술한 내용 중에 연월 일자를 기입한 것은 내가 기억하지 못하여 어머니께 편지로 여쭈어서 기입한 것이다.

나의 일생에서 가장 큰 행복이라 할 수 있는 것은 튼튼한 몸과 기질이라 하겠다.

감옥 생활 5년에 하루도 병으로 쉰 날은 없었다. 다만 인천 감옥에서 학질로 한나절을 쉰 적이 있을 뿐이다. 병원이라고는 혹을 떼노라고 제중원에서 1개월, 상해에서는 스페인 감기로 20일 동안 입원하였을 뿐이다.

기미년에 조국을 떠난 지 지금까지 10여년 사이에 겪은 일 중에는 중요한 일, 그리고 진기한 일도 많으나 독립이 완성되기 전에는 말할 수 없는 것이기에 적지 못하는 것이 유감이다.

이 글을 쓰기 시작한 지 1년 넘은 대한민국 11년 5월 3일에 임시 정부 청사에서 붓을 놓는다.

대한민국 임시정부 청사에서

백범 白凡逸志 일지

하권

하권의 책머리에

〈백범일지〉 상권은 내가 53세 때 상해 프랑스 조계 마랑로 보경리 4호의 임시정부 청사에서 1년 정도의 시간을 들여 기술한 것이다. 그 동기는 이렇다.

나는 젊어서 기울어가는 나라와 민족을 위해 일하기로 결심하고 붓을 던지고 내 힘의 빈약함과 재주가 미천함에도 불구하고, 승패를 따지지 않고 영욕도 돌아봄이 없이, 어언 삼십여 년을 국가와 민족을 위해 분투하며 살았다.

기미년 3·1운동의 영향으로 임시정부가 조직되어 십여 년을 고수해왔지만, 이루어놓은 일이라곤 하나도 없이 내 나이는 벌써 60을 바라보고 있었다. 이에 나는 독립운동의 침체된 국면을 타개하기 위해서 무슨 일인가 하지 않으면 안 된다는 생각을 갖게 되었다. 생각 끝에 결정을 내린 것이 왜놈들의 주요 인사 암살과 요충지 파괴였다.

그래서 나는 미주와 하와이 동포들에게 편지하여 금전의 후원을 요청하고 비밀리에 열혈남아들을 물색하고 모집했다. 그러면서 생각했다.

"계획대로 왜놈들의 주요 인사를 암살하고 요충지 파괴에 성공하면 나는 틀림없이 주동자로 체포될 것이다. 그 때는 냄새나는 내 가죽 껍데기도 최후가 될 것이다."

이렇게 최후를 예측하자 문득 고국에 있는 어린 두 아들이 생각났다. 그들에게 아비가 지낸 일을 알리기 위해 유서 대신 쓰기 시작한 것이 〈백범일지〉의 상권이다.

동경사건을 실행에 옮기기 전에 나는 이것을 등사하여 미주와 하와이에 있는 몇몇 동지에게 보내어 후일 내 아들에게 보여주기를 부탁하였다.

그러나 나는 죽을 땅을 얻지 못하고 천한 목숨이 아직 살아남아서 〈백범일지〉 하권을 쓰게 되었다. 이 때는 내 두 아들도 이미 장성하였으니, 상권으로 부탁한 것은 문제가 없게 되었다.

내가 지금 이것을 쓰는 목적은 다름이 아니라, 지난 세월 인물이 모자라고 경험이 부족한 탓에 숱한 과오와 시행착오를 겪었다. 그것을 진솔하게 기록해 둠으로써 해외와 고국에 있는 동지들이 거울로 삼아 다시 나와 같은 전철을 밟지 말기를 바라서이다.

지금 이 하권을 쓸 때의 정세는 상권을 쓸 때보다는 훨씬 호전되었다.

상권을 쓸 때는 실로 명목상의 임시정부를 유지하고 있을 뿐이었다. 일례로 정부 청사의 방문객 중에는 외국인은 고사하고, 우리 한인으로도 국무위원과 십여 명의 의원 이외에는 찾아오는 사람이 없었다.

그러나 지금은 중국 본토에 있는 한인의 각당 각파가 임시정부를 지지할 뿐 아니라, 미주와 하와이에 있는 만 명의 동포가 이 정부를 추대하여 독립 자금과 함께 기대와 응원을 보내고 있는 것이다.

그런가 하면 외교도 가히 상전벽해가 되었다고 할 수 있다. 전에는 중국·소련·미국의 당국자가 비밀리에 약간의 찬조를 한 일은 있으나 공식적인 찬조는 없었다. 그랬던 것이 지금은 그 입장을 바꿔 미국 대통령 루즈벨트는,

"한국은 장래에 완전한 자주 독립국이 될 것이다."

라고 전 세계에 공식적으로 방송하였고, 중국의 입법원장 손과孫科 씨는 공공연한 석상에서 이렇게 부르짖었다.

"일본 제국주의를 박멸하는 중국의 좋은 계책은 먼저 한국 임시정부를 승인하는 것밖에 없다."

한편 임시정부에서도 워싱턴에 외교위원부를 설치하고, 이승만 박사를 위원장으로 임명하여 외교와 홍보에 노력하고 있다.

또 군정으로는, 한국광복군이 정식으로 조직되어 이청천을 총사령으로 삼아 서안에 사령부를 두고 군사 모집과 함께 훈련과 작전을 계획 중이다. 게다가 재정도 많이 좋아졌다. 종래에는 왜놈들의 강압과

독립운동의 침체로 말미암아 집세를 내기도 어려울 지경이었다. 그런데 상해의 홍구 폭탄사건 이후 내외 동포의 임시 정부에 대한 인식이 획기적으로 변했다. 그런 까닭에 정부의 재정 수입고가 해마다 증가하게 되어, 대한민국 23년에는 수입이 53만 원 이상에 달하게 되었다. 이는 실로 임시정부 설립 이래의 최고의 기록이다.

이상과 같이 임시정부의 상태는 상해에서 이 책 상권을 쓸 때보다 훨씬 나아졌다. 그러나 나 자신으로 말하면 나날이 늙어감으로 인한 병과 노쇠함을 막을 길이 없다. 비유하자면 상해 시대를 '죽자구나 하던 시대'라 하면 중경 시대는 '죽어가는 시대'라 하겠다.

만일 누가 나에게, '어떻게 죽기를 원하는가?'라고 묻는다면, 나는 서슴없이 이렇게 대답할 것이다.

"나의 최대 소원은 독립이 된 후 고국에 돌아가 입성식入城式을 하고 죽는 것이다. 죽더라도 미주와 하와이에 있는 동포들을 만나보고 돌아오는 비행기 안에서 죽고 싶었다. 그리하여 내 시체를 고국산천에 던져 그것이 산에 떨어지면 날짐승이나 길짐승의 먹이가 되고, 물에 떨어지면 물고기의 뱃속에 영장永葬되는 것이다."

이 나이까지 살아보니 세상은 고해라고 하더니, 정말 살기도 어렵고 죽는 것 또한 어렵다. 나는 옥중에서 두 차례나 자살을 생각했었다. 한 번은 인천 감옥에서 장질부사에 걸렸을 때고, 다른 한 번은 인천 축항 공사장에서였다. 나뿐만 아니라 매산 안명근도 서대문 감옥에서 굶어죽기를 결심하고 식음을 전폐했었다. 그러나 눈치 빠른 왜놈들이 강제로 달걀을 입에 넣어 뜻을 이루지 못했다.

타살보다 자살은 결심만 강하면 쉬울 듯도 하지만, 자살도 자유가 있는 자라야 가능한 일이지 정작 자유를 잃으면 그것도 용이한 일이 아니었다.

나의 칠십 평생을 회고하면, 살려고 하여 산 것이 아니라 그저 살아져서 산 것이다. 또한 죽으려고 하였어도 죽지 못한 이 몸이 필경은 죽어져서 죽게 되리라.

중경 화평로 오사야항 1호, 대한민국 임시정부 청사에서

삼일운동과 상해 임시정부

임시정부 경무국장

기미년 3월, 안동현에서 영국 상인의 윤선輪船을 타고 4일간의 항해 끝에 상해에 도착한 나는 동행한 15명과 함께 이름을 알 수 없는 동포의 집에서 하룻밤을 지냈다. 그 이튿날 곧바로 상해에 집합한 동포들 중에 내가 아는 사람을 수소문했는데, 이동녕 선생을 비롯하여 이광수·김홍서·서병호·김보연 등이 있다는 사실을 알게 되었다. 특히 김보연은 내가 장련에서 교육사업을 총감할 때 나를 성심으로 사모하던 청년이었다.

내가 상해에 도착했다는 소식을 들은 김보연이 이날 오후에 나를 찾아왔다. 그는 몇 년 전에 처자를 거느리고 상해로 건너와 살고 있었다.

"선생님, 마땅한 거처도 없을 터이니 제 집에서 머무십시오."

이날부터 나는 김보연의 집에 기거하면서 상해생활을 하게 되었다. 다음날 나는 김 군을 안내자로 하여 이동녕 선생을 찾았다. 서울 양기탁 사랑에서 서간도 무관학교에 관한 의논을 하고 헤어진 후 10여년 만에 서로 만나는 것이었다. 그때의 광복사업을 준비할 전권의 임무를 맡던 선생의 좋았던 신수는 10여 년 고생에 약간 쇠하여 얼굴에 주름살이 보였다. 서로 악수하니 감개가 무량하여 무슨 말부터 꺼내야 할지 생각이 나지 않았다.

이동녕 선생은 나에게 본국의 소식을 묻고는 상해의 실정을 말씀하셨다. 상해에 있는 우리 동포는 5백여 명 가량 된다고 했다. 대부분은 독립운동을 목적으로 본국이나 일본, 러시아, 구미 등지에서 모여든 지사들이었다. 그리고 이렇게 모인 지사들이 '신한청년당'을 조직하여. 김규식을 파리 평화회의의 대한민국 대표로 파견했고, 김철은 본국으로 보내 활동하고 있었다.

신한청년당의 많은 청년들은 정부조직의 필요성을 절감했다. 그리하여 각지로부터 모여든 인사들이 임시정부와 임시정권을 조직하여 중외에 선포한 것이 4월 초순이었다. 이에 탄생된 대한민국 임시정부의 수반은 국무총리 이승만 박사, 그 밑에 내무·외무·재무·법무·교통 등의 부서가 있어 광복운동의 여러 선배 수령을 그 총장에 추대하였다. 총장들이 멀리 타지에 있어서 취임치 못하므로 청년들을 차장으로 임명하여 총장을 대리케 하였다. 내가 내무총장 안창호 선생에게 문지기를 청원한 것이 이 때였다.

나는 문지기를 청원했는데 뜻하지 않게 경무국장으로 취임하게 되어 이후 5년 간 신문관, 판사, 검사의 직무와 사형집행까지 혼자 겸하여서 하게 되었다. 그 까닭은, 범죄자를 처분할 때 말로 타일러 방면하거나 아니면 사형에 처했기 때문이다. 그 중의 한 가지 예를 들면 이렇다. 김도순이라는 17세 소년이 본국에 특파되었던 임시정부 특파원을 따라 상해에 왔다. 그 후 김도순은 왜놈의 영사관에 매수되어 비밀을 제공하는 대가로 10원을 받았다가 경무국에 적발되었다. 나는 그를 어떻게 처리해야 할까 고민했다. 왜놈의 밀정이 되어 동지를 해롭게 한 그를 말로 타일러 방면할 수는 없었다. 그렇다면 다른 방법은 어쩔 수 없는 사형뿐이었다. 미성년자임에도 불구하고 극형에 처한 것은 기성 국가에서는 찾아보지 못할 특종사건이었다.

내가 맡은 경무국의 사무는 남의 조계에 붙어 지내는 임시정부인 만큼 기성 국가에서 하는 보통 경찰행정과는 다른 점이 상당히 많았다. 이를테면 왜놈들이 방해하는 정당의 활동을 보호하고 독립운동가가 왜에게 투항하는 것을 감시하며, 왜의 마수가 어느 방면으로 들어오는가를 잘 감시하는 데 있었다. 이 일을 하기 위하여 나는 정복과 사복의 경호원 20여 명을 썼다. 이로써 홍구의 왜놈 영사관과 대립하여 암투를 하는 것이었다.

당시 프랑스 조계 당국은 우리의 독립운동에 우호적이었다. 그렇기 때문에 왜놈 영사관에서 우리 동포의 체포를 요구할 때 미리 우리에게 알려주어서 피하게 한 뒤에 일본 경관을 대동하고 빈 집을 수사할 뿐이었다.

왜적 다나카 기이치가 황포 선창에서 오성윤 등에게 폭탄을 맞았으나, 불발로 끝나고 말았다. 그러자 오 의사는 권총을 발사했는데, 불행히도 미국 여자 한 명이 죽었다. 그 사건으로 일본·영국·프랑스 세 나라가 합작하여 프랑스 조계의 한인을 대거 수색한 일이 있었다. 우리 집에는 어머님이 본국으로부터 상해로 오신 때였다.

하루는 이른 새벽에 왜놈의 경관 일곱이 프랑스 경관 서대납西大納을 앞세우고 내 침실로 들어섰다. 서대납은 나와 잘 아는 사람이라 나를 보더니 옷을 입고 따라오라 하며 왜놈 경관이 나를 결박하려는 것을 못하게 하였다.

프랑스 경무청에 가니 원세훈 등 다섯 사람이 벌써 잡혀와 있었다. 프랑스 당국은 왜놈 경관이 우리를 신문하는 것도 허락하지 않았다. 또한 왜놈의 영사관으로 넘기라는 것도 무시하고, 나로 하여금 다섯 사람을 담보케 한 후에 나를 비롯하여 모두 석방해버렸다.

우리 동포가 관련된 일에는 내가 임시정부를 대표하여 언제나 배심관이 되어 프랑스 조계의 법정에 출석했다. 그리하여 현행범이 아닌 이상 내가 담보하면 언제나 석방하는 것이었다.

왜놈 경찰은 나와 프랑스 당국과의 절친한 관계를 안 뒤로는 다시는 내 체포를 프랑스 당국에 요구하는 일이 없었다. 그 대신 나를 프랑스 조계 밖으로 유인해 내어 체포하려고 했다. 그런 의도를 알아차린 나는 한걸음도 조계 밖에는 나가지 않았다.

득실거리는 왜놈 앞잡이

내가 프랑스 조계 생활 14년 동안에 생긴 기이한 일을 일일이 적을 수도 없고, 또 이루 다 기억하지도 못한다. 그 중에 몇 가지만을 말하면 다음과 같다.

5년 동안 경무국장의 직책을 맡고 있을 때, 고등 스파이 선우갑을 체포하여 신문했다. 그는 자신이 죽을죄를 지었다는 것을 깨닫고 스스로 사형집행을 원했다. 그의 뉘우침이 컸으므로, 나는 우리 정부에 큰 공을 세워 속죄하겠다는 서약을 받고 살려두었다. 그랬더니 그는 상해에서 정탐한 문건을 임시정부에 제공하기도 했는데, 풀어준 지 나흘 뒤에 본국으로 도망쳤다. 그 후 그는 임시정부의 덕을 칭송하고 다닌다는 소문을 들었다.

강인우는 왜놈 경부였는데, 비밀사명을 띠고 상해에 와서 나를 만나고 싶다고 했다. 그런데 만나는 장소가 왜놈과 동행하면 충분히 나를 체포할 수 있는 영국 조계의 신세계 음식점이었다. 나는 망설이다가 그를 만나기로 결심하고 약속 장소로 갔다. 다행히 강인우는 혼자였다. 그는 총독부에서 받은 임무를 상세히 보고하면서 우리가 주의해야 될 점을 귀띔한 후에 말했다.

"선생님, 저에게 거짓 보고 자료를 주십시오. 그러면 그 자료를 가지고 귀국하여 책임이나 모면하겠습니다."

나는 그에게 거짓 자료를 만들어 주었다. 그 자료를 가지고 본국으로 돌아간 강인우는 그 공으로 풍산 군수가 되었다고 한다.

구한국 내무대신 동농 김가진 선생은 한일합병 후에 왜에게 남작을 받았다. 그러나 3·1독립 선언 후에 대동당大同黨을 조직하여 독립운동을 하다가 아들인 의한 군을 데리고 상해로 왔다. 그러자 왜놈의 총독은 남작 중에서 독립운동에 참가한 것을 수치로 여기고, 의한 아내의 사촌 오빠인 정필화를 밀파하여 동농 선생의 귀국을 종용했다. 그것을 알아차린 우리 경무국에서 정필화를 검거하여 신문한 후에 교수형에 처했다.

황학선은 해주 사람으로 3·1운동 이전에 상해에 온 자인데, 우리 운동에 가장 열성을 보였기 때문에 타처에서 오는 지사들을 그 집에 유숙케 하였다. 그런데 그는 임시정부를 비난하여 새로 온 지사들을 충동질했다. 그리하여 나창헌·김의한 등 수십 명이 입시정부 내무부를 습격하여 우리들 사이에 육박전이 벌어졌다. 그 싸움으로 나창헌과 김기제가 중상을 입었다. 내무총장 이동녕 선생의 명령을 받아 붙잡혀 결박당한 청년들을 잘 타일러 풀어주고, 중상당한 나창헌·김기제는 입원시켜 치료를 받게 하였다.

이 사건을 조사한 결과 황학선이 왜놈 영사관의 자금과 지령을 받아 우리 정부 각 총장과 경무국장을 살해할 무서운 계획을 꾸미고 있다는 사실을 알게 되었다. 그는 나창헌이 경성의전의 학생이었던 것을 이용하여 3층 양옥을 세를 내어 병원 간판을 붙이고, 총장들과 나를 그리로 은밀히 유인하여 살해할 계획이었던 것이다.

나는 이 문초의 기록을 나창헌에게 보였더니, 그는 펄펄 뛰며 속은 것을 자백하고 황학선을 사형에 처할 것을 주장하였다. 그러나 그때는 벌써 황학선이 교수형을 당한 뒤였다. 나는 나창헌과 김의한 등이 전혀 악의가 없고 황의 모략에 속은 것이라고 판단하였다.

한번은 박모라는 청년이 경무국장 면회를 청했다. 그래서 만났는데, 그는 나를 보자마자 주먹 같은 눈물을 뚝뚝 떨구며 단총 한 자루와 수첩 하나를 내 앞에 내어놓았다.

"선생님, 제가 큰 죄를 지을 뻔했습니다. 용서해주십시오. 저는 여러 날 전에 먹고 살 길을 찾아 본국을 떠나 상해에 왔습니다. 그런데 왜놈 영사관에서 나의 체격이 좋은 것을 보고 붙잡아 가서 말하기를 선생님을 암살하라고 했습니다. 선생님을 암살하면 많은 돈을 주고 본국의 가족들에게는 좋은 토지를 주겠다고 했습니다. 만일 불응하면 불령선인으로 엄벌한다 하기에 부득이 그놈들의 뜻에 따르겠다고 했습니다. 그리하여 그놈들이 준 무기를 품고 프랑스 조계에 들어와 선생님을 멀리서 지켜보았지만, 나도 대한민국 사람으로서 독립운동에 힘쓰시는 선생님을 차마 살해할 수는 없었습니다. 그래서 이렇게 단총과 수첩을 선생님께 바치는 것입니다."

그는 이렇게 말한 후에 먼 지방으로 달아나서 장사나 하겠다고 했다. 나는 그 말을 믿고 감사하다는 말을 하고 놓아 보냈다.

나는 '의심하는 사람이거든 쓰지를 말고, 쓰는 사람이거든 의심을 말라'는 것을 신조로 하여 살아왔다. 그 때문에 실패한 일도 없지 않았는데, 한태규 사건이 그 예다.

한태규는 평양 사람으로서 매우 근실하여 내가 7~8년을 부리는 동안에 내외국인의 신임을 얻었다. 내가 경무국장 자리에서 물러난 후에도 그는 여전히 경무국 일을 보고 있었다.

하루는 계원 노백린 형이 아침 일찍 내 집에 와서 길가에 한복 입은 젊은 여자의 시체가 있다고 했다. 나가서 살펴보니 명주의 시체였다. 명주는 상해에 온 후로 정인과·황석남 등의 식모로도 있었고, 젊은 사내들과 추행도 있다는 소문이 있던 여자다. 어느 날 밤에 한태규가 이 여자와 동행하는 것을 본 적이 있었다. 그때 나는 '한 군도 젊은 사람이니 그러나보다' 하고 모른 척 했다.

시체를 검사하니 피살이 분명했다. 머리에 피가 묻어 있고 목에는 노끈으로 매였던 자국이 있었다. 그 수법이 내가 서대문 감옥에서 활빈당 김 진사에게 배운 것을 경호원들에게 가르쳐준 그것이었다. 여기서 단서를 얻어 조사한 결과 그 범인이 한태규인 것이 판명되었다.

프랑스 경찰에 그를 체포케 하여 내가 배심관으로 문초를 들었다. 그는 내가 경무국장을 사직한 후 여러 가지 사정으로 왜놈에게 매수되어 밀탐을 하면서 명주와 비밀리에 동거하고 있었다. 명주는 한태규가 왜놈의 밀정 노릇을 하고 있다는 사실을 모르고 있다가, 어떻게 알게 되었다. 명주는 행실이 부정할망정 애국심은 열렬한 여자였다. 그리고 나를 존경하고 있었다고 했다. 그러므로 명주가 자기의 신분을 나에게 고발할 것이 두려워 살해했다고 자백했다. 그는 종신징역에 처해졌다.

얼마 후 나와 함께 한태규 사건을 조사했던 나우 등이 이런 말을 했다.

"저희는 한태구가 돈을 물 쓰듯 하는 것을 보고 정탐꾼일 가능성이 많다고 생각했습니다. 그러나 확실한 증거를 잡지 못했기 때문에 선생께 보고하지 못했습니다. 의심만으로 선생께 보고했다가는 도리어 동지를 의심한다는 책망을 들을 것 같았기 때문입니다."

그 후 한태규는 다른 죄수들을 선동하여 양력 1월 1일에 옥을 깨뜨리고 도망치기로 공모했다. 그러나 한태규은 제가 도리어 그 사실을 프랑스 옥관에게 밀고했다. 마침내 그날이 되어 죄수들이 칼과 몽둥이 등을 들고 탈옥을 시도할 때, 한태규는 스스로 총을 쏘아 죄수 여덟 명을 죽였다. 그의 행실은 다른 죄수들을 꼬여 나무 위로 올라가라고 해놓고 밑에서 흔들어댄 것으로, 참으로 비열하기 짝이 없었다.

그리고 이 사건을 재판할 때 한태규는 제가 쏘아 죽인 여덟 명의 시체를 담은 관머리인 증인으로 출정했다는 말을 들었다. 그로부터 얼마 후 한태규의 서신이 날아들었다. 탈옥하려는 죄수 여덟 명을 죽인 공로를 인정받아 특전으로 풀려났으니 전죄를 용서하고 다시 써달라는 내용이었다.

그러나 그는 나의 회답이 없음을 보고 겁을 내어 본국으로 귀국했다고 하며, 그 후 평양에서 무슨 장사를 하고 있다는 소문을 들었다.

내가 이런 흉악한 놈을 절대로 신임한 것이 다시 세상에 머리를 들 수 없을 만큼 부끄러워서 심히 고민하였다.

반목과 갈등의 사상대립

내가 경무국장이던 때에 있었던 일을 여기서 줄이고, 이제는 상해에 임시정부가 생긴 이후에 일어난 우리 운동 전체의 파란곡절을 회상해 보기로 한다.

기미년, 즉 대한민국 원년에는 국내나 국외를 막론하고 정신이 일치하여 민족 독립운동으로만 진전되었다. 그러나 당시 세계의 여러 나라에 일고 있는 사상의 영향에 따라서 우리 중에도 점차로 봉건이니 프롤레타리아 혁명이니 하는 말을 하는 자가 생겨서, 단순하던 우리 운동에도 사상의 분열, 대립이 생기게 되었다. 임시정부 직원 중에도 민족주의니 공산주의니 하여 음으로 양으로 투쟁이 개시되었다. 심지어 국무총리 이동휘가 공산혁명을 부르짖고, 이에 반하여 대통령 이승만은 민주주의를 주장하여, 국무회의 석상에서도 의견이 일치하지 못하고 대립과 충돌을 보이는 기괴한 현상이 겹쳐서 자주 일어났다.

예를 들면 국무회의에서는 러시아에 보내는 대표로 여운형·안공근·한형권 세 사람을 임명하고 여비를 각출했다. 여비가 걷혔을 때 이동휘는 제 심복인 한형권 한 사람을 비밀리에 먼저 보내 한이 시베리아를 통과한 뒤에야 이것을 공개했다. 그 일로 인하여 정부나 사회에 큰 파문이 일었다.

이동휘는 본래 강화 진위대 참령을 지냈는데, 군대 해산 후에 블라디보스톡으로 건너가서 이름을 바꿔 대자유大自由라 행세한 일도 있었다고 한다.

하루는 이동휘가 나에게 공원길 산책을 하자고 권했다. 그래서 동행했는데, 그 때 이동휘는 조용한 말로 자기를 도와달라고 했다. 나는 좀 불쾌한 생각이 들어서 이렇게 대답했다.

"제가 경무국장으로 국무총리를 수행하는 데 있어서 어떤 불찰이 있습니까?"

이동휘는 손을 저으며 말했다.

"그런 것이 아니오. 무릇 혁명이라는 것은 피를 흘리는 사업인데, 지금 우리가 하고 있는 독립운동은 민주주의 혁명에 불과하오. 따라서 이대로 독립을 하더라도 또다시 공산주의의 혁명을 해야 하는데, 그러면 우리 민족은 두 번 피를 흘리는 불행을 겪게 되는 것이오. 그래서 단 한 번으로 끝내자는 취지에서 적은이(아우님이라는 뜻으로 이동휘가 수하 동지에게 즐겨 쓰는 말이다.)도 나와 함께 공산혁명을 하면 좋겠다는 생각이오. 적은이의 의향은 어떻소?"

나는 매우 불쾌했기 때문에 이렇게 반문했다.

"우리가 공산혁명을 하는 데는 제3국제공산당(코민테른)의 지휘와 명령을 안 받고도 할 수 있습니까?"

이동휘는 이맛살을 찌푸리며 고개를 흔들었다.

"그건 안 되지요."

나는 이동휘를 쏘아보면서 강경한 어조로 말했다.

"우리 독립운동은 우리 대한민국 독자의 운동이오. 어느 제3자의 지도나 명령에 지배되는 것은 남에게 의존하는 것이니 우리 임시 정부 헌장에 위반되오. 총리가 이런 말씀을 하심은 크게 옳지 않으니 나는 선생의 지도를 받을 수 없고, 또 선생께 자중하시기를 권고하오."

나의 말에 이동휘는 불만스런 낯으로 돌아섰다.

이 총리가 비밀리에 보낸 한형권은 단신으로 시베리아에 도착하여 러시아 관리에게 자신의 사명을 말했다. 보고를 받은 모스크바 정부는 대한민국 임시정부 대표를 환영하여 러시아에 재류한 한인 동포들을 동원했다. 그리하여 한형권이 도착하는 정거장마다 한인 동포들이 태극기를 흔들며 열렬히 환영했다. 이렇게 환영의 물결 속에 모스크바에 도착한 한형권을 러시아 최고 수령인 레닌이 친영親迎했다.

레닌은 한형권에게 독립자금은 얼마나 필요하느냐고 물었다. 한형권은 입에서 나오는 대로 2백만 루블이라고 대답했다. 그때 레닌은 웃으면서 반문했다.

"일본을 대항하는 데 겨우 2백만 루블로 될 수 있는가?"

레닌의 이 말에 한형권은 금액을 너무 적게 부른 것을 후회했다. 그렇지만 한번 뱉은 말이라 번복할 수가 없었다.

"본국과 미국에 있는 동포들이 자금을 조달하고 있으니 당장은 2백만 루블이면 됩니다."

레닌은 고개를 끄덕이며 이렇게 말했다.

"제 민족의 일은 제가 하는 것이 당연하다."

레닌은 곧 외교부에 명하여 2백만 루블을 한국 임시정부에 지불하게 했다. 한형권은 그 중에서 제1차분으로 40만 루블을 가지고 모스크바를 떠났다.

이동휘는 한형권이 돈을 가지고 떠났다는 기별을 받자 국무원에 알리지 않고 자기의 비서장 김립을 시베리아로 마중 보냈다. 이유는 그 돈을 중간에서 빼돌리기 위함이었다. 그런데 한형권을 마중한 김립은 그 돈을 받아 자기 욕심을 채워버렸다. 자기 가족을 위하여 북간도에 토지를 매수하고 상해에 돌아와서도 비밀리에 숨어서 광동 여자를 첩으로 삼아 향락을 일삼았던 것이다.

그런 사실을 알아차린 임시정부에서 이동휘에게 그 죄를 물었다. 그러자 이동휘는 국무총리를 사임하고 러시아로 도망쳐버렸다.

한형권은 다시 모스크바로 가서 통일운동의 자금이라 칭하고 20만 루블을 더 얻어 가지고 몰래 상해로 들어왔다. 그런 후 공산당 무리들에게 돈을 뿌려서 소위 국민대표대회라는 것을 소집하였다.

세 파로 분리된 한인 공산당

그러나 한인 공산당도 세 파로 분립되어 있었다. 하나는 이동휘를 수령하는 상해파요, 다음은 안병찬·여운형을 두목으로 하는 이르쿠츠크파요, 그리고 셋째는 일본에 유학하는 학생으로 조직되어 일인 후쿠모토福本和夫의 지도를 받은 김준연 등의 엠엘M.L 당파였다. 엠엘당은 상해에서는 미미하였으나 만주에서는 가장 맹렬히 활동하였다.

이밖에 수많은 단체들이 우후죽순처럼 생겨났다. 하물며 무정부당까지 생겼으니 이을규·이정규 두 형제와 유자명 등은 상해·천진 등지에서 활동하던 '아나키스트'의 맹장들이었다.

한형권은 붉은 돈 20만 루블로 상해에서 개최한 국민대회라는 것은 참으로 잡동사니 회의라 아니할 수 없다. 일본·조선·중국·러시아 등 각처에 형형색색의 명칭으로 2백여 대표가 모여들었는데, 그 중에서 이르쿠츠파, 상해파 두 공산당이 민족주의자인 다른 대표들을 서로 경쟁적으로 끌고 쫓고 하여 이르쿠츠파는 창조론, 상해파는 개조론을 주장하였다. 창조론이란 것은 지금 있는 정부를 없애고 새로 정부를 조직하자는 것이요, 개조론이란 것은 현재의 정부를 그냥 두고 개조만 하자는 것이었다.

이 두 파는 치열하게 대립했지만 하나로 의견일치를 보지 못하고 끝내 회의는 분열되었다. 이에 창조파에서는 자기들의 주장대로 '한국정부'라는 것을 새로 조직하여 본래 정부의 외무총장인 김규식이 그 수반이 되었다. 김규식은 이른바 '한국정부'를 이끌고 블라디보스톡으로 가서 러시아에 출품하였으나, 러시아 정부는 관심조차도 갖지 않았다. 그리하여 흐지부지 해산되고 말았다.

이 공산당 두 파의 싸움 통에 순진한 독립 운동가들까지도 창조니 개조니 하는 공산당 양파의 언어 모략에 현혹되어 시국이 요란했다. 그러므로 당시 내무총장이던 나는 국민대표회의에 대하여 해산을 명하였다. 이것으로 붉은 돈이 일으킨 한 토막의 희극으로 끝을 맺고 시국은 안정되었다.

이와 전후하여 임시정부 공금 횡령범 김립은 오면직·노종균 두 청년에게 총살을 당했다. 민심은 그가 벌을 받았다고 좋아했다.

그 후 임시정부에서는 한형권의 러시아에 대한 대표직을 파면하고 안공근을 대신 보냈으나 별 효과가 없었다. 그래서 임시정부와 러시아와의 외교 관계는 이내 끊어지고 말았다.

상해에 남아 있는 공산당원들은 국민대표회의가 실패한 뒤에도 좌우 통일이라는 미명으로 민족 운동가들을 달래어 지금까지 해오던 민족적 독립운동을 공산주의 운동으로 방향을 전환하자고 떠들었다. 재중국청년동맹, 주중국청년동맹이라는 두 파 공산당의 별동대도 상해에 있는 우리 청년들을 쟁탈하면서 같은 소리를 하였다. 민족주의자와 공산주의자가 통일하여서 공산혁명운동을 하자는 것이었다.

그런데 또 한 희극이 생겼다.

"식민지에서는 사회운동보다 민족독립운동을 먼저 하여라."

레닌의 이 말이 떨어지기가 무섭게 어제까지 민족 독립운동을 비난하고 조소하던 공산당원들은 순식간에 민족 독립운동가로 돌변하여 민족독립이 공산당의 당시黨是라고 부르짖었다. 공산당이 이렇게 되면 민족주의자도 그들을 배척할 이유가 없어졌으므로 '유일독립당 촉성회唯一獨立黨促成會'라는 것을 만들었다.

그러나 공산주의자들은 입으로 하는 말만 고쳤을 뿐 속은 변하지 않았다. 민족운동이란 미명 하에 민족주의자들을 끌어넣고는 그들의 소위 헤게모니 안으로 옭아매려고 들었다. 그러나 그때는 민족주의자들도 그들의 모략이나 전술을 알았기 때문에 빠져들지 않았다. 그러자 자기네가 주도하여 만들어놓은 유일독립 촉성회를 자기네 음모로 깨뜨려버리고 말았다.

그리고 나서 생긴 것이 한국독립당이다. 이것은 순전히 민족주의자들의 단체여서 이동녕·안창호·조완구·이유필·차이석·김봉준·송병조 및 나 김구가 수뇌가 되어 조직한 것이다.

이로부터 민족운동가와 공산주의자가 조직을 가지게 되었다. 이렇게 민족주의자가 단결하게 되자 공산주의자들은 상해에서 할 일을 잃고 만주로 달아났다. 거기는 아직 동포들의 민족주의적 단결이 분산되어 빈약하고 또 공산주의의 정체에 대한 인식이 없었으므로, 그들은 상해에서보다 더 맹렬하게 날뛸 수가 있었다.

예를 들면, 이상룡의 자손은 공산주의에 충실한 나머지 아버지를 죽이는 살부회까지 조직하였다. 그러나 그들도 차마 제 아비는 못 죽였던 모양이다. 그래서 회원끼리 너는 내 아비를 죽이고, 나는 네 아비를 죽이는 만행을 자행했다.

이 붉은 무리는 만주의 독립운동 단체인 정의부·신민부·참의부·북로군정서 등에 스며들어가 능수능란한 모략으로 내부로부터 분해시키고 동포들끼리 많은 피를 흘리게 했다. 그로 인하여 백광운·김좌진·김규식(나중에 박사라고 한 김규식이 아니다)등 우리 운동에 없어서는 안 될 큰 일꾼들을 잃게 되었다.

국제정세는 우리에게 냉담해져 갔다. 일본의 압박으로 인해 독립사상이 날로 줄어들고 있었다. 이 때 공산주의자의 교란으로 민족전선은 분열에서 혼란으로, 혼란에서 궤멸로 굴러 떨어져 갈 뿐이었다. 여기에 엎친 데 덮친 격으로 '만주의 왕'이라 할 수 있는 장작림이 왜놈들의 꾐에 빠졌다. 장작림은 그의 치하에 있는 독립운동가를 닥치는 대로 잡아 왜놈들에게 넘겼다. 심지어는 중국인들이 한인의 머리를 베어가지고 왜놈 영사관에 가서 3원에서 10원씩 받고 팔기도 했다.

어찌 그뿐이랴. 우리 동포 중에도 독립군의 소재를 밀고하는 일까지 생겼다. 여기에는 독립운동가들이 통일 없이 셋이나 다섯으로 갈라져서 재물 등으로 동포에게 귀찮음을 준 것에 대한 책임도 없지는 않다.

그리고 독립운동가 중에도 점차 왜놈에게 투항하는 자들이 생기게 되고, 그러다 보니 만주의 운동근거는 자연 취약해질 수밖에 없었다.

이봉창의 일황 폭탄 저격

일본의 만주국 선언

이러하던 끝에 일본이 만주를 점령하여 소위 만주국이란 것을 만들었다. 이로써 우리 운동의 최대 근거지라 할 만주에 있어서의 우리의 운동은 거의 불가능하게 되어버렸다.

애초에 만주에 있는 독립운동 단체는 모두 다 임시정부를 추대하였으나, 차차로 군웅할거의 폐풍이 생겨 정의부와 신민부가 우선 임시정부의 지시를 거부하게 되었다. 그러나 참의부만은 끝까지 임시정부에 대한 의리를 지키더니, 이 셋이 합하여 새로 '정의부'가 된 뒤에는 임시정부와는 관계를 끊었다. 그 후 자기들끼리도 사분오열하여 서로 제 살을 깎고 있다가, 마침내 공산당으로 하여 서로 제 목숨을 끊는 비극이 연출되고 막을 내리고 말았으니, 진실로 슬픈 일이 아닐 수 없다.

상해의 정세도 둘이 싸워 둘이 다 망한 셈이 되었기 때문에 겨우 한국독립당 하나로 민족진영의 껍데기만을 유지할 뿐이었다.

껍데기만 유지한 듯한 임시정부에는 인재도 극히 드물고 경제사정도 아주 형편이 없었다. 대통령 이승만이 물러나고 박은식이 대신 대통령이 되었으나 대통령제를 국무령제로 고치면서 그도 물러났다. 그리하여 제1대 국무령으로 뽑힌 이상룡은 서간도로부터 상해로 취임하러 왔으나 각료를 고르다가 지원자가 없어 도로 서간도로 돌아가고 말았다. 다음에 홍면희가 선출되어 진강으로부터 상해에 와서 취임하였으나 역시 내각 조직에 실패하였다. 이리하여 임시정부는 한참 동안 정부가 없는 상태에 빠져서 의정원에서 큰 문제가 되었다.

하루는 의정원 의장 이동녕 선생이 나를 찾아와서 내게 국무령이 되기를 권했는데, 나는 두 가지 이유로 사양하였다.

첫째 이유는 나는 해주 서촌의 일개 존위의 아들이니, 우리 정부가 아무리 초창기 시대의 형태에 불과하다 하더라도 나같이 미천한 사람이 일국의 원수가 된다는 것은 국가와 민족의 위신에 큰 폐가 된다는 것이요, 둘째는 이상룡·홍면희 두 사람도 사람을 못 얻어서 내각 조직에 실패하였는데, 나 같은 자에게는 더욱 응할 인물이 없을 것이란 것이었다.

내가 고사하는 이유를 들은 이동녕 선생이 말했다.

"첫째는 이유가 안 되오. 당사자의 인물이 중요한 것이지 출신을 따져 뭘 하겠소. 그리고 둘째 이유는 백범만 나서면 해결될 수 있소. 백범이 나서면 지원자들이 따를 것이니 쾌히 승낙 하시오. 언제까지 우리가 무정부 상태로 있을 수는 없는 일이 아니겠소."

이동녕 선생의 강권에 나는 결국 승낙하고 국무령으로 취임하였다. 그런 다음 윤기섭·오영선·김갑·김철·이규홍 등으로 내각을 조직했다. 그때 나는 현재의 제도로는 내각을 조직하기가 번번이 곤란할 것을 통절히 깨닫고 있었으므로, 한 사람에게 책임을 지우는 국무령제를 폐지하고 국무위원제로 개정하여 의정원의 동의를 얻었다.

그래서 나는 국무위원의 주석이 되었으나, 제도로 말하면 주석은 다만 회의의 주석이 될 뿐이요, 모든 국무위원은 똑같이 권리나 책임이 평등하였다. 그리고 주석은 위원들이 차례로 돌아가면서 할 수 있는 것이므로 매우 편리하여 종래의 모든 분쟁이나 분열을 일소할 수가 있었다.

이렇게 하여 정부는 자리가 잡혔으나 경제적 곤란으로 정부의 이름을 유지할 길도 망연하였다. 정부의 집세가 30원, 심부름꾼 월급이 20원 미만이었지만, 이것마저 낼 힘이 없어서 집주인에게 여러 번 송사를 당했다.

다른 위원들은 거의 다 딸린 집안 식구가 있었으나, 나는 아이들을 본국 어머니께로 돌려보낸 뒤라 마침 홀몸이었다. 그래서 나는 임시정부 정청에서 자고, 밥은 직업을 가진 동포의 집을 돌아다니면서 얻어먹었다. 동포들의 직업은 전차회사의 차표 검사원인 '인스펙터'가 제일 많았는데, 대략 70명가량 되었다. 나는 이들의 집으로 다니며 아침저녁을 빌어먹는 것이니 거지 중에도 아주 상거지였다. 다들 내 처지를 잘 알기 때문에 누구나 내게 미움 밥은 주지 않았을 것이라고 믿고 싶다.

특히 조봉길·이춘태·나우·진희창·김의한 같은 이들이 절친한 동지들이니 더 말할 것 없고, 다른 동포들도 나를 진심으로 동정하였다.

엄항섭 군은 프랑스 공무국에서 받은 월급으로 석오 이동녕이나 나와 같은 궁한 독립운동가를 먹여 살렸다. 그의 죽은 아내 임林씨는 내가 그 집에 갔다가 나올 때면 대문 밖까지 따라 나와서 은전 한두 푼을 내 손에 꼭 쥐어주며,

"애기 사탕이나 사주셔요."

하였다. 애기라 함은 내 둘째 아들 신을 가리킨 것이다. 그녀는 초산에 딸 하나를 낳고 가엾이 세상을 떠나 보내고 노가만盧家滿 공동묘지에 묻혔다. 나는 그 무덤을 볼 때마다 만일 엄 군에게 그런 능력이 없으면 나라도 묘비 하나는 세워 주리라 생각했다. 그러나 숨어서 상해를 떠나는 몸이었기 때문에 그것을 못한 것이 심히 유감이다. 이 글을 쓰는 오늘에도 노가만 공동묘지 임씨의 무덤이 눈앞에서 어른거린다. 그녀는 그 남편이 존경하는 사람이라 하여 내게 그렇게 끔찍하게 해주었다.

최초에 임시정부의 문지기를 지원하였던 것이 경무국장으로, 노동국 총변으로, 내무총장으로, 국무령으로, 주석主席으로 나는 대개의 중임은 거의 모두 역임하게 되었다. 이것은 문지기 정도의 자격이던

내가 진보한 것이 아니라 역임할 사람이 없어진 때문이었다. 비유하여 말하자면, 이름났던 대가가 몰락하여 거지의 소굴이 된 것과 마찬가지였다.

일찍이 이승만이 대통령으로 시무할 때에는 중국 인사는 물론이요, 눈 푸르고 코 높은 영·미·불 등 외국인도 가끔 정청에 찾아오는 일이 있었다. 그러나 내가 주석이 되었을 때 서양 사람이라고는 프랑스 순포가 왜놈 경관을 대동하고 사람을 잡으러 오거나 밀린 집세를 채근하러 오는 것밖에는 없었다. 그리고 한창 잘될 적에는 천여 명이나 되던 독립운동가가 이제는 수십 명도 채 못 되는 형편이었다.

줄어든 독립운동가

독립운동가가 줄어든 데는 여러 가지 이유가 있었다. 그 첫째가 지식층의 변절이라고 할 수가 있다. 임시정부의 군무차장 김의선과 독립신문 주필 이광수, 의원정 부의장 정인과 등을 위시하여 많은 지식인들이 왜놈들에게 투항하거나 귀순했다. 그 여파로 많은 독립운동가들이 영향을 받아 사상에 대혼란이 생겼다. 둘째는 임시정부에서 국내 각도, 각군, 각면에 조직하였던 연통제가 발각되어 수많은 지사들이 체포되었다. 셋째로는 생활난으로 인하여 각각 흩어져 취직 혹은 행상 등을 했기 때문이라는 이유를 들 수 있다.

"경제적 곤란과 인재 부재의 임시정부에서 할 수 있는 일은 과연 무엇인가?"

나는 이 문제를 놓고 생각에 생각을 거듭했다. 독립운동을 하려면 우선 자금이 있어야 하는데, 그 자금을 마련하는 것이 막막했다. 본국과 만주와는 이미 연락이 끊겼기 때문에 도움을 청할 수는 없었다. 러시아에 150여 만 명의 동포가 살고 있었지만 공산 국가라 민족운동을 금지하므로 역시 도움을 청할 수 없었다. 기대를 할 수 있는 곳은 미주와 하와이 동포들뿐이었다. 불과 1만여 명의 노동자들이 미주와 하와이에 살고 있었지만, 그들의 애국심은 참으로 강했다. 그것은 서재필·이승만·안창호·박용만 등의 지도를 받은 까닭이었다.

나는 미주와 하와이 재류 동포의 열렬한 애국심을 믿고 편지를 쓰기 시작했다. 말하자면 편지로 임시정부의 곤란한 사정을 말하여 그 지지를 구하겠다는 의도였다.

나는 영문에는 문맹이어서 편지 겉봉도 쓸 줄 몰랐으나 엄항섭·안공근 등에게 의뢰하여 쓰게 하였다.

이 편지 정책의 효과를 기다리기는 꽤 벅찼다. 그때에는 아직 항공우편이 없었으므로, 상해와 미국 간에 한번 편지를 부치고 답장을 받으려면 두 달이나 걸렸기 때문이다. 그러나 기다린 보람은 있어서 차차 동정하는 회답이 왔다. 시카고에 있는 김경은은 그곳 공동회를 소집하여 성금을 거두어 집세나 내라고 미화 2백 달러를 보내왔다. 당시 임시정부의 형편으로는 이것은 결코 작은 돈이 아니었다. 돈도 돈이려니와 동포들이 정성이 고마웠다. 김경은은 나와는 일면식도 없는 사람이었다.

하와이에서도 안창호·가와이·현순·김상호·이홍기·임성우·박종수·문인화·조병요·김현구·황인환·김윤배·박신애·심영신 등이 임시정부를 위하여 정성을 쏟기 시작했다. 미주의 국민회에서 점차로 정부에 대한 향심이 생겨서 김호·이종소·홍언·한시대·송종익·최진하·송현주·백일규 등 제씨가 일어나 임시정부를 지지했고, 멕시코의 김기창·이종오, 쿠바의 임천택·박청운 등 제씨가 임시정부를 후원했다. 동지회 방면에서는 이승만 박사를 위시하여 이원순·손덕인·안현경 제씨가 임시정부를 유지하는 운동에 참가하였으며, 하와이에 있는 안창호(도산이 아니다.)·임성우 등은 민족에 생색낼 일을 한다면 돈을 주선하겠다고 하였다.

많은 해외동포들이 임시정부를 지지하자 나는 절로 힘이 생겼다. 그리하여 나는 민족에게 빛이 날 일이 무엇이며, 내가 그런 일을 할 수 있을까를 연구하기 시작했다.

내가 상해 거류민 단장을 겸임하고 있을 때의 어느 날 청년 동포 한 사람이 나를 찾아왔다. 그는 이봉창이라고 자기를 소개한 후 이렇게 말했다.

"저는 일본에서 노동을 하고 살다가 독립운동을 하고 싶어 상해에 이렇게 왔습니다. 임시정부의 위치를 전차표 검사원에게 물었는데, 보경리 4호로 가라기에 무턱대고 찾아왔습니다. 저와 같은 노동자도 독립운동에 참여할 수 있습니까?"

나는 그의 행색을 유심히 살핀 후에 이렇게 말했다.

"물론입니다. 대한민국 국민이라면 누구나 독립운동을 할 수 있습니다. 나라를 위해 일하는데 신분의 귀천이 따로 있을 수 없습니다. 그러나……, 상해에 독립정부가 있긴 있으나 운동자들을 입히고 먹일 역량이 부족합니다."

독립운동을 하더라도 스스로 가진 돈이 있어야만 했다. 임시정부에서 운동가들의 뒷받침을 해줄 수 있는 형편이 못 되었기 때문이었다. 이런 뜻의 말을 어렵사리 꺼내자 그는 눈빛을 반짝 거리며 힘 있게 말했다.

"그 문제라면 염려하지 않으셔도 됩니다. 제가 알아서 하겠습니다."

그의 의지에 찬 대답을 듣고 나는 고개를 끄덕이며,

"그렇다면 좋소. 날이 저물었으니 내일 다시 만나 이야기합시다."

하고 민단 사무원을 시켜 여관을 잡아주라 하였다.

그가 돌아간 후 나는 곰곰이 생각했다. 어딘지 의심이 가는 구석이 있는 젊은이였다. 그가 쓰는 말의 절반은 일어이고, 동작이 왜놈들과 아주 흡사했다. 그래서 특별히 조사해 볼 필요가 있다고 생각했다.

이봉창의 일황 저격

며칠 후였다. 내가 민단 사무실에 있는데 부엌에서 술 먹고 떠드는 소리가 왁자하게 들렸다. 이야기 중에 바로 그 청년이 이런 소리를 하였다.

"당신네들은 독립운동을 한다면서 왜 일본 천황을 안 죽이시오."

이 말에 어떤 민단 사무원이 대답했다.

"일개 문관이나 무관 하나도 죽이기가 어려운데 천황을 어떻게 죽이오?"

청년이 다시 말했다.

"내가 작년에 천황이 능행을 하는 것을 길가에 엎드려서 보았소. 그때 나는 손에 폭탄 한 개만 있었으면 천황을 죽일 수 있겠다고 생각하였소."

나는 청년의 말을 관심 있게 듣고, 그날 밤에 조용히 청년이 묵고 있는 여관으로 찾아갔다. 그는 상해에 온 뜻을 이렇게 말했다.

"제 나이가 이제 서른 한 살입니다. 앞으로 서른한 해를 더 산다하여도 지금까지보다 더 나은 재미는 없을 것입니다. 늙을 테니까요. 인생의 목적이 쾌락이라면 지난 31년 동안에 인생의 쾌락이란 것이 어떤 것인지는 대강 맛보았습니다. 이제부터는 영원한 쾌락을 위해 독립사업에 몸을 바칠 목적으로 상해에 왔습니다."

청년의 이 말을 듣는 순간 나는 가슴이 저리면서 눈물이 눈시울에 가득 차올랐다.

"선생님, 제 뜻이 이러하니 부디 제가 국사에 헌신할 길을 지도해 주십시오."

나는 이봉창의 손을 꽉 잡았다.

"알았소. 군의 뜻이 참으로 훌륭하오. 우리 힘을 합쳐 나라를 위해 일합시다. 내가 1년 이내에 군이 할 일을 준비하겠소."

"감사합니다."

"그런데……, 전일에도 말했지만, 지금 우리 정부의 형편이 궁핍한 군을 부양하기가 어렵소. 또한 군의 장래 행동을 위해 우리 정부와 가까이 있는 것은 불리할 것 같소. 그러니 어떻게 하면 좋겠소?"

"그 문제는 염려 마십시오. 저는 어려서부터 철공장에서 일했기 때문에 기술이 있습니다. 또한 일어를 잘하여 일본에서도 일본 사람 행세를 했었습니다. 한때는 일인의 양자가 되어 기노시타 쇼조라는 왜놈 이름을 썼는데, 이번 상해에 올 때도 이봉창이라는 본명을 쓰지 않았습니다. 그러니 앞으로 왜놈 행세를 하면서 왜놈 철공장에 취직하여 생활을 해결하겠습니다."

나는 이봉창의 의견에 찬성을 하고 앞으로의 행동에 주의를 주었다.

"이제부터 우리 기관이나 우리 사람들과 교제를 은밀하게 하시오. 철저히 왜놈으로 행세하고 매월 한차례씩 밤에만 비밀리에 나를 찾아오시오."

"알겠습니다."

다음날 이봉창은 왜놈이 많이 사는 홍구로 떠났다. 수일 후에 그가 내게 와서 월급 80원에 왜놈의 철공장에 취직하였다고 보고했다.

그 후부터 그는 종종 술과 고기와 국수를 사 가지고 민단 사무소에 와서 민단 직원들과 놀았다. 술이 취하면 일본 노래를 잘하므로 '일본 경감'이라는 별명을 얻었다.

어느 날은 왜놈 행색으로 하오리에 게다를 신고 임시정부 문을 들어서다가 중국인 하인에게 쫓겨난 일도 있었다. 그래서 나는 종종 이동녕 선생과 기타 국무위원들에게 따가운 눈총과 책망을 받았다.

"대체 그 자의 정체가 뭐요? 우리 동포인지 왜놈인지 제대로 분간할 수가 없소. 그런 인물을 정부 내에 출입시킨다는 사실이 매우 불쾌하오."

이런 말을 들을 때마다 나는 궁색하게 변명했다.

"그 자는 우리 동포임에는 틀림없습니다. 나름대로 조사하는 일이 있는데, 시간이 좀 걸립니다. 그러니 좀 더 시간을 두고 지켜봅시다."

내가 이봉창을 적극 옹호했기 때문에 크게 책망하지는 못했지만, 모두가 불쾌하게 생각하기는 매한가지였다.

이럭저럭 이봉창과 약속한 1년이 거의 다 되어가서야 미국에 부탁한 돈이 왔다. 이제는 폭탄도 돈도 다 준비가 되었다. 폭탄 한 개는 왕웅(본명 김홍일)을 시켜 상해 병공창에서, 한 개는 김현을 하남성 유치한테 보내어 얻어온 것인데, 모두 수류탄이었다. 그 중의 한 개는 일본 천황에게 쓸 것이요, 한 개는 이봉창의 자살용이었다.

나는 거지 복색의 호주머니 속에 천여 원의 큰돈을 감추고 식생활은 예전 그대로 했다. 때문에 나 외에는 아무도 내 품에 천여 원의 큰돈이 든 줄을 아는 이가 없었다.

12월 중순 어느 날, 나는 이봉창을 비밀리에 프랑스의 조계에 있는 중흥여관으로 청하여 하룻밤을 같이 자며, 이 의사가 일본에 갈 일에 대하여 여러 가지 의논을 하였다. 만일 자살에 실패해 왜놈의 관헌에 신문을 받게 되거든 이 의사가 대답할 문구까지 일러주었다.

그 밤을 같이 자고 이튿날 아침에 나는 헌 옷 주머니 속에서 돈 뭉치를 꺼내어 이봉창에게 주었다.

"일본에 갈 준비를 다 해놓고 다시 오시오."

이틀 후에 그가 찾아왔다. 중흥여관에서 마지막 밤을 둘이서 잤는데, 다음날 아침에 이봉창이 이런 말을 하였다.

"일전에 선생님이 내게 돈뭉치를 주실 때에 나는 눈물이 났습니다. 나를 어떤 놈으로 생각하시고 이렇게 큰돈을 내게 주시나……, 내가 이 돈을 마음대로 써버린다 하더라도, 프랑스 조계 밖에는 한걸음도 못 나오시는 선생님이 나를 어찌할 수 있겠습니까. 나는 평생에 이처럼 신임을 받아본 일이 없습니다. 이것이 처음이요, 또 마지막입니다. 과연 선생님이 하시는 일은 영웅의 조량이라고 생각하였습니다."

그 길로 나는 그를 안공근의 집으로 데리고 가서 선서식을 행했다. 그리고 폭탄 두 개와 돈 3백 원을 주면서 말했다.

"선생은 나라를 위하여 귀한 목숨을 버리시려 합니다. 그러니 이 돈을 동경에 도착하기 전까지 아끼지 마시고 다 쓰시오. 동경에 도착하여 전보를 치면 돈을 더 보내겠소."

우리는 기념사진을 찍기 위해 사진관으로 갔다. 사진을 찍으려고 할 때 이 의사가 나를 보고 말했다.

"선생님의 안색이 몹시 처연해 보입니다. 저는 영원한 쾌락을 누리고자 이 길을 떠나는 것입니다. 그러니 우리 두 사람이 기쁜 얼굴로 사진을 찍으십시다."

말을 마친 그가 살포시 웃자 나는 억지로 미소 띤 얼굴을 하고 사진을 찍었다.

"이제는 선생님을 뵐 수 없겠습니다."

이봉창은 깊이 허리를 굽혀 마지막 인사를 하고 자동차에 올랐다. 그러자 자동차는 경적 소리를 한 번 내고서 홍구 쪽을 향해 질주해갔다.

10여 일 후 동경에서 온 이봉창의 전보를 받았다. 1월 8일에 물품을 방매하겠다는 내용이었는데, 이는 거사를 뜻하는 것이었다. 내가 곧 2백 원을 전보환으로 부쳤더니, 그 후 다시 편지가 왔다. 미친놈처럼 돈을 다 쓰고 여관비와 밥값이 밀렸는데, 보내신 2백 원으로 빚을 청산하고도 남는다는 내용이었다.

내가 이봉창으로 하여금 일본 천황을 암살하게 했던 것은 나름대로 까닭이 있었다. 당시 우리 임시정부의 운동계가 너무 침체되어 있었기 때문에 큰 자극이 절대적으로 필요했다. 큰 자극을 줄 수 있는 일이라면 군사 공작과 같은 것을 들 수 있다. 그러나 형편상 그것이 불가능했으므로 테러 공작이라도 하는 것이 극단적으로 필요했던 것이다. 또한 그 무렵 왜놈들은 한국과 중국 간의 감정을 악화시키기 위해 이른바 만보산 사건을 날조했다. 그 사건으로 인하여 조선에서 중국인 대학살사건이 일어나게 되었는데, 인천·평양·서울·원산 등 각지에 왜놈들의 사주를 받은 한인 모리배들이 중국인을 닥치는 대로 살해했다.

왜놈들은 또 만주에서 9·18전쟁을 일으켜 중국은 굴욕적으로 왜놈과 강화했다. 이 전쟁 중에 한인 부랑자들이 왜놈들의 권세를 빌어 중국인에게 숱한 악행을 저질렀다. 그리하여 중국인들은 우리 민족에 대해 적대시하는 마음이 나날이 높아만 갔다.

이러한 사태를 우리 임시정부에서는 지극히 우려하지 않을 수 없었다. 정작 싸워야 할 적은 왜적인데, 그 적은 뒷전에 두고 중국과 싸우는 것은 양국에 다 불행한 일이었다.

나는 정무 국무회의를 소집하여 독립운동계에 자극을 주고 중국인과의 나쁜 감정을 풀기 위한 방법을 모색했다. 그 결과 한인 애국단을 조직하여 암살과 파괴 등을 실행했는데, 비용과 인물 선택에 대해서는 전권을 얻게 되었다. 과정은 누구와 상의할 필요도 없고, 단지 그 결과만을 보고하면 되는 것이었다.

그래서 첫 번째 임무로 일본 천황을 암살하기 위해 이봉창을 비밀리에 보냈던 것이다. 1월 8일이 임박하자 나는 국무위원들에게만 이 계획을 보고했다. 모두들 하나같이 깜짝 놀랐다.

마침내 기도하는 마음으로 기다리던 1월 8일이 되었다. 그런데 그날 신문에, '저격일황부중'이란 제하에 '이봉창이란 한국인이 일본 천황을 저격하였으나 맞지 않았다'라는 내용의 기사가 실렸다.

나와 동지들은 심히 애통해 했다. 그러나 여러 동지들은 나를 위로했다.

"너무 상심하지 마시오. 일황이 그 자리에서 즉사하지 못한 것은 실로 유감이지만, 우리 한인이 정신으로는 왜놈의 신성불가침한 천황을 죽인 것과 마찬가지지요. 그리고 이 사건은 세계만방에 우리 민족이 일본에 결단코 동화되지 않았다는 것을 행동으로 여실히 증명한 것이오. 족히 성공이라 할 수 있소. 정말 큰일을 하셨소. 그러나 이제부터 백범의 신변에 무슨 일이 닥칠지 모르니 각별히 주의하시오."

아니나 다를까. 이튿날 아침 일찍이 프랑스 공무국으로부터 비밀리에 통지가 왔다. 과거 10년간 프랑스 관헌이 김구를 보호하였으나, 이번 김구의 부하가 일황에게 폭탄을 던진 데 대해여서는 일본의 김구 체포의 요구를 거절할 수 없다는 내용이었다.

중국 국민당 기관지 청도의 〈국민일보〉는 특호 활자로,

> 이봉창이란 한국 사람이 일본 천황을 저격하였으나 '불행히' 맞지 않았다韓人李奉昌, 狙擊日皇不幸不中.

이라고 보도했다. 그러자 당시 주둔 일본 군대와 경찰이 그 신문사

를 습격하여 파괴하였고, 그 밖의 여러 신문에서도 '불행부중不幸不中' 이라는 문구를 썼다 하여 일본이 중국 정부에 엄중히 항의했다. 그 결과로 '불행不幸'자를 쓴 신문사는 모두 폐간당하고 말았다.

상해의 중일 전쟁

이 사건이 있은 후 왜놈들은 침략전쟁을 감행하여 1·28 상해사변을 일으켰다. 그 이유로는 상해에서 왜놈 중 하나가 중국인에게 타살되었다는 것이었다. 그러나 기실은 이봉창 의사의 일황 저격과 이에 대한 중국인의 '불행부중'이라고 말한 불쾌 감정이 이 전쟁의 주요 원인인 것이었다.

나는 동지들의 권유에 의하여 낮에는 일체 활동을 쉬었다. 밤에는 동지의 집이나 창기의 집에서 자고 밥은 동포의 집에서 집으로 돌아다니면서 얻어먹었다. 우리 동포들은 정성껏 나를 대접하였다.

중일전쟁이 개시된 후, 19로군路軍의 채정해와 중앙군 제5군장 장치중의 참전으로 일본군에 대한 상해 싸움은 가장 격렬하게 되었다. 그래서 프랑스 조계 안에도 후방 병원이 설치되어 중국 측 전사자들의 시체와 부상병을 가뜩가뜩 실은 트럭이 피를 흘리며 왕래했다. 그것을 보면서 나는 '언제 우리도 왜와 싸워 본국 강산을 충성된 피로 물들일 날이 있을까?'하고 생각했다. 그 순간 까닭 모를 설움이 북받쳐

눈물이 터졌다. 한번 터진 눈물은 걷잡을 수 없었다. 눈물이 쉴새없이 흘러서 사람들이 수상하게 볼까 그 자리를 급히 떠나야 했다.

동경사건이 전해지자 미주와 하와이 동포들로부터 많은 편지가 왔다. 그 중에는 이번 중일전쟁에 우리도 중국을 도와서 같이 일본과 싸우라는 이도 있고, 적당한 사업을 한다면 거기에 필요한 돈을 마련하겠다는 이도 있었다.

그러나 중일전쟁에 우리가 중국을 도와 싸울 형편이 못 되었다. 그것은 흡사 목이 말라서야 우물을 파는 것과도 같았다. 우리 임시정부에서 아무런 준비가 없는데 어떻게 전쟁을 도울 수 있단 말인가!

그렇지만 나는 나름대로 중국을 도와 왜놈들에게 타격을 줄 계획을 세웠다. 그때 우리 지사 중에 계획적으로 일본군 안에 잠입하여 노동자로 출입하는 사람이 있었다. 그들이 있기 때문에 연소탄만 준비되면 왜놈의 비행기 격납고와 군수품 창고를 폭발시킬 수가 있을 것 같았다. 그래서 나는 지사들과 함께 연소탄을 제조하기 위해 온 힘을 쏟았다.

그러던 차에 중·일간에 송호협정淞扈協定이 조인되어 중국이 일본에 굴복하여 상해전쟁이 끝나면서 내 계획은 무산되고 말았다.

이에 나는 암살과 파괴 계획을 실시하려고 인물을 물색하였다. 내가 믿던 제자요, 동지인 나석주는 벌써 연전에 서울 동양척식회사에 침입하여 7명의 왜놈을 쏘아 죽이고 자살하였고, 이승춘은 천진에서 붙들려 사형을 당했다.

'이봉창·나석주·이승춘과 같이 의로운 일에 초개와 같이 목숨을 바칠 수 있는 청년 지사들이 아쉽구나!'

내가 그런 생각을 하고 있을 때, 몇몇 열혈 청년들이 나를 찾아왔다. 그들은 나랏일에 몸을 바치겠으니, 자격에 맞는 일을 달라고 했다. 아마도 '이봉창의 동경사건'에 큰 영향을 받은 듯했다.

윤봉길 의거와 진상공개

윤봉길의 거사 준비

새로 얻은 동지 이덕주·유진식에게 왜놈 총독의 암살을 명하여 먼저 본국으로 보냈다. 유상근·최홍식에게는 왜놈의 관동군 사령관 본장번의 암살을 명하여 만주로 보내려고 하고 있었다. 이 때 윤봉길이 나를 찾아왔다. 윤군은 동포 박진이 경영하는, 말총으로 모자 및 기타 일용품을 만드는 공장에서 일하다가 얼마 전부터는 홍구의 채소시장에서 채소장사를 하고 있었다.

"선생님, 제가 상해에 온 이유는 큰일을 하기 위해서였습니다. 공장에서 나와 채소장사를 하고 있는 이유도 그런 기회를 찾기 위함이었습니다. 그런데 이젠 중일전쟁도 끝났으니 제가 죽을 자리를 구하기가 더욱 어렵습니다. 그래서 선생님을 찾아왔습니다. 아마도 선생님에게는 동경사건과 같은 계획이 또 있으리라 믿고 있습니다. 부디 그런 계획에 제 목숨을 바칠 수 있는 영광을 주십시오."

나는 윤 군이 박진의 공장에서 일할 때 몇 번 본 적이 있었다. 건실한 청년으로 학식이 있어 보였지만, 그때는 다만 생활을 위해 노동을 하는 것으로 생각했었다. 그런데 이야기를 나누고 보니, 나라를 위하여 목숨을 버리려는 큰 뜻을 품은 의기남아였다. 나는 윤 군의 뜨거운 애국심에 감복하여 가슴이 울렁거렸다.

"내가 마침 그대와 같은 인물을 구하고 있던 참이오."

이 말에 윤 군의 얼굴이 환히 밝아졌다.

"선생님, 그게 정말입니까?"

"그렇소."

"무슨 일인지는 모르지만 분부만 내려주십시오. 기필코 성공하겠습니다."

윤봉길은 눈빛을 빛내며 두 주먹을 불끈 쥐었다. 그런 모습에서 철석같은 의지가 내게 전달되어 믿음직스러웠다. 나는 이미 계획하고 있던 일 중의 하나를 윤 군에게 말했다.

"이 일은 내가 전쟁 중에 실행하고자 했는데 준비 부족으로 실행하지 못했소. 그런데 이제야 때와 사람을 동시에 만난 것 같소. 지금 왜놈들은 상해 싸움에서 이겼기 때문에 자못 의기양양하여 오는 4월 29일 홍구공원에서 그놈들의 소위 일본 천황의 생일인 천장절 축하식을 성대히 거행하려 하고 있소. 그러니 그날 그대의 큰 목적을 달성해 봄

이 어떻겠소?"

이 말이 끝나기가 무섭게 윤 군은 힘차게 대답했다.

"좋습니다. 하겠습니다. 이렇게 제 할 일을 찾으니 마음이 편안합니다. 준비해 주십시오."

윤봉길은 기쁜 얼굴로 인사하고 자기 숙소로 돌아갔다.

천장절을 10여 일 앞두고 왜놈의 상해 일일신문日日新聞에 이러한 포고문이 실렸다.

> 4월 29일 천장절 축하식을 거행함, 장소-홍구공원, 축하식에 참석하는 사람은 도시락과 물병 하나, 그리고 일장기를 소지할 것.

이 신문을 보고 나는 곧 서문로의 왕웅(본명은 김홍일)을 방문하고, 상해 병공창장兵工廠長 송마식과 교섭토록 했다.

"왜놈이 메는 물통과 도시락에 폭탄을 장치하여 사흘 안에 보내주도록 부탁하십시오."

"물통과 도시락에 폭탄 장치를요?"

"그렇소."

"무슨……, 알겠습니다."

왕웅은 무슨 말을 묻고자 하다가 이내 그만두고 급히 어디론가 떠났다. 한참 후에 돌아온 그가 말했다.

"내일 오전에 선생님을 모시고 오면 직접 성능을 실험해 보겠다고 했습니다. 그러니 저와 함께 가십시다."

"알겠소."

이튿날 오전, 나는 왕웅과 함께 병공창으로 갔다. 그러자 기사 왕백수를 비롯한 서너 사람이 폭탄의 성능을 시험할 준비를 했다.

토굴 속의 폭발시험

폭탄의 시험 방법은 마당 한 곳에 토굴을 파고, 속에 사면으로 철판을 두른 후 그 속에 폭탄을 장치했다. 그러고는 뇌관 끝에 긴 끈을 달고 수십 보 밖에 엎드려서 그 끈을 잡아 당겼다. 그러자 토굴 속에서 벼락 치는 소리가 진동하더니 깨어진 철판 조각이 공중으로 솟구쳤다. 그 모양은 실로 장관이라 아니할 수 없었다.

'음, 저 정도의 위력이라면 안심할 수 있겠구나!'

나는 흡족한 마음으로 기사 왕백수를 바라보았다. 그러자 왕백수가 빙그레 웃으며 말했다.

"어떻습니까? 이런 모양으로 뇌관 스무 개를 시험하여 스무 개 전부가 폭발된 후에 실물에 장치할 계획입니다. 보다시피 성능은 매우 양호한 편입니다."

이렇게까지 상해의 병공창에서 폭탄에 정성을 들이는 까닭은 이봉창 의사가 동경사건 때문이었다. 동경사건 때 쓴 폭탄도 그들이 만들었는데, 그 위력이 약하여 일황을 폭살하지 못한 것을 실로 유감으로 생각하고 있었기에 폭탄 스무 개를 무료로 제조해 주는 것이었다.

이튿날 물통 폭탄과 도시락 폭탄을 병공창 자동차로 서문로 왕웅의 집까지 실어다 주었다. 이런 금지품을 우리가 운반하기 어렵다고 생각한 친절에서였다.

폭탄이 도착되자 나는 지금까지 있던 중국 거지 복색을 벗어버리고 넝마전에 가서 양복 한 벌을 사 입었다. 그러자 엄연한 신사가 되었다. 그 차림으로 물통 폭탄과 도시락 폭탄을 하나씩 둘씩 날라다가 프랑스 조계 안에 사는 친한 동포의 집에 갖다놓았다. 동포들이 무엇이냐고 물었지만 나는 귀한 약이라고 둘러대며 불조심할 것을 당부했다. 이렇게 폭탄 전부를 까마귀 떡 감추듯 이 집 저 집에 감추었다.

나는 오랜 상해생활에 동포들과 다 친하게 되어 어느 집을 가나 내외가 없었다. 더구나 동경사건 후에는 부인네들도 나와 허물없이 되어,

"선생님, 아이 좀 봐주세요."

하고 우는 젖먹이를 내게 안겨놓고 제 일들을 하였다. 내게 오면 울던 아이도 울음을 그치고 잘 논다는 소문이 날 정도였다.

4월 29일이 점점 다가왔다. 윤봉길은 말쑥한 일본식 양복을 입고 날마다 홍구공원에 가서 식장 설비하는 것을 살펴보며, 그날 자기가 거사할 위치를 점검했다. 하루는 윤봉길이 홍구에 갔다가 와서,

"오늘 시라카와 놈도 식장 설비하는 데 왔었습니다. 바로 내 곁에 왔었단 말입니다. 내게 폭탄만 있었다면 오늘 해치우는 건데……"

하고 아까워하였다. 나는 정색을 하고 윤군을 책하였다.

"그것이 무슨 말이오? 포수가 사냥을 할 때는 앉은 새를 날려놓고 총을 쏘고, 자고 있는 짐승은 달리게 한 후에 사격을 하는 법이오. 그것이 수렵의 바른 도리임과 동시에 더한 쾌감을 느낄 수 있소. 윤 군이 그런 소리를 하는 것을 보니 아마도 내일 일에 자신이 없는가 보오. 그렇소?"

이 말에 윤 군은 고개를 흔들어대며 정색을 했다.

"아닙니다. 선생님. 절대 자신이 없어 하는 소리가 아닙니다. 그놈이 내 곁에 있는 것을 보니 불현듯 그런 충동이 생기더란 말입니다. 제가 내일 일에 왜 자신이 없겠습니까, 자신 있습니다. 자신이 넘치는 것이 걱정입니다."

나는 빙그레 웃으며 윤 군의 등을 토닥거려 주었다.

"나도 성공을 확신하오. 처음 이 계획을 말했을 때 윤 군의 마음이 편안해진다고 하지 않았소? 그것이 성공할 증거라고 나는 믿었소. 마음이 움직여서는 안 되오. 가슴이 울렁거리는 것은 마음이 움직이고 있다는 것과 같소. 오래 전에 내가 치하포에서 쓰지다를 타살하려 할 때에 가슴이 매우 울렁거렸소. 그러자 나는 '득수반지무족기 현애철수장부아'라는 말을 생각했소. 말하자면 나무를 타고 오르는 것은 기특할 것이 없고, 낭떠러지에서 손을 놓아버리는 것이 장부라는 말이오. 이 말을 음미하니 거짓말처럼 마음이 고요하게 가라앉았소."

"득수반지무족기 현애철수장부아得樹攀枝無足奇 懸崖撤手丈夫兒……."

윤 군은 이 말을 나직이 읊조렸다. 아마도 마음에 깊이 새기는 모양이었다.

윤 군을 여관으로 돌려보낸 후에 나는 폭탄 두 개를 품에 숨기고 김해산의 집으로 갔다. 김해산 부부가 반갑게 맞이하여 안방으로 안내했다.

"내일 윤봉길 군이 중대한 임무를 띠고 동구성(만주)으로 떠나게 되었소. 그러니 수고스럽더라도 고기를 사다가 새벽조반을 지어주시오. 부탁하오."

이튿날은 4월 29일이었다. 나는 김해산 집에서 윤봉길 군과 최후의 식탁을 같이 하였다. 밥을 먹으며 가만히 윤 군의 기색을 살펴보니 그 태연자약함이 마치 농부가 일터에 나가려고 넉넉히 밥을 먹는 모양과 같았다.

김해산은 윤 군의 침착하고도 용감한 태도를 보고 조용히 내게 이런 권고를 하였다.

"선생님, 지금 상해에서 우리의 활동이 있어야 민족의 체면이 보존되는 이 때에 윤 군 같은 인물을 굳이 다른 데로 보내는 까닭은 무엇입니까?"

나는 그 물음에 두루뭉술하게 대답했다.

"일을 하는 사람에게 맡기는 것이 좋지. 윤 군이 어디서 무슨 소리를 내나 들어봅시다."

식사도 끝나고 시계가 일곱 시를 쳤다. 윤 군은 자기의 시계를 꺼내 나에게 주면서 내 시계와 바꾸기를 청했다.

"이 시계는 선서식 후에 선생님 말씀대로 6원을 주고 산 시계입니다. 선생님 시계는 2원짜리니 제 것 하고 바꿉시다. 제 시계는 앞으로 한 시간밖에는 쓸 데가 없으니까요."

나는 기념으로 윤 군의 시계를 받고 내 시계를 윤 군에게 주었다.

식장을 향하여 떠나는 길에 윤 군은 자동차에 앉아서 그가 가지고 있던 돈을 꺼내어 내게 건네주었다.

"왜 돈은 좀 가지면 어떻소?"

"제게 무슨 돈이 필요하겠습니까. 자동차 삯을 주고도 5~6원은 족히 남겠습니다."

이윽고 자동차가 움직였다. 나는 목멘 소리로 말했다.

"후일 지하에서 만납시다."

윤 군은 차창으로 고개를 내밀어 나를 향하여 고개를 숙였다. 그와 동시에 자동차는 크게 소리를 지르며 천하영웅 윤봉길을 싣고 홍구공원으로 향하여 달렸다.

그 길로 나는 조상섭의 상점에 들러 편지 한 장을 급히 써서 점원 김영린에게 주어 급히 안창호 선생에게 전하라 하였다. 그 내용은,

"오전 10시경부터 댁에 계시지 마시오. 무슨 큰 사건이 있을 듯 합니다."

하는 것이었다.

그리고 나는 석오 선생께로 가서 지금까지 진행한 일을 보고한 후

에 점심을 먹고 무슨 소식이 있기를 기다리고 있었다.

오후 1시쯤 되었을 때 곳곳에서 수많은 중국 사람들이 술렁거리기 시작했다. 그러나 하는 말들이 분분하고 각기 달랐다. 홍구공원에서 중국 사람이 폭탄을 던져 많은 일인이 즉사했다는 말도 있고 고려인이 그랬다는 말도 있었다.

우리 동포 중에도 어제까지 채소바구니를 지고 다니던 윤봉길이 오늘에 경천동지할 이 일을 했으리라고는 짐작조차 못하고 있었다. 다만 이동녕·이시영·조완구 같은 몇 사람이나 짐작하고 있을 뿐이었다.

오후 3시경에 신문 호외가 나왔다.

> 홍구공원 일인의 천장절 경축 대상臺上에 대량의 폭탄 폭발! 일인 거류민단장 가와하시 즉사, 시라카와 대장, 시케미츠 대사, 노무라 중장 등 문무대관 다수 중상.

그날 왜놈 신문에서는 중국인의 소행이라고도 보도했다. 그러나 이튿날 신문에는 일제히 윤봉길의 이름을 특호 활자로 게재했다. 그러자 프랑스 조계에는 대수색이 벌어졌다.

나는 안공근과 엄항섭을 비밀리에 불러 이렇게 명했다.

"오늘 이 순간부터 군들은 나를 도와 우리 사업에만 힘쓰게. 군들의 집안생활은 내가 책임을 지겠네."

"알겠습니다. 선생님의 분부대로 따르겠습니다."

안공근과 엄항섭은 비장한 목소리로 대답했다.

시간이 촉박했다. 나는 곧 미국인 피취 씨에게 잠시 숨겨주길 청했다. 피취 씨는 흔쾌히 승낙했다. 그리하여 나와 김철·안공근·엄항섭 네 사람이 피취 씨의 집 2층으로 갔다. 피취 부인이 우리의 식사를 정성으로 제공했다. 피취 씨는 피취 목사의 아들인데, 피취 목사가 생존 시에 우리 상해 독립 운동가를 크게 동정했었다. 참으로 우리에게는 숨은 은인이라고 아니할 수 없었다.

의거의 진상을 백일하에 공개

그날부터 우리는 피취 씨 댁 전화를 이용하여 동포들과 통화를 했다. 누구누구가 왜놈들에게 체포되었다는 소식이 전해졌다. 우리는 잡혀간 동지의 가족들의 생계를 돕고, 피난할 동지의 여비 등을 지급하는 일을 암암리에 했다. 또한 서양 율사를 통해 체포된 동포들을 구하려고 했지만 별 효과가 없었다.

내가 사람을 보내어 편지를 전달했건만, 불행히도 안창호 선생이 이유필의 집에 갔다가 잡히셨다. 그밖에 장헌근·김덕근 등 몇몇 젊은 학생들도 체포되었다.

왜놈들은 날마다 홍구공원 사건의 연루자를 잡으려고 미친개와 같이 횡행했다. 그리하여 우리 임시정부와 민단의 직원들은 말할 것도 없고, 부녀단체인 애국부인회까지도 전혀 활동할 수가 없었다.

"주모자가 잡히지 않으니 애매한 동포들이 잡혀 고통 받고 있소. 그러니 나는 홍구공원 사건의 진상을 세상에 공개해야 하겠소."

내가 말하자 안공근의 얼굴이 파랗게 질리더니 반대했다.

"선생님께서 프랑스 조계에 계시면서 이 같은 발표를 한다는 것은 지극히 위험한 일입니다. 아직 때가 아니니 좀더 기다려야 합니다."

안공근의 반대로 잠시 유예하다가 얼마 후에 공개를 결심했다. 엄항섭으로 하여금 성명서 초안을 기초케 하고 피취 부인에게 영문으로 번역케 하여 통신사에 발표하였다.

> 나 백범 김구는 일찍이 황해도 안악 땅에서 맨손으로 왜군 쓰지다 대위를 때려 죽여 일단이나마 민 황후의 원수를 갚았다. 이번에도 나 김구가 애국단원 이봉창과 윤봉길을 시켜 일황 저격사건과 상해 홍구사건을 일으켰다. 그러므로 주모자는 나 백범 김구일 뿐 다른 한국 기관이나 한국인이 관련된 사실은 없다.

이리하여 일본 천황에게 폭탄을 던진 이봉창 사건이나 상해에 시라카와 대장 이하를 살상한 윤봉길 사건이나 그 주모자는 김구라는 것이 전 세계에 알려지게 되었다.

이 일이 생기자 은주부·주경란 같은 중국 명사가 내게 특별 면회를 청하고, 남경에 있던 남파 박찬익 형의 활동도 있어 물심양면의 원조가 각지에서 답지하였다. 만주사변, 만보산사건 등으로 악화되었던 중국인의 우리 한인에 대한 감정은 윤봉길 의사의 희생으로 말미암아 극도로 호전되었다.

4·29사건 이후 왜놈은 제1차로 내 몸에 20만원의 현상금을 붙이더니 제2차로 일본 외무성·조선총독부·상해주둔군 사령부의 3부 합작으로 60만원의 현상금으로 나를 잡으려 하였다. 그러나 전에는 프랑스 조계에서 한 발자욱도 나가지 않았던 나는 자동차로 영국 조계, 프랑스 조계 할 것 없이 막 돌아다녔다. 실로 내 자신이 생각해도 놀라운 변화였다. 왜놈들이 거액의 현상금을 내걸고 나를 잡으려고 혈안이 되어 있었지만 조금도 두렵지가 않았다.

하루는 전차표 검사원을 하고 있는 별명이 박대장이란 젊은이의 혼인잔치 청첩을 받았다. 나는 축하차 그 집에 들러 부엌에 선 채로 국수 한 그릇을 얻어먹고 곧장 나왔다. 그 집 바로 앞에 우리 동포의 가게가 있었다. 나는 왔던 길이니 그 가게에 들어가 안부나 묻고 가려고 했다. 그래서 가게에 들어갔는데, 주인이 나를 보는 순간 하얗게 겁먹은 얼굴을 하고 전차가 지나가고 있는 거리를 가리켰다. 고개를 돌려보니 왜경 십여 명이 길에 늘어서서 전차가 지나가기를 기다리고 있었다.

내가 미쳐 다른 곳으로 피할 사이도 없이 전차가 지나가고 길이 트였다. 나는 재빨리 구석에 몸을 숨기고 유리창으로 왜경들의 동향을 살폈다. 왜경들은 쏜살같이 박 대장의 집으로 들어갔다.

"선생님, 어서 피하십시오!"

주인의 그 말이 채 끝나기도 전에 나는 가게에서 나와 헐레벌떡 김의한 군의 집으로 달려갔다.

"아니, 선생님! 웬일이십니까?"

김 군이 놀라 소리쳤다. 나는 기쁜 숨을 가다듬고 김 군의 부인을 시켜 박 대장의 집에 가보게 했다. 박 대장의 집에 다녀온 김 군의 부인 말을 들으니 역시 왜경들은 나를 잡기 위해 박 대장 집을 덮친 것이었다. 심지어 아궁이 속까지 뒤졌다고 하는데, 나는 그 고비를 아슬아슬하게 면했던 것이다.

그 무렵에 남경 정부에서 나를 만나고 싶다고 했다. 내가 신변의 위험을 말하자 그들은 비행기를 보내겠다고 했다. 그들이 나를 데려가는 이유에는 반드시 무슨 요구가 있을 것이다. 그 요구가 무엇인지는 모르지만, 나는 헛되이 남의 나라 신세를 지기 싫어서 사절했다.

이러는 동안에 20여 일이 지났다. 하루는 피취 부인이 급히 2층으로 올라오며 말했다.

"선생님, 정탐꾼들에게 우리 집이 발각된 것 같습니다. 지금 밖에 여러 명의 정체불명의 사람들이 집을 포위하고 있으니, 속히 피하셔야겠습니다."

피취 부인은 곧 남편을 불러 상의한 후에 나에게 이렇게 말했다.

"선생님과 제가 부부로 위장하여 자동차를 타고 빠져나가는 것이 좋겠습니다."

이리하여 나는 피취 부인과 어깨를 나란히 하고 밖으로 나와 자동차의 뒷자리에 올라탔다. 피취 씨는 나의 짐을 들고 뒤따라 나와 운전석에 앉고 자동차의 시동을 걸었다.

아니나 다를까. 대문 밖으로 차를 몰고 나오면서 보니 문 앞과 주위에 프랑스인, 러시아인, 중국인 등 각국 정탐꾼들이 서성거리고 있었다. 그들은 내 목에 걸린 60만원의 상금을 노리고 나를 추적하고 있었던 것이다.

피취 씨는 자동차를 전속력으로 몰아 프랑스 조계를 지나 중국 땅에 속하는 정거장에 도착했다.

"여기서부터는 기차를 이용하는 것이 더 안전할 것입니다."

피취 씨의 말에 나는 그들 부부와 작별하고 자동차에서 내렸다. 그런 후 기차를 타고 가홍 수륜 사창으로 피신했다. 이곳은 박남파가 은주부·저보성 제씨에게 주선하여 얻어놓은 곳으로, 이동녕 선생을 비롯하여 엄항섭, 김의한, 양군의 가족은 수일 전에 벌써부터 옮겨와 있었다.

나중에 들어보니, 우리가 피취 댁에 숨은 것이 발각된 것은 우리가 그 집 전화를 남용한 데서 단서가 나온 것이라 하였다.

또다시 피신과 유랑의 세월

호수가 있는 가흥의 은신처

나는 이 때부터 일시 가흥에 몸을 붙이게 되었는데, 성은 아버지의 외가 성을 따라 장張이라고 하고 이름은 진구震球 또는 진震으로 행세하였다.

가흥은 내가 의탁하여 있는 저보성 씨의 고향이었다. 저 씨는 일찍 강소성장을 지낸 이로 덕망이 높은 신사요, 그 맏아들 봉장은 미국 유학생으로 그곳 동문 밖 민풍지창이라는 종이공장의 기사장으로 일하고 있었다.

저 씨의 집은 가흥 남문 밖에 있는 구식 집으로, 그리 굉장하지는 않지만 사대부의 저택으로 보였다. 저 씨는 그의 수양자인 진동손 군의 정자를 내 숙소로 내주었다. 그 정자는 호숫가에 위치하고 수륜사

창이 바라보이며 경치가 좋았다.

저 씨 댁에서 내 본색을 아는 이는 저 씨 내외와 그 아들 내외, 그리고 진동손 내외뿐이었다.

그래서 안심할 수는 있었지만 내가 중국말에 능통하지 못한 까닭에 여러 모로 불편했다. 비록 광동인으로 행세는 하고는 있지만 벙어리에다가 귀머거리와 거의 다름이 없었다.

가흥에는 산은 없으나 호수와 운하가 낙지발같이 사통팔달이어서 7~8세 되는 아이들도 다 노를 저을 줄 알았다. 토지는 극히 비옥하여 각종 물산이 풍부하고, 인심은 상해와는 아주 딴판으로 순후했다. 상점에는 에누리가 없고, 고객이 물건을 놓고 가면 잘 두었다가 주는 것이 인상적이었다.

나는 진동손 내외와 동반하여 남호 연우루와 서문 밖 삼탑 등을 구경하였다. 여기는 명나라 때에 왜구가 침입하여 횡포하던 유적이 있었다. 동문 밖 10리 되는 곳에는 한漢나라 주매신의 묘가 있고, 북문 밖에는 '낙범정'이 있었다. 이 낙범정 밑의 호수에 주매신의 아내 최 씨가 빠져죽었다고 하는데, 거기에 얽힌 일화가 있었다.

주매신은 서치 모양으로 글공부밖에 몰랐다. 그래서 농사를 비롯한 모든 일은 아내의 몫이었다. 어느 하루 주매신의 아내가 마당에 보리쌀을 널어놓고 밭에 나가면서 남편에게 잘 보라고 부탁했다. 그날 오후 소낙비가 내렸는데, 주매신은 보리쌀이 빗물에 떠내려가는 줄도 모르고 마냥 책만 읽고 있었다. 화가 머리끝까지 치밀어 오른 최 씨는 그만 다른 사람에게 개가를 해버렸다. 그 후 주매신은 과거에 급제하여 회계태수가 되어 돌아오는 길에 옛날의 처 최 씨를 만나게 되었다. 최 씨는 주매신이 높은 벼슬에 오른 것을 보고 다시 처되기를 원했다. 그러자 주매신은 물 한 동이를 땅에다 쏟은 후 최 씨에게 그 물을 다시 주어 담아 한 동이가 되면 다시 부부가 되겠다고 했다. 최 씨는 엎질러진 물을 주워 담지 못했기 때문에 낙범정 밑 호수에 빠져 죽었다는 것이었다.

나는 그러한 사적들을 두루 찾아보며 세월을 보내고 있었다. 그러던 어느 날 상해의 왜놈 정보원에게서 비밀보고가 왔다. 왜놈들이 나를 잡기 위하여 호항선(상해~항주 간 철도)을 수색하고 있다는 보고였다.

이런 보고를 받고 정거장 부근에 사람을 보내어 살펴보도록 했다. 그랬더니 왜경이 변장하여 여기저기를 정탐하고 갔다는 사실이 밝혀졌다. 그 당시 왜놈으로서 우리 돈을 먹고 밀탐한 자도 여러 명 있었는데, 신용도 있고 대체로 정보도 정확했다.

왜놈들의 추적이 가흥에까지 미치게 되었으므로 더 이상 가흥에 머물 수가 없었다. 그래서 저봉장의 처가인 주 씨 댁 산장으로 가기로 했다. 주 씨 부인은 저봉장의 재취로 첫아들을 낳은 지 얼마 되지 않은 젊고 아름다운 부인이었다.

"부인이 선생님을 산장까지 모셔다주고 오는 것이 좋겠소."

저봉장의 말에 주 씨 부인은 고개를 끄덕였다. 그리하여 나는 주 씨 부인과 단둘이서 기선을 타고 해염현성으로 떠났다. 가흥에서 해염현

성까지는 기선으로 꼭 하룻길이었다.

주 씨 댁은 해염현성에서 제일 큰 집이라 하는데, 과연 굉장했다. 내 숙소인 양옥은 그 집 후원에 있었다. 대문 밖은 돌을 깔아놓은 큰길이고, 길 건너는 선박들이 오가는 호수였다. 대문 안은 잘 가꾼 정원이 있고, 정원 옆에 있는 작은 문을 열고 들어가면 큰 사무실이 있었다. 이 사무실은 주 씨 댁 지배인이 매일 이 집 살림살이를 맡아보는 곳이라고 했다. 예전에는 4백여 명 식구가 공동식당에 모여 식사를 했는데, 근래는 식구 대부분이 사농공상의 직업에 따라 각처로 분산했고, 그 밖은 개별취사를 원하기 때문에 그 물자만을 사무실에서 배급하고 있다고 했다.

집의 생김은 벌집과 같은데, 한 가족이 차지하는 방은 세 개에서 네 개라고 했다. 집 앞에는 큰 객청이 있고 뒤에는 화원과 몇 채의 2층 양옥, 그리고 운동장이 있었다.

내가 넋을 잃고 화원을 바라보고 있을 때 주 씨 부인이 말했다.

"해염현내에는 3대 화원이 있답니다. 사람들이 말하기를 저희 집 화원은 둘째고, 전錢씨 댁 화원을 첫째로 꼽습니다. 여기서 멀지 않으니 구경하시렵니까?"

나는 주 씨 부인의 안내로 전 씨 집 화원을 구경했다. 과연 전 씨 댁의 화원이 주 씨 댁보다 컸으나 집과 설비로는 주 씨 댁이 전 씨 댁보다 나았다.

해염 주 씨 댁에서 하룻밤을 잤다. 이튿날 나는 다시 주 씨 부인과 함께 기차를 타고 노리언까지 가서 내렸다. 거기서부터 서남쪽으로 산길로 5~6리를 걸어야 했다.

7~8월의 찌는 듯한 더위가 유난히도 기승을 부렸다. 주 씨 부인은 손수건으로 연신 이마에 흐르는 땀을 훔쳐내며 힘겹게 산길을 걸어 올라갔다. 굽 높은 구두를 신고 있었기 때문에 걸음걸이가 더욱 힘이 들어 보였다.

'아아, 저 부인은 대체 누구를 위하여 이 고생을 하고 있는가! 활동사진 기구라도 있다면 오늘의 모습을 찍어 만대 후손에게 전하고 싶은데……, 그것이 없어 매우 유감이구나.'

나는 이런 생각을 하면서 주 씨 부인에게 한없는 고마움을 마음속으로나마 전달했다. 우리의 뒤를 주 씨 부인의 친정 하녀 하나가 먹을 것과 일용품을 들고 따르고 있었다.

우리 민족이 독립이 된다면 주 씨 부인의 정성과 친절을 내 자손은 물론이요, 우리 동포가 모두 감사해야 할 것이다. 활동사진을 찍어두지 못했기 때문에 글로나마 기록하여 후세에 전하고자 이글을 쓰는 것이다.

고개턱에 오르니 주 씨가 지은 한 정자가 있었다. 거기서 잠시 쉬고 다시 걸어 수백 보를 내려가니 산 중턱에 깨끗한 양옥 한 채가 있었는데, 집을 수호하는 비복들이 나와서 공손하게 주 씨 부인을 맞이했다.

부인은 시비에게 들려 가지고 온 고기와 과일을 꺼내어 비복들에게 주며 내 식성과 어떻게 요리할 것인가를 설명하고, 또 나를 안내하여 어디를 가거든 얼마, 어디 어딘 얼마를 받으라고 안내요금까지 자상하게 분별해놓고 당일로 해염 친가로 돌아갔다.

여행지 같은 도피처

나는 이로부터 매일 산에 오르내리는 것이 일상이었다. 나는 상해에 온 지 14년이 되었지만, 남들이 다 보고 말하는 소주·항주·남경이니 하는 데를 구경하기는 고사하고 상해 테두리 밖에 한걸음을 내어놓은 일도 없었다. 그러다가 마음대로 산과 물을 즐길 기회를 얻으니 유쾌하기 짝이 없었다.

이 집은 본래 주 씨 부인의 친정 숙부의 여름 별장이었는데, 그가 별세하자 이 집 가까이 매장했다고 한다. 그래서 이 집은 그 묘소의 묘막과 제각을 겸하고 있었다. 명가가 산장을 지을 만한 곳이라 풍경이 자못 아름다웠다. 산에 오르면 앞으로는 바다요, 좌우는 푸른 솔과 붉은 가을 잎이었다.

하루는 응과정에 올랐다. 거기는 승방이 있어, 한 늙은 여승이 나와 맞았다. 그녀는 말끝마다 나무아미타불을 불렀는데,

"먼 길을 잘 오셨소, 아미타불. 내 불당으로 들어오시오, 아미타불!"

하는 것이었다. 그를 따라 암자로 들어가니 방마다 얼굴이 희고 입

술 붉은 젊은 여승들이 승복을 맵시 있게 입은 채로 목에는 긴 염주, 손에는 단주를 들고 추파를 보내는 듯한 인사를 하였다. 그것을 보자 나는 팔선교의 야계굴 구경을 하던 광경이 회상되었다.

암자 뒤에 바위 하나가 있었다. 그 위에 지남침을 놓으면 거꾸로 북을 가리킨다는 말을 듣고 내 시계에 달린 윤도를 놓아보니 과연 그랬다. 자석광이 자철광인 듯했다.

하루는 해변 어느 나루터에 장구경을 갔다가 경찰의 눈에 걸려 마침내 정체가 이 지방 경찰에 알려지게 되었다. 그래서 다시 가흥으로 돌아왔다.

가흥에 와서는 거의 매일 배를 타고 호수를 선유하거나 아니면 운하를 오르내렸다. 그러면서 엄가빈이라는 농촌의 농가에 몸을 붙여 한동안 있기도 하였다.

이렇게 강남의 농촌을 보니 누에를 쳐서 길쌈을 하는 법이나 벼농사를 짓는 법이 다 우리나라보다는 발달된 것이 부러웠다. 구미의 문명이 들어와서 그런 것 외에도 그들 조상으로부터 전해온 것도 그러하였다.

나는 생각해 보았다. 우리 선조들은 한·당·송·원·명·청 시대에 끊임없이 사절이 내왕하면서 왜 이 나라의 좋은 것은 못 배워오고 궂은 것만 들여왔는가 하고 말이다. 의관, 문물 등 중국의 실물을 쫓는다는 것이 조선시대 5백 년의 일관된 정책이라 하였지만, 머리 아픈 망건과 기타 망하기 좋은 것만 따랐으니, 참으로 기막힐 일이 아닐 수 없었다.

나라를 망하게 한 원수 같은 사대사상을 보더라도 그렇다. 우리 선조들은 주자학을 주자 이상으로 발달시켰다. 그 결과 사색파당이 생겨 여러 백 년 동안 다투기만 하다가 민족적 원기를 소진시켰기에 결국 나라가 망하는 꼴을 당했다.

오늘을 보아도 일부 청년들이 제정신을 잃고 있다. 소위 공산주의를 하겠다고 날뛰는 그들은 러시아를 조국으로, 레닌을 국부로 삼고 있는 듯하다. 어제까지만 해도 민족혁명은 두 번 피 흘릴 운동이니 사회주의 혁명을 해야 한다고 떠들던 자들이 레닌의 말 한 마디에 주저 없이 노선을 바꾸고 있는 것이다.

주자의 방귀까지 향기롭게 여기던 부류들 모양으로 레닌의 똥까지 달다고 하는 청년들을 보게 되니 참으로 한심한 일이다.

나는 반드시 주자를 옳다고도 아니하고 마르크스를 그르다고도 아니한다. 내가 청년 제군에게 바라는 것은 자기 자신을 잊지 말라는 말이다. 이 말은 우리의 역사적 이상, 우리의 민족성, 우리의 환경에 맞는 나라를 생각하는 것이다. 밤낮 나를 잃고 남만 높이고, 남의 발뒤꿈치를 따르는 것으로 장한 체를 말자는 것이다. 이제는 부디 제 머리로, 제 정신으로 생각할 때임을 모두가 자각해야 한다.

나는 엄가빈에서 다시 사회교 엄항섭의 집으로 왔다가, 오룡교 진동생의 집으로 옮겨 다니며 숙식하고, 낮에는 주애보라는 여자가 사공이 되어 부리는 배를 타고 이 운하, 저 운하로 농촌 구경을 다녔다.

가흥 성내에 있는 진명사는 도주공의 집터라 한다. 그 속에는 암소

다섯 마리를 키우는 축오자와 양어장을 하던 연못이 있고, 절문 밖에는 '도주공유지陶朱公遺址'라는 돌비가 있었다.

하루는 무료하여 동문으로 가다가 큰길가에서 군사를 조련하는 광경을 보았다. 내가 사람들 틈에서 그 광경을 구경하고 있는데, 군관 하나가 나를 유심히 보고 있다가 갑자기 뛰어왔다.

"당신 누구요?"

군관의 물음에 나는 언제나 하는 대로 광동사람이라고 대답했다. 그런데 그 군관이 마침 광동사람이었기 때문에 내가 가짜라는 것이 금방 탄로 났다.

"수상하다!"

군관은 이렇게 소리치며 나를 체포했다. 나는 즉시 보안대 본부로 끌려가서 취조를 받게 되었다. 다행히 저 씨 댁과 진 씨 댁이 힘써준 덕분으로 풀려날 수 있었지만, 저봉장은 내가 피신할 줄 모른다고 질책하며 이런 제의를 했다.

"김 선생님은 이제 홀로 되셨으니까 이 참에 혼인을 하십시오. 마침 저의 친구 중에 중학교 교원인 과부가 하나 있으니 그녀와 혼인하면 쉽게 신분을 숨길 수 있을 것입니다."

그 제의에 나는 고개를 흔들고 나서 말했다.

"뜻은 고맙소. 그러나 유식한 여자와 살면 더욱 나의 본색이 탄로 나기 쉬울 것이오. 차라리 배를 젓는 주 씨 여자처럼 일자무식한 여자가 더 좋을 것 같소."

저봉장도 내 말에 수긍했다.

뱃사공 주애보

그리하여 나는 뱃사공 주애보에게 몸을 의탁하여 아주 배 안에서 살게 되었다. 오늘은 남문 호수에서 자고, 내일은 북문 강가에서 자고, 낮에는 육지에 나와 다녔다.

이러한 동안에도 박남파·엄일파·안신암 세 사람은 줄곧 외교와 정보 수집에 종사하였다. 중국인 친구의 동정과 미주 동포의 후원으로 활동하는 비용에는 그다지 곤란이 없었다.

박남파가 중국국민당 당원이던 관계로 당의 조직부장이요, 강소성 주석인 진과부陳果夫와도 면식이 있었다. 그의 소개로 장개석 장군이 내게 면회를 청한다는 통지를 받았다. 그래서 나는 안공근·엄항섭 두 사람을 대동하고 남경으로 갔다. 공패성·소쟁 등 요인들이 진과부 씨를 대표하여 우리 일행을 맞아 중앙반점에 숙소를 정해 주었다.

이튿날 밤에 진과부 씨의 자동차로 중앙군관학교 구내에 있는 장개석 장군의 자택으로 갔다. 박남파 군이 통역으로 따라왔다.

중국옷을 입은 장개석은 온화한 얼굴로 나를 맞아주었다. 서로 인사가 끝난 뒤에 장 주석은 간명한 어조로,

"동방 각 민족은 손중산 선생의 삼민주의에 부합하는 민주정치를

하는 것이 좋을 것이오."

라고 말했다. 나도 그렇다고 대답했다. 그런 후에 나는,

"일본의 대륙 침략의 마수가 각일각으로 중국에 침입하고 있소. 좌우를 피하여 주시면 필담으로 몇 마디를 하겠소."

하였더니 장개석은,

"하오 하오好好(좋소)."

하면서 진과부에게 물러가 있으라고 하였다. 나도 박남파를 밖으로 내보내고 붓을 들어 이렇게 썼다.

"선생이 백만금을 지원한다면 2년 이내에 일본·조선·만주 세 방면에 폭동을 일으켜 일본의 대륙침략의 다리를 끊겠소. 선생은 어떻게 생각하오?"

내 글을 읽은 장 주석은 이렇게 썼다.

"자세한 계획서를 작성해 주시오."

이튿날 간단한 계획서를 만들어 장 주석에게 주었더니, 진과부가 자기의 별장에 나를 초대하여 연회를 베풀고 장 주석의 뜻을 대신 내게 전했다.

"장 주석께서는 특무공작으로 천황을 죽이면 천황이 또 있고, 대장을 죽이면 대장이 또 있다고 하셨소. 그러므로 장래의 독립전쟁을 위하여 무관을 양성함이 좋겠다고 하시면서 선생의 의견을 들으라 하셨소. 선생의 의견을 말씀해 주시오."

"불감청이언정 고소원이오. 그러나 장소와 자금 등이 문제요."

"그 점은 우리가 알아서 할테니 염려 마시오."

그리하여 장소는 하남성 낙양의 군관학교를 분교로 하고, 자금 등은 발전에 따라 공급한다는 약속하에 1기에 군관軍官 백 명씩 양성하기로 합의를 보았다. 제1차로 북경·천진·상해·남경 등지에서 백여 명의 청년을 모집하여 학적에 올리고 만주로부터 이청천과 이범석을 청하여 교관과 영관이 되게 하였다. 그러나 이 군관학교는 겨우 제1기생이 졸업하고는 일본 영사의 항의로 남경정부에서 폐쇄령이 내렸다.

이 때에 '대일전선 통일동맹'이란 것이 발동하여 또 통일론이 일어났다. 그러던 어느 하루, 의열단장 김원봉이 내게 특별히 만나기를 청하기에 남경의 진해에서 비밀리에 만났다.

김 군이 입을 열었다.

"선생님, 저는 통일운동에 참가하겠습니다. 그러니 선생님도 동참하여 주십시오."

내가 물었다.

"군이 통일운동에 참여하고자 하는 목적이 무엇인가?"

"제가 통일운동에 참여하는 주요 목적은 중국 사람들에게 공산당이란 혐의를 면하고자 하는 이유에서입니다."

"단지 중국인들에게 군의 공산당이란 혐의를 벗기 위해 통일운동을 한단 말인가?"

"……."

"나는 통일을 절실히 바라는 사람이네. 그러나 제각기 한 이불속에서 딴 꿈을 꾸려는 통일운동에는 참가할 수 없네."

내가 단호히 거절하자 김원봉은 얼굴을 붉히고 돌아갔다. 그로부터 얼마 후에 소위 5당 통일회의라는 것이 개최되어 의열단·신한독립당·조선혁명당·한국독립당·미주 대한인독립단이 통일하여 조선민족혁명당이 되어 나왔다. 이 통일에 주동자가 된 김원봉·김두봉 등 의열단은 임시정부를 눈에 든 가시와 같이 싫어했다. 아울러 그들은 임시정부의 해체를 극렬히 주장했다.

당시 임시정부의 국무위원이던 김규식·조소앙·최동오·송병조·차이석·양기탁·유동열 일곱 사람 중에 차이석·송병조 두 사람을 빼고 모두가 통일에 심취하여 임시정부에 무관심했다. 그러자 김두봉은 기회라고 생각하고 임시정부 소재지인 항주로 가서 차이석·송병조 두 사람에게 5당이 통일된 이 날에, 이름만 남은 임시 정부를 해체해버리자고 강경하게 주장했다. 그러나 송병조·차이석은 완강히 반대하고 임시정부의 문패를 지키고 있었다.

그러나 일곱 사람에서 다섯이 빠졌으니 국무회의를 열 수도 없었기 때문에 사실상 무정부 상태였다. 조완구 형이 편지로 내게 이런 사정을 전하자 나는 분개하여 즉시 항주로 달려갔다. 이때에 김철은 벌써 작고한 뒤였고, 5당 통일에 참가하였던 조소앙은 민족혁명당을 탈퇴해 있었다.

나는 이시영·조완구·김붕준·양소벽·송병조·차이석 등 의원들과 임시정부 유지문제를 협의했다. 그 결과 유지해야 한다는 쪽으로 의견이 일치되었다. 그래서 곧 일동이 가흥으로 가서 거기 있던 이동녕·안공근·안경근·엄항섭 등을 추가하여 남호의 놀잇배 한 척을 얻어 타고 선중에서 의회를 열었다. 여기서 국무위원 세 사람을 뽑았는데, 이동녕·조완구, 그리고 나 김구였다. 이에 송병조·차이석을 합하여 국무위원이 다섯 사람이 되었으므로 국무회의를 진행할 수 있게 된 것이었다.

5당 통일론이 형성될 당시 우리 동지들은 별도의 단체를 조직할 것을 주장했지만, 나는 차마 또 한 단체를 만들어 파쟁을 늘이기를 원치 않는다는 이유로 반대했었다. 그러나 임시정부를 유지하려면 그 배경이 될 단체가 필요했다. 또 조소앙이 벌써 한국독립당을 재건했으므로 내가 단체를 조직해도 통일 파괴자라는 누명을 뒤집어 쓸 염려는 없었다. 나는 동지들의 찬동을 얻어 대한국민당을 조직했다.

남경의 암살대

나는 다시 남경으로 돌아왔다. 그렇지만 나의 남경생활도 점점 위험해지기 시작했다. 왜놈들은 내가 남경에 있다는 냄새를 맡고 상해에서 암살대를 보내어 내 생명을 엿보고 있었다.

그 무렵 남경 경비사령관 곡정륜이 나를 면담하고 이렇게 말했다.

"왜놈들이 김 선생을 체포하겠다고 하면서 나에게 방해하지 말라고 하더군요. 그래서 나는 그들을 안심시키기 위해 내 손으로 김구를 잡을 테니 일본서 걸어놓은 상금을 내게 달라고 했습니다. 그러니 각별히 조심하십시오."

곡정륜은 나와 작별하면서 사복 입은 왜경 일곱이 부자묘 근처를 순탐하고 있으니 그쪽의 발걸음을 피하라고 일러주었다. 나는 곧 부자묘 근처에 사람을 보내 시찰해 보니, 곡정륜의 말 그대로였다.

남경에서도 내 신변이 위험했다. 언제 왜경이 들이닥칠는지 몰랐다. 그래서 나는 회청교에 집 하나를 얻고, 가흥에서 배 저어주던 주애보의 본가에 매달 15원씩 주기로 하고 그녀를 데려다 동거를 했다. 직업은 고물상이라 하고, 원적은 광동 해남도 사람으로 행세했다. 혹시 경관이 호구 조사를 오더라도 주애보가 나서서 설명하기 때문에 내가 직접 나서서 본색을 드러낼 필요는 없었다.

노구교사건이 터지자 중국은 일본에 대하여 항전을 개시하였다. 이에 재류 한인의 인심도 매우 불안하게 되었다. 5당 통일로 되었던 민족혁명당이 조각조각 분열되고, 조선혁명당이 또 하나 결성되었다. 이런 와중에서 미주 대한독립단은 탈퇴하고 근본의열단 분자만이 민족혁명당의 이름을 차지하고 있었다. 이렇게 분열된 원인은 의열단 분자가 민족운동의 가면을 쓰고 속으로는 공산주의 활동을 했기 때문이었다.

이렇게 민족혁명당이 분열되는 반면에 민족주의자들의 결합도 생겼다. 한국국민당·조선혁명당·한국독립당 및 미주와 하와이에 있는 모든 애국 단체들이 연결하여 임시정부를 지지하게 되었다. 이리하여 임시정부는 점점 힘을 얻게 되었다.

상해 전쟁은 날로 중국에 불리하게 되어 일본 공군의 남경 폭격도 갈수록 심화되었다. 어느 날 집에 있는데 초저녁에 공습경보가 울렸다. 불안하여 잠을 못 이루다가 경보해제 후에야 잠이 깊이 들었다. 그런데 느닷없이 요란한 기관포 소리가 들림과 동시에 집이 무너져 내리는 소리가 들렸다.

"집이 무너지고 있소! 빨리 피합시다!"

나는 주애보를 데리고 재빨리 밖으로 빠져 나왔다. 집의 뒷벽이 무너지고 그 바깥에는 시체가 수두룩하게 널려 있었다. 남경 각처에는 불이 나서 밤하늘은 흡사 붉은 담요와 같았다.

날이 밝기를 기다려 무너진 집과 흩어진 시체 사이를 지나 마로가에 계시는 어머님을 찾아갔다. 어머니가 나오셔서 문을 열어주셨다.

"많이 놀라셨지요?"

내가 묻자 어머니는 손을 휘저으셨다.

"놀라기는 무얼 놀라? 그런데 침상이 다 들썩들썩 하더라. 그래, 우리 사람은 상하지 않았느냐?"

"글쎄요, 지금 나가서 알아보고 말씀드릴게요."

나는 그 길로 동포들이 사는 집을 돌아보았지만 별 피해는 없었다. 남기가에 많은 학생들이 살고 있었으나 그들도 모두 무사하여 다행이었다.

암살과 어머니의 추억

중경으로 옮긴 중국 정부

남경의 정세가 위험하여 중국 정부는 중경으로 옮기게 되었다. 그리하여 우리 광복전선 3당의 백여 명 대가족도 물가가 싼 장사長沙로 피난하기로 정하고 상해·항주에 있는 동지들에게 남경으로 모이라는 지시를 내렸다. 율양 고당암에서 선도를 공부하고 있는 양기탁에게도 같은 기별을 하였다.

그리고 안공근을 상해로 보내어 그 가족과 맏형수(안중근 의사 부인)을 꼭 모셔오라고 신신당부했다. 그런데 안공근은 제 가족만을 데려왔다.

나는 안공근을 크게 꾸짖었다.

"양반의 집에 화재가 나면 신주부터 먼저 안아 모시는 법이다. 그런데 혁명가가 피난을 하면서 나라를 위해 살신성인한 의사의 부인을 적진에 버리고 가는 법이 어디 있단 말이냐! 이것은 군의 가족은 물론이고, 우리 민족의 수치다."

내가 꾸짖자 안공근은 몸 둘 바를 몰라 하며 잘못을 빌었다. 그 나름대로 사정이 있었겠지만, 나는 안공근이 너무도 야속하고 미웠다.

안공근은 피난하는 동포들의 단체에 들기를 원하지 않고 자기 식구들만은 중경으로 이주하게 했다. 그러므로 나는 제 뜻에 맡겨버렸다.

나는 안휘 둔계중학교에 재학 중인 신이를 불러온 후에 어머님을 모시고 영국 배 윤선을 타고 한구漢口로 향해 떠났다. 그리고 대가족 백여 식구는 중국 목선 두 척에 짐 보따리까지 잔뜩 싣고 남경을 떠났다.

나는 어머니를 모시고 한구를 거쳐서 무사히 장사에 도착하였다. 선발대로 임시정부의 문부를 가지고 진강을 떠난 조성환·조완구 등은 남경서 오는 일행보다 며칠 먼저 도착하였고, 목선으로 오는 대가족 일행도 풍랑을 겪었다 하나 무사히 장사에 왔다. 남기가 사무소에서 부리던 중국인 채 군이 무호 부근에서 풍랑 중에 물을 길어 올리다가 실족하여 익사한 것은 실로 유감이었다. 그는 사람이 충실하니 데리고 가라 하시는 어머님 말씀 때문에 일행 중에 편입하였던 것이다.

남경서 출발할 때 주애보는 본향인 가흥으로 보냈다. 그 후에 두고두고 후회되는 것은, 헤어질 때 여비 백 원밖에 못 준 것이었다. 그녀는 근 5년 동안 나를 광동 사람으로 알고 살았지만, 어쨌든 부부관계로 지냈던 것만은 사실이다. 알게 모르게 나를 많이 도왔는데, 다시 만날 기약이 있을 줄 알고 돈이라도 넉넉하게 못 준 것이 참으로 유감이다.

장사에 모인 백여 식구는 공동생활을 할 줄 모르므로 따로따로 방을 얻어 각자 취사했다. 나도 어머니를 모시고 또 한 번 살림을 시작하여서 어머님이 손수 지어주시는 음식을 먹었다. 그러나 이글을 쓰는 지금 어머니는 돌아가시고 이 세상에 아니 계시다.

이 기회에 나는 어머님이 본국으로 가셨다가 다시 상해로 오시던 일을 기록하려고 한다.

어머니가 신이를 데리고 인천항에 상륙하였을 때에는 노자가 다 떨어졌다. 그 당시 우리 독립운동가의 상해생활은 끼니를 제때 때우기도 어려웠다. 어머님은 늘 우리 동지들이 굶주리는 것을 보시고 애통해 하셨다. 그래서 중국 사람들이 쓰레기통에 버린 배추 겉껍데기를 골라 와서 겨우 반찬거리를 만드셨던 때라 나는 어머님께 노자를 넉넉히 드릴 수가 없었다.

인천서 노자가 떨어진 어머니는, 내가 말씀도 드리지 않았는데도 어떻게 생각하셨는지, 인천 동아일보 지국으로 가셔서 사정을 말씀하셨다. 지국에서는 벌써 신문 보도로 우리 어머니가 귀국하시는 것을 알았다 하면서 서울까지의 차표를 사드렸다고 한다.

어머니는 서울에 내려서는 또다시 동아일보사를 찾아 가셨다. 동아일보사에서는 어머니에게 사리원까지의 차표를 사드렸다.

어머니는 해주 본향에 선영과 친족을 찾으시지 않고 안악 김씨 일문에서 미리 준비하여 놓은 집으로 가셨다.

내가 인이를 데리고 있는 동안에 어머님은 당신의 생활비를 절약하셔서 때때로 내게 돈을 보내주었다. 그리고는 나의 생활이 힘들 것을 염려하여 인이를 본국으로 보내라고 분부하셨다.

나는 어머니의 분부에 따라 김철남 군의 삼촌 편에 인이를 귀국시켰다. 그 후로 나는 혈혈단신이 되어 집안 걱정은 덜게 되었다.

그 후 이봉창·윤봉길 두 사건이 생기자 순사대는 집을 포위하여 어머님을 감시하고 괴롭게 했다 한다. 그 소식을 들은 나는 비밀리에 어머님께 아이들을 데리고 중국으로 오시라고 기별했다. 그러면서 덧붙이기를 그전같이 굶주림을 당할 형편이 아니라는 것도 알렸다.

어머니께서는 나의 연락을 받고서 곧 안악경찰서에 출국 허가를 신청하셨다. 출국하는 이유는 늙어 죽을 날이 멀지 않으니, 생전에 손자들을 데려다가 제 아비에게 맡기겠다는 것이었다.

의외로 쉽게 출국 허가가 떨어졌다고 한다. 그래서 떠날 차비를 하고 있을 때 서울 경무국으로부터 관리 하나가 일부러 내려와서 이런 말을 했다고 한다.

"상해에서 우리 일본 경찰들이 당신 아들을 체포하려고 무진 애를 써도 찾지 못하고 있는데, 노인의 힘으로 어찌 찾겠소? 괜히 고생하지 말고 집에서 편히 지내시오. 상부의 명령으로 출국 허가가 취소되었소."

이 말을 들은 어머니께서는 대로하셨다.

"내 아들을 찾는 데는 내가 그대들 경찰보다는 나을 것이다. 나는 출국 허가를 받고 이미 가산을 다 처분했다. 그런데 지금에 와서 출국을 허가할 수 없다니 이게 무슨 법이냐! 네놈들이 남의 나라를 탈취하여 정치를 이같이 하고도 오래갈 줄 아느냐?"

어머니께서는 매우 대로하셨기 때문에 서울에서 온 관리를 꾸짖다가 그만 까무라치셨다고 한다. 그러자 관리는 어머니를 김 씨네에게 맡기고 가버렸다.

그런 일이 있고부터 경찰은 더욱 어머니를 경계하고 감시했다. 어머니는 감시하는 경찰을 볼 때면,

"그렇게 말썽 많은 길은 안 떠난다."

하시며 경찰을 안심시켰다. 그러면서 미장이와 목수를 불러 집을 수리하고 살림살이에 필요한 물건을 다시 마련하시는 등의 행동으로 출국을 포기했음을 보이셨다.

그렇게 몇 달이 지나자 감시하던 경찰도 안심하게 되었다. 그러자 어머니께서는 송화에 사는 동생의 병문안을 간다고 하고서 신이를 데리고 신천행 차를 타셨다. 신천에 도착하여 다시 재령으로, 사리원으로 도막도막 몸을 옮겨서 평양에 도착한 후 곧 숭실중학에 재학 중인 인이를 불러 안동현으로 가는 직행차를 타셨다.

대련大連에서 왜경들의 조사를 받게 되었는데, 인이 기지를 발휘했다.

"늙으신 할머니를 모시고 어린 동생과 함께 위해 위에 있는 친척 집에 의탁하러 가는 길입니다."

왜경들은 인에게 몇 마디 더 묻고는 '잘 가라'고 무사히 통과시켜 주었다. 그리하여 무사히 상해에 도착한 어머니와 아이들은 안공근 집에서 하룻밤 지내고, 가흥 엄항섭 군의 집에 도착하셨다. 그 소식을 남경에서 들은 나는 즉시 가흥으로 달려가서 9년 만에 다시 어머니와 내가 서로 만났다.

어머니는 나를 보시자마자 이러한 의외의 말씀을 하셨다.

"나는 이제부터 너라고 아니하고 자네라고 하겠네. 또 말로 책할지언정 회초리로 자네를 때리지는 않겠네. 이유는, 자네가 군관학교를 설립하고 청년들을 교육한다니, 남의 사표師表가 된 모양이라, 그 체면을 보아주자는 것일세."

나는 어머님의 이 말씀에 너무나 황송하였고, 또 이것을 큰 은전으로 알았다.

나는 어머니를 남경으로 모셨다가 1년을 지낸 후, 남경 함락이 가까워져 장사로 모시고 갔다.

어머니가 남경에 계실 때 일이다. 청년단과 늙은 동지들이 어머니의 생신 축하연을 베풀려고 하였다. 그것을 눈치 채신 어머니께서 돈으로 달라고 하셨다. 당신이 자시고 싶은 음식을 직접 만들겠다는 것이었다. 그래서 돈을 드렸는데, 어머니는 그 돈으로 단총 두 자루를 사서 그것을 독립운동에 쓰라고 하고 내어놓으셨다.

목숨을 노린 암살자

장사로 옮겨온 우리 백여 명 대가족은 중국 중앙정부의 보조와 미국에 있는 동포들의 후원으로 생활에 곤란은 없었다. 가히 피난민으로는 호사스런 피난민이라 할 만하게 살았다. 더욱이 장사는 곡식이 흔하고 물가도 매우 쌌다. 또한 호남성 주석으로 새로 부임한 장치중 장군은 나와는 아주 친한 사람이었기 때문에 더욱 우리에게 많은 편의를 봐주었다.

나는 상해·항주·남경에서는 특별한 경우를 제외하고는 변성명을 하였지만 장사에 온 후로는 버젓이 김구로 행세할 수 있었다.

오는 도중에서부터 발론이 되었던 3당 합동문제가 장사에 들어와서는 더욱 활발하게 진전되었다. 합동하려는 3당의 진용은 이러하다.

첫째는 조선혁명당으로, 주요 간부로는 이청천·유동열·최동오·김학규·황학수·이복원·안일청·현익철 등이었다. 둘째는 한국독립당으로, 조소앙·홍진·조시원 등이 그 간부이며, 다음으로 셋째는 내가 창설한 한국국민당으로, 이동녕·이시영·조완구·차이석·송병조·김봉준·엄항섭·안공근·양묵·민병길·손일민·조성환 등이 주요 인물이었다.

이상 3당 통일문제를 협의하기 위해 우리는 5월 6일에 조선혁명당 본부인 남목청에 모였다. 그 회의에 분명히 나도 참석했었는데, 의식을 회복하여 보니 장소는 병원인 듯하고, 몸이 극히 불편했다.

"내가 지금 어디에 왔느냐?"

내가 묻자 엄항섭 군이 대답했다.

"선생님께서 남로청에서 술을 드시다가 졸도하셨기에 입원시킨 것입니다."

"내가 술에 취해 졸도를 했다고?"

"그렇습니다. 과음하신 모양입니다."

이런 말을 하고 있을 때 의사가 와서 내 가슴을 진찰했다. 가슴에 무슨 상흔이 있었기에 물어보았다.

"이 상처는 어디서 생겼는가?"

"선생님께서 졸도하실 때 상 모서리에 부딪친 것 같습니다."

나는 엄항섭 군의 말이 미심쩍었지만, 그런 줄만 알고 병석에 누워 있었다. 한 달이나 지난 어느 날 엄항섭 군이 느닷없이 이런 말을 물었다.

"선생님, 이운한을 기억하십니까?"

"이운한……, 조선혁명당원 말인가?"

"그렇습니다."

"그렇다면 알고 있네. 남경에 있을 때 상해로 특무 공작을 간다고 하여 내가 금전을 보조해 준 적이 있었네."

"그 자가 회의장에 돌입하여 단총을 난사했습니다. 그 첫 방에 선생님께서 맞으시고, 둘째로 현익철, 셋째로 유동열, 넷째로 이청천이 맞았습니다."

나는 깜짝 놀라 소리쳤다.

"그렇다면 내가 총에 맞아 쓰러졌단 말인가? 다른 사람들은 어떻게 되었는가?"

"현익철은 병원에 입원하자마자 절명했습니다. 이청천은 경상이었기 때문에 곧 퇴원했고, 유동열은 치료 결과가 양호하여 곧 퇴원하게 되었습니다."

범인 이운한은 장사 교외 작은 정거장에서 곧 체포되고 연루자로 강창제·박창세 등도 잡혔었으나 강·박 양인은 석방되고 이운한은 탈옥하여 도망하였다고 하였다.

호남성의 주석인 장치중 장군은 친히 내가 입원한 상아의원에 나를 위문하고 병원 당국에 대하여서는 치료비는 얼마가 들든지 성 정부에서 담당할 것을 말하였다고 하였다. 당시 한구에 있던 장개석 장군은 하루에도 두세 번 전보로 내 병상을 묻고, 내가 퇴원한 기별을 듣고는 나하천을 대표로 내게 보내어 돈 3천원을 요양비로 쓰라고 보내주었다.

퇴원하여 어머님을 찾아뵈니 어머님은,

"자네 생명은 하느님이 보호하시는 줄 아네. 바르지 못한 것이 바른 것을 감히 범하지 못하지."

하시면서 이렇게 덧붙이셨다.

"한인의 총에 맞고 죽는 것은 왜놈의 총에 맞아 죽은 것만 못해."

애초에 내 상처는 중상이어서 의사가 입원 수속도 할 필요가 없다

하여 문간방에 두고 절명하기만 기다렸는데, 네 시간이 되어도 살아 있었기 때문에 병실로 옮기고 치료하기를 시작하였다고 한다. 내가 그런 상태이므로 홍콩에 있던 인이에게 내가 총을 맞아 죽었다는 전보를 하였다. 그리하여 안공근은 인이와 함께 내 장례에 참석할 생각으로 달려왔었다.

전쟁의 위험이 장사에까지 미쳤다. 그렇기 때문에 성 정부에서도 끝까지 이 사건을 법적으로 규명하지 못하고 흐지부지 되었다. 내 추측으로는 이운한이 강창제·박창세 두 사람의 악선전에 혹하여 그런 일을 한 것인 듯하다.

내가 퇴원하여 엄항섭 군 집에서 요양을 하고 있는데, 하루는 갑자기 심기가 불편하고 구역질이 나며 오른편 다리에 마비 증상이 생겼다. 그래서 다시 상아의원에 가서 진찰을 받았다. X선으로 심장 곁에 들어 있는 총알을 검사하니, 위치가 변동되어 오른쪽 갈비뼈 옆으로 옮겨가 있었다.

서양인 외과 의사가 X선을 보여주며 말했다.

"생명에는 지장이 없습니다. 많이 불편하면 수술도 어렵지 않습니다. 오른쪽 다리가 마비되는 것은 탄환이 큰 혈관을 압박하기 때문인데 작은 혈관들이 확대됨에 따라 감소될 것입니다. 수술을 하시겠습니까?"

나는 생명에 지장이 없다는 말을 듣고 수술을 거부했다.

그즈음 장사에 적기의 공습이 잦아졌다. 중국 기관들이 피난하기 시작하자 우리는 3당 간부들이 모여 진로를 숙의했다. 그 결과 일단 광동으로 간 후, 남경이나 운남 방면으로 진출하여 해외와 교류할 계획을 세우기로 하였다. 그러나 백여 명의 식구가 짐 꾸러미를 가지고 옮겨갈 길이 막연했다.

나는 불편한 다리를 이끌고 성 정부의 장 주석을 방문하여 우리의 형편을 호소했다. 그러자 장 주석은 철로 기차 한 량을 우리 일행에게 무료로 쓰게 해주고, 광동성 주석 오칠성에게 소개편지까지 써주었다. 광동에서는 중국 군대에 있는 동포 이준식·채원개 두 사람의 알선으로 동산백원을 임시정부 청사로, 아세아여관을 전부 우리 대가족 숙소로 쓰게 되었다.

나는 이렇게 정부와 가족을 안정시키고, 안 의사 미망인과 그 가족을 상해에서 나오게 할 계획으로 다시 홍콩으로 가서 안정근·안공근 형제를 만나 강경하게 그 일을 주장했다. 그러나 그들은 교통이 어렵다는 이유로 듣지 아니하였다. 사실상 그때 사정으로는 어렵기도 하였다.

나는 안 의사의 유족을 적진 중에 둔 것과 율당 고당암에서 선도를 공부하고 있던 양기탁을 구출하지 못한 것이 실로 유감이었다.

홍콩에서 이틀을 묵고서 광동으로 돌아왔다. 그런데 거기도 왜놈들의 폭격이 시작되었으므로, 나는 또다시 어머니와 우리 대가족을 불산으로 이사하게 하였다. 이것은 오칠성 주석의 호의와 주선에 의함이었다.

이 모양으로 광동에서 두 달을 지냈다. 그 동안에 나는 장개석 주석에게 타전하여, 우리도 중경으로 가기를 원하니 회답해달라고 했다. 여러 날이 지난 후에 오라는 회전이 왔다. 나는 곧 조성환·나태섭 두 동지를 대동하고 다시 장사로 가서 장치중 주석과 협상하여 공로 차표 석 장과 귀주성 주석 오정창 씨에게로 가는 소개장을 얻었다. 그런 후에 중경 길을 떠나 10여 일만에 귀주성 수부귀양에 도착했다.

빈궁하게 사는 묘족들

내가 지금까지 본 중국은 물산이 풍부하였으나 귀주에서는 눈에 띄는 것이 모두 빈궁뿐이었다. 귀양시중에 왕래하는 사람들을 보면 극소수를 제하고는 모조리 의복이 남루하고 혈색이 좋지 못하였다. 원체 산이 많은 지방인데다가 산들이 다 돌만 있고 흙이 적어서 농가에서는 바위 위에다 흙을 펴고 씨를 뿌리는 형편이었다. 그 중에도 한족은 좀 나으나 원주민인 묘족의 생활은 더욱 곤궁하고 행동은 야만스러웠다.

중국말을 모르는 나는 그들의 말을 듣고 한족과 묘족을 구별할 수는 없으나, 복색으로는 묘족의 여자를 알아낼 수 있고 안광으로는 묘족의 남자를 지적할 수가 있었다. 한족의 눈에는 문화의 빛이 있는데 묘족의 눈에는 그것이 없었다.

묘족은 요순시대의 삼묘씨三苗氏의 자손으로서, 4천 년 이래로 이렇게 꼴사나운 생활을 하고 있는 것을 보니, 삼묘씨는 전생에 무슨 업보로 자손들이 저 모양인가 하는 생각이 절로 들었다. 요순 이후 수천 년 동안의 사기史記에 묘족의 이름이 나타나지 않았기에 나는 그들이 다 전멸된 줄만 알았다. 그런데 알고 보니 호남·광동·광서·귀주·사천·절강 등지에 널리 퍼져 있는 것이었다. 소문이 없는 이유는 그들 중에 인물이 나지 못한 까닭일 것이었다. 풍설에는 광서의 백숭희 장군과 운남의 주석 용운 등이 묘족이라 하는데, 그 선조를 알지 못하는 나로서는 진위를 가릴 수는 없었다.

귀양에서 8월을 지나고 무사히 중경에 도착하였으나, 그 동안에 광동이 함락되었다. 우리 대가족의 소식이 궁금하던 차에 다 무사히 광동을 탈출하여 유주에 와 있다는 전보를 받고 안심하였다.

그들은 다 중경에 오기를 희망하므로 나는 교통부와 중앙당부에 교섭하여 자동차 여섯 대를 얻어서 기강이라는 곳에 대가족을 옮겨왔다. 군수품 운송에도 자동차가 극히 부족하던 이때에 이렇게 빌려준 중국의 호의는 이렇게 감사할 수가 없었다.

대가족의 이주가 끝나자 나는 미주와 하와이에 이 사실을 통지하고, 날마다 통신을 받기 위해 우정총국(우체국)에 직접 내왕했다.

그러던 어느 날 인이가 우정총국으로 와서 내게 이런 말을 전했다.

"아버지, 유주에 계신 할머니께서 병이 나셨는데, 아버지가 계신 중경으로 오시기를 원하시므로 모시고 왔습니다."

"뭐라구? 지금 어디에 모셨느냐?"

나는 인이를 따라 달려갔다. 어머님은 내가 묵고 있는 여관인 홍빈 여사 맞은편 여관에 들어가 계셨다. 곧 내가 묵는 여관으로 모시고 와서 하룻밤을 함께 지내고, 그 이튿날 김홍서 군이 자기 집으로 모시겠다 하여 그리로 옮겨 모셨다.

끝내 손쓰지 못한 어머니의 병

어머님의 병은 인후증이었는데 의사의 말은 이러했다.

"광서 지방의 수토병水土病입니다. 젊은 사람이면 수술을 할 수 있겠지만 노령이라 그럴 수도 없습니다. 또한 이미 치료할 시기를 놓쳤기 때문에 손쓸 길이 없습니다."

나는 망연자실하여 어머니의 손을 잡고 마음속으로만 비통하게 울었다. 어머님은 그 병으로 인해 끝내 세상을 떠나셨지만, 그 무렵 잊지 못할 은인이 한 분 있었다. 의사 유동진 군과 그 부인 강영파이다. 이 부부는 상해의 학생시절부터 나를 특별히 애호하던 동지들이다. 그들은 내 어머니께서 병환이 중하다는 말을 듣고 경영하고 있던 요양원을 걷어치우고 제 몸이 아닌 나를 대신하여 내 어머님을 모시고 간호하기 위하여 중경으로 온 것이었다. 그러나 유 의사 부부가 왔을 때는 벌써 어머님은 더 손쓸 수 없게 되었던 때였다.

그해 4월 26일 어머님은 마지막 유언을 하셨다.

"어서 독립이 성공되도록 노력하게나. 독립이 되어 귀국할 때는 나의 유골과 인이 어미의 유골을 파가지고 돌아가 고향에 묻어주시게…… 내 원통한 생각을 …… 어찌하면 좋으냐."

어머님은 그렇게 가셨다. 나를 위해 50여 년 동안 고생만 하시다가 자유 독립되는 것도 보지 못하시고 원통하게 돌아가신 것이다. 여러 동지들의 도움으로 화상산 공동묘지에 석실을 만들어 어머님을 모셨다.

내가 중경에 처음 도착하여 해야 할 일은 세 가지였다.

첫째는 차를 얻어서 대가족을 실어오는 일이요, 둘째는 미주·하와이와 연락하여 경제적 후원을 받는 일이요, 셋째로는 장사에서부터 말이 나왔으면서도 되지 못한 여러 단체의 통일을 완성하는 것이었다.

대가족도 안정이 되고 미주와 연락도 되었으므로 나는 셋째 사업인 단체 통일에 착수하였다.

나는 중경에서 강 건너 아궁보에 있는 조선의용대와 민족혁명당 본부를 찾았다. 그 당수 김약산은 계림에 있었으나 윤기섭·성주식·김홍서·석정·김두봉·최석순·김상덕 등 간부가 나를 위하여 환영회를 열었다. 그 자리에서 나는 모든 단체를 통일하여 민족주의 단일당을 만들 것을 제의했다. 그러자 그 자리에 있던 이들은 일치단결하여 찬성하였고, 한걸음 더 나아가서 미주와 하와이에 있는 여러 단체에도 참가를 권유하기로 결의하였다.

이러한 사실을 미주와 하와이에 알리자 회답이 왔다. 통일에는 찬성이나 김약산은 공산주의자이므로, 만일 내가 그와 일을 같이 한다면 그들은 나와의 관계까지도 끊어버린다는 것이었다.

그래서 나는 김약산과 상의한 결과, 그와 연명으로 '민족운동이야말로 조국 광복에 필요하다'라는 뜻의 성명서를 발표하였다.

그러나 여기에 뜻밖의 문제가 생겼다. 그것은 내가 창설한 국민당 간부들이 연합으로 하는 통일은 좋으나 있던 당을 해산하고 공산주의자들을 합한 단일당을 조직하는 데에 반대한다는 것이었다. 신념이 서로 다른 자는 도저히 한 조직체를 유지할 수 없다는 것이 그 이유였다.

나는 어머님이 돌아가신 후에 건강이 나빠져서 얼마간 휴양을 취하고 있었는데, 일이 이렇게 되었으므로 그냥 누워 있을 수는 없었다. 병을 무릅쓰고 기강으로 가서 국민당 전체회의를 열었다. 의견이 분분하여 좀처럼 하나로 일치되지 않았다. 연일 회의를 계속했다. 마침내 1개월 만에 비로소 단일당으로 모든 당들을 통일하자는 의견에 국민당의 합의를 얻었다. 그래서 민족운동 진영인 한국국민당·한국독립당·조선혁명당과 공산주의 전선인 조선민족혁명당·조선민족해방동맹·조선민족전위동맹·조선혁명자연맹의 일곱으로 된 7당 통일회의를 열게 되었다.

회의가 진행됨에 따라 민족운동편으로 대세가 기울어졌다. 그러자 해방동맹과 전위동맹은 민족운동을 위하여 공산주의의 조직을 해산할 수 없다 하고 퇴장하였다. 이렇게 되니 7당이 5당으로 줄어서 순전한 민족주의적 신당을 조직하고 8개조의 협정에 다섯 당의 당수들이 서명하였다. 그리고 며칠간 휴식에 들어갔다.

그로부터 며칠 후였다. 민족혁명당 대표 김약산이 찾아와 신당에서 탈퇴하겠다고 선언했다. 그 이유는 이러했다.

"우리 민족혁명당과 조선의용대 간부 및 대원들이 모여 의논한 결과 신당의 8개조 협정에 동의할 수 없다는 결론이 나왔소. 모두가 공산주의를 신봉하고 있으므로 만일 8개조의 협정을 수정하지 않는다면 탈퇴하겠다고 하오."

이래서 통일회의는 깨졌다. 나는 민족진영 3당의 동지들과 미주·하와이 여러 단체에 대하여 나의 불명한 허물을 사과하고, 이어서 원동에 있는 3당만을 통일하여 새로 한국독립당이 생기게 되었다. 하와이 애국단과 하와이 단합회가 각각 해체하고 한국독립당 하와이 지부가 되었으니 역시 5당 통일은 된 셈이었다.

새로 된 한국독립당의 간부로는 집행위원장에 나 김구, 위원으로는 홍진·조소앙·조시원·이청전·김학규·유동열·안훈·송병조·조완구·엄항섭·김붕준·양묵·조성환·차이석·이복원이요, 감찰위원장에 이동녕, 감찰위원에 이시영·공진원·김의한 등이었다.

임시 의정원에는 나를 국무회의의 주석으로 선출하였는데, 종래의 주석을 국무위원이 번갈아 하던 제도를 고쳐서 대내, 대외에 책임을 지도록 하였다. 그리고 미국 수도 워싱턴에 외교위원부를 설치하고 이승만을 그 위원장으로 임명하였다.

한편 중국 당국과 꾸준히 교섭했다. 그리하여 원조를 받아 토교土橋

동차폭포 위쪽 지대를 매입한 후 기와집 세 동을 건축했고, 시내에도 2층 기와집 1동을 매입하여 우리 대가족을 수용할 수 있었다.

그러나 우리 독립운동을 원조해달라는 부탁에는 냉담한 반응을 보였다. 나는 더 이상 매달릴 수 없다고 판단하고 이렇게 말했다.

"중국이 왜놈들과의 항전으로 경황이 없는 이 때, 돕지는 못하고 도리어 원조를 구해서 심히 미안하오. 그래서 나는 중국의 원조를 포기하고 미국으로 가서 원조를 청할 계획이오. 미국은 부국이며, 또 미·일 개전을 준비하고 있으니 우리를 원조할 것이오. 그러니 여행권 수속이나 해주시오."

이 말에 중앙정부의 서은증이 잠시 눈을 감고 생각에 잠겨 있다가 눈을 뜨며 입을 열었다.

"김 선생께서는 지금까지 우리 중국당국과 조금이나마 관계를 맺었습니다. 이 때에 출국하시는 것은 앞으로의 관계에 좋지 않을 듯합니다. 김 선생께서 무슨 경륜을 가지고 계신지는 모르나, 그 계획서를 한 부 만들어 제게 주십시오. 그러면 책임을 지고 상부에 보고하겠습니다."

그리하여 나는 '광복군光復軍'을 조직할 계획서를 제출했다. 그 계획서에 '힘에는 힘으로 대항해야 한다.'는 것과, 광복군의 조직이야말로 3천만 한민족을 총동원시킬 요소임을 역설했다.

중경의 한국광복군 창설

광복군의 조직

중국의 중앙정부에서 '김구의 광복군 계획을 찬성한다.'는 회신이 왔다. 우리 임시정부에서는 곧 광복군 조직에 착수하여 이청천을 총사령관으로 임명하고, 미주와 하와이 동포가 보내준 4만 여원의 자금을 바탕으로 주경 가능빈관에 중국인·서양인 등 중요 인사를 초청하여 한국광복군 성립식을 거행하였다.

이어 우선 30여 명 간부를 서안으로 보내어 미리 가 있던 조성환 등과 합세하여 한국광복군 사령부를 서안에 두고, 이준식을 1지대장으로 하여 산서성 방면으로 보내고, 고운기(본명 고진원)을 제2지대장으로 하여 수원방면으로 보내고, 김학규를 제3지대장으로 하여 산동으로 보내고, 나월한 등의 한국청년 전지공작대를 광복군으로 개편하여 제5지대를 삼았다.

그리고 강서성 상요에 황해도 해주 사람으로서 죽안군 제3전구사령부 정치부에서 일보고 있는 김문호를 한국광복군 징모처 제3분처 주임을 삼고, 그 밑에 신정숙을 회계조장, 이지일을 정보조장, 한도명을 훈련조장으로 각각 임명하여 상요로 파견하였다.

독립당과 임시정부와 광복군의 일체 비용은 미주·멕시코·하와이에 있는 동포들이 보내는 돈으로 썼다. 장개석 부인 송미령이 대표하는 부녀위로총회로부터 중국 돈으로 10만원의 기부가 있었다.

이렇게 광복군이 창설되었으나, 인원이 많지 않아 몇 달 동안을 유명무실하게 지냈다. 그러던 중 한 사건이 일어났다. 그것은 50여 명의 청년이 가슴에 태극기를 붙이고 중경에 있는 우리 임시정부의 정청으로 애국가를 부르며 들어온 것이었다.

그들은 우리의 대학생들이었다. 학병으로 일본군대에 편입되어 중국전선에 출전했다가 탈주하여, 안휘선 부양의 광복군 제3지대를 찾아온 것을 지대장 김학규가 임시정부로 보낸 것이었다.

이 사실은 중국당국과 중국인에게 큰 감동을 주어 중한문화협회에서 환영회를 개최해주었다. 서양 여러 나라의 통신기자들이며 대사관원들도 출석하여 우리 학병들에게 여러 가지 질문을 하였다. 어려서부터 일본의 교육을 받아 국어도 잘 모르는 그들이지만 입을 모아,

"조국의 독립을 위하여 목숨을 바치려고 총살의 위험을 무릅쓰고 임시정부를 찾아왔다."

라고 말하며 울먹였다. 그 말에 우리 동포들은 말할 것도 없이 목에 메였고, 외국인들도 감격에 넘친 모양이었다.

미군과 광복군의 비밀훈련

이것이 인연이 되어 우리 광복군이 연합국의 주목을 끌게 되어, 미국의 전략사무국 OSS: office of Strategic Service 를 주관하는 사전트 박사는 광복군 제2지대장과 합작하여 서안에서, 윔스 중위는 제3지대장과 작하여 부양에서 우리 광복군과 비밀 훈련을 실시하였다.

예정대로 3개월의 훈련을 마치고 정탐과 파괴 공작의 임무를 띠고 그들을 비밀리에 본국으로 파견할 준비가 끝났을 때, 나는 미국 작전부장 도노반 장군과 군사협의를 하기 위하여 미국 비행기로 서안으로 갔다.

회의는 광복군 제2지대 본부 사무실에서 열렸다. 정면 우편 태극기 밑에는 나와 제2지대 간부가, 좌편 성조기 밑에는 도노반 장군과 미국인 훈련관들이 앉았다. 도노반 장군이 일어나 이렇게 선언했다.

"오늘부터 아메리카합중국과 대한민국 임시정부의 적 일본에 항거하는 비밀공작이 시작된다."

도노반 장군과 내가 정문을 나올 때에 활동사진의 촬영이 있고 식이 끝났다.

이튿날 미국 군관들의 요청으로 훈련받은 학생들의 실력을 시험하기로 했다. 그래서 두곡에서 동남으로 40리, 옛날 한시에 유명한 종남산으로 자동차를 몰았다. 동구에서 차를 버리고 5리쯤 걸어가면 한 고찰이 있는데, 이곳이 우리 청년들이 훈련을 받은 비밀훈련소였다. 여기서 미국 군대식으로 오찬을 먹고 참외와 수박을 먹었다.

첫째로 본 것은 심리학적으로 모험에 능한 자, 슬기가 있어서 정탐에 능한 자, 눈과 귀가 밝아서 무선전신에 능한 자를 고르는 것이었다. 이 시험을 한 심리학자는 한국 청년이 용기로나 지능으로나 다 우수여서 장래에 희망이 많다고 결론을 내렸다.

다음에는 단결력과 용기, 임기응변 등을 측정하는 특별한 시험이었다. 키가 작은 미국인 군관이 청년 일곱 명을 일일이 지적하여 앞으로 불러냈다. 그들 개개인에게 대략 다섯 자 정도 되는 숙마(잿물에 담갔다가 솥에 찐 삼껍질로 만든 밧줄)로 만든 밧줄을 주고 말했다.

"지금부터 무슨 방법을 쓰든지 저기 절벽 밑에 있는 나뭇잎 하나씩을 따서 입에 물고 올라오라."

수십 자가 넘는 험하고도 까마득한 절벽이었다. 겨우 다섯 자 정도의 숙마바를 가지고는 도저히 절벽 밑으로 내려갈 수는 없었다. 그런데 일곱 청년은 잠깐 모여서 의논하더니 곧바로 숙마바 일곱 개를 이어서 하나의 긴 바가 되도록 했다.

'옳지, 그렇지!'

나는 청년들이 하는 양을 보고 속으로 쾌재를 부르며 미국인 군관을 슬쩍 보았다. 그도 놀란 표정을 짓고 있었다.

청년들은 숙마바의 한 끝을 바위에 매고 차례로 줄을 타고 다 내려가서 나뭇잎 하나씩을 따서 입을 물고 일곱이 차례차례 다 올라왔다. 시험관은 이것을 보고 크게 칭찬했다.

"내가 중국 학생 4백여 명을 모아놓고 이 시험을 했었는데, 아무도 해결하지 못했었소. 그런데 한국 청년 일곱은 단번에 해냈소. 놀랍소, 참으로 놀랍소, 한국 사람은 전도유망한 국민이오."

일곱 청년이 이 칭찬을 받을 때에 나는 대단히 기뻤다.

다음에는 폭파술, 사격술, 비밀리 강을 건너가는 재주 같은 것을 시험하였다. 여기서도 다 좋은 성적을 얻은 것을 보고 나는 만족하여 그날로 두곡으로 돌아왔다.

다음날은 중국 친구들을 찾을 작정을 하고 서안으로 들어갔다. 두곡서 서안이 40리였다.

호종남 장군은 출타하여서 참모장만 만났다. 성省의 주석 축소주 선생은 나와 막역한 친우라 다음날 그의 사저에서 저녁식사를 같이 하기로 하였다. 성 당부에서는 나를 위하여 특별히 연극을 준비한다 하고, 서안의 각 신문사에서도 환영회를 개최하겠으니 출석해달라는 초청이 왔다.

광복이다! 광복!!

나는 그날 밤을 우리 동포 김종만 댁에서 지냈다. 그 이튿날은 서안의 명소를 대강 구경하고 저녁에는 어제 약속대로 축 주석 댁 만찬에 불려갔다. 식사를 마치고 객실에 돌아와 수박을 먹으며 담화를 나누던 중에 문득 전령이 울렸다. 축 주석은 놀라는 듯 자리에서 일어났다.

"중경에서 무슨 소식이 있나 봅니다. 전화를 받고 올 테니 잠시만 기다리십시오."

축 주석은 전화실로 가더니 잠시 후 뛰어나오며 큰 소리로 외쳤다.

"왜적이 항복했소!"

"뭐, 뭐라구요?"

"왜적이 마침내 항복했단 말입니다."

"아아! 왜적이 항복을……."

이것은 내게는 기쁜 소식이라기보다는 하늘이 무너지는 듯한 일이었다. 천신만고로 수년간 애를 써서 참전할 준비를 한 것도 다 허사로 돌아가고 말았다. 그때 우리의 계획은 거의 무르익어가고 있었다. 미국 육군성과도 약속이 끝난 상태였기 때문에 단지 출발만을 기다리고 있었다. 광복군 청년들을 산동에서 미국 잠수함에 태워 본국으로 들여보내서 국내의 요소를 파괴하고 점령한 후, 미국 비행기로 무기를 운반할 계획이었다. 그런데 그런 계획을 한번 실행해 보지도 못했는데 왜적이 항복했으니 진실로 안타깝기가 그지없었다. 그보다도 걱정

되는 것은 우리가 이번 전쟁에 한 일이 없기 때문에 앞으로 국제간에 발언권이 빈약하리라는 것이었다.

나는 더 있을 마음이 없어서 곧 축 씨 댁에서 나왔다. 내 차가 큰 길에 나설 때에는 벌써 거리는 인산인해를 이루고, 만세 소리가 성중에 진동하였다.

나는 서안에서 준비되어 있던 나를 위한 모든 환영회를 사양하고 즉시 두곡으로 돌아왔다. 와보니 우리 광복군은 제 임무를 하지 못하고 전쟁이 끝난 것을 실망하여 침울한 분위기에 잠겨 있는데 반해 미국 교관들과 군인들은 질서를 잊을 만큼 기뻐 날뛰고 있었다. 미국이 우리 광복군 수천 명을 수용할 병사를 건축하려고, 일변 종남산에서 재목을 운반하고 벽돌을 실어 나르던 것도 이날부터 일제히 중지하고 말았다.

내 이번 길의 목적은 서안에서 훈련받은 우리 군인들을 제1차로 본국으로 보내고, 그 길로 부양으로 가서 거기서 훈련받은 이들을 제2차로 떠나보낸 후에 중경으로 돌아가기 위해서였다. 그 계획도 일본의 항복과 함께 수포로 돌아가고 말았다. 내가 중경서 올 때에는 군용기를 탔으나 돌아갈 때에는 여객기를 타게 되었다.

중경에 와보니 중국인들은 벌써 전쟁 중의 긴장이 풀어져서 모두 혼란한 상태에 빠져 있고, 우리 동포들은 앞으로 나아갈 바를 모르는 형편에 있었다.

임시정부에서는 그 동안 임시 의정원을 소집하여 임시정부 국무위원이 총사직하자는 주장과 이를 해산하고 본국으로 들어가자는 의견이 팽팽히 맞서 귀결이 나지 않다가, 주석인 내가 돌아온다는 소식을 듣고 3일간 정회를 하고 있었다.

나는 의정원에 나아가 해산도, 총사직도 천만부당하다고 단언하고, 서울에 돌아가 임시정부를 전체 국민의 앞에 내어 바칠 때까지 현 상태로 가는 것이 옳다고 주장하여 전원의 동의를 얻었다. 그러나 미국 측으로부터 서울에는 미국 군사정부가 있으니 임시정부로는 입국을 허락할 수 없다고 하였다. 그래서 어쩔 수 없이 개인의 자격으로 고국에 돌아가기로 결정하였다.

중경생활의 추억

이리하여 7년간의 중경 생활을 마치게 되니 실로 감개가 무량해서 무슨 말을 써야 할지 두서를 찾기가 어렵다.

나는 교자를 타고 강 건너 화강산에 있는 어머님 묘소와 아들 인의 무덤에 가서 꽃을 놓고, 축문을 읽어 인사했다. 그런 다음 묘지기에게 금품을 후히 주어 잘 보살펴달라고 부탁하였다.

그러고는 가죽상자 여덟 개를 사서 중요한 정보가 담긴 모든 문서를 넣었다. 또 중경에 거류하는 5백여 명 동포의 선후책을 정한 후, 임시정부가 본국으로 돌아간 뒤에 중국정부와 연락하기 위하여 주중화

대표단을 두어 박찬익을 단장으로 민필호·이광·이상만·김은충 등을 단원으로 임명하였다.

우리가 중경을 떠나게 되자, 중국공산당 본부에서는 주은래·동필무 제씨가 우리 임시정부 국무원 전원을 청하여 송별연을 개최해 주었고, 중앙정부와 국민당에서는 장개석 부부를 위시하여 정부·당부·각계 요인 2백여 명이 모여 우리 임시정부 국무위원과 한국독립당 간부들을 초청하여, 국민당 중앙당부 대례당에서 중국기와 태극기를 교차하고, 융숭하고도 간곡한 송별연을 열어주었다. 장개석 주석과 송미령 여사가 선두로 일어나 장래 중국과 한국 두 나라가 영구히 행복하게 잘살게 되도록 하자는 축사가 있고, 우리 편에서도 답사가 있었다.

중경을 떠나던 일을 기록하기 전에 7년간 생활에 잊지 못한 것 몇 가지를 적으려 한다.

첫째, 중경에 있던 우리 동포의 생활에 관한 것이다. 중경은 원래 인구 몇 만밖에 안 되던 작은 도시였으나, 중앙정부가 이리로 옮겨온 후로 일본군에게 점령당한 지방의 관리와 피난민이 모여들어서 일약 인구 백만이 넘는 대도시가 되었다. 아무리 새로 집을 지어도 미처 다 수용할 수 없어서 여름에는 밖에서 먹고 자는 사람이 수십만이나 되었다.

식량은 배급제였기 때문에 배급소 앞에는 언제나 장사진을 치고 서로 욕하고 때리고 하여 분규가 안 일어나는 때가 없었다. 그러나 우리 동포는 따로 전담하는 사람을 두어 한몫으로 양식을 받아와서 집집마다 배급했기 때문에 대단히 편했고, 남은 시간을 이용하여 주변 청소를 했다. 먹을 물도 사용인을 시켜 길었다. 중경시 안에 사는 동포들뿐 아니라 교외인 토교에 사는 이들도 한인촌을 이루고 중국 사람의 중산계급 정도의 생활을 유지할 수가 있었다. 간혹 부족하다는 불평도 있었으나, 대체적으로 규율 있고 안전한 단체 생활을 유지할 수가 있었다.

나 자신의 중경 생활은 임시정부를 지고 피난 다니는 것이 일이요, 틈틈이 먹고 잤다고 할 수 있었다. 중경의 폭격이 점점 심해가자 임시정부도 네 번이나 옮겼다.

첫 번째 정부청사인 양류가 집은 폭격에 견딜 수가 없어서 석판가로 옮겼다가, 이 집이 폭격으로 일어난 불에 전소하여 의복까지 다 태우고 오사야항으로 갔다. 그러나 이 집 또한 폭격을 당하여 무너진 것을 고쳤으나 정부청사로 쓸 수는 없었다. 그래서 생각 끝에 직원의 주택 겸 정부청사로 했다. 네 번째로 연화지에 70여 칸 집을 얻었는데, 집세가 1년에 40만원이었다. 그러나 이 돈은 장개석 주석의 보조를 받게 되어 임시정부가 중경을 떠날 때까지 이 집을 쓰고 있었다.

이 모양으로 연이어 오는 폭격으로 인하여 중경에는 인명과 가옥의 손해가 막대하였다. 애석하게도 우리 동포 중에도 폭격으로 죽은 사람이 있었다. 신익희의 조카와 김영린의 아내가 그들이다.

이 두 동포가 죽던 폭격이 가장 심한 폭격이었다. 중국인들은 한 방공호에서 4백 명이니, 8백 명이니 하는 질식 사망자를 낸 것도 이 때였다. 그 시체를 운반하는 광경을 나는 직접 목격했다. 화물자동차에 짐을 싣듯 시체를 싣고 달렸는데, 시체가 흔들리면서 굴러 떨어지는 일이 있었다. 그러면 그것을 다시 싣기가 귀찮아서 목을 매어 자동차 뒤에 달면 그 시체가 땅바닥으로 엎치락뒤치락 끌려가는 것이었다. 시체는 남녀는 물론하고 옷이 다 찢겨서 살이 나왔는데, 이것은 서로 앞을 다투어 발악한 흔적이었다.

가족을 이 모양으로 잃어 한 편에 통곡하는 사람이 있고, 다른 편에는 방공호에서 시체를 끌어내는 인부들이 시체가 지녔던 금은보화를 뒤져서 한순간에 부자가 된 예도 있었다. 이렇게 질식의 참사가 일어난 것이 밀매음녀가 많기로 유명한 교장구이기 때문에, 죽은 자의 대다수가 밀매음녀였다.

중경은 옛날 이름으로 파巴가. 지금은 성도라고 부르는 촉蜀과 아울러 파촉巴蜀이라고 하던 데다, 시가의 왼편으로 가릉강이 흘러와 오른편에서 오는 양자강과 합하는 곳으로서, 천 톤급의 기선이 정박하는 중요한 내륙 항구였다. 지명을 파라고 하는 것은 옛날 파 장군이란 사람이 도읍했던 때문에, 연화지에는 파 장군의 묘가 있다.

중경의 기후는 심히 건강에 좋지 못하여 호흡기병이 많았다. 7년 동안에 우리 동포들도 폐병으로 죽은 자가 80명이나 되었다. 9월 초순부터 이듬해 4월까지는 운무 때문에 태양을 보기가 드물고, 기압이 낮은 우묵한 땅이라 주변의 악취가 흩어지지를 아니하여 공기가 심히 불결하였다. 내 맏아들 인도 이 기후의 희생이 되어서 중경에 묻혔다.

11월 5일, 우리 임시정부 국무위원과 기타 직원은 비행기 두 대에 나누어 타고 중경을 떠나서 5시간 후에 상해의 땅을 다시 밟았다. 실로 13년 만이였다. 우리가 탄 비행기가 착륙한 비행장이 곧 홍구 신공원이라 하는데, 우리를 환영하는 남녀 동포가 장내에 넘쳤다. 나는 14년을 상해에서 살았지만 홍구공원에 발을 들여놓은 일이 그때까지 한 번도 없었다.

신공원에서 나와 시내로 들어가려 하니, 아침 여섯 시부터 우리를 기다리고 있다는 6천여 명 동포가 열을 지어서 무슨 말을 해줄 것을 고대하고 있었다. 나는 거기 있는 한 길이 넘는 단 위에 올라가서 동포들에게 인사말을 하였다. 나중에 알고 보니 그 단이 바로 13년 전 윤봉길 의사가 왜적 시라카와 대장 등을 폭격한 자리였다. 왜적들은 그 일을 기념하기 위하여 단을 쌓고 군대를 이 단 위에서 지휘했던 것이다. 세상에 우연한 것은 없다고 생각하였다.

나는 양자반점에 묵었다. 13년은 사람의 일생에서 긴 세월이다. 내가 상해를 떠날 때 아직 어리던 이들은 벌써 장정이 되었고, 장정이던 사람들은 늙어 있었다. 이 오랜 세월동안 변하지 않고 깨끗이 고절을 지킨 옛 동지 선우혁·장덕로·서병호·한진교·조봉길·이용환·하상린·한백원·원우관 등의 동지들과 함께 서병호 댁에서 만찬을 같이하고 기념으로 사진 촬영도 하였다.

한편으로는 상해에 재류하는 동포들 중에 부정한 직업에 종사하는 이가 적지 않다는 사실은 나를 슬프게 했다. 나는 우리 동포가 가는 곳마다 정당한 직업에 정직하게 종사하여서 우리 민족의 신용과 위신을 높이는 애국심을 가지기를 바랐다.

광복된 조국 품으로

고국의 환영 행진

나는 프랑스 조계 공동묘지에 있는 아내의 무덤을 찾는 등의 일정으로 상해에서 10여 일 묵으며 귀국 준비를 했다. 그리고 마침내 꿈에 그리던 고국을 향해 미국 비행기로 상해를 떠났다. 이동녕 선생, 현익철 동지 같은 분들이 이곳 이역에 묻혀서 함께 고국으로 돌아가지 못하는 것이 실로 유감이었다.

나는 드디어 기쁨과 슬픔이 한데 엉킨 가슴으로 27년 만에 조국의 신선한 공기를 마시고 그리운 흙을 밟았다. 상해를 떠난 지 3시간 후에 김포비행장에 도착한 것이다.

나는 조국의 땅으로 돌아오는 길로 한 가지 기쁨과 한 가지 슬픔을 느꼈다. 책보를 메고 가는 학생들의 모양이 심히 활발하고 명랑한 것이 한 기쁨이요, 그와는 반대로 동포들이 사는 집들이 납작하게 땅에 붙어서 퍽 가난해 보이는 것이 한 슬픔이었다.

동포들이 여러 날 우리를 환영하려고 모였다는데, 비행기 도착 일정이 분명히 알려지지 않았기 때문에 이날에는 우리를 맞아주는 동포가 많지 않았다. 늙은 몸을 자동차에 의지하고 서울에 들어오니 의구한 산천이 반갑게 나를 맞아주었다.

내 숙소는 새문 밖 최창학 씨의 집이었다. 그리고 국무위원 일행은 한미호텔에 머물도록 우리를 환영하는 유지들이 미리 준비해두고 있었다.

나는 곧 신문을 통하여 윤봉길·이봉창 두 의사와 강화 김주경 선생의 유가족을 만나고 싶다는 뜻을 밝혔다. 그러자 얼마 후 윤의사의 아들이 덕산으로부터 찾아오고, 이 의사의 조카딸이 서울에서 찾아왔다. 그리고 김주경 선생의 아들 윤태 군은 38선 이북에 있어서 못 왔지만, 그 따님과 친척들이 강화에서, 혹은 김포에서 찾아와 만나니 반갑기도 하고 한편으론 슬프기도 하였다.

그러나 선조들의 묘가 있고 친척과 옛 친구가 사는 그리운 내 고향은 소위 38선의 장벽 때문에 가보지 못하지만, 나의 6촌 형제들과 4촌 누이의 가족이 곧 상경하여서 반갑게 만날 수가 있었다.

그리고 군정청에 소속된 각 기관과 정당, 사회단체, 교육계, 공장 등 각계가 빠짐없이 연합 환영회를 조직했다. 우리는 개인의 자격으로 들어왔지만 '임시정부 환영'이라고 크게 쓴 깃발을 태극기와 더불어 높이 들고 수십만 동포가 서울 시가로 큰 시위행진을 하고, 그 끝이 있는 덕수궁에 4백여 개의 식탁을 마련하여 환영연을 베풀었다.

환영연에는 하지 중장 이하 미국 군정 간부들도 참석하여 덕수궁 뜰이 좁을 정도로 찬란하고 성대한 환영회였다.

나는 이러한 환영을 받을 공로가 없음이 부끄럽고도 미안하였으나, 동포들이 해외에서 오래 고생한 우리를 위로하는 것이라고 생각하고 고맙게 받았다.

인천감옥 그리고 마곡사의 회상

어느덧 해가 바뀌었다. 나는 38선 남쪽만이라도 돌아보리라고 마음먹고 첫 일정으로 인천으로 갔다. 인천은 내 일생에 뜻 깊은 곳이다. 스물한 살에 인천 감옥에서 사형선고를 받았다가 스물세 살에 탈옥 도주하였고, 서른아홉 살적에 17년 징역수로 다시 이 감옥에 수감되었었다.

인천의 저 축항에는 내 피땀이 배어 있는 곳이다. 옥중에 있는 이 불효자식을 위하여 부모님이 걸으셨을 길에는 그 눈물 흔적이 남아 있는 듯하여 49년 전 기억이 마치 어제의 일처럼 새롭기만 했다. 인천에서도 시민들의 큰 환영을 받았다.

두 번째 일정으로 나는 공주 마곡사를 찾았다. 공주에 도착하니 충청남북도 11군에서 10여만 동포가 모여 나를 환영하는 대회를 열어주었다. 공주를 떠나 마곡사로 가는 길에 김복한·최익현 두 선생의 영정이 모셔진 곳으로 찾아가 배례한 후 그 유가족을 위로하고, 그곳 주민들의 환영과 정성을 고맙게 받았다. 정당, 사회단체의 대표로 마곡사까지 나를 따르는 이가 3백 50여명이었고, 마곡사 승려의 대표는 공주까지 마중을 나와 주었다. 마곡사 입구에는 남녀 승려가 도열하여 지성으로 나를 환영했는데, 그것은 옛날에 이 절에 있던 한 중이 일국의 주석이 되어서 온다고 생각했기 때문인 것 같았다. 48년 전에 머리에 굴갓을 쓰고 목에 염주를 걸고 출입하던 길은 여전히 변함이 없었다. 산천도 예와 같고 대웅전에 걸린 주련도 옛날 그대로였다.

되돌아와 세상을 보니却來觀世間
흡사 꿈속의 일만 같구나猶如夢中事.

그때는 무심히 보았던 이 글귀를 오늘에 자세히 보니 나를 두고 이른 말인 것 같았다.

용담 스님께 보각서장을 배우던 염화실에서 뜻 깊은 하룻밤을 지내었다. 승려들은 나를 위하여 이날 밤에 불공을 드렸다.

그러나 승려들 중에는 내가 알던 사람은 하나도 없었다. 이튿날 아침에 나는 기념으로 무궁화 한 포기와 향나무 한 그루를 심고 마곡사를 떠났다.

윤봉길 이봉창 백정기 유골봉안식

세 번 째 일정으로 나는 윤봉길 의사의 본댁을 찾았다. 마침 4월 29일이었기 때문에 기념제를 거행하였다. 그리고 나는 일본 동경에 있는 박열 동지에게 부탁하여 윤봉길·이봉창·백정기 세 분 의사의 유골을 본국으로 모셔오게 하고, 유골이 부산에 도착하는 날 특별열차편으로 부산까지 갔다.

부산은 말할 것도 없고 세 분의 유골을 모신 열차가 정거하는 역마다 사회·교육 각 단체며 일반 인사들이 모여 봉안식을 거행하였다.

서울에 도착하자 유골을 담은 영구를 태고사에 봉안하여 동포들의 참배에 편리하게 하였다가 내가 친히 잡아놓은 효창공원 안에 있는 자리에 안장하기로 하였다. 제일 위에 안중근 의사의 유골을 봉안할 자리를 남기고 그 다음에 세 분의 유골을 차례로 모시기로 하였다.

이날 미국인 군정 간부도 전부 참석하였다. 또한 미국 군대까지 출동할 예정이었으나, 그것은 중지되고 조선인 경찰관·육해군 경비대·정당·단체·교육기관·공장의 종업원들이 총출동했다. 일반 동포들도 구름같이 모여서 태고사로부터 효창공원까지 인산인해를 이루었다. 그로 인해 일시 전차·자동차·행인까지도 교통을 차단하였다.

선두에는 애도하는 비곡을 아뢰는 음악대가 서고, 다음에는 화환대와 만장대가 따르고 세 분 의사의 상여는 여학생대가 모시니 옛날 인산보다 더 성대한 장례식이었다.

삼남지방 순회 길의 추억

나는 삼남지방을 순회하는 길에 보성군 득량면 득양리 김 씨 촌을 찾았다. 내가 48년 전 유랑 중에 석 달이나 몸을 붙여 있던 곳이요, 김 씨네는 나와 동종이었다. 내가 온다는 소식을 듣고 동구에는 솔문을 세우고 길닦이까지 하였다. 남녀 동민들이 동구까지 나와서 도열하여 나를 맞아주었다. 내가 그때 유숙하던 김광언 댁을 찾았는데, 집은 예와 다름없으나 주인은 벌써 세상을 떠난 뒤였다. 대신 그 유족의 환영을 받았다.

유족들은 내가 그때 그대로 상을 받던 자리에서 한때 음식대접을 하는 것이 뜻 깊다고 하면서 마루에 병풍을 치고 정결한 자리를 깔고 나를 앉혔다. 모인 이들 중에 나를 알아보는 이는 늙은 부인네 한 분과 김판남 종씨 한 분뿐이었다. 김 씨는 그때 내 손으로 쓴 책 한 권을 가져다가 내게 보여주었다.

내가 이곳에 머물고 있을 때에 각별히 친하게 지내던 나와 동갑인 선 씨는 이미 작고하고, 내게 필낭을 만들어 작별 선물로 주던 그의 부인은 보성읍에서 그 자손들을 데리고 나와 나를 환영하여 주었다. 부인도 나와 동갑이라 하였다.

광주에서 나주로 향하는 도중에서 함평 동포들이 길을 막고 함평에 들르기를 원했다. 그래서 나는 함평읍의 어느 초등학교 운동장에서 열린 환영회에 한 차례 강연을 하고 나주로 갔다. 나주에서 팔각정 이 진사의 집을 물었는데, 이 진사 집은 나주가 아니라 지금 지나온 함평이며 함평환영회에서 나를 위하여 만세를 선창한 것이 바로 이 진사의 증손이라고 하였다.

오랜 세월에 나는 함평과 나주를 혼동한 것이다. 그 후에 이 진사(나와 작별한 후에는 이 승지가 되었다 한다)의 종손 재승·재혁 두 형제가 예물을 가지고 서울로 나를 찾아왔기에 함평을 나주로 잘못기억하고 찾지 못하였던 것을 사과하였다.

이 길에 김해에 들르니 마침 수로왕릉의 추향 대제였다. 대제에는 김 씨와 허 씨가 많이 참석하여 참배했는데, 나도 그들이 준비하여 주는 사모와 각대를 차리고 참배하였다. 내가 사모와 각대를 차린 것은 평생 처음이었다.

전주에서는 옛 친구 김형진의 아들 맹문과 그 종제 맹열, 그 내종형 최경렬 세 사람을 만난 것이 대단히 기뻤다. 전주의 일반 환영회가 끝난 뒤에 이 세 사람의 가족과 한데 모여서 고인을 추억하며 기념으로 사진을 찍었다.

강경에서 공종렬의 소식을 물었다. 그는 젊어서 자살하여 자손도 없으며, 내가 그 집에서 자던 날 밤의 비극은 친족 간에 생긴 일이었다고 한다.

그 후 강화에서 김주경 선생의 집을 찾아 그의 친족들과 사진을 같이 찍고, 내가 그때에 가르치던 30명 학동 중의 하나였다는 사람을 만났다.

나는 개성·연안 등을 순회하는 도중에 이 효자의 무덤을 찾았다.

'고효자이창매지묘故孝子李昌梅之墓.'

나는 해주감옥에서 인천감옥으로 끌려가던 길에 이 묘비 앞에서 쉬던 49년 전 그때를 생각하면서 묘에 참배하고, 그날 어머님이 앉으셨던 자리를 눈어림으로 찾아서 그 위에 앉았다. 그러나 어머님의 얼굴을 뵈올 길이 없으니 앞이 캄캄했다. 중경에서 운명하실 때에 마지막 말씀으로,

"내 애통한 생각을 어찌하면 좋으냐?"

하시던 것을 추억하였다.

독립의 목적을 달성하고 모자가 함께 고국에 돌아가 함께 지난 일을 이야기하지 못하심이 어머님의 원통하심이 아니었을까?

그런데 저 멀고 먼 중국 서쪽 화상산 한 모퉁이에 손자와 같이 누워 계신 것을 생각하니 슬픔을 금할 수가 없었다. 혼이라도 고국에 돌아오셔서 내가 동포들에게 받는 환영을 보시거나 하여도 다소 어머님의 마음이 위안이 되지 않겠느냐고 생각하며 떨어지지 않는 발길을 옮겼다.

배천에서 최광옥 선생과 전봉훈 군수의 옛일을 추억하고, 장단 고랑포에 있는 나의 선조 경순왕릉에 참배했다. 그때 능촌에 사는 경주 김 씨들이 내가 여기 올 것을 미리 예측하고 제전을 준비하였다.

나는 대한민국의 자주 독립의 날을 기다려 다시 이 글이 계속되기를 기원하며 지금은 붓을 놓는다.

서울 새문 밖에서

나의 소원

1
민족 국가

"네 소원이 무엇이냐?"

라고 하느님이 물으시면 나는 망설이지 않고,

"내 소원은 대한 독립이오."

하고 대답할 것이다.

"그 다음 소원은 무엇이냐?"

라고 또다시 물으면 나는 또,

"우리나라의 독립이오."

할 것이요,

"또 그 다음 소원이 무엇이냐?"

라는 세 번째 물음에도 나는 더욱 소리 높여,

"나의 소원은 우리나라 대한의 완전한 자주 독립이오."

하고 대답할 것이다.

동포 여러분! 나 김구의 소원은 이것 하나밖에는 없다. 내 과거의 70평생을 이 소원을 위하여 살아왔고, 현재에도 이 소원 때문에 살고 있고, 미래에도 나는 이 소원을 이루려고 살 것이다.

독립이 없는 백성으로 70평생을 설움과 부끄러움과 애탐을 받은 나에게는 세상에서 가장 좋은 것이 완전하게 자주 독립된 나라의 백성으로 살아보다가 죽은 일이다. 나는 일찍 우리 독립 정부의 문지기가 되기를 원하였다. 그것은 우리나라가 독립국만 되면 나는 그 나라의 가장 미천한 자가 되어도 좋다는 말이다. 제 나라의 빈천이 남의 밑에 사는 부귀보다 기쁘고 영광스럽고 희망이 많기 때문이다. 옛날 일본에 갔던 박제상이,

"내 차라리 계림의 돼지가 될지언정 왜倭왕의 신하로 부귀를 누리지 않겠다."

라고 말했던 것이 그의 진정이었던 것을 나는 안다.

박제상은 왜 왕이 높은 벼슬과 많은 재물을 준다는 것을 물리치고 달게 죽음을 받았다. 그것은,

"차라리 내 나라의 귀신이 되리라."

라는 뜻에서였다.

근래에 우리 동포 중에는 우리나라를 어느 큰 이웃 나라의 연방에 편입하기를 소원하는 자가 있다 하나, 나는 그 말을 차마 믿고 싶지 않다. 만일 진실로 그러한 자가 있다면, 그는 정신을 잃은 미친 사람이라고밖에 볼 수가 없을 것이다.

나는 공자·석가·예수의 도를 배웠고, 그들을 성인으로 숭배하고 있다. 그러나 그들이 합해서 세운 천당·극락이 있다 하더라도 그것이 우리 민족이 세운 나라가 아니기 때문에 나는 우리 민족을 그 나라로 끌고 들어가지 않을 것이다.

왜 그런가 하면, 피와 역사를 함께 하는 민족이란 완연히 있는 것이어서, 내 몸이 남의 몸이 못 됨과 같이 이 민족이 저 민족이 될 수는 없기 때문이다. 비유해서 말하자면 마치 형제도 한 집에서 살기 어려움과 같은 이치이다. 둘 이상이 합하여서 하나가 되자면 하나는 높고 하나는 낮아서, 하나는 위에 있어서 명령하고 하나는 밑에 있어서 복종하는 것이 근본 문제가 되는 것이다.

이에 대하여 일부 좌익의 무리는 혈통의 조국을 부인하고, 사상의 조국을 주장하며, 혈족의 동포를 무시하고, 소위 사상의 동무와 프롤레타리아트의 국제적 계급을 주장하여 민족주의라면 마치 진리권 밖으로 떨어진 생각인 것같이 말하고 있다. 이는 심히 어리석은 생각이다. 철학도 변하고 정치·경제의 학설도 일시적인 것이나, 민족의 혈통은 영구적이다.

일찍이 어느 민족 안에서나 종교로 혹은 학설로, 혹은 경제적·정치적 이해의 충돌로 인하여 두 파, 세 파로 갈려서 피로써 싸운 일이 없는 민족은 없다. 그렇지만 지나고 보면 그것은 바람과 같이 지나가는 일시적인 것이요, 민족은 필경 바람 잔 뒤의 초목처럼 뿌리와 가지를 서로 걸고 한 수풀을 이루어 살고 있다. 오늘날 소위 좌우익이란 것도 결국 영원한 혈통의 바다에 일어나는 일시적인 풍파에 불과하다는 것을 잊어서는 안 된다.

이와 같이 모든 사상도 가고 신앙도 변한다. 그러나 혈통이 같은 민족만은 영원히 흥망성쇠의 공동운명으로 얽힌 인연의 한 몸으로 이 땅 위에 서있는 것이다.

세계 인류가 너와 나의 구별 없이 한 집이 되어 사는 것은 좋은 일이요, 인류의 최고이자 최후의 희망이며 이상이다. 그러나 이것은 멀고 먼 장래에 바랄 일이지, 현실의 일은 아니다.

사해동포(전 인류를 동포로 하는 말)의 크고 아름다운 목표를 향하여 인류가 향상하고 전진하는 노력을 하는 것은 좋은 일이요, 마땅히 할 일이나, 이것도 현실을 떠나서는 안 되는 일이다. 현실의 진리는 민족마다 최선의 국가를 이루어, 최선의 문화를 낳아 길러서, 다른 민족과 서로 바꾸고 서로 돕는 일이다. 이것이 내가 믿고 있는 민주주의요, 이것이 인류의 현 단계에서는 가장 확실히 진리다.

그러므로 우리 민족으로서 해야 할 최고의 임무는 첫째로, 남의 제제를 안 받고 남에게 의지도 안하는 완전한 자주 독립의 나라를 세우는 일이다. 이것이 없이는 우리 민족의 생활을 보장할 수 없을뿐더러, 우리 민족의 정신력을 자유로 발휘하여 빛나는 문화를 세울 수가 없기 때문이다.

이렇게 완전 자주 독립의 나라를 세운 뒤에는 둘째로, 이 지구상의 인류가 진정한 평화와 복락을 누릴 수 있는 사상을 낳아 그것을 먼저 우리나라에 실현하는 것이다.

나는 오늘 날 인류의 문화가 불안전함을 안다. 밖으로 국제적으로는 나라와 나라, 민족과 민족의 시기·알력·침략, 그리고 침략에 대한 보복으로 크고 작은 전쟁이 그칠 사이가 없어서 많은 생명과 재산을 희생하고 있다. 그러한 대가를 치르면서도 좋은 일이 오는 것이 아니라 인심의 불안과 도덕의 타락은 갈수록 더하니, 이래 가지고는 전쟁이 그칠 날이 없어 인류는 마침내 멸망하고 말 것이다.

그러므로 세계의 인류는 새로운 생활 원리의 발견과 실천이 필요하게 되었다. 나는 이야말로 우리 민족이 담당한 천직이라고 믿는다.

이러하므로 우리 민족의 독립이란 결코 삼천리 삼천만의 일이 아니라 진실로 세계 전체의 운명에 관한 일이요, 우리나라의 독립을 위하여 일하는 것이 곧 인류 전체를 위하여 일하는 것이다.

만일 우리의 오늘날 형편이 초라한 것을 보고 자격지심을 발하여 우리가 세우는 나라가 그처럼 위대한 일을 할 것을 의심한다면, 그것은 스스로를 모욕하는 일이다.

우리 민족의 지나간 역사가 빛나지 않았던 것은 아니다. 그것은 아직 서곡이었다. 우리가 주연 배우로 세계 역사의 무대에 나서는 것은 오늘 이후다. 삼천만의 우리 민족이 옛날의 그리스 민족이나 로마 민족이 한 일을 못한다고 생각할 수 있겠는가.

내가 원하는 우리 민족의 사업은 결코 세계를 무력으로 정복하거나 경제력으로 지배하려는 것이 아니다. 오직 사랑의 문화, 평화의 문화로 우리 스스로 잘 살고, 인류 전체가 의좋게 즐겁게 살도록 하는 일을 하자는 것이다.

어느 민족도 일찍이 그러한 일을 한 이가 없었다는 예를 빌미로 그것을 공상이라고 하지 말라. 일찍 아무도 한 자가 없기 때문에 우리가 하자는 것이다.

이 큰 일은 하늘이 우리를 위하여 남겨놓으신 것임을 깨달을 때에 우리 민족은 비로소 제 길을 찾고 제 일을 알아본 것이다. 나는 우리나라의 청년 남녀가 모두 과거의 작고 좁다란 생각을 버리고, 우리 민족의 큰 사명에 눈을 떠서 제 마음을 닦고 제 힘을 기르는 것에 낙을 삼기를 바란다. 젊은 사람들이 모두 이 정신을 가지고 이 방향으로 힘을 쏟는다면, 앞으로 30년도 지나지 않아 우리 민족은 전 인류의 괄목대상이 될 것을 나는 확신한다.

2
정치 이념

나의 정치 이념은 한 마디로 말하자면 자유다. 우리가 세우는 나라는 자유의 나라여야 한다.

자유란 무엇인가? 절대로 각 개인의 제멋대로 사는 것을 자유라 하면 이것은 나라가 생기기 전이나, 저 레닌의 말처럼 나라가 소멸된 뒤에나 있을 일이다. 국가생활을 하는 인류에게는 이러한 무조건의 자유는 없다. 왜 그런가 하면, 국가란 일종의 규범의 속박이기 때문이다. 국가생활을 하는 우리를 속박하는 것은 법이다. 개인의 생활이 국법에 속박되는 것은 자유가 있는 나라나 자유 없는 나라나 마찬가지다.

자유와 자유 아님이 갈리는 것은 개인의 자유를 속박하는 법이 어디서 오느냐 하는 데 달렸다. 자유 있는 나라의 법은 국민의 자유로운 의사에서 오고, 자유 없는 나라의 법은 국민 중의 어떤 일개인 또는 일계급에서 온다. 일개인에서 오는 것을 계급독재라 하고, 통칭 파쇼라고 한다.

나는 우리나라가 독재의 나라가 되기를 원치 않는다. 독재의 나라에서 정권에 참여하는 계급 하나를 제외하고는 다른 국민은 노예가 되고 말기 때문이다.

독재 중에서 가장 무서운 독재는 어떤 주의, 즉 철학을 기초로 하는 계급독재다. 군주나 기타 개인 독재자의 독재는 그 개인만 제거되면 그만이지만, 다수의 개인으로 조직된 한 계급이 독재의 주체일 때는 이것을 제거하기는 심히 어렵다. 이러한 독재는 그보다도 더 큰 조직의 힘이 아니고는 깨뜨리기 어려운 것이다.

우리나라의 양반 정치도 일종의 계급독재인데, 이것이 수백 년 계속되었다. 이탈리아의 파시스트나 독일의 나치의 일은 누구나 다 아는 사실이다.

그러나 모든 계급독재 중에도 가장 무서운 것은 철학을 기초로 한 계급독재다.

수백 년 동안 이씨 조선이 행하여 온 계급독재는 유교, 그 중에도 주자학파의 철학을 기초로 한 것이어서, 다만 정치에 있어서만 독재가 아니라 사상·학문·사회생활·가정생활·개인 생활까지도 규정하는 독재였었다. 이 독재 정치 밑에서 우리 민족의 문화는 소멸되고 원기는 마멸된 것이다. 주자학 이외의 학문은 발달하지 못하니 이 영향은 예술·경제·산업에까지 영향을 미쳤다.

우리나라가 망하고 민력이 쇠잔하게 된 가장 큰 원인은 실로 여기에 있었다. 왜 그런가 하면 국민의 머릿속에 아무리 좋은 사상과 경륜이 생기더라도, 그가 집권 계급의 사람이 아닌 이상, 또 그것이 사문난적이라는 범주 밖에 나지 않는 이상 세상에 발표되지 못하기 때문이었다. 이 때문에 싹이 트려다가 눌려 죽은 새 사상, 싹도 트지 못하고 밟혀버린 경륜이 얼마나 많았을까. 이런 것을 생각할 때 언론의 자유가 어떻게나 중요한 것임을 통감하지 아니할 수 없다. 오직 언론의 자유가 있는 나라에만 진보가 있는 것이다.

지금 공산당이 주장하는 소련식 민주주의란 것은 이러한 독재정치 중에도 가장 철저한 것이어서, 독재정치의 모든 특징을 극단으로 발휘하고 있다. 즉, 헤겔에서 받은 변증법, 포이에르바하의 유물론, 이 두 가지에 아담 스미스의 노동가치론을 가미한 마르크스의 학설을 최후의 것으로 믿고 있는 것이다. 그리하여 공산당과 소련의 법률과 군대와 경찰의 힘을 한데 모아서 마르크스의 학설에 일점일획이라도 반대하는 사람은 고사하게 되고 비판만 하는 것도 엄금하고 있다. 이를 위반하는 자는 죽음의 숙청으로써 대하니, 이는 옛날의 조선의 사문난적에 대한 것 이상이다.

만일 이러한 정치가 세계에 퍼진다면 전 인류의 사상은 마르크스주의 하나로 통일될 법도 하지만, 설사 그렇게 통일이 된다 하더라도 그것은 분명히 잘못된 이론이므로, 그런 큰 인류의 불행은 없을 것이다.

그런데 마르크스 학설의 기초인 헤겔의 변증법의 이론이란 것이 이미 여러 학자의 비판으로 말미암아 전면적 진리가 아닌 것으로 알려지지 아니하였는가. 자연계의 변천이 변증법에 의하지 아니함은 뉴턴·아인슈타인 등 모든 과학자들의 학설을 보아서 분명하다.

그러므로 어느 한 학설을 표준으로 하여서 국민의 사상을 속박하는 것은 어느 한 종교를 국교로 정하여서 국민의 신앙을 강제하는 것과 마찬가지로 옳지 않은 일이다. 산에 한 가지 나무만 자라지 않고 들에 한 가지 꽃만 피지 않는다. 여러 가지 나무가 어울려서 위대한 삼림의 아름다움을 이루고, 백 가지 꽃이 섞여 피어서 봄 뜰의 풍성한 경치를 이루는 것이다.

우리가 세우는 나라에는 유교도 성하고 불교도 예수교도 자유로 번성하고, 또 철학으로 보더라도 인류의 위대한 사상이 다 들어와서 꽃이 피고 열매를 맺게 할 것이니, 이렇게 해야만 비로소 자유의 나라라 할 것이요, 이러한 자유의 나라에서만 인류의 가장 크고 가장 높은 문화가 발생할 것이다.

나는 노자의 무위사상을 그대로 믿는 사람은 아니지만 정치에 있어서 너무 인공을 가하는 것을 옳지 않게 생각하고 있다. 대개 사람이란 전지전능할 수가 없고 학설이란 완전무결할 수 없는 것이므로, 한 사람의 생각, 한 학설의 원리로 국민을 통제하는 것은 일시 빠른 진보를 보이는 듯하더라도 필경은 병통이 생겨서, 그야말로 변증법적인 폭력의 혁명을 부르게 되는 것이다.

모든 생물에는 다 환경에 순응하여 저를 보존하는 본능이 있다. 그러므로 가장 좋은 길은 가만히 두는 길이다. 작은 꾀로 자주 건드리면

이익보다도 해가 많다. 개인 생활에 너무 잘게 간섭하는 것은 결코 좋은 정치가 아니다.

국민은 군대의 병정도 아니요, 감옥의 죄수도 아니다. 한 사람 또는 몇 사람의 호령으로 끌고 가는 것이 극히 부자연하고 또 위태한 일인 것은, 파시스트 이탈리아와 나치 독일의 불행에서도 가장 잘 증명하고 있지 아니한가.

미국은 이러한 독재국가에 비해서는 심히 통일이 무력한 것 같고 일의 진행이 느린 듯하여도, 그 결과를 놓고 보면 가장 큰 힘을 발하고 있다. 이것이 바로 자유 민주주의 정치의 효과이다. 무슨 일을 의논할 때에 처음에는 백성들이 저마다 제 의견을 발표하기 때문에 중구난방이 되어 귀일할 바를 모르는 것 같지만, 갑론을박으로 서로 토론하는 동안에 의견이 차차 정리되어서 마침내 두세 가지 방법으로 요약된다. 그것을 다시 다수결의 방법으로 한 가지 결론을 얻어 내어 국회의 결재를 얻어 법률이 이루어지면, 이에 국민의 의사가 결정되어 요지부동하게 되는 것이다.

이 모양으로 민주주의란 국민의 의사를 알아보는 한 절차 또는 방식이지, 그 내용은 아니다. 즉 언론의 자유, 투표의 자유, 다수결의 복종, 이 세 가지가 곧 민주주의다.

국론, 즉 국민 의사의 내용은 그때그때의 국민의 언론전으로 결정되는 것이어서, 어느 개인이나 당파의 특정한 철학적 이론에 좌우되는 것이 아님이 미국식 민주주의의 특색이다. 다시 말하면 언론·투표·다수결 복종이라는 절차만 밟으면 어떠한 철학에 기초한 법률이나 정책도 만들 수 있는데, 이것을 제한하는 것은 오직 그 헌법의 조문뿐이다.

그런데 헌법도 결코 독재국의 그것과 같이 신성불가침의 것이 아니라 민주주의의 절차로 개정할 수가 있다. 그러므로 민주, 즉 국민이 나라의 주권자라 하는 것이다. 이러한 나라에서 국론을 움직이려면 그 중에서 어떤 개인이나 당파를 움직여서는 되지 않는다. 어디까지나 그 나라 국민의 의견을 움직여야 된다. 백성들의 작은 의견은 이해관계로 결정되지만, 큰 의견은 그 국민성과 신앙과 철학으로 결정된다. 여기서 문화와 교육의 중요성이 생긴다.

국민성을 보존하는 것이나 수정하고 향상하는 것이 문화와 교육의 힘이요, 산업의 방향도 문화와 교육으로 결정됨이 큰 까닭이다. 교육이란 결코 생활의 기술을 가르치는 것만을 의미하는 것이 아니다. 교육의 기초가 되는 것은 우주와 인생과 정치에 대한 철학이다. 어떠한 철학의 기초 위에 어떠한 생활의 기술을 가르치는 것이 곧 국민 교육이다. 그러므로 좋은 민주주의의 정치는 좋은 교육에서 시작될 것이다. 건전한 철학의 기초 위에 서지 아니한 지식과 기술의 교육은 그 개인과 그를 포함한 국가에 해가 된다. 인류 전체로 보아도 그러하다.

이상에 말한 것으로 내 정치 이념이 대강 짐작될 것이다. 나는 어떠한 의미로든지 독재정치를 배격한다. 나는 우리 동포를 향해서 이렇게 부르짖는다. 결코 독재정치가 되지 않도록 조심하라고, 우리 동포

각 개인이 십분의 언론의 자유를 누려서 국민 전체의 의견대로 되는 정치를 하는 나라를 건설하자고, 일부 당파나 어떠한 계급의 철학으로 다른 다수를 강제함이 없고, 또 현재의 우리들의 이론으로 우리 자손의 사상과 신앙의 자유를 속박함이 없는 나라, 천지와 같이 넓고 자유로운 나라, 그러면서도 사랑과 덕과 법의 질서가 우주 자연의 법칙과 같이 준수되는 나라가 되도록 하는 우리나라를 건설하자고.

그렇다고 나는 미국의 민주주의 제도를 그대로 직역하자는 것은 아니다. 다만 소련의 독재적인 민주주의에 대하여 미국의 언론 자유적인 민주주의를 비교하여서 그 가치를 판단하였을 뿐이다. 둘 중에서 하나를 택한다면 사상과 언론의 자유를 기초로 한 것을 취한다는 말이다.

나는 미국의 민주주의 정치제도가 반드시 최후적인 완성된 것이라고는 생각지 않는다. 인생의 어느 부분이나 다 그러함과 같이 정치 형태에 있어서도 무한한 창조적 진화가 있을 것이다. 더구나 우리나라와 같이 반만 년 이래로 여러 가지 국가 형태를 경험한 나라에는 결점도 많은 반면에 교묘하게 발달된 정치제도도 없지는 않다.

가까이 조선시대로만 보더라도 홍문관·사간원·사헌부 같은 것은 국민 중에 현명한 사람의 의사를 국정에 반영하는 멋있는 제도요, 과거제도와 암행어사 같은 것도 연구할 만한 제도다. 역대의 정치 제도를 참고하면 반드시 쓸 만한 것도 많으리라고 믿는다. 이렇게 남의 나라의 좋은 것을 취하고 내 나라의 좋은 것을 골라서 우리나라의 독특

한 제도를 만드는 것도 문운文運(학문이나 예술, 문화나 문명이 번성하는 기운)에 보태는 일이다.

3
내가 원하는 우리나라

나는 우리나라가 세계에서 가장 아름다운 나라가 되기를 원한다. 가장 부강한 나라가 되기를 원하는 것은 아니다. 내가 남의 침략에 가슴이 아팠으니 내 나라가 남을 침략하는 것을 원치 않는다. 우리의 경제력은 우리의 생활을 풍족히 할 만하고, 우리의 국방력은 남의 침략을 막을 만하면 족하다. 오직 우리가 한없이 가지고 싶은 것은 높은 문화의 힘이다. 문화의 힘은 우리 자신을 행복하게 하고 나아가서 남에게 행복을 주겠기 때문이다.

지금 인류에게 부족한 것은 무력도 아니요, 경제력도 아니다. 자연과학의 힘은 아무리 많아도 좋으나, 인류 전체로 보면 현재의 자연과학만 가지고도 편안히 살아가기에 넉넉하다. 인류가 현재에 불행한 근본 이유는 인의가 부족하고 자비가 부족하고 사랑이 부족한 때문이다. 이 인의의 마음만 가지게 되면 현재의 물질력 만으로도 20억 인류가 다 편안히 살아갈 수 있을 것이다. 인류의 이 정신을 배양하는 것은 오직 문화뿐이다.

나는 우리나라가 남의 것을 모방하는 나라가 되지 말고, 높고 새로운 문화의 근원이 되고 목표가 되고 모범이 되기를 원한다. 그래서 진정한 세계의 평화가 우리나라에서, 우리나라로 말미암아서 세계에 실현되기를 원한다. 홍익인간이라는 우리 국조國祖 단군의 이상이 이것이라고 믿는다.

또 우리 민족의 재주와 정신과 과거의 단련이 이 사명을 달성하기에 넉넉하고, 우리 국토의 위치와 기타의 지리적 조건이 그러하며, 또 1차, 2차 세계대전을 치른 인류의 요구가 그러하며, 이러한 시대에 새로 나라를 고쳐 세우는 우리가 서 있는 시기가 그러하다고 믿는다. 우리 민족이 주연 배우로 세계의 무대에 등장할 날이 눈앞에 보이지 않는가!

이 일을 하기 위하여 우리가 할 일은 사상의 자유를 확보하는 정치양식의 건립과 국민교육의 완비다. 내가 위에서 자유의 나라를 강조하고 교육의 중요성을 말한 것은 이 때문이다.

최고 문화 건설의 사명을 이룰 민족은 두말할 것도 없이 국민 모두 성인聖人을 만드는 데 있다. 대한 사람이라면 간 데마다 신용을 받고 대접을 받아야 한다.

우리의 적이 우리를 누르고 있을 때에는 미워하고 분개하는 살벌한 투쟁의 정신을 길렀지만, 이제 적은 이미 물러갔으니 우리는 증오의

투쟁을 버리고 화합의 건설을 일삼을 때다. 집안이 불화하면 망하고 나라 또한 안이 갈려서 싸우면 망한다. 동포간의 증오와 투쟁은 망조이다.

우리의 용모에서는 화기가 빛나야 한다. 우리 국토 안에는 언제나 춘풍이 불어야 한다. 이것은 우리 국민 각자가 한번 마음을 고쳐먹음으로써 이루어지고 그러한 정신은 교육으로 영속될 것이다.

최고 문화로 인류의 모범이 되기로 사명을 삼는 우리 민족의 구성원들은 이기적 개인주의자여서는 안 된다. 우리는 개인의 자유를 극도로 주장하되, 그것은 저 짐승들과 같이 저마다 제 배를 채우기에 쓰는 자유가 아니요, 제 가족을, 제 이웃을, 제 국민을 잘 살게 하기에 쓰이는 자유다. 공원의 꽃을 꺾는 자유가 아니라 공원에 꽃을 심는 자유다.

우리는 남의 것을 빼앗거나 남의 덕을 입으려는 사람이 아니라 가족에게, 이웃에게, 동포에게 주는 것으로 낙을 삼는 사람이다. 멋진 우리말의 이른바 선비요, 점잖은 사람이다.

그러므로 우리는 게으름을 피우지 말고 부지런해야 한다. 사랑하는 처자를 가진 가장은 부지런할 수밖에 없다. 한없이 주기 위함이다. 힘든 일은 내가 앞서 하는 것은 사랑하는 동포를 아낌이요, 즐거운 것을 남에게 권하는 것은 사랑하는 자를 위하기 때문이다. 우리 조상들이 좋아하던 인후지덕이란 바로 이런 것이다.

이러함으로써 우리나라의 산에는 산림이 무성하고, 들에는 오곡백

과가 풍성하며, 촌락과 도시는 깨끗하고 풍성하고 화평할 것이다. 그리하여 우리 동포, 즉 대한 사람은 남자나 여자나 얼굴에는 항상 화기가 있고 몸에서는 덕의 향기를 발할 것이다. 이러한 나라는 불행하려 하여도 불행할 수 없고 망하려 하여도 망할 수 없는 것이다.

민족의 행복은 결코 계급투쟁에서 오는 것도 아니요, 개인의 행복이 이기심에서 오는 것이 아니다. 계급투쟁은 끝없는 계급투쟁을 낳아서 국토에 피가 마를 날이 없고, 내가 이기심으로 남을 해하면 천하가 이기심으로 나를 해할 것이니, 이것은 조금 얻고 많이 빼앗기는 법이다. 일본이 이번에 당한 보복은 국제적으로나 민족적으로도 그러함을 증명하는 가장 좋은 실례다.

이상에 말한 것은 내가 바라는 새로운 나라의 용모의 일단을 그린 것이지만, 동포 여러분! 이러한 나라가 되면 얼마나 좋겠는가. 우리네 자손을 이러한 나라에 살게 하고 떠나면 얼마나 만족하겠는가.

옛날 한토의 기자가 우리나라를 사모하여 왔고, 공자도 우리 민족이 사는 데를 오고 싶다고 하면서 했던 말이 우리 민족은 인仁을 좋아하는 민족이라 하였다. 옛날에도 그러했으니 앞으로는 더욱 더 세계 인류가 모두 우리 민족의 문화를 이렇게 사모하도록 하지 않겠는가!

나는 우리 힘으로, 특히 교육의 힘으로 반드시 이 일이 이루어질 것이라 확신한다. 앞으로 우리나라의 젊은 남녀가 다 이 마음을 가질 것인데, 이루어지지 않고 어찌하랴.

나도 일찍 황해도에서 교육에 종사하였지만, 내가 교육에서 바라던 것이 이것이었다. 내 나이 이제 70이 넘었으니 몸소 국민교육에 종사할 날들이 넉넉지 못한 것이 유감이다. 그렇기 때문에 나는 천하의 교육자와 남녀 학도들이 한번 크게 마음을 고쳐먹기를 빌고 또 빌 것이다.

1947년 새문 밖에서

백범 연보

1876년 1세

병자丙子년 음 7월 11일 황해도 해주 백운방 텃골基洞(현재의 벽성군 운산면 오담리 파산동)에서 아버지 김순영金淳永과 어머니 곽낙원郭樂園의 외아들로 태어남. 어릴 때 이름은 창암昌岩이다.

1879년 4세

천연두를 심하게 앓음으로 해서 얼굴에 굵은 벼슬자국이 생겼다.

1880년 5세

집안이 강령康翎 삼거리로 이사했다.

1882년 7세

해주 본향 텃골로 다시 했다.

1884년 9세

조부상祖父喪을 당하고, 국문과 한문을 배우기 시작했다.

1889년 14세

학골 정문재鄭文哉의 서당에서 〈당시〉와 〈대학〉등을 배웠다.

1892년 17세

우리나라 마지막 과거인 임시경과에 응시했다가 낙방하고, 매관매직의 타락한 과거에 실망했다. 그 후 풍수와 관상학 등을 공부했고, 병서兵書를 탐독했다.

1893년　18세

동학에 입도하고 이름을 창수昌洙라 개명하고, 포덕에 힘을 쓴 결과 황해도 15명 도유로 뽑힘. 해월 최시형 대주교를 만나 동학의 접주接主 첩지를 받았다.

1894년　19세

황해도의 동학당도가 궐기하자 팔봉도소八峰都所를 설치, 동학군의 선봉장으로 해주성을 공략했으나 실패. 구월산으로 이동한 후 같은 동학당 이동엽李東燁의 습격을 받아 대패했다.

1895년　20세

진사 안태훈安泰勳에게 몸을 의탁하고, 이 때 안 진사의 아들 중근重根을 만남. 또한 당시 명망 높은 선비 고능선高能善의 훈도를 받고 압록강을 건너가 만주를 시찰, 김이언金利彦의 의병에 참가하여 강계성을 습격했으나 실패했다.

1896년　21세

귀국하여 고능선 선생의 장손녀와 약혼, 그러나 아버지가 전에 취중에 약혼한 일이 문제가 되어 파혼. 다시 방랑의 길을 떠났다가 고향으로 돌아오는 길에 치하포 객주집에서 변복하고 있는 일본 육군 중위 쓰지다土田를 살해. 3개월 후에 체포되어 해주옥에서 모진 고문을 받았다.

1897년　22세

해주옥에서 인천 감리영으로 이감, 옥중에서 〈태서신사〉, 〈세계지지〉 등의 서양역사, 지리서적 등을 읽고 신학문에 눈뜸. 7월 27일에 사형이 확정되었다가 고종의 특명으로 사형 직전에 특사령이 내려졌다.

1898년　23세

3월 9일 밤 탈옥, 전국을 방랑하다가 공주 마곡사의 중이 되었다. 법명은 원종圓宗.

1899년　24세

마곡사를 떠남, 평양 대보산 영천암의 방주房主가 되어 부모님과 함께 지내다가 환속하여 고향에 돌아옴.

1900년　25세

전국 여러 곳을 전전하며 김두래金斗來라는 수많은 숨은 우국지사들을 만남.

유인무柳仁茂가 이름을 구龜, 자는 연상蓮上, 호는 연하蓮下로 지어주었다.

1901년 26세

2월에 아버지가 돌아가셨다.

1902년 27세

장련 친척집에 세배 가서, 그 할머니의 중매로 유여옥과 약혼함.

1903년 28세

약혼녀 여옥如玉이 병으로 죽은 후 기독교에 입교함. 도산 안창호의 누이동생 신호信浩와 약혼했으나 파혼했다.

1904년 29세

신천 사평동 최준례崔遵禮와 결혼함.

1905년 30세

을사보호조약이 체결되자 이준·이동녕 등과 함께 구국운동에 앞장섰다.

1907년 32세

장녀 화경化敬 출생.

1909년 34세

해서 교육총회를 조직하고 학무총감이 됨. 도내를 순회하며 신교육 운동과 배일운동을 함. 안중근 의사 사건의 관련자로 몰려 해주 감옥에 수감되었다가 불기소로 방면. 이완용을 찌른 이재명李在明을 만남.

1910년 35세

11월, 서울에서 열린 신민회 비밀회의에 참석함. 안명근安明根이 양산학교로 찾아와 만났다.

1911년 36세

안명근 사건(데라우치 총독 암살 미수 사건)으로 1월 5일 체포됨. 서울로 압송되어 일곱 차례 혹독한 고문을 받고 징역 17년을 언도받음. 서대문 감옥에 수감.

1913년 38세

옥중에서 이름을 구九, 호를 백범白凡이라 스스로 개명했다.

1914년 39세

감형으로 7년의 형기를 끝내고 7월에 가출옥함. 장녀 화경 사망.

1915년 40세

김홍량金鴻亮 일문의 소유 동산평 농장의 농감이 되어 농촌개량사업에 힘씀. 딸 은경恩慶이 태어났다.

1917년 42세

딸 은경 사망.

1918년 43세

장남 인仁출생.

1919년 44세

3·1운동 직후 상해로 망명, 임시정부 초대 경무국장에 취임.

1920년 45세

아내가 인을 데리고 상해로 왔다.

1922년 47세

차남 신信 출생. 어머니 곽낙원 여사 상해로 왔다.

1923년 48세

임시정부 내무총장에 취임.

1924년 49세

부인 최준례 여사 사망, 프랑스 조계 숭산로의 공동묘지에 안장.

1926년 51세

어머니 차남 신을 데리고 고국으로 돌아감.

1927년 52세

장남 인이도 고국으로 보냄. 11월에 임시정부의 원수인 국무령國務領에 취임.

1928년 53세

민족진영의 단결을 도모하여 이동녕·이시영 등과 '한국독립당' 조직. 자서전 〈백범일지〉상권을 쓰기 시작. 미주와 하와이 동포들에게 편지 보내기 정책을 실시함.

1929년 54세

〈백범일지〉 상권 탈고.

1931년 56세

특수 비밀 결사인 한인애국단을 조직하고 독립투사 양성, 이봉창李奉昌과 비밀 접촉.

1932년 57세

이봉창의사를 일본에 보내 일황 히로히토에게 수류탄을 던지게 하였으나 저격에 실패. 4월 29일 윤봉길 의사로 하여금 홍구공원에서 폭탄을 던지게 하여 시라카와 대장 등을 살상했다.

1933년 58세

5월, 남경에서 장개석 총통과 만나 낙양군관학교 분교를 한국 군관 양성소로 쓰기로 약속, 이청천과 이범석을 교관·영관으로 시무케 했다. 그러나 1기생을 배출하고 폐쇄되었다.

1934년 59세

이동녕·이시영 등과 함께 한국국민당 조직.

1937년 62세

7월 7일, 중일전쟁이 발발하여 남경이 폭격받자 임시정부를 강소성 진강으로 옮겼다가 다시 장사로 옮김.

1938년 63세

민족주의 3당 통합문제를 논의하던 조선혁명당 본부 남목청南木廳에서 조선혁명당원 이운한의 총격을 받고 1개월 동안 입원치료를 받았다.

1939년 64세

어머니 곽낙원 여사 사망.

1940년 65세

한국국민당·조선혁명당·한국독립당을 통합하여 '한국독립당'을 발족하고 집행위원장에 추대됨. 임시정부 주석에 임명됨. 한국광복군 조직, 총사령관에 이청천, 참모장에 이범석 임명.

1941년 66세

맏아들 인仁사망. 일제가 진주만을 기습 공격하여 태평양전쟁이 발발한 다음날인 12월 9일에 대한민국 임시정부의 이름으로 5개항의 대일 선전 포고문 발표.

1942년 67세

〈백범일지〉 하권 집필.

1943년 68세

7월, 임시정부와 중국 정부 사이에 광복군에 대한 정식 협정을 체결·공포함.

1944년 69세

3월 개정된 헌법에 따라 주석으로 재선됨. 미국 O.S.S.와 합작으로 국내 침투를 위한 특수 부대로 광복군 특공대를 편성하여 미군과 함께 비밀훈련을 하고 국내침투작전을 계획했다.

1945년 70세

8·15 해방으로 11월 23일 임시정부 국무위원 일동과 개인 자격으로 환국. 이해 12월 27일에 열린 모스크바 삼상회의의 결정을 보고 즉각 거족적인 반탁운동을 전개.

1946년 71세

2월 1일 비상국민회의가 조직되어 총리에 취임. 인천·공주 마곡사 등 전국을 순회하고 박열의 도움으로 일본의 윤봉길·이봉창·백정기의 유골을 찾아와 효창공원에 봉안했다.

1947년 72세

1월에 비상국민회의가 국민회의로 개편되자 부주석에 취임하고 정치이념을 표현한 〈나의 소원〉발표했다.

1948년 73세

4월 19일, 김규식金奎植과 함께 평양으로 가서 '남북 정당 및 사회단체 협의회'에 참석. 5월 5일 서울로 돌아온 후 5·10 선거 후부터 '건국실천원양성소'에 힘을 기울임.

1949년 74세

6월 26일 낮 12시 36분, 경교장에서 육군 소위 안두희의 저격을 받고 운명. 7월

5일에 국민장으로 효창공원에 안장되었다.

1962년

3월 1일, 대한민국건국공로훈장 중장重章(현 건국훈장 대한민국장)이 추서됨.

1969년

8월 23일 서거20주년기념동상 남산에 세워짐.